Thüringer Quelle

Klaus Jäger wurde 1960 in Meiningen geboren und ist in einem Bücherhaushalt aufgewachsen. Nach Abitur und einer Ausbildung zum Eisenbahner war er Berufssoldat und studierte u.a. Journalismus. Seit der Wende ist er hauptberuflich als Journalist und Redakteur bei Thüringens größter Tageszeitung tätig.
www.klaus-jaeger.info

KLAUS JÄGER

Thüringer Quelle

KRIMINALROMAN

emons:

Bibliografische Information der Deutschen Nationalbibliothek
Die Deutsche Nationalbibliothek verzeichnet diese Publikation in der Deutschen Nationalbibliografie; detaillierte bibliografische Daten sind im Internet über http://dnb.d-nb.de abrufbar.

FSC www.fsc.org
MIX
Papier aus verantwortungsvollen Quellen
FSC® C083411

Umschlagmotiv: photocase.com/Tinvo
Umschlaggestaltung: Tobias Doetsch
Gestaltung Innenteil: César Satz & Grafik GmbH, Köln
Lektorat: Dr. Marion Heister
Druck und Bindung: CPI – Clausen & Bosse, Leck
Printed in Germany 2014
ISBN 978-3-95451-393-2
Originalausgabe

Das Übel ist nicht,
ein paar Feinde zu hassen,
sondern unsere Nächsten
nicht genug zu lieben.
Anton Tschechow

Einen Menschen
erkennt man daran,
wie er sich rächt.
Ernest Hemingway

1

Gerald Eberwein schleppte Nacht für Nacht einen dicken Packen Zeitungen durchs Dorf. Das war sein Job. Intellektuell war er eher mit leichtem Gepäck unterwegs. Aber er war ein guter Junge. Das sagten die Leute.

Er hatte noch einen dicken Packen Zeitungen bei sich und musste sich sputen. Es war ihm völlig unklar, wo er heute die Minuten verloren hatte. Der Oberbote oder die Herren vom Vertrieb würden bestimmt mit ihm schimpfen, wenn er die Zeitungen zu spät steckte. Das passierte ihm nie. Doch. Einmal, es war schon ein paar Jahre her. Da war ein schlimmer Winter, ein richtiger Schneesturm. Über eine Stunde musste er am Abwurfpunkt warten, bis der Kurier aus Riedburg mit seinem Transporter durchkam. Die Bundesstraße war da noch einigermaßen geräumt, aber auf der kleinen Landstraße Richtung Reichstädt und Auendorf, da ging gar nichts mehr. Heute würde er sich nicht mit Schneesturm rausreden können, es war schließlich schon Juli.

Manche Leser waren aber auch pingelig. Thekla Auerswald war so eine. Vorne rum tat sie immer ganz freundlich, aber im Dorf wollte keiner die Alte zum Feind haben. Und: Sie musste hinter der Tür warten, wenn er mit den Zeitungen kam. Denn kaum stand er an ihrem Gartentor, da sprang die Haustür schon auf, sodass er sich manchmal erschrak, wenn er in Gedanken war. »Na, Gerald, bringst du mir gute Nachrichten?« So ging das jeden Morgen. Fast genau um fünf war er bei Tante Thekla, wie sie jeder im Dorf seit jeher nannte.

Heute hatte er sich sogar ein wenig verspätet, er merkte das weniger an der Uhrzeit als vielmehr an ihrer Ungeduld, mit der sie ihm die Zeitung fast aus der Hand riss. Die schien gar nicht mehr schlafen zu müssen. Das sei im Alter oft so, hatte ihm die Mutter erklärt. Dabei war Tante Thekla bei Weitem nicht die Älteste. Sie war erst neunundachtzig, Bertha, die in schwarzen Kleidern rumlief, seit sie vor mehr als vierzig Jahren Witwe wurde, war immerhin schon achtundneunzig.

Gerald Eberwein hatte damals gar nicht so viel davon mitbekommen, er war ja noch ein Kind. Und im Dorf wusste bis heute niemand ganz genau, was wirklich passiert war. Bertha erzählte immer, wenn die Sprache darauf kam, ihr Wilhelm wollte »rübermachen« und sei an der Grenze erschossen worden. Andere wiederum sagten, er habe sich in der eigenen Scheune eine Kugel in den Kopf gejagt, weil er das Gekeife der Alten nicht mehr ertragen habe. Mit seiner eigenen Walther P38 von der Wehrmacht hätte er es getan, die er seit dem Weltkrieg versteckt gehalten hatte. Aber Bertha ging ihn nichts an. Sie las die »Riedburger Rundschau« nicht, und so hatte er bei ihr auch nichts zu erledigen.

Hätte er auf seine Armbanduhr gesehen – eine mit Leuchtziffern, die ihm seine Mutter zum fünfundvierzigsten Geburtstag geschenkt hatte –, dann hätte sie fünf Uhr fünf gezeigt, als er den Mann entdeckte, der da rücklings auf der Straße lag.

Aber er sah nicht auf die Uhr. Er starrte nur den Mann an, dessen furchtbar gespaltener Schädel in einer Blutlache schwamm und dessen offene Augen zurückzustarren schienen. Offen war auch Eberweins Mund. Er machte »Arrgh«. Ein Speichelfaden sickerte ihm aus dem Mundwinkel, und als er es merkte, wischte er ihn mit dem Handrücken ab und schloss den Mund wieder. Dann drehte er sich zwei Mal im Kreis und wollte zurücklaufen, nach Hause. Doch nach wenigen Metern besann er sich anders. Er drehte sich wieder um, überlegte eine Weile und fingerte sein Handy aus der Tasche seiner Windjacke. Dann wählte er die 110. Das funktionierte auch ohne Vorwahl, er wusste das.

2

Fünf Uhr sechs zeigte die Uhr, als der Notruf bei der Einsatzzentrale einging. Der Polizist am Telefon war noch jung. Dennoch wirkte er beruhigend auf seinen Gesprächspartner ein, als er merkte, wie aufgeregt dieser war. Das hatte er auf der Polizeischule so gelernt.

»Wo befinden Sie sich denn?«, fragte er wiederholt.

»In der Eckartsbergaer Straße, ja hören Sie denn nicht?«

»Ganz ruhig. In welchem Ort ist das denn?«

»Ach so. In Auendorf natürlich.«

Oberkommissar Donner, der Dienstgruppenleiter, trat näher. Es war eine relativ ruhige Nacht, immer was los, aber immer nur Routinekram. Ein paar Ruhestörungen, eine Gewahrsamnahme nach Drogenfeststellung bei einer Minderjährigen, ein Verkehrsunfall. Das hier schien etwas aufregender zu sein.

»So, Herr Eberlein. Und Sie sind sich sicher, dass der Mann nicht nur betrunken ist und seinen Rausch ausschläft.«

»Ich bin vielleicht kein Polizist, aber ich bin nicht dumm. Der Kopf von dem Mann ist ganz kaputt. So wie auseinandergerissen. Das ganze Gesicht. Der Herr Kahn ist auch kein Trinker. Und außerdem heiße ich Eberwein und nicht Eberlein. Mit w.«

Der Polizist machte sich eine Notiz und schaute zu seinem Dienstgruppenleiter. Der grinste.

»Lassen Sie mich zusammenfassen: Sie, Gerald Eberwein, haben soeben einen Mann auf der Eckartsbergaer Straße gefunden. Er hat schwere Schädelverletzungen und ist vermutlich tot.«

»Wenn Sie das vermutlich streichen, dann haben Sie es jetzt.«

Der Polizist verdrehte die Augen.

»Herr Eberwein, wir schicken sofort einen Streifenwagen und einen Rettungswagen. Sie bleiben bitte genau dort, wo Sie sind.«

»Sparen Sie sich den Rettungswagen. Ich erkenne einen toten Mann, wenn ich ihn sehe. Und natürlich bleibe ich hier.« Es knackte in der Leitung, als Eberwein auflegte.

»Und?« Der Polizist blickte Donner fragend an.

Der zuckte mit den Schultern. »Du hast doch schon gesagt, was du tun wirst. Also mach.«

»Auch den Rettungswagen? Der Melder hat von einem Toten gesprochen. Außerdem klang er so … seltsam.«

»Auch den Rettungswagen. Es wurden schon viele Schwerverletzte von Laien für tot gehalten. Und der Eberwein, der klingt immer seltsam.« Er machte eine vielsagende Handbewegung an der Schläfe.

»Ah«, sagte der junge Beamte. »Schraube locker?«

»Bestimmt nicht. Das ist ein guter Junge, den kenn ich von früher. Aber er hat nicht viel Bildung abgekriegt in seinem Leben.«

Dann drehte er sich um und rief über den Flur in Richtung Bereitschaftsraum: »Hopp, Jungs, Einsatz.« Es war seine letzte Streifenwagenbesatzung, die er in den jungen Morgen schickte.

»Soll ich vielleicht auch den Kriminaldauerdienst rufen? Immerhin, wenn da nun doch eine Leiche ist …«

Donner drehte sich betont langsam um und blickte auf seine Uhr. »In fünfzehn Minuten sind unsere Jungs da draußen. Und der Rettungsdienst. Wenn da eine Leiche ist«, sagte er und hob die Stimme. »Wenn, dann ist sie immer noch tot, oder?«

Der Polizist nickte verständig und wandte sich wieder seinem kleinen Kommandostand zu.

Gerald Eberwein trat von einem Bein auf das andere. Er war hochgradig nervös und wusste nicht, was er nun tun sollte. Der Polizist hatte eindeutig gesagt, dass er hier warten solle, hier bei dem Toten, dessen Kopf in einer grässlichen schwarz-roten Blutlache lag. Außerdem gab es so etwas wie eine Bürgerpflicht, da war er sich ganz sicher. Man darf nicht einfach weglaufen. Schließlich, er war jetzt ein wichtiger Zeuge. Das kannte er aus Krimis. Vielleicht würde er sich auch verdächtig machen, wenn er weglief. Nein, das kam auf gar keinen Fall in Frage. Auf der anderen Seite musste er dringend einmal pinkeln. Ein Stück die Straße hoch, hinter dem letzten Haus, wo der Kämpfer Lothar wohnte, da war ein großes Gebüsch. Von dort aus könnte er den toten Mann noch immer sehen. Außerdem würde den schon niemand wegnehmen. Eberwein zauderte. Hoffentlich schimpften die Herren vom Vertrieb nicht, wenn er nun doch die letzten Exemplare zu spät brachte.

Endlich. Blaulicht blitzte die Straße herauf. Die Polizei war da. Von der Bundesstraße her hörte Gerald Eberwein auch das Sondersignal. Das musste der Rettungswagen sein. Warum sie den noch geschickt hatten? Er winkte den Polizisten mit beiden Armen, damit sie auch sahen, wo sich der Tote befand.

Einer sprang aus dem Auto und ging gleich zu dem Toten hin. Der andere kam auf ihn zu.

»Sie sind Herr Eberwein?«

»Ja.«

»Ist sonst noch jemand hier?«

Gerald Eberwein sah sich um. »Sie und Ihr Kollege«, sagte er dann.

Der Polizist schaute ihn komisch an.

Doch sein Kollege rief ihn zu sich. »Kommst du mal?«

»Sie bleiben bitte hier«, sagte der Polizist und eilte zu dem anderen.

***

Der Rettungswagen fuhr bald wieder ab. Ohne Blaulicht und ohne Patienten. Eine halbe Stunde später sah es in der Eckartsbergaer Straße schon nach einem Großeinsatz aus. Die Beamten des Kriminaldauerdienstes telefonierten mit der Einsatzzentrale. Der dortige Diensthabende entschied sich trotz der frühen Stunde, die Leiterin des Morddezernates anzurufen. Die jedoch bereitete sich auf einen unaufschiebbaren Arzttermin vor und schickte stattdessen ihren Stellvertreter, Frank Hölbing, der schlechte Laune hatte, vor allen Dingen, weil er ein passionierter Morgenmuffel war und weil das zunächst einmal eine Angelegenheit seiner Chefin war, Arzttermin hin oder her.

Gerald Eberwein war immer noch nicht pinkeln gewesen und erzählte Frank Hölbing zum wiederholten Mal seine Geschichte. Er dichtete nichts hinzu, aber er ließ auch nichts aus, was Hölbing sichtbar nervte. Gerald Eberwein erzählte ausholend. Und er kam von Arschbacken auf Kuchenbacken, wie man in der Riedburger Ecke sagte. Immerhin erfuhr Frank Hölbing auf diese Art und Weise von Thekla Auerswald, einer möglichen Zeugin. Vermutlich die Einzige außer Eberwein, die um diese Zeit und in dieser Ecke des Dorfes schon munter war.

Die Eckartsbergaer Straße war lang. Aber sie führte ins Nichts. Gut zweihundert Meter in Richtung Norden lagen die letzten Häuser, dort ging die Straße in eine Art Feldweg über, der zunächst breit und geschottert war, bis sich ein paar hundert Meter weiter eine Grasnarbe zwischen den Fahrspuren zeigte und er schließlich zu einem von Schlehen gesäumten Hohlweg wurde, der sich den Berg emporwand.

Gut, dass die Leiche in einer Nebenstraße lag, dachte sich Hölbing, als er Eberwein hinterherblickte, der erleichtert und in pflichtbewusster Hast das Wägelchen mit den Zeitungen hinter sich herzog. Auf der Durchgangsstraße hätte der Fund viel Aufsehen erregt. Auch so würde in ein paar Stunden das ganze Dorf davon wissen. Er sah wieder auf den Toten, der wirklich übel zugerichtet war. Solche Anblicke blieben für gewöhnlich den Kollegen der Verkehrspolizei vorbehalten. Dem Mann war der Schädel förmlich gespalten worden, bis durch den Oberkiefer.

»Wer bist du, und was hat dich hierhergeführt?«, murmelte Hölbing gedankenverloren in Richtung der Leiche.

»Redest du mit mir?« Der Rechtsmediziner drehte sich um.

»Quatsch«, beeilte sich Hölbing zu versichern.

»Also ich will mich natürlich noch nicht festlegen«, sagte der Arzt und stand auf – für sein Alter ziemlich schwerfällig. »Aber so etwas habe ich schon mal gesehen. Als Berufsanfänger, das muss so Mitte der Neunziger gewesen sein. Der sogenannte Machetenmord in Jena. Ein ehemaliger Fremdenlegionär hat einem Gastwirt wegen Schulden den Kopf abgeschlagen. Sauberer Schnitt. Ich weiß gar nicht mehr, ob das ein Auftragsmord war.«

»Und das hier sieht ähnlich aus?«, fragte Hölbing. Er konnte sich an den Fall erinnern. Mehr noch, dem Täter, der damals lebenslänglich bekommen hatte und im berüchtigten Gefängnis »Santa Fu« in Hamburg-Fuhlsbüttel saß, gelang später die Flucht, und er hatte sich wieder in Thüringen herumgetrieben. Tagelang war alles auf den Beinen gewesen, was nicht krank oder in Urlaub war.

»Na ja, der Schlag war damals so geführt worden, dass er den Kopf vom Rumpf trennte. Das hier ist schon ein bisschen anders. Aber es muss sich auch um ein sehr scharfes Werkzeug gehandelt haben.«

»Eine Machete, was?«

»Ja, oder ein Schwert, ein Samurai-Schwert vielleicht. Aber der Hieb muss mit großer Wucht geführt worden sein.«

»Ein Mann also?«

»Wie gesagt, ich will mich nicht festlegen. Ich muss den Burschen erst auf meinem Tisch haben. Willst du?« Der Rechtsmediziner trat von der Leiche zurück.

»Danke«, sagte Hölbing, zog sich ein paar Latexhandschuhe über, kniete sich neben die Leiche und begann, systematisch die Taschen des Toten zu durchsuchen. Gleich in der Brusttasche des Jacketts wurde er fündig. Ein kleines Mäppchen mit Papieren. »Guter Junge«, sagte er.

Die Papiere des Toten bestätigten, was ihm schon dieser Zeitungszusteller gesagt hatte: Der Tote hieß Hartmut Kahn und wohnte hier in Auendorf, in der Eckartsbergaer Straße Nummer 38. Hölbing blickte auf. Er stand vor Nummer 28, es waren ausschließlich gerade Hausnummern auf dieser Seite. Nur fünf Häuser weit war er von zu Hause gekommen, dachte Hölbing, dann hatte der Mann seinem Mörder gegenübergestanden. Er zog sein Notizbuch aus der Jacketttasche.

Vermutlich hatte ihm der Mörder hier aufgelauert. Allerdings gab es kaum etwas, das Deckung bot. Der linke Gartenzaun des einen Grundstücks war zugleich der rechte Zaun des anderen. Zur Straße hin war die Front von Zäunen geschlossen.

Da blieben mehrere Möglichkeiten: Er konnte über einen Zaun gesprungen sein, also müsste sich die Spurensicherung die beiden Vorgärten unmittelbar am Tatort vornehmen. Er konnte aus der Gasse gekommen sein, die gut fünfzehn Meter vor dem Fundort, der offensichtlich auch der Tatort war, in die Eckartsbergaer Straße mündete. Variante drei: Der Mörder hat reglos an der Seite auf ihn gewartet. Das setzte allerdings voraus, dass die Straße nachts unbeleuchtet war, wie das seit ein paar Jahren in vielen Städten und Dörfern üblich war. Doch das ließe sich leicht überprüfen. Hölbing gab den beiden Kollegen von der Spurensicherung einen Hinweis auf den Vorgarten und blätterte dann weiter in den Papieren.

Hartmut Kahn war achtundfünfzig Jahre alt und nach seiner Visitenkarte Versicherungsmakler der Allianz mit einem eigenen Büro in Jena. Was trieb einen Versicherungsfuzzi mitten in der Nacht aus dem Haus? Auch ohne die vorläufige Einschätzung des Gerichtsmediziners sah Hölbing anhand des ziemlich trockenen Blutes, dass die Tat schon ein paar Stunden zurückliegen musste. Die Durchsuchung der anderen Taschen brachte nur wenig Verwertbares: ein kleines Schlüsselbund in der linken Jacketttasche, ein sauberes Taschentuch in der Hosentasche, ein wenig Bargeld, auch ein paar Scheine im Portemonnaie. Nichts machte den Eindruck, als sei es vom Täter durchsucht worden. Aber das konnte täuschen, wusste Hölbing aus Erfahrung, der Täter brauchte ja nur etwas weggenommen zu haben, was sich in den Taschen des Toten befand.

Er verpackte die Fundstücke in Asservatenbeutel, stand auf und nickte den beiden Männern vom Bestattungsinstitut zu: »Euer Kunde.« Nun würde der Tote zunächst für ein, zwei Tage Gast im Institut für Rechtsmedizin der Uniklinik Jena sein.

Hölbing atmete tief durch und machte sich dann auf den Weg zur Hausnummer 38. Hinter einem etwas vernachlässigten Vorgarten mit Kinderspielzeug und einem Sandkasten stand ein kleines, aber hübsches Häuschen. Ein früher Nachwendebau, befand Hölbing. Ein wenig hoffte er ja, dass ihm niemand öffnete, als er am Gartentor klingelte. Doch hinter der Haustür schlug sofort ein Hund an, und wenig später kam aus den Tiefen des Hauses eine keifende Frauenstimme.

»Aus jetzt! Wirst du wohl still sein! Hier rein!«

Hölbing öffnete das Gartentor und ging auf das Haus zu. Etwas klimperte hinter der Haustür, dann hörte er, wie ein Schlüssel ins Schloss gesteckt wurde. Eine Blondine von vielleicht Ende dreißig öffnete. Sie hatte eine Allerweltsfrisur und war vielleicht sogar hübsch, wenn sie sich ein bisschen schminkte und zurechtmachte.

So hing ihr noch die Nacht im Haar, und ihr Gesicht sah blass und verquollen aus. Nicht jeder, der sich eine junge Frau sucht, bekommt auch ein Prinzesschen, dachte Hölbing bei sich.

»Frau Kahn?«, fragte er.

»Das bin ich«, sagte die Blondine noch verschlafen.

»Hölbing, Kriminalpolizei«, stellte er sich vor. »Es geht um Ihren Mann.«

»Ich habe keinen Mann«, sagte sie unwirsch.

Hölbing war irritiert. »Herr Hartmut Kahn?«

Sie winkte ab. »Das ist mein Vater«, brummte sie undeutlich. »Ist es dringend? Ich müsste ihn erst wecken.«

»Darf ich reinkommen?«, fragte Hölbing so sanft wie möglich. Er wusste, was ihm jetzt für ein Gespräch bevorstand. Und ihr auch.

3

Peter Hartmann hatte ein festes Ritual, wenn er in die Redaktion kam. Zunächst stellte er seine Aktentasche in sein Büro. Dann packte er Kalender und Arbeitsbuch aus und schaltete den Computer an. Während dieser hochfuhr, brachte er die Stullen, die später am Tag sein Abendbrot werden würden, in den Kühlschrank im Besprechungszimmer. Dann schaute er ins Sekretariat, wünschte Sonnenscheinchen Isabell einen guten Tag und holte sich einen Kaffee. Inzwischen war der Computer betriebsbereit, Hartmann ließ sich auf seinem Bürostuhl nieder, nahm einen Schluck und checkte den Posteingang. Ganz früher hätte er sich dazu eine Zigarette angezündet. Aber Chefredakteur Grieshaber hatte im April vergangenen Jahres das Rauchen in den Redaktionsräumen untersagt. Die Raucher mussten seither in einen kleinen und stinkenden Raucherraum flüchten oder sich im hinteren Treppenhaus um einen alten und verbeulten Kugelascher drängeln.

Doch heute war alles anders. Es gab nur noch ein Davor und ein Danach. Für Peter Hartmann war heute der Tag drei in seinem neuen Leben – er war fest gewillt, das Rauchen endgültig aufzugeben. Mehrere vergebliche Versuche hatte er schon hinter sich gebracht.

Den ersten kurz nach der Wende, noch im Studium. Jeden Tag hatte er sich das Geld, was er normalerweise »verrauchte«, beiseitegelegt. Aber er hatte nicht lange durchgehalten, auch wenn er immer knapp bei Kasse war. In seinem ersten Jahr bei der Rundschau hatte er den zweiten Versuch unternommen – Anette zuliebe. Doch da war dann dieser rote Wirbelwind, Angermann, Bangemann oder so ähnlich, Kerstin mit Vornamen. »Das rote Tini«, hatten sie die Praktikantin immer genannt. Die hatte ihn buchstäblich verführt. Zum Rauchen. Aus der einen Zigarette nach der Mittagspause wurde je eine zum Mittag und zum Kaffee, dann waren es vier, und zwei Wochen später war wieder alles beim Alten. Irgendwann hatte dann das Rauchen wie selbstverständlich dazugehört, musste er nicht mehr den starken Mann spielen, der es sich abgewöhnen will. »Ich rauche gern« wurde zu seinem Slogan.

Aber es machte keinen Spaß mehr – erst das Rauchverbot in Gaststätten, dann das Rauchverbot in der Redaktion; so langsam fühlte man sich als Raucher geächtet. Und Anette drängelte schon lange. Doch diesmal, er konnte es fühlen, würde er es schaffen. Er machte es nämlich weder für das Geld noch für seine Frau; er stellte sich einfach die Frage: Brauche ich das für mich? Und zwei Tage lang hatte er es schon geschafft, diese Frage mit Nein zu beantworten. Zwei Tage übrigens, in denen Anette nichts davon mitbekommen hatte.

Peter Hartmann fühlte sich gut vorbereitet, er wollte nichts dem Zufall überlassen. Es war sein fester Wille, deswegen hatte er sowohl zu Hause als auch in der Redaktion noch immer eine Schachtel Zigaretten auf dem Schreibtisch liegen. Brauche ich das für mich? Nein! Mit Rufzeichen! Die Abhängigkeit vom Nikotin als Nervengift kompensierte er mit entsprechenden Pflastern aus der Apotheke. Und seltsamerweise hatte er auch noch keinerlei Entzugserscheinungen.

Allerdings spürte er heute Morgen eine gewisse Gereiztheit. Und ihm war aufgefallen, dass er sich für die Momente, in denen er gern und genussvoll rauchte, eine Ersatzhandlung ausdenken musste. Jetzt zum Beispiel, mit dem Kaffeepott vor sich und dem geöffneten Mailprogramm.

Alexander Böhnke, sein Chef in der Landesredaktion, wollte ihn heute Mittag ins Amtsgericht schicken, so stand es in der Tagesvorschau. Im Gericht war der zweite Prozesstag gegen einen Kinderschänder anberaumt, Hartmann hatte schon vom ersten berichtet. Heute würde der Strafrichter wohl ein Kooperationsangebot unterbreiten. Dann würde das Mädchen, heute eine erwachsene Frau, nicht aussagen müssen, und der Täter würde bei der Bemessung der Strafe ein wenig günstiger wegkommen. Ärgerlich nur, dass Böhnke den Gerichtsbericht noch für die aktuelle Ausgabe geplant hatte. Richter Lippold war als harter Hund bekannt, der seine geplante Sitzungszeit auch mal locker zwei Stunden überziehen konnte. Aber Hartmann würde seinen festen Platz auf Seite zwei im Keller erhalten, da konnte er mit dem Formulieren im Prinzip schon im Gerichtssaal beginnen.

Hartmann nippte vom Kaffee und vergaß fast, den Kaffeepott wieder abzustellen, als er die nächste Mail überflog. Der Riedburger Vertriebsleiter Vogtmann schrieb ihm, dass es in der Nacht in Auendorf offenbar einen Totschlag auf offener Straße gegeben habe. Ein Zusteller habe die Leiche gefunden und Vogtmann angerufen, um ihm zu sagen, dass die Hälfte der Zeitungen nur verspätet zugestellt werden konnte.

Eine Frechheit! Hartmann war außer sich. Dem zuständigen Lokalredakteur hatte Vogtmann eine Kopie der Mail zukommen lassen, mit dem Postskriptum, doch auf Leser-Beschwerden ob der verspäteten Zustellung mit Augenmaß zu reagieren und sofort ihn, Vogtmann, zu informieren.

»Hat der nichts anderes zu tun?« Hartmann schäumte und vermisste schmerzhaft eine Zigarette. Zur Beruhigung.

Dann griff er zum Telefonhörer und wählte Vogtmann an, noch bevor er die anderen Mails auch nur ansah.

»Sag mal, ihr habt wohl nichts anderes im Kopf als eure Zeitungszustellung«, begann er ohne Anrede.

»Das ist unsere Arbeit, ja«, antwortete Vogtmann, hörbar verärgert über Hartmanns Aufbrausen. »Und reg dich wieder ab.«

»Aber du kannst mich doch nicht erst«, Hartmann schielte auf seine Armbanduhr, »nach fünfeinhalb Stunden informieren, dass dort ein Toter liegt.« Seine Wut war noch lange nicht verraucht.

»Also erstens entschuldige, dass ich dich überhaupt informiert habe, und zweitens, es waren nicht mal drei Stunden.«

»Du weißt genau, wann wir hier anfangen zu arbeiten.«

»Das ist aber jetzt echt nicht mein Problem, oder?«

»Ach komm schon, wenn du was von uns willst, erzählst du uns auch immer hochtrabend was vom gemeinsamen Produkt.«

»Deswegen habe ich dich auch gleich angemailt, als ich es erfahren habe.«

»Aber wenn du schon siehst, dass es wichtig ist, hättest du mich auch auf dem Handy anrufen können.«

»Ich merk's mir fürs nächste Mal.«

»Hmhm«, brummte Hartmann. »Hilf mir mal lieber mit dem

Zusteller weiter. Was ist das für ein Typ? Kann man mit dem reden, oder lässt der sich von den Bullen leicht einschüchtern?«

Vogtmann überlegte eine Weile, bevor er sprach. »Gerald Eberwein, bisschen einfach gestrickt, aber ein zuverlässiger Mann. Bei Wind und Wetter. Das mit der Polizei … das kann ich nicht einschätzen. Aber er frisst dir aus der Hand, wenn du ihm zeigst, dass er wichtig ist. Wenn du willst, kann ich dir seine Handynummer geben.«

Hartmann wollte.

Dann rief er den Sprecher der Riedburger Polizeiinspektion an und zog ihm Stück für Stück aus der Nase, was er ohnehin schon wusste. So lief es immer. Na und bei dem frühen Stand der Ermittlungen sowieso. Bei einem Gewaltverbrechen war am ersten Tag fast nie was von der Polizei zu bekommen.

In der Redaktionssitzung planten sie um. Robert würde den Gerichtsbericht bekommen und einen Tag länger Zeit. Hartmann sollte nach Auendorf fahren und dort recherchieren, befand Böhnke. Sein Platz wäre genau dort, wo auch der geplante Gerichtsbericht hinsollte. Würde die Geschichte größer, könnte sie auch als Aufmacher auf die Thüringen-Seite wandern. Dann hätte Robert eben Pech und müsste aktuell berichten. Auf das Mittagessen verzichtete Hartmann, er wusste einen ausgezeichneten Bratwurststand an der Ausfallstraße Richtung Auendorf.

4

Schneewittchen und die sieben Zwerge – so nannten die Beamten des Dezernats für höchstpersönliche Rechtsgüter, umgangssprachlich das Morddezernat, die tägliche Dienstberatung mit ihrer Chefin Steffi Schmaerse. Heute begann sie verspätet. Alle saßen schon am Beratungstisch, als die Chefin schwungvoll zur Tür reinkam und ihre große Umhängetasche auf ihrem Schreibtisch platzierte.

»Ich wollte gerade anfangen«, sagte Hölbing, der als ihr Stellvertreter an der Stirnseite des Beratungstisches saß.

»Hör ich da so etwas wie eine Missbilligung«, fragte Schmaerse, »oder bist du einfach nur schlecht gelaunt.«

»Wie man's nimmt«, wich Hölbing aus. »Ich arbeite schon seit vier Stunden, während du dich mit deinem Arzt amüsierst.«

»Also doch die Missbilligung«, sagte Schmaerse, lächelte und blickte aufmunternd in die Runde. »Also los, Freunde. Bevor wir zu den offenen Fällen kommen, fängt Frank an, wir haben einen neuen unnatürlichen Todesfall.«

Geschickt, dachte Hölbing, sie denkt, wenn sie mir den Ball zuwirft, kann sie mich damit beschwichtigen. Er wischte den Gedanken fort und konzentrierte sich aufs Wesentliche, der Tag würde noch lang genug werden.

»Ihr habt es ja schon mitbekommen: In Auendorf wurde heute Nacht offenbar ein Gewaltverbrechen verübt. Wir haben einen Toten, den wir zunächst anhand seiner Kleidung und seiner Papiere als Hartmut Kahn identifiziert haben, einen achtundfünfzigjährigen Versicherungsmakler aus dem Ort. Gefunden wurde er von einem Zeitungszusteller um fünf Uhr fünf. Dem Opfer wurde von vorn mit einem scharfen Gegenstand, vermutlich einem Schwert, der Schädel gespalten.«

Gabi Kaspar machte einen komischen Laut, wie beim Schluckauf.

»Ja, Gabi, das sah ziemlich übel aus.«

»Hat es einen Kampf gegeben?«, wollte Schmaerse wissen.

»Sagen wir es so: Es sah am Tatort nicht danach aus. Aber es ist eine asphaltierte Straße. Zumindest, was man in Auendorf so asphaltiert nennt. Also sind Fußspuren erst einmal Fehlanzeige. Wir haben an verschiedenen Stellen Blutproben genommen, aber eigentlich gab es nur die große Lache bei dem Toten, von ein paar Spritzern abgesehen.«

Michael Plöttner, der Älteste im Team, mischte sich ein. »Du sagst, er wurde von vorn erschlagen, was macht dich da so sicher?«

»Die Wunde. Sie verläuft vom Mund aus diagonal aufsteigend in Richtung Hinterkopf.«

»Mh, mh«, machte Plöttner, »leuchtet ein. Der muss also seinen Mörder gesehen haben.«

»Möglicherweise auch gekannt, wenn es keinen Kampf gab, aber das sind bis jetzt Spekulationen.«

»Haben wir schon einen Todeszeitpunkt?«, fragte Schmaerse.

»Nur eine vage Schätzung des Medizinmanns. Demnach hat der Tote schon mehrere Stunden da gelegen.«

»Also war er abends beziehungsweise nachts auf dem Weg nach Hause.«

»Genau da fangen unsere Probleme an.«

»Erklär!«

»Ich hatte zunächst geglaubt, er sei auf dem Weg von zu Hause. Der Schlag muss wuchtig gewesen sein, es sah aus, als wäre er sofort auf den Rücken gestürzt. Auch Größe und Lage der Blutspuren sprachen dafür.«

»Ja dann wollte er halt nachts noch mal los«, warf Plöttner ein.

»Lass mich ausreden, ja?«, sagte Hölbing ungewöhnlich scharf, und Plöttner hob abwehrend die Hände. »Also. Ich konnte mit Kahns Tochter sprechen, die im Übrigen sehr gefasst reagierte. Sie ging davon aus, dass ihr Vater noch im Bett liege und schlafe. Er war gestern auf einer Abendveranstaltung in Jena.«

Wieder hakte Plöttner nach: »Vielleicht ist er da gar nicht angekommen, weil es ihn schon auf dem Weg dorthin erwischt hat.«

Hölbings strafender Blick brachte ihn zum Schweigen. »Falsch.

Er wurde vom Taxi abgeholt. An der Haustür. Und seine Tochter hat ihn einsteigen sehen.«

»Schluss!« Steffi Schmaerse schlug mit der flachen Hand auf ihren Schreibtisch. »Hört auf mit eurem Sparring. Kann ja auch sein, er hat sich um die eigene Achse gedreht, bevor er gestürzt ist. Mach einfach mit den Fakten weiter, Frank.«

»Ich sagte ja, mit der Frage, wer wo gestanden hat, fangen unsere Probleme erst an. Mit den potenziellen Tätern geht es weiter.«

Gabi gluckste wieder, und die Chefin hob erstaunt eine Augenbraue. Frank genoss seinen Wissensvorsprung und blickte triumphierend in die Runde.

»Ja, ich habe in der Mehrzahl gesprochen.«

Schmaerse verdrehte die Augen.

»Also«, setzte Hölbing fort, »laut seiner Tochter war Kahn in Jena bei einem Gesprächsforum der Stasi-Landesbehörde. Dabei trafen zum ersten Mal in einem öffentlichen Dialog Täter und Opfer zusammen.«

»Und?«, fragte Dieter Rebhahn. »Spann uns nicht so auf die Folter.«

»Hartmut Kahn saß mit einem ehemaligen Kollegen auf der Seite der Täter.«

»Das heißt?« Michael Plöttner blieb der Mund offen stehen.

»Genau«, bestätigte Hölbing. »Kahn war bis zur Wende Offizier der Staatssicherheit und an der Verfolgung von Andersdenkenden beteiligt.«

»Und bei dem Forum ist es hoch hergegangen, habe ich heute früh im Radio gehört«, sagte Gabi Kaspar. »Da sind richtig die Fetzen geflogen.«

»Wie viele Gesprächsteilnehmer waren dort?«, fragte Schmaerse, den Blick auf die junge Kollegin gerichtet.

»Laut Radio mehr als sechzig.«

»Pffft«, machte Plöttner und rieb sich den Bauch. »Das wären dann über sechzig, die ein Motiv haben.«

»Nun mal langsam«, forderte Schmaerse. »Das kann auch jemand ganz anders gewesen sein.«

»Stimmt«, sagte Hölbing. »Aber mehr haben wir bislang nicht in der Hand.« Er blickte von einem zum anderen. »Es gab am

Tatort nur einen einzigen Gegenstand, der definitiv nicht vom Opfer stammte.«

»Und das war?«, wollte Doro Alberti mit ihrer tiefen Stimme wissen.

»Eine Haftschale.«

»Was ist eine Haftschale?«, fragte Gabi Kaspar.

»Na so ein Brillen-Ersatzdings, was du dir ins Auge klemmst«, klärte Michael Plöttner auf.

»Das sind doch Kontaktlinsen«, sagte Kaspar. »Ich dachte, Haftschalen, das sind diese BHs ohne Träger.«

»Trägst du?«, wollte Hölbing wissen.

»Also wirklich«, sagte Kaspar und lief rot an.

»Wir suchen also einen Täter, der Stasi-Opfer war und schlechte Augen hat?«, fragte Plöttner.

»So ein Quark, auch die kann dort jeder verloren haben«, gab Gabi Kaspar zu bedenken.

Ein paar Sekunden herrschte Stille, dann redeten plötzlich alle durcheinander, bis Schmaerse wieder die Hand auf den Tisch klatschen ließ und die Arbeit verteilte. Hölbing bat sie zu bleiben, die anderen gingen an ihre Aufgaben.

»Was meinst du?«, fragte sie ihren Stellvertreter.

Der überlegte eine Weile. »Plöttner hat recht«, sagte er dann. »Wir haben zunächst einmal über sechzig Tatverdächtige.«

»Der Mörder muss ihm also gefolgt sein«, sinnierte Schmaerse. »Wie ist Kahn eigentlich nach Hause gekommen?«

Hölbing schüttelte den Kopf. »Wissen wir noch nicht.«

»Ich will noch mal mit Frau Kahn reden, als Frau habe ich da möglicherweise mehr Chancen. Zumal ich weiß, was es heißt, seinen Vater zu verlieren.«

»Du hättest heute früh ruhig mit rauskommen können«, stichelte Hölbing.

Schmaerse blieb ruhig.

»Du bist Polizist, du kannst auch einfach deine Arbeit machen und musst nicht nachtreten«, sagte sie. »Schon gar nicht bei mir. Im Übrigen: Es geht dich zwar nicht das Mindeste an, aber ich habe vier Monate auf meinen Termin warten müssen.«

Hölbing ging leicht eingeschnappt zur Tür.

»Ach ja«, sagte Schmaerse und grinste. »Und es war eine *Ärztin.*«

Frank Hölbing zwinkerte ihr zu und ging.

Allein im Zimmer, drehte sich Steffi Schmaerse zum Fenster um und nagte an ihrem Zeigefinger. »Alles Scheiße«, sagte sie zu ihrem Kaktus. »Ich brauch eine Brille. Und außerdem habe ich sechzig Verdächtige. Und du wieder kein Wasser.«

5

Es war ein frischer Tag, das Thermometer blieb mittags bei fünfzehn Grad Celsius stehen, und Peter Hartmann war froh, dass sein Auto schwarz war. So hatte das bisschen Sonne, das morgens mal kurz hervorblinzelte, genug Kraft, den Innenraum angenehm aufzuheizen. Er stoppte am Imbiss an der Ausfallstraße, kaufte sich eine Bratwurst und verstrickte den Imbissbetreiber, der immer selbst am Rost stand, in ein Gespräch. Small Talk über das Wetter. »Man merkt, dass es Sommer wird, der Regen wird wärmer.« – »In diesem Jahr werden die Geschäfte ganz mies laufen.« – »Gab es überhaupt schon richtige Sommertage?«

Peter Hartmann zapfte den Imbissbetreiber gern bei einem harmlosen Schwatz an. Der Mann stand den ganzen Tag am Rost, und er bekam viel mit. Und er war bereit, sein Wissen zu teilen. Meist kam nicht viel dabei rum, aber wenn, dann hatte das auch Hand und Fuß. Von »Dieter's Schlemmeroase«, der mit dem Deppen-Apostroph, hatte Peter Hartmann schon die eine oder andere Story mitgebracht. Vom Toten in Auendorf wusste der Schlemmerkönig allerdings noch nichts. Peter erzählte es ihm bereitwillig. Früher hätte er bedeutungsvoll auf die Zeitung von morgen verwiesen und sich in Andeutungen erschöpft. Inzwischen hatte er gelernt, dass das Geschäft mit Nachrichten immer eine Sache von Geben und Nehmen war.

Auendorf war das, was man ein verschlafenes Nest nannte. Wollte man von der Bundesstraße in Richtung Harleshausen, der verhinderten Kurstadt, dann bog man am Abzweig Auendorf ab, querte die Tausend-Seelen-Gemeinde auf kürzestem Wege, kam nach zwei Kilometern nach Reichstädt und sah dann im Tal schon Harleshausen vor sich liegen. Auendorf und Reichstädt gehörten auf natürliche Weise zueinander – die benachbarte Stadt, in der die Kinder der Dörfer zur Schule gingen, bildete die Grenze nach Süden, die Bundesstraße, einst eine mächtige Handelsstraße, die nach Norden. Im Vergleich der beiden Dörfer war Auendorf das größere und Reichstädt das schönere.

Ein pfiffiger Bürgermeister hatte in Reichstädt nach der Wende ein ziemlich großes Wohnungsbaugebiet angelegt, das von der anhaltenden Landflucht der Riedburger profitierte. Die modernsten Häuser in Auendorf indes waren schon rund zwanzig Jahre alt, lagen samt und sonders in der Eckartsbergaer Straße und verlängerten dort die Reihe der wenigen Einfamilienhäuser, die in den späten achtziger Jahren errichtet worden waren. Auendorf war das Dorf mit dem gewissen Nichts. Eine Kirche, eine Feuerwehr, ein Kindergarten, ein Agrarbetrieb. Wenigstens die Kneipe am Sportplatz war noch in Betrieb, so hatten die Auendorfer einen fixen Anlaufpunkt.

Immerhin, ihre Höfe hatten die Auendorfer hübsch rausgeputzt, dachte Peter Hartmann, als er langsam durchs Dorf rollte. Landwirtschaftlich genutzt wurden nur noch die wenigsten, so hatte man die Scheunen zu Garagen umfunktioniert und die Innenhöfe sauber gepflastert. In der Eckartsbergaer Straße standen auffällig viele Leute um die Stelle, an der nur noch die Kreideumrisse eines Körpers auf das dramatische Geschehen aufmerksam machten. Hartmann rollte langsam an der Einmündung vorbei. Sein Ziel war die Badergasse, fast am anderen Ende des Dorfes gelegen. Sie führte von der Hauptstraße aus in Richtung Harlesbach.

Ziemlich am Ende fand er das Haus, das er suchte. »Eberwein«, stand blau auf weiß auf einem Keramikschild, das sorgfältig am Gartentor befestigt war. Daneben ein Briefkasten mit Sicherheitsschloss und eine rote Zeitungsrolle, auf der »Riedburger Rundschau« stand – so etwas sah Peter Hartmann gern. Auch noch nach den vielen Jahren.

»Sie wollen bestimmt zu meinem Sohn.« Die Frau in der altmodischen Kittelschürze hatte etwas Mürrisches, Abweisendes an sich.

»Richtig, mein Name ist Peter Hartmann von …«

»Schon gut«, fiel sie ihm ins Wort. »Er ist hinten im Gemüsegarten. Sie müssen hier rum.« Sie wies ihm mit der Hand den Weg auf den Platten ums Haus.

Gerald Eberwein kniete vor einem Beet und zupfte mit der Hand Unkraut. Er war ein großer und kräftiger Mann. Als er

Hartmann gewahr wurde, richtete er sich auf, kam ihm entgegen und hielt ihm das rechte Handgelenk hin.

»Meine Hände sind schmutzig«, sagte er entschuldigend. Und dann: »Sie haben ja gesagt, dass Sie noch mal wiederkommen wollen.«

»Ich habe das gesagt?«

»Nein, Ihr Kollege, also der Polizist, der mich heute Morgen verhört hat.«

Der hält mich für einen Polizisten, dachte Hartmann und beschloss, die Sache sofort aufzuklären. Wenn er bei Eberwein Vertrauen erwecken wollte, musste er von Anfang an mit offenen Karten spielen.

»Ich bin nicht von der Polizei.«

»Nein?« Eberwein schaute ihn neugierig an.

»Ich bin von der Riedburger Rundschau.«

Ein Strahlen huschte über Eberweins Gesicht. »Ah«, sagte er. »Sind Sie vom Vertrieb?«, fragte er erwartungsvoll.

»Ich bin von der Landesredaktion. Ich will über die Geschichte von heute Morgen schreiben.«

»Ach so.« Es klang fast enttäuscht.

»Na ja, Sie sind ja jetzt so was wie ein Held«, munterte Hartmann ihn auf.

»Ach, ich hab doch nur meine Arbeit gemacht, wie immer«, sagte Eberwein und blickte fast verlegen auf seine Hände. Riesige Hände, wie Hartmann fand.

»Sie machen Ihre Arbeit immer sehr ordentlich. Das hat mir Herr Vogtmann gesagt.«

Eberwein drehte sich zu Hartmann herum.

»Wirklich?«, fragte er ungläubig.

»Ja doch. Ich habe heute Morgen erst mit ihm gesprochen. Er hat mir auch erzählt, dass Sie gleich beim Vertrieb angerufen haben, nachdem Sie die Polizei alarmierten.«

»Na ja, ich musste denen doch Bescheid sagen. Weil, ich hab ja nicht mehr die Zeit geschafft.«

»So ein Toter ist aber auch eine gültige Entschuldigung, denke ich.«

»Wenn die Zeitung zu spät im Kasten steckt, gibt es keine

Entschuldigung dafür. Höchstens eine Erklärung. Das wissen Sie doch.«

Hartmann lächelte unmerklich.

»Erzählen Sie mal, wie sah er denn aus, der Tote, wie er so dalag.«

»Also das war Herr Kahn, ich habe ihn gleich an seinem Jackett erkannt, so ein dunkelblaues aus ganz feinem Stoff. Das trägt sonst keiner hier. Sein Gesicht war ja gar nicht richtig zu erkennen. Ganz zerschnitten war das und voller Blut. Er lag einfach so da.« Eberwein machte eine Pause.

Hartmann klappte sein Arbeitsbuch auf und machte sich Notizen. Eberwein sah zu.

»Schreiben Sie das alles auf, was ich sage?«, wollte er wissen.

»Nun, ich will ja nichts Falsches in die Zeitung schreiben. Sie sind ja ein wichtiger Zeuge.«

»Sie schreiben aber schlecht«, sagte Eberwein, »das kann man ja kaum lesen.«

Hartmann lachte auf.

»Ja, manchmal habe ich selbst Mühe, das zu entziffern. Das kommt davon, dass man ganz schnell mitschreiben muss, wenn einer spricht.«

»Dann schreiben Sie doch langsamer, ich kann auch langsamer sprechen.«

»Na dann, erzählen Sie mal, was genau Sie gemacht haben.«

Und Gerald Eberwein erzählte ihm die ganze Geschichte. Langsam und bedächtig, immer bemüht, auch ja nichts auszulassen. Kein leichter Gesprächspartner, befand Hartmann, aber einer, der gründlich berichtete, ohne Argwohn, ohne Berechnung. Dann stockte der Redefluss, Eberwein wurde nachdenklich. Er rieb sich die Nase, einen großen fleischigen Zinken. Im Profil erinnerte er ein bisschen an Gerard Depardieu in seinen besseren Jahren. Und mit ordentlichem Haarschnitt.

»Einen schönen Garten haben Sie da«, lenkte Hartmann das Gespräch auf ein anderes Thema. Er hatte das Gefühl, Eberwein müsse sich ein wenig erholen.

Der strahlte. »Ja, nicht wahr? Obwohl, es ist nicht mein Garten, sondern der von meiner Mutti. Ich helfe ihr gern dabei. Sie kann ja nicht mehr so in ihrem Alter.«

»Ich hab ja eher keinen grünen Daumen«, verteilte Hartmann ein indirektes Lob. »Schon gar nicht für so Alltagskulturen wie Kartoffeln oder Bohnen.« Er wies auf die Pflanzen.

»Die Bohnen sind prächtig dieses Jahr, finden Sie nicht?« Gerald Eberwein stand auf und schritt stolz wie ein Feldherr zwischen den Beeten auf und ab. »Das sind Zwiebohnen«, ergänzte er.

Hartmann musste den Ahnungslosen nicht spielen, er war es.

»Aha«, kommentierte er nur.

»Da kann man die Hülsen genauso essen wie die Kerne, die man als Trockenbohnen nimmt. Man kann die Hülsen auch essen, wenn sie schon ganz lange hängen.«

»Was für ein Mensch war er denn, der Herr Kahn?«, kam Hartmann auf das ursprüngliche Thema zurück.

Eberwein ließ eine Bohnenranke, die er geradezu zärtlich in der Hand hielt, wieder fallen. »Das war ein ganz feiner Mann«, sagte er. »Der hat Versicherungen verkauft, drüben in Jena.«

»Und seine Familie?«

»Er ist vor zwei Jahren verwitwet und dann wieder hierher zu seiner Tochter gezogen.«

»Was ist das für eine, seine Tochter?«

»Die Karin. Ach, die ist eigentlich ganz nett. Aber die kommt mit ihrem Vater nicht ganz klar, hält ihn für böse.«

»Für böse?«

»Ja, aber das ist nur, weil sie selbst einen bösen Mann hatte.«

»Hatte?«

»Der hat sie und die Kinder nicht gut behandelt. Die sind geschieden inzwischen.«

»Hat er sie geschlagen?«

»Wer?«

»Na der Schwiegersohn von dem Toten.«

»Der. Ach so. Nein, der hatte nur, na der hatte ganz komische Vorstellungen von Kindererziehung. Das ist eine alte Geschichte.«

Gerald Eberwein stand wieder auf, und er machte den Eindruck, als wäre das Gespräch damit für ihn beendet. Hartmann wurde nicht schlau aus ihm, aber das war fürs Erste egal. Er wusste, wer der Tote war, er hatte eine plastische Schilderung der Auffindsituation und der ersten Schritte der Polizei – im Prinzip konnte er eine Geschichte schreiben, als wäre er dabei gewesen.

Ob der Ex-Schwiegersohn was mit dem Mord zu tun hatte?

»Herr Eberwein, Sie haben mir wirklich sehr geholfen. Ich muss sowieso noch zu Ihrem Bürgermeister. Darf ich Sie anrufen, wenn mir noch was einfällt?«

»Ja klar, und Sie können auch Du zu mir sagen. Ich bin der Gerald.«

»Okay, dann bin ich der Peter.«

Gerald Eberwein kramte umständlich ein Handy älteren Typs aus der Brusttasche seiner Latzhose – der Reißverschluss klemmte. Dann tippte er auf der Tastatur rum und hielt ihm das Display hin.

»Hier, können Sie aufschreiben. Das habe ich immer mit.«

Auch der Bürgermeister von Auendorf hielt ihn zunächst für den Falschen.

»Lassen Sie mich raten: Sie sind bestimmt der Chef von Hartmut Kahn«, begrüßte er ihn schon an der Tür der Gemeindeverwaltung.

»Wie kommen Sie darauf?«, fragte Hartmann zurück.

»Nun, Polizisten fahren selten so große Autos.«

»Aber Versicherungsmakler?«

»Wenn sie genug Policen vertickt haben, schon«, lachte der Dorfschulze und reichte ihm die Hand. »Kämpfer. Ingolf Kämpfer, Freie Wähler«, stellte er sich vor.

»Hartmann. Peter Hartmann, Riedburger Rundschau.«

»Oh. Da habe ich mich wohl vertan.«

Kämpfer war offenbar eine gutmütige Natur. Und er erwies sich als angenehm sachlich und offen. Hartmanns Befürchtungen, er würde sein Dorf unbedingt aus jeder Schlagzeile raushalten wollen, was bei einem Mord sowieso nicht mehr ginge, erwiesen sich rasch als unbegründet. Kämpfer redete frei von der Leber weg.

»Sie wollen sicher wissen, was der Kahn für einer war. Da hat sich auch schon die Kripo für interessiert. Und wissen Sie, was die noch gefragt haben: Ob ich nachts in der Eckartsbergaer Straße das Licht ausschalte. Die haben bestimmt schon irgendeinen Verdacht.«

»Haben Sie auch einen?«

Kämpfer lachte. »Wenn ich einen hätte, würde ich ihn keinem Reporter erzählen, das steht sonst morgen alles in der Rundschau.«

»In der Rundschau steht das morgen sowieso. Aber ich will ebenso wenig spekulieren wie Sie, deswegen brauche ich schon ein bisschen Hintergrundwissen.«

Kämpfer erzählte. Seit 2006 war er erst Bürgermeister, sein Vorgänger sei weggezogen. Wenn Hartmann also etwas über früher wissen wolle, da müsse er erst in den Archiven suchen. Der Kahn war kein geborener Auendorfer, habe aber schon Mitte der Achtziger hier gebaut, noch als junger Bursche. Beim Rat des Kreises soll er gearbeitet haben, die Leute hielten Distanz zu der Familie, zu der auch noch ein kleines Mädchen gehörte. Nach der Wende habe Kahn dann gleich als Versicherungsfuzzi angefangen, sei von Tür zu Tür gegangen und habe den Leuten Versicherungen angedreht. Nichts Schlimmes, das Übliche halt. Hausrat, Rechtsschutz, Gebäude- und Lebensversicherungen. Das lief anfangs ganz gut. Bei Kahn so gut, dass er sich hochdiente. »Ich weiß ja nicht, wie die Allianz aufgebaut ist, ob das da auch wie so ein Strukturbetrieb ist, wissen Sie, wo man erst selbst verkauft und dann verkaufen lässt.«

Peter Hartmann zuckte mit den Schultern, er hatte da wirklich keine Ahnung. Außerdem wollte er den Redefluss des freundlichen Bürgermeisters nicht stoppen.

Auf jeden Fall, so Kämpfer, habe sich Kahn mit seiner Frau aus Auendorf abgesetzt, als seine Tochter geheiratet hat, und dieser das Haus überlassen. Das müsse jetzt zwölf Jahre her sein. Doch die Ehe seiner Tochter sei nicht lange gut gegangen, drei Jahre später, der zweite Wurm konnte noch nicht mal laufen, hat sie ihren Mann rausgeworfen und ihren Mädchennamen angenommen. Damals sei ohnehin viel Unruhe im Dorf gewesen, sagte Kämpfer. Jedenfalls sei Kahn zurückgekommen, als dessen Frau vor zwei Jahren überraschend starb.

Das zweite Mal schon, dass Hartmann an diesem Tag vom Tod der Frau hörte. Er hakte nach: »Die Frau starb eines natürlichen Todes?«

Kämpfer hielt inne, lachte dann. »Das dürfen Sie mich nicht fragen. Im Dorf sagt man, es wäre ein plötzlicher Herztod gewesen. Morgens noch putzmunter und gesund, habe sie am Nachmittag über Übelkeit geklagt und sich aufs Sofa gelegt. Zwei Stunden später war sie tot. Eine andere Version kenne ich nicht.« Kämpfer dachte nach. Dann ergänzte er: »Nicht mal gerüchteweise.«

»Hätte ja sein können«, sagte Hartmann.

»Glauben Sie etwa …?« Kämpfer ließ den Satzanfang in der Luft hängen.

Hartmann hob abwehrend die Hände. »Ich weiß gar nichts, deswegen bin ich ja bei Ihnen.«

»Wäre schön, wenn Sie mich aus der Sache raushalten können«, bat Kämpfer.

»Es gibt noch keinen Grund, Sie überhaupt zu benennen«, machte Hartmann ihm Mut. »Einiges von dem, was Sie sagen, habe ich schon woanders gehört – mir ist es einfach wichtig, ein paar Fakten zu haben. Sie können sich nicht vorstellen, wie dürftig die Polizeimeldung aussieht, die ich heute Nachmittag bekommen werde. Die geben nicht einmal die Identität des Toten preis.«

»Na ja, aber den kennt doch eh jeder.«

»Wir werden ihn auch nicht nennen. Hartmut K. und sein Alter, das muss genügen. Wir wollen ja nicht die Familie an den Pranger stellen.«

»Ach, das passiert doch sowieso. Mich hat heute sogar schon die Bild-Zeitung angerufen.«

»Das wird auch nicht der letzte Anruf bleiben. Ich habe erst mal für Ihre Geduld und Ihr Vertrauen zu danken«, begann Hartmann sich zu verabschieden.

»Eine Sache ist da noch«, druckste der Bürgermeister herum. »Sie werden es sowieso erfahren, wenn Sie sich im Dorf umhören. Vielleicht müssen Sie es ja nicht gleich in die Zeitung schreiben, aber wissen sollten Sie's schon.«

Hartmann setzte sich wieder.

»Der Kahn«, so begann Kämpfer, »der war nicht beim Rat des Kreises.«

»Aber Sie selbst haben das doch gesagt.«

»Nein, nein.« Kämpfer wedelte mit dem Zeigefinger wie ein Lehrer. »Er soll dort gearbeitet haben, habe ich gesagt. Das glaubten die meisten hier bis vor zwei Jahren.«

»Und?«, fragte Hartmann.

Kämpfer dämpfte die Stimme etwas. »Der Kahn war bei der Stasi. Bei der Staatssicherheit, verstehen Sie.«

»Als IM?«

»Eben nicht. Der war ein Hauptamtlicher.«

»Und wie ist das rausgekommen?«

»Einer aus dem Dorf hat seine Akte eingesehen, bei der Stasi-Unterlagen-Behörde.«

»Aber da sind die Namen der Täter doch geschwärzt.«

»Das schon«, sagte Kämpfer und senkte die Stimme noch weiter. »Aber der hat aus verschiedenen Berichten erkannt, wer ihn angezählt hat, und das war ein IM. Den hat er dann zur Rede gestellt, und der hat ihm gesagt, dass der Kahn ihn angeleitet hat. Der Kahn als Agentenführer gewissermaßen, verstehen Sie? Das ging im Dorf rum wie nix. Der war in den letzten Jahren hier nicht mehr wohlgelitten, der Kahn.«

»Das kann ich mir vorstellen«, sagte Hartmann. Er wartete noch auf mehr.

»Aber wie gesagt, lassen Sie das mal besser raus.«

»Na ja, wenn das im Dorf schon Allgemeinwissen ist. Man kann das möglicherweise andeuten. So nach dem Motto: Nicht nur hinter vorgehaltener Hand erzählt man sich im Dorf von Stasi-Verstrickungen.« Hartmann dachte eine Weile nach, verwarf dann die Idee wieder. »Sie haben recht. Kahn ist tot, vielleicht sollte man da nicht noch nachtreten. Obwohl … wenn es alle im Dorf wissen, weiß es auch bald die Bild. Und die machen daraus eine fette Schlagzeile.«

»Tja, da kann man nix machen.« Kämpfer zuckte mit den Schultern.

»Doch«, legte Hartmann nach. »Mit einer seriösen und sachlichen Berichterstattung. Dazu brauche ich aber Quellen. Wer ist das denn, der das aufgedeckt hat?«

Kämpfer schüttelte hartnäckig den Kopf. »Ich glaube, das geht dann doch zu weit. Wenn derjenige es öffentlich machen will, soll er es tun. Ich bin dafür nicht zu haben.«

»Tja, das muss ich akzeptieren. Trotzdem vielen Dank, Herr Kämpfer. Wenn ich noch eine Frage habe …«

»Ich stehe im Telefonbuch«, sagte der Bürgermeister. »Auch meine Privatnummer. Aber ich bin oft hier, seit ich im Ruhestand bin.«

Peter Hartmann hatte die Autotür noch nicht ganz hinter sich geschlossen, da überkam ihn das unbändige Verlangen nach einer Zigarette. Er widerstand.

6

Die Riedburger Behörde des Bundesbeauftragten für Stasi-Unterlagen befand sich in einem dreistöckigen, lang gestreckten Altbau, der aufwendig, aber nicht auffällig saniert war. Lichtgrau die Fassade, der Eingangsbereich sorgfältig gepflastert, Kugelleuchten flankierten den kleinen Platz davor, der mit Bänken und Büschen eingefasst war.

Kriminalhauptkommissarin Steffi Schmaerse hatte sich für eine große und weiche lederne Umhängetasche entschieden. Da passten bequem die Ermittlungsakten rein – ein dünner Hefter noch –, und sie hob sich trotzdem von den jungen Anwältinnen mit ihren engen Röcken und edlen Aktentaschen ab.

»Haben Sie einen Termin?«, wollte der Pförtner wissen.

Von ihrem Dienstausweis, den er nur flüchtig mit einem Blick streifte, ließ er sich nicht im Mindesten beeindrucken.

»Haben Sie einen Termin?«, wiederholte er über den Rand seiner Brille hinweg.

Steffi Schmaerse biss sich auf die Unterlippe.

»Zehn Uhr bei Herrn Kunze«, sagte sie so schnippisch wie möglich.

Er tippte etwas auf seine Tastatur, blickte prüfend auf den Monitor und wandte sich dann wieder dem Schalterfenster zu. »Zweiter Stock links, Zimmer 210«, sagte er und drückte auf den Summer.

Reinhard Kunze, der Behördenleiter, war das, was man einen schönen Mann nennen musste: Mitte vierzig, markante Gesichtszüge, leicht gebräunt, grau meliertes und gut frisiertes Haar, Jeans, Jackett, Rollkragenpullover. Die Stimme ein volltönender, aber nicht lauter Bass: »Guten Morgen, Frau Schmaerse.« Mit einer knappen Handbewegung bat er sie an einen Beratungstisch.

»Es ist tragisch, was sich da in Auendorf abgespielt hat«, sagte er und faltete die Hände.

Etwas zu pastoral, befand Schmaerse und lächelte. Nicht nur vom Aussehen her könnte das der junge Gauck sein.

»Tragisch«, wiederholte er, »aber in seiner Tragik wohl vorhersehbar.«

»So?«, fragte sie und hob verwundert die Augenbraue.

»Na ja, ich meine jetzt so ganz unter uns gesagt.« Kunze schien verunsichert.

»Was macht ein Tötungsdelikt vorhersehbar?«, wollte Schmaerse wissen.

»Offen gesagt: Wenn man bedenkt, was Kahn alles angerichtet hat, was für ein Leid; wem er alles geschadet hat, dann ist das doch nicht so ohne Weiteres von der Hand zu weisen.« Kunze lavierte, aber Schmaerse ließ das kalt.

»Ich wüsste *nichts*, was einen Totschlag oder einen Mord rechtfertigen sollte – vielleicht können Sie mich da aufklären«, sagte sie und beugte sich leicht vor.

Kunze errötete kaum sichtbar.

»So habe ich das auch nicht gemeint«, sagte er. »Keineswegs billige ich eine solche Tat. Nur kenne ich die emotionale Ausgangslage recht gut, aus der sich möglicherweise ein Motiv ergibt.«

Schmaerse lehnte sich wieder zurück. »Sehen Sie, deswegen bin ich hier«, sagte sie, nun schon fast belustigt über die Verwirrung des sonst so eloquenten Behördenleiters. »Ich will wissen, wer ein Motiv dafür haben könnte.«

Kunze räusperte sich. »Nun ja, wir haben schon ein bisschen vorbereitet. Natürlich ohne vorab eine Bewertung vornehmen zu wollen. Ihr Anliegen ist zwar ungewöhnlich, aber verständlich. Wir haben Ihnen die Zusammenfassung der Akten aller dreiundfünfzig Teilnehmer des Jenaer Forums herausgesucht.«

»Dreiundfünfzig? Ich denke, es waren über sechzig«, hakte Schmaerse nach.

»Es waren genau dreiundsechzig Teilnehmer. Über dreiundfünfzig gibt es in unserem Haus Opferakten. Vier der Teilnehmer fallen unter die Zuständigkeit der Landesbehörde in Sachsen-Anhalt, drei unter die in Sachsen. Zwei weitere Teilnehmer kamen aus unserem Haus, einer ist wissenschaftlicher Mitarbeiter an der Uni Riedburg.«

Er machte eine Pause, wie um sich zu vergewissern, ob die Polizistin auch alles verstanden hätte. Dann setzte er fort: »Ich habe die Akten in einen Leseraum bringen lassen, dort können Sie Einblick nehmen. Eine Mitnahme der Akten kann ich noch nicht zulassen, dazu bedarf es einer richterlichen Entscheidung, wie Sie wissen. Aber wenn Sie möchten, können wir Ihnen von Einzelblättern Kopien fertigen – auf dem kleinen Dienstweg gewissermaßen. Allerdings immer nur aus dem Exzerpt, nicht aus der Originalakte.«

Schmaerse überlegte einen Augenblick.

»Das klingt nach einem guten Anfang«, sagte sie dann entschlossen und stand auf. Eigentlich wollte sie Kunze nach seinem Eindruck fragen, aber nach seinen Worten gleich zu Beginn sparte sie sich das. Sie konnte die Antwort erahnen.

Kunze lächelte charmant und hielt ihr die Tür auf.

»Hier entlang bitte«, wies er ihr mit der Hand den Weg und knöpfte sich das Jackett zu. Er hielt ihr erneut die Tür zu dem Leseraum auf, der einem Verhörraum ihrer eigenen Behörde nicht unähnlich war. Schmucklos und nüchtern möbliert.

Kunze räusperte sich erneut. »Ich weiß, dass das eigentlich unnötig ist, aber ich muss Sie dennoch darauf hinweisen: Keine Fotos, auch nicht mit dem Handy.«

Schmaerse fuhr herum und funkelte ihn wütend an. Beschwichtigend nickte er und entfernte sich rückwärts, ohne noch ein weiteres Wort zu sagen.

Das Durchsehen der Akten erwies sich als Sisyphusarbeit. Dreiundfünfzig Schnellhefter waren ein ganz schöner Stapel. Steffi Schmaerse, die mit so viel Elan in die Behörde gekommen war, blätterte lustlos und ziellos herum. Manche Akten bestanden aus zwei Seiten, manche aus dreißig. Satzfetzen sprangen sie an, Namen, Daten. Zur Mittagszeit meldete sie sich kurz in ihrer Dienststelle, ließ das Zimmer verschließen und suchte sich einen Imbiss. Glücklicherweise lag die Behörde zentrumsnah. Am Nachmittag dann kam sie endlich zu systematischer Arbeit, auch wenn die Schicksale hinter den Akten sie zunehmend bedrückten.

Entsetzt war sie vor allem von der Geringfügigkeit der tatsächlichen oder vermeintlichen Delikte, die ein fein abgestuftes System von Repressalien nach sich zogen.

Eine junge Frau, in Ausbildung bei der Reichsbahn, Facharbeiter mit Abitur, Bestnoten, die Eltern Funktionäre. Sie lässt sich Schallplatten aus dem Westen besorgen, eine Freundin denunziert sie. Als sie sich um ein Jurastudium bewirbt, dann der Stempel auf ihren Bewerbungsunterlagen: »Für ein Hochschulstudium nur bedingt geeignet.«

Ein Schlosser vom VEB Waggonbau Gotha, Freizeitschlagzeuger. Weil er sich die Haare lang wachsen lässt und sich in der Blueser-Szene rumtreibt, gerät er ins Visier der Genossen. Bei einer Bahnfahrt nach Wasungen zum Fasching eckt er mit der Transportpolizei an. Ein Wort ergibt das andere, dann eine Beleidigung. Die Stasi leitet einen »operativen Vorgang« ein, die Band, in der der Mann spielt, erhält keine Auftrittsgenehmigungen mehr.

Ein Offiziersschüler von der Hochschule der Grenztruppen in Suhl prahlt im Suff vor den Kameraden, wie einfach es doch wäre, die Grenzsicherungsanlagen zu überwinden. Unehrenhafte Entlassung, Schauprozess vor einem Militärgericht wegen »Vorbereitung zum illegalen Grenzübertritt«.

Oder Renato Löser. Ein hoffnungsvoller Ausdauersportler aus der bekannten Rennfahrerschmiede in Gera. Mit seinem Rennrad schlägt er alles, was sich ihm in den Weg stellt. Und dann, nach Kinder- und Jugendsportschule, als DDR-Junioren-Meister schon, auf dem Weg zu internationalem Ruhm, begeht er einen winzigen Fehler; er weigert sich rundweg, Mitglied der SED zu werden. Die Folgen waren existenziell. Löser wird vom staatlichen Fördersystem abgekoppelt, erhält nur noch billiges Material und darf nur noch bei nationalen Rennen antreten. Als er sich darüber beschwert, wird er wegen Staatsverleumdung für drei Monate eingesperrt.

Steffi Schmaerse schüttelte fassungslos den Kopf. Sie war nicht naiv. Sie war ein Kind der DDR, und sie wusste genug über die Staatssicherheit, ihre Aufgaben, ihren nach innen gerichteten Unterdrückungsapparat, sie wusste auch einiges über Wolfs Westspione. Aber das, was sie heute erschreckte, war eine Art Banalität des Bösen, die man nun, dreiundzwanzig Jahre nach der Wende, kaum noch fassen konnte, die mit dem Leben außerhalb dieses Gebäudes nicht mehr sichtbar zu tun hatte. Und doch wirkte sie nach. Die begabte Eisenbahnerin, hatte sie überhaupt studiert? Der Schlosser, machte er noch Musik, wie stand er heute zur DDR, wie stand er heute zu Staatsorganen insgesamt? Der Offiziersanwärter, was war aus ihm geworden? Nur zu dem Rennradfahrer gab es gesicherte Erkenntnisse. Er blieb der DDR »erhalten«, startete für diverse Betriebssportgemeinschaften und dominierte jahrelang den Amateurradsport nach Belieben. Nach der Wende war er durch die Vermittlung früherer Weggefährten lange Zeit als Mechaniker bei Profimannschaften tätig. Das hatte sie mal in einem Dokumentarfilm gesehen, der den Fall beleuchtet hatte. Warum war er nicht zum Staatsfeind geworden? Hatte man ihn gebrochen? Korrumpiert? Ins Privatleben zurückgezogen hatte er sich jedenfalls nicht. Vor allen Dingen: Was hätte eigentlich aus Löser werden können, wenn er sich systemkonform verhalten hätte?

Was hatte die Verfolgung durch das System mit den betroffenen Menschen gemacht? Zu viele Fragen. Dabei hoffte sie, hier die Antworten zu finden.

Steffi Schmaerse riss sich aus ihren Gedanken. Wieder klar denken, mahnte sie sich. Sie war nicht hier, um Unrecht zu bewerten, sondern um einen Mörder zu suchen. Akte für Akte musste darauf geprüft werden, ob es Berührungspunkte zu dem toten Hartmut Kahn gab. Das war nicht einfach. In den Zusammenfassungen gab es keine Namen von Tätern. Und die Akten selbst konnte sie nicht einsehen, solange sie keinen Richter fand, der das anordnete. Dreiundfünfzig Teilnehmer eines Forums unter Verdacht zu stellen, war zwar de facto ihre Aufgabe, die Teilnahme an diesem Forum allein ergab allerdings noch keinen justiziablen Anfangsverdacht. Den musste sie finden. Den hoffte sie zu finden. Vielleicht ergaben die Akten etwas zu dem, was Kunze gerade so großspurig als »emotionale Ausgangslage« bezeichnet hatte. Ein Motiv, ein Berg voller Hass, voll von ungesunder und zerstörerischer Rachsucht. Aber das Forum war offen. Nur weil es in Jena stattfand, hieß das noch lange nicht, dass die Opfer früher alle mit Kahn oder einem der anderen anwesenden Täter zu tun hatten.

Nach dem, was sie bislang wusste, arbeitete Hartmut Kahn bei der Kreisdienststelle des MfS und war – wie auch immer – an der Verfolgung von Andersdenkenden beteiligt gewesen. Das war es auch schon. Sie kannte weder Kahns Dienstgrad noch sein Aufgabenfeld, sie wusste nicht, welche Akten es von dieser Dienststelle überhaupt noch gab und was noch in Archiven schlummerte. Sie war zum gegenwärtigen Zeitpunkt der Ermittlungen Kunzes Behörde, möglicherweise auch Kunze selbst, auf Gedeih und Verderb ausgeliefert. Und zwar genau so lange, bis sie mit einem richterlichen Beschluss in sein Zimmer spazieren konnte.

Immerhin wusste sie, dass die Staatssicherheit nach einem Territorialprinzip aufgestellt war. Jeder Kreis und jeder Bezirk hatte seine Verwaltung. Dass es möglicherweise übergreifend operierende Teams gab, spielte dabei keine Rolle. In den Kreisen und Bezirken wurden die Akten geführt. Also nahm sie sich Hefter für Hefter vor und suchte nach Bezugspunkten zu Riedburg. Geburtsorte, Wohnorte, Arbeitsorte, Tatorte. Sie machte sich viele Notizen, aber ausschließlich in ihr Arbeitsbuch. Die Hefter legte sie wieder genau so hin, wie sie sie vorgefunden hatte: in zwei Stapeln, sortiert nach den Anfangsbuchstaben der Namen der Betroffenen. Sie traute Reinhard Kunze nicht, ohne zu wissen, woran sie das festmachen sollte. Es war nur so ein Bauchgefühl.

Dennoch ging sie noch einmal zurück in sein Büro. Sie musste sich seiner Kooperation versichern, auch über den Tag hinaus. Kunze beließ es bei warmen Worten, ein pastorales Blabla. Er schien sich hinter der politischen Bedeutung seiner Funktion zu verschanzen. Steffi Schmaerse würde wiederkommen müssen. Wieder und wieder, bis sie genügend Anhaltspunkte gesammelt hat, um tiefer zu schürfen.

7

Peter Hartmann hatte seine Tastatur etwas näher an der Tischkante platziert und war mit seinem Bürostuhl auch ein Stück dichter gerollt. So konnte er ohne krummen Rücken aufrecht und bequem sitzen und schreiben, ohne seinen Oberkörper auch nur einen Millimeter zu bewegen.

Auendorf. Noch keine näheren Erkenntnisse hat die Kriminalinspektion Riedburg zum Mord in Auendorf. Immerhin bestätigte Polizeisprecher Florian Rattmann inzwischen die Identität des Toten. Demnach handelt es sich um den 58-jährigen Versicherungsvertreter Hartmut K.

Hartmann dachte eine Weile nach. *Versicherungsvertreter* klang irgendwie blöd. Der Mann hatte eine eigene Agentur. Zwar wusste Hartmann, dass es bei den Versicherungsfuzzis die seltsamsten Ränge gab – so mancher, der seine Kunden nur in einem einzigen Stadtteil rekrutierte, durfte sich *Generalvertreter* nennen –, aber *Versicherungsvertreter* klang wirklich respektlos und abwertend. Der Mann war tot. Hartmann dachte kurz nach, platzierte dann mit der Maus den Cursor hinter dem *vertreter* und löschte denselben mit der Backspace-Taste.

Der Ausbildungsberuf hieß inzwischen Versicherungskaufmann, aber dagegen sprach, dass Kahn eine eigene Agentur hatte und, soviel er, Hartmann, wusste, zumindest eine weitere Mitarbeiterin beschäftigte. Nach einer quälenden Minute wurde aus dem *Versicherungsvertreter* mit wenigen Tastenanschlägen ein *Versicherungsmanager*, und, nachdem das Hartmann noch immer nicht zusagte, machte er aus Kahn kurzerhand einen *Versicherungsmakler*.

Würde Hartmann weiter so langsam schreiben, dann wäre das heute sein einziger Beitrag. Dies würde weder den Beifall seines Ressortleiters noch den des Chefredakteurs hervorrufen. Zumal er noch den Rest eines Gespräches mit dem neuen Leiter des Schulamtes Mittelthüringen im Block hatte, bei dem es um die sogenannte Inklusion ging, ein dämliches Modewort für Integration beziehungsweise gemeinsamen Unterricht, bei der man nicht ganz genau wusste, ob man sie nun Kultusminister Christoph Matschie zu verdanken hatte oder einem seiner Satrapen. Egal.

Erst einmal stand der Nachdreher zu den Geschehnissen in Auendorf auf dem Plan. Und im Mittelpunkt musste zwingend die Person Hartmut Kahn stehen, weil Rattmann rausgelassen hatte, was in Auendorf inzwischen ohnehin jeder wusste. Wie viel sollte Hartmann von seinem eigenen Wissen preisgeben? Er musste, um seinen nicht nur firmeninternen Ruf als ausgezeichneter Polizeireporter aufrechtzuerhalten, immer einen Tick besser sein als die Konkurrenz.

Das würde ihm in diesem Fall nicht schwerfallen. Ein ganz simpler Mechanismus sorgte dafür, dass lokale und regionale Berichterstatter bei überregionalen Themen immer die Nase vorn hatten. Und Mord war zweifellos ein Thema, auf das sich alle nationalen Medien stürzen würden. Dabei fokussierten nicht nur die Leser selbst, sondern in einer Art Selbstbespiegelung auch die Medien auf die überregionale Berichterstattung. Deren Akteure indes hatten nie die intimen Kenntnisse lokaler Gegebenheiten, geschweige denn die Netzwerke von Lokalreportern, die ihnen naturgemäß immer ein interessantes Detail voraushaben würden.

Die Gier nach der Aufmerksamkeit der Leitmedien machte selbst vor Chefredakteur Grieshaber, den man wirklich nicht für blauäugig halten sollte, nicht halt. Er hatte schon in mancher Redaktionskonferenz voller Stolz getönt, dass die Rundschau von Spiegel Online, der Welt oder der Süddeutschen zitiert wurde. Und wehe, die überregionalen Medien griffen ein Thema auf, das nicht seinen adäquaten Niederschlag in der Rundschau gefunden hatte. Dann konnte Grieshaber in seiner beispiellos zynischen Art unverhohlen drohen.

Nein, Hartmanns wahre Konkurrenz in diesem Fall waren eindeutig die anderen Thüringer Blätter und die Boulevardpresse, weil Letztere, ohne mit der Wimper zu zucken, Gerüchte als Wahrheiten verkaufte und Details zu Aufmachern aufblies. Also rein mit seiner wichtigen Erkenntnis über Kahn. Dabei blieb er genau bei der Zurückhaltung, die er dem Bürgermeister versprochen hatte. Er würde die Auendorfer in den nächsten Wochen noch brauchen.

Der Tote, dessen Agentur in Jena Kunden vor allem aus der Saalestadt und der Region in Versicherungsfragen betreute, wohnte seit zwei Jahren wieder in Auendorf und trat im Ort als stiller und bescheidener Mann auf. Von einigen Alteingesessenen wurde er dennoch misstrauisch beobachtet – K. hatte, wie fast alle Männer seiner Generation, eine gebrochene Biografie. Nicht nur hinter vorgehaltener Hand erzählt man sich im Dorf von Stasi-Verstrickungen; es soll auch Belege dafür geben.

Gut so. Der Brocken war hingeworfen. Dass Kahn hauptamtlicher Mitarbeiter der Staatssicherheit war, behielt Hartmann zunächst für sich. Während junge Hasen von »Nachrichtenunterdrückung« faseln würden, wusste er, was in den nächsten Tagen und Wochen noch auf ihn zukommen würde. Grieshaber war in solchen Fragen unersättlich. Jeden Tag wollte er eine neue Geschichte, wollte einen neuen Aspekt. Verschösse Hartmann sein Pulver jetzt, bliebe ihm möglicherweise schon in ein oder zwei Tagen nur noch der Offenbarungseid. Den Satz »Da gibt es nichts Neues« hatte Grieshaber bislang noch nie akzeptiert.

Hartmann hielt inne. Stasi-Verstrickungen. Tischte er dem Leser gerade eine Theorie auf? Hass und Rache waren seit jeher starke Motive für Gewaltverbrechen, das stimmte schon. Doch würde nicht die Mehrheit der Leser den Brocken schlucken und fortan nur noch in eine Richtung denken? Andererseits: Konnte er das mit einem etwas abmildernden Ausdruck verhindern? Nein, Stasi-Verstrickungen war ganz genau das passende Wort dafür. So wollte er es für den Moment auch stehen lassen. Also ein Absatzzeichen.

Ungeachtet dessen befinden sich die Auendorfer in einem kollektiven Schock. »Es ist schlicht unvorstellbar, dass ausgerechnet in unserem friedlichen Dorf so ein schreckliches Unglück passieren konnte«, sagte Auendorfs Bürgermeister Ingolf Kämpfer gestern im Gespräch mit unserer Zeitung.

Genau so. Ein offizielles Statement, das ohnehin so oder ähnlich gekommen wäre. Und ein schöner Übergang zu dem nächsten Fakt, den Hartmann dem Leser präsentieren wollte. Erst gestern nämlich war eine etwa Fünfzigjährige auf den Kameramann eines Drehteams losgegangen, das im Auftrag des MDR in der Nähe des Tatortes filmen wollte.

»Wir brauchen hier keine Sensationspresse«, hatte sie den Mann angefahren und dabei ihre Mistforke bedrohlich in seine Richtung gehoben. »Geht nach Hause. Ihr könnt ja wiederkommen, wenn wir hier in vier Wochen friedlich unser Quellenfest feiern. Aber dann ist von euch garantiert keiner zu sehen.«

Hartmann hatte es fast aus erster Hand; ein früherer Praktikant, der seit Jahren Nachrichtensprecher beim MDR war, hatte es ihm am Morgen gesteckt. Hartmann lächelte und tippte weiter.

Die Nerven der Bewohner liegen blank. So wurde ein Mitarbeiter eines Filmteams, das im Auftrag des Mitteldeutschen Rundfunks MDR drehte, von einer Auendorferin bedroht – die Fernsehleute, so die Bürgerin, sollten verschwinden und erst dann wiederkommen, wenn in vier Wochen das ganze Dorf sein Quellenfest feiert.

Hartmann warf einen Blick auf den Zeilenzähler unten an seinem Bildschirm. Noch vierzehn Zeilen. Höchstens noch zwei Fakten konnte er unterbringen. Er entschied sich für ein weiteres Detail aus dem Bericht von Rattmann, um zum Schluss den Lesern zu zeigen, dass er mit seinem Latein noch lange nicht am Ende war.

Einen Tatverdächtigen konnte die Polizei bislang noch nicht präsentieren. »Wir ermitteln in alle Richtungen«, sagte Rattmann. Am Tatort soll es eine Menge Spuren gegeben haben – mit einer Auswertung ist in den nächsten Tagen jedoch nicht zu rechnen. Zur Tatausführung will die Polizei derzeit nichts sagen und verweist auf »ermittlungstaktische Gründe«. Diesen Terminus verwendet die Polizei vor allem dann, wenn es gilt, solche Details nicht preiszugeben, die nur der Täter wissen kann.

Okay. Jeden Tag eine gute Tat. Diese Erklärung, so hoffte Hartmann, fütterte den Leser weiter an und gab ihm zudem die moralische Legitimation für jede Menge Spekulationen. Und jetzt kam er zum guten Schluss noch mit seinem Kronzeugen.

Zeugen indes, die den Toten vor seiner Bergung durch die Polizei gesehen haben, sprechen von einer außerordentlichen Brutalität, mit der der Täter vorgegangen sein muss. Demnach muss K. mit einem hohen Maß an körperlicher Gewalt erschlagen worden sein und dabei schwerste Gesichtsverletzungen erlitten haben. Auch zwei Tage nach der Tat waren noch Blutspuren von erheblicher Größe am Fundort der Leiche auszumachen.

Fein gemacht. Die Identität Eberweins wollte Hartmann zum jetzigen Zeitpunkt auf gar keinen Fall preisgeben. Er hatte sich mit dem Zusteller für den späten Nachmittag noch einmal verabredet und hoffte, ihn für ein schönes Heldenstück aufbauen zu können. Berichte über Zeitungszusteller galten intern als unantastbar und konnten gar nicht elegisch genug sein. Die packendste Reportage über Straßenbauer auf der Autobahn zwischen glühend heißem Teer vor sich und dem rasenden Verkehr auf der Baustellenspur im Rücken wurde von Grieshaber mit einem gelangweilten Gähnen abgelehnt, wenn ein Kollege mit einem Bericht über den Zusteller kam, der morgens um halb sechs durch beherztes Eingreifen die Flucht einer griechischen Landschildkröte vom Grundstück eines Dorfschullehrers verhindert hatte. Merke: Zeitungszusteller der Rundschau waren per se Helden des Alltags.

Nun noch der obligatorische Hinweis auf die Zeugensuche durch die Polizei.

Die Kriminalpolizei Riedburg hat mögliche Zeugen des Geschehens um sachdienliche Hinweise gebeten, die auf Wunsch auch vertraulich behandelt werden. Insbesondere sollte sich melden, wer in der fraglichen Nacht des Mordes auf der Landstraße zwischen der Bundesstraße und Harleshausen Fahrzeuge oder Personen gesehen hat.

Voilà. Drei Zeilen Übersatz. Die waren rasch herausgekürzt.

Aufmerksam las sich Peter Hartmann den Beitrag noch einmal durch. Im Prinzip hatte er nur zwei Details verraten, die über den Inhalt der Polizeimeldung hinausgingen: Kahn war offensichtlich Mitarbeiter der Staatssicherheit, und Hartmann hatte mit einem Zeugen reden können. Er war zufrieden und würde auch morgen noch genügend schreiben können.

Höchste Zeit für die Kantine, eine kleine Mahlzeit und den neuesten Klatsch der Kollegen. Wenn er sich ranhielt und das Gespräch mit Leidolf zur Inklusion relativ zügig rausschrieb, dann blieb ihm am Nachmittag noch eine volle Stunde freier Spitze bis zu seinem Termin mit Eberwein.

8

Der Grat, auf dem sie balancierte, war schmal, sehr schmal. Sie schmiegte sich förmlich an die Felswand und tastete mit den Händen nach vorn, damit sie irgendeine Kante, einen Vorsprung zu fassen bekam, an dem sie Halt finden würde, während sie mit dem linken Fuß auf ein Grasbüschel trat.

Doch da passierte es: Das Büschel Gras kaschierte nur einen Spalt. Steffi Schmaerse rutschte ab, ihre Finger am Fels gaben ihr keinen Halt mehr. Sie fiel, und sie wusste, dass unter ihr nur zweihundert Meter Nichts waren, bevor sie auf den Steinen eines ausgetrockneten Bachbettes aufschlagen würde.

Sie fuhr hoch. Ihr Herz raste, kalter Schweiß stand ihr auf der Brust. Immer wieder dieser Traum. Immer wieder dieser verfluchte Alptraum. Seit Jahren wurde sie ihn nicht los. Dabei wusste sie weder, wo er herkam, noch, was er ihr sagen wollte. Sie fiel eben, und das war verdammt noch mal kein gutes Gefühl.

Jetzt erst merkte sie, dass es ihr Handy war, das sie geweckt hatte. Dreiundzwanzig Uhr achtundvierzig. Polizeistation Harleshausen. Die mussten doch spinnen. Wehe, wenn das nichts Wichtiges war. Instinktiv wischte sie sich mit dem Pyjama den Schweiß von der Brust, während sie das Gespräch annahm.

»Schmaerse«, sagte sie mit noch laut pochendem Herzen.

»Polizeistation Harleshausen, Polizeikommissar Rohringer. Tut mir leid, dass wir Sie wecken mussten, Frau Schmaerse. Aber wir haben hier etwas, das mit dem Mordfall Kahn zu tun hat.« Er machte eine Pause.

»Ja, nun reden Sie schon«, forderte sie ihn ungeduldig auf. Sie war plötzlich hellwach.

»Wir hatten einen Notruf von der Leitstelle bekommen. Aus dem Sportlerheim Auendorf wurde nach einer Schlägerei ein Rettungswagen angefordert.«

»Ja?«

»Wir sind zur Klärung des Sachverhaltes mit raus und trafen noch vor dem RTW ein. Das Opfer war ein Dreißigjähriger aus dem Ort, er wurde bei der Schlägerei schwer verletzt und mit Verdacht auf eine Schädelfraktur ins Krankenhaus gebracht. Als Tatverdächtigen haben die Kollegen vor Ort den siebenunddreißigjährigen Kämpfer, Sebastian festgestellt und vorläufig festgenommen. Er befindet sich derzeit bei uns in Gewahrsam. Ich wollte nur wissen, ob Sie ihn selbst zum Sachverhalt befragen wollen.«

Steffi Schmaerse brauchte eine Weile, bis sie verarbeitete, was der Diensthabende da eigentlich von ihr wollte.

»Frau Schmaerse«, fragte dieser nach.

»Ja, ich bin da«, sagte sie, inzwischen leicht gereizt. »Warum zum Teufel denken Sie, ich würde den Mann befragen wollen?«

Ein paar Sekunden herrschte Schweigen am anderen Ende der Leitung. Dann lachte der Diensthabende kurz auf.

»Ach so«, sagte er, »Entschuldigung, habe ich ja noch gar nicht gesagt. Nach Angaben des Kämpfer, Sebastian hat das Opfer ihn beleidigt und einer Straftat bezichtigt. Das hat auch eine Zeugin bestätigt, die Wirtin des Lokals …«

»Ja, und?« Schmaerse wurde lauter.

»Demnach habe das Opfer behauptet, Kämpfer hätte den Kahn erschlagen.« Der Polizist am anderen Ende der Leitung schwieg erwartungsvoll.

Schmaerse dachte nach. Den Namen Kämpfer hatte sie schon gehört. Stand er auf Kunzes Liste? Es wollte ihr einfach nichts dazu einfallen.

»Frau Schmaerse, sind Sie noch da?«

»Ja, Moment!« Sie biss sich auf die Unterlippe. Kämpfer, Kämpfer. »Ist der Mann irgendwie auffällig?«

»Ja, wie? Er wurde des Mordes bezichtigt.«

»Aber doch nicht von uns.«

»Nein, aber …« Der Diensthabende wirkte verunsichert.

»Haben wir seine Personalien?«

»Ja natürlich.«

»Hat er sich widersetzt, ist er betrunken?«

»Nein, im Gegenteil, er scheint stocknüchtern zu sein.«

»Schicken Sie ihn nach Hause. Er soll sich morgen zu einer Befragung bereithalten.«

»Nach Hause schicken?«, fragte der Diensthabende.

»Ja, haben wir irgendetwas gegen ihn in der Hand?«, fragte Schmaerse gereizt zurück.

»Nein.«

»Na also«, sagte Schmaerse und beendete grußlos das Gespräch. Sie war wütend. Und auf einmal wieder hellwach.

Was nun? Radio hören? Ein bisschen auf der Spielekonsole herumdaddeln? Lesen?

Kämpfer, Kämpfer, Kämpfer. Wo hatte sie den Namen schon mal gelesen? Und zwar im Zusammenhang mit ebendiesem Fall. Sie kam nicht drauf. Aber sie wollte auch nicht wieder munter werden. Jetzt nicht.

Steffi Schmaerse drehte sich auf den Rücken, machte die Beine lang und schob die Fersen weit raus. Dann entspannte sie sich, faltete die Hände auf der Decke über dem Bauch und versuchte, an gar nichts mehr zu denken. Pilgerstellung nannte sie diese Art zu schlafen. Ein Freund hatte es ihr mal beigebracht. In einem winzigen Zelt im Schlafsack hat man keinen Platz, sich quer über das Bett auszubreiten, wie sie das oft mochte. Pilgerstellung. Jetzt in einem Zelt, irgendwo an einem Bergsee. Das könnte ihr auch gut gefallen. Sie stellte sich vor, dass da vorne bei ihren Fersen der Zelteingang war. Draußen rauschte der Wind in hohen Bäumen, und leise und rhythmisch klatschten die Wellen an das Ufer. Und manchmal hörte man eine Ente kurz und zufrieden vor sich hin schnattern.

Die Akte Sebastian Kämpfer war dünn. Der Mann war siebenunddreißig Jahre alt, in Auendorf geboren und wohnte derzeit daselbst in der Feldgasse 9. Er war ledig und hatte keine Kinder. Sein Vorstrafenregister war leer, allerdings gab es in der Vergangenheit bereits drei Ermittlungsverfahren gegen ihn. Als Siebzehnjähriger hatte er sich nach dem Besuch einer Tanzveranstaltung ein Auto »ausgeborgt«, um wieder nach Hause zu kommen. Vor drei Jahren kam er beinahe in Beugehaft, weil er sich standhaft geweigert hatte, das Verwarngeld aus einer Ordnungswidrigkeit zu bezahlen. Ein Gerichtsvollzieher hatte ihn wegen Beleidigung angezeigt. Und gestern Abend diese Schlägerei.

Steffi Schmaerse klappte den Aktendeckel zu und blickte

sinnierend auf ihren Kaktus am Fenster. Kämpfer wartete seit fünf Minuten im Erdgeschoss in einem Vernehmungszimmer. Sie ließ sich gern Zeit. Schon das Warten in Gegenwart eines schweigsamen Uniformierten baute bei manchem Beschuldigten so viel Druck auf, dass er dann froh war, reden zu können. Dass deswegen über sie in der Dienststelle bisweilen getuschelt wurde, nahm sie in Kauf. Sie hatte Tötungsdelikte aufzuklären, da war Beliebtheit das Erste, worauf sie verzichten konnte.

Auf der Treppe fiel es ihr wieder ein. Kämpfer hieß der Bürgermeister von Auendorf. Sie hatte es in der Akte Kahn gelesen. Das wäre natürlich ein Ding, wenn der Bürgermeister im Dorfkrug zuschlägt. Andererseits hätte ihr das Rohringer gestern Abend wohl als Erstes mitgeteilt. Vielleicht war es ja auch der Bruder des Bürgermeisters, oder die hießen dort alle Kämpfer. Es gab eine Menge Dörfer in Thüringen, in denen das so üblich war. Na ja, fast so. Im Foyer verharrte sie kurz, weil sie überlegte, inwieweit sich andere Frageaspekte ergeben würden, wenn der Beschuldigte tatsächlich Bürgermeister wäre. Ehrenamt hin oder her – ein Bürgermeister war höchster Vertreter der Staatsmacht im Dorf.

Die Wartezeit, die sie Sebastian Kämpfer zugemutet hatte, erwies sich als Fehlinvestition. Der Mann war alles andere als nervös oder zerknirscht. Im Gegenteil. Er fläzte so bequem auf seinem Stuhl, wie es das nüchterne Büromobiliar eben zuließ. Als sie den Raum betrat, musterte er sie unverhohlen von oben bis unten. Doch was sie in seinen Augen sah, war weder Neugier noch Bewunderung – Blicke, die sie heimlich genoss, wenngleich sie das nie zugeben würde –, sondern eine Art desinteressierter Verachtung. Ein schmallippiges Lächeln umspielte den Mund. Kämpfers Haar hätte man eine wilde Mähne nennen können, wenn es vorne nicht schon so licht gewesen wäre. Hinten jedoch wucherte es wild in natürlichen Locken, war lang und zu einem imposanten Pferdeschwanz gebunden. Nicht ganz so beeindruckend, aber ebenfalls recht lang war der Kinnbart.

Steffi Schmaerse war von Kämpfers überheblichem Auftritt so irritiert, dass sie sich setzte, ohne ihn zu begrüßen.

Dem Polizisten, der Kämpfer von der Pforte bis ins Vernehmungszimmer begleitet hatte, nickte sie knapp zu.

»Danke«, sagte sie, und er verließ den Raum.

»Herr Kämpfer also«, begann Schmaerse vorsichtig.

»Hmm.« Der Angesprochene nickte nur.

»Der Name Kämpfer ist mir schon mal untergekommen«, sagte sie.

»So heißen viele.«

Sie ging frontal auf ihn los, wollte ihn aus seiner demonstrativ zur Schau getragenen Gelassenheit bringen.

»Sind Sie der Bürgermeister von Auendorf?«

Es gelang. Er runzelte die Stirn, wirkte plötzlich sehr aufmerksam und brach dann in ein schallendes Gelächter aus. Auch das wirkte zur Schau getragen.

»Sehe ich aus wie der Bürgermeister von Auendorf?«

Nein, auf Spielchen würde sie sich nicht einlassen. Nicht mit dem Typen.

»Herr Kämpfer, es wäre hilfreich, wenn Sie einfach auf meine Fragen antworten würden.«

Er setzte wieder seinen verächtlichen Blick auf.

»Ich bin nicht der Bürgermeister von Auendorf«, sagte er und blickte stur geradeaus.

»Ich fragte nur, weil der auch Kämpfer heißt.«

»Kämpfer heißen viele.«

»So weit waren wir heute schon einmal.«

Kämpfer sagte nichts.

»Was sind Sie von Beruf, Herr Kämpfer?«

»Das muss ich nicht sagen, ich kenne meine Rechte.«

Solche wie dich kann ich leiden, dachte Schmaerse. Sie lächelte leicht belustigt. »Sieh an, Ihre Rechte kennen Sie. Die der anderen offenbar nicht.«

Kämpfer schwieg wieder.

»Ihnen wird zur Last gelegt, gestern Abend im Auendorfer Sportlerheim auf einen anderen Gast eingeprügelt zu haben.«

»Das ist richtig.«

»Das ist richtig? Sie geben die Tat also zu?«

»Ja.«

»Und warum haben Sie das getan?«

»Er hat meine Ehre verletzt.«

Schmaerse war baff. Was für ein Spiel spielte dieser Bursche?

»Erklären Sie das bitte.«

Langsam wandte Kämpfer ihr seinen Kopf zu. Ungläubiges Erstaunen lag in seinem Blick.

»Was gibt es da zu erklären? Der Mann hat mich schwer beleidigt, und ich habe ihn in die Schranken gewiesen.«

»Nun. Der Staatsanwalt wird das, fürchte ich, anders sehen. Verhältnismäßigkeit der Mittel nennt man das. Sie können doch nicht einen anderen Menschen für eine Beleidigung verprügeln.«

Kämpfer blickte wieder stur geradeaus, seine Kaumuskeln mahlten.

»Ein Zeuge hat gesagt, das Opfer habe Ihnen den Mord an Hartmut Kahn vorgeworfen.«

Das überhebliche Lächeln war wieder da, der Blick ging noch immer unverwandt geradeaus.

»Sehen Sie«, sagte er nur.

Steffi Schmaerse ließ Zeit verstreichen, ließ Kämpfer dabei aber nicht aus den Augen. Seine Körperhaltung verriet keinerlei Spannung. Er schien tatsächlich völlig gelassen.

Nach einer Weile fragte sie schließlich: »Haben Sie etwas mit dem Tod von Hartmut Kahn zu tun?«

Da war er wieder, dieser abgrundtief verächtliche Blick.

»Auch darauf muss ich nicht antworten.«

Steffi Schmaerse klopfte mit dem Kugelschreiber langsam und rhythmisch auf das Papier. Sie hatte Zeit. Sie hatte Geduld. Und sie war schon mit ganz anderen Burschen fertiggeworden. Sie betrachtete den Langhaarigen mit leicht zusammengekniffenen Augen und sprach ihn in Gedanken an. Das machte sie gern, es war wie ein geistiger Angriff. Wenn du den Kahn auf dem Kerbholz hast, dann werde ich das herausfinden, verlass dich drauf. Ich werde Indizien sammeln, ich werde Beweise finden, und ich werde dich wieder hier haben. Nicht in diesem lauschigen Zimmer, sondern oben, vor der Spiegelwand, mit Aufnahmegerät und Zeugen. Das hier ist bloß Pillepalle.

»Ist sonst noch was?«, fragte Kämpfer und grinste sie dreist an.

Nicht so schnell, Freundchen, dachte sie.

»Ein Mann ist tot, ein anderer liegt im Krankenhaus. Der

Vorwurf, Sie wären der Täter, muss Sie hart getroffen haben. Standen Sie Hartmut Kahn nahe?«

Kämpfer fuhr herum.

»Nahestehen? Ob ich dem nahestand? Wofür halten Sie mich?«

Ah ja. Da ist dein Lindenblatt, Siegfried.

»Ich entnehme Ihrer Reaktion, dass Sie nicht allzu viel von dem Toten hielten.«

Kämpfer musterte sie und fragte dann: »Sie sind wohl noch nicht allzu weit gekommen mit Ihren Ermittlungen, was?«

Diesmal war es Steffi Schmaerse, die einfach schwieg.

»Sonst hätten Sie nämlich schon mitgekriegt, was für Kroppzeug das ist.«

»Kroppzeug?«, fragte Schmaerse.

»Ich jedenfalls würde mir an dem nicht die Finger schmutzig machen.«

»Das müssen Sie mir erklären.«

»Gar nichts muss ich. Sie sind die Polizei, finden Sie es doch raus.«

»Aber der Mann gestern Abend in der Kneipe, an *dem* wollten Sie sich die Finger schmutzig machen.«

Kämpfer fing sich wieder ein und setzte seine überhebliche Maske auf. »Das ist eine ganz andere Geschichte. Er hätte eben Sebastian Kämpfer nicht beleidigen dürfen.«

»Oh, Sie reden von sich in der dritten Person«, höhnte Schmaerse. »Da gab es doch auch einen Fußballer, hieß der nicht auch Kahn? Ach nein, Matthäus war das, Loddar Matthäus, der nahm sich auch so wichtig.«

Sie wollte Kämpfer aus der Reserve locken. Doch so richtig gelang ihr das nicht. Der Mann hob tatsächlich die Nase und sagte gar nichts mehr. Auch ihr Trick, das Gespräch entlastend zu beenden und den Delinquenten überraschend nach Hause zu schicken, verfing nicht. Als sie sagte: »Okay, das war's, Sie können gehen«, stand er einfach auf und ging zur Tür.

Steffi Schmaerse saß noch lange allein im Vernehmungszimmer, kritzelte mit dem Stift Männchen auf den Schreibblock mit den spärlichen Notizen und dachte nach.

9

Gerald Eberwein hatte sich mit Peter Hartmann am »Anker« in der Dorfstraße verabredet. »Freitags brennt der Rost«, stand mit Kreide auf dem Werbeaufsteller geschrieben, der fast den halben Fußweg einnahm.

Eberwein war stolz auf seine neue Freundschaft. Das lag daran, dass er sich in Hartmanns Gegenwart ernst genommen fühlte. Der Redakteur hörte ihm zu, wenn er redete, und er ließ ihm auch die Zeit, die er brauchte, bis er zu Ende gedacht hatte und einen Gedanken auch formulieren konnte. Er fiel ihm nicht ins Wort, und er lachte ihn nicht aus, wenn er mal was Dummes sagte.

Nur seiner Mutter gefiel es nicht, dass der Chrysler des Journalisten in der letzten Zeit allzu oft in der Badergasse stand. »Der nimmt dich nur aus«, hatte sie ihren Sohn mit Gift in der Stimme gewarnt. »Der ist viel klüger als du, der macht sich nur über dich lustig.« Und: »Du musst aufpassen, was der sagt, der schreibt alles in die Zeitung, und am Ende bist du wieder der Dumme.«

Aber das stimmte nicht. Hartmann hatte noch nie sein Wort gebrochen. Außerdem kannte er Herrn Vogtmann und war per Du mit ihm. Und Vogtmann war nicht irgendwer, der leitete schließlich den Vertrieb in Riedburg.

Peter Hartmann kam ein paar Minuten zu spät. Er musterte in aller Ruhe die wuchtige Fassade des Gebäudes, über dessen Tür noch in erhabenem Stuck der Name »Zum güldenen Anker« grau auf grau zu sehen war. Dann setzte er sich auf die kleine Terrasse zu Eberwein.

»Ich wusste gar nicht, dass Auendorf noch eine zweite Kneipe hat«, begann er gleich nach der Begrüßung.

»Der Anker ist sogar die älteste Gaststätte im Ort«, sagte Eberwein. Er freute sich, seinem Freund etwas Neues erzählen zu können. »Früher war das ein Ausspann. Das hieß so, weil man hier prima ausspannen konnte.«

»Es sieht ganz schön runtergekommen aus. Kein Wunder, wenn die meisten das Sportlerheim bevorzugen.«

»Wo denkst du hin, Peter, ins Sportlerheim gehen doch alle. Hier ist doch nur einmal in der Woche offen.«

Die Bedienung kam an den Tisch, eine Frau mit nettem Gesicht, welligem dunkelblondem Haar und einem gewaltigen Hintern.

»Na, Gerald«, fragte sie freundlich und legte dem Mann eine Hand auf die Schulter, »was darf ich dir bringen?«

»Eine Wurst mit Salat und ein großes Bier«, sagte er.

»Mir dasselbe«, entschied Hartmann, bevor sie fragen konnte.

»Das war Birgit«, sagte Eberwein.

»Birgit. Hm. Die Wirtin hier?«

»Nein, gar nicht. Die Birgit arbeitet in Harleshausen, auf der Stadt.«

»Und warum bedient sie dann hier?«

»Die hat das irgendwie mit dem Bürgermeister geregelt, also mit unserem, dass sie immer Freitag hier aufmachen kann. Ihr Mann steht am Rost, und sie bedient.«

»Und warum immer Freitag?«

Eberwein dachte nach, bevor er antwortete.

»Das haben ein paar aus dem Unterdorf so gewollt. Das Sportlerheim liegt ja sozusagen am anderen Ende des Dorfes. Und der Anker stand ja seit Mitte der Neunziger leer.«

»Was war passiert?«

»Na ja, der ehemalige Wirt wollte hier wohl nur Kasse machen. Der hat nicht eine Mark in die Gastwirtschaft gesteckt. Das sieht man ihr ja auch an. Du musst mal aufs Klo gehen. Da ist noch eine richtige Pissrinne unten, so wie früher, aus dunkelgelben alten Kacheln. Da bespritzt man sich die Füße, wenn man mal schiffen muss.«

Birgit kam mit dem Bier, und die beiden Männer verstummten.

»Eure Wurst kommt gleich«, sagte sie fröhlich, bevor sie mit weit ausschwenkendem Hinterteil wieder davonrauschte.

»Und wie ging es weiter?«, nahm Hartmann den Faden wieder auf, noch dem Hintern nachsehend.

»Ein paar haben es ihm direkt gesagt, er soll mal was machen, mit dem Klo und mit den Fenstern. Im Winter war es nur vorne am Tresen warm, wo der schöne Kachelofen steht.«

»Aber er hat gar nichts dergleichen getan …«

Eberwein nahm einen großen Schluck von dem Bier, wischte sich mit dem Handrücken über den Mund und nickte.

»Genau. Der ist einfach abgehauen. Bei Nacht und Nebel, wie man so sagt. Der hat sich nicht mal von seinen Gästen verabschiedet.«

»Und hat bis heute nichts an dem Gebäude gemacht?«

»Wo denkst du hin. Das gehörte ihm doch gar nicht. Das hat er doch von der Gemeinde gepachtet gehabt. Und die hat kein Geld, das Haus zu sanieren. Der Rat hofft immer noch auf einen Geldgeber.«

»Verstehe, darum war die Gemeinde froh, dass die Birgit kam.«

»Genau, jetzt gibt es wenigstens ein bisschen Geld, und im Sommer wird mal ordentlich durchgelüftet.«

Birgit kam mit den Würsten. Sie lächelte. »Wohl bekomm's«, sagte sie und verschwand wieder.

Hartmann kannte neugierigere Wirte. Er säbelte sich ein Stück Wurst ab, tunkte es in den Senf, von dem reichlich auf dem Rand des Tellers war, und begann mit Appetit zu essen.

»Sag mal«, sagte er dann, noch mit vollem Mund, »weswegen ich dich um das Treffen bat: Was ist denn der Kämpfer für einer?«

Gerald Eberwein blickte ihn erschrocken an.

»Der Bürgermeister?«

»Nein, der junge Kämpfer, der, den die Polizei aus dem Sportlerheim geholt hat.«

Eberwein sah sich misstrauisch und besorgt um. Er wollte nicht, dass jemand zufällig das Gespräch belauschte.

»Mit dem ist nicht zu spaßen«, sagte er dann leise, den Blick auf seinen Teller geheftet.

»Warum das? Ist das ein Schlägertyp?«

»Mach doch nicht so laut«, quengelte Eberwein. Dann wischte er sich wieder den Mund ab, diesmal ordentlich mit einer Papierserviette, und blickte Hartmann ernst an. »Also der Kämpfer Sebastian ist ein ganz komischer Vogel. Der blickt einen immer so … so durchdringlich an. Und wer sich mit dem anlegt, der kann richtig was erleben.«

»So wie jetzt im Sportlerheim?«

»Nein, so rastet er nur selten aus. Aber der hat schon ganz andere Sachen gemacht. Vor ein paar Jahren zum Beispiel hat er sich mit einem Nachbarn gezankt. Innerhalb einer Woche hat er dann eine Mauer zum Nachbargrundstück hochgezogen, die ist bestimmt zwei Meter hoch.«

Hartmann hob die Brauen. »Und das hat sich der Nachbar einfach so gefallen lassen?«

Eberwein nickte. »Mehr noch, der Wagner Niko, also der Nachbar, hat von da an immer gesagt, wenn der Kämpfer Sebastian die Mauer nicht hochgezogen hätte, dann hätte er es getan.«

»Die scheinen sich nicht sonderlich zu mögen. Worum ging es denn bei dem Streit zwischen den beiden?«

»Ach, da war so viel Streit im Dorf. Das war fast genau vor zehn Jahren. Da war doch der Kindergartenskandal bei uns. Das stand auch alles groß in der Zeitung.«

Hartmann kniff die Augen ein wenig zusammen. »Ich glaube, ich erinnere mich«, sagte er dann. »Hat da nicht eine Erzieherin ein Kind geschlagen?«

Eberwein winkte ab. »Wenn es nur das gewesen wäre. Meine Mutti hat mir früher auch mal ab und zu eine reingehauen. Aber dort im Kindergarten haben sie ja die Kinder zum Mittagsschlaf angebunden. Und rausgekommen ist das alles, nachdem die Chefin den einen Jungen gehauen hat. Das ging dann richtig vor Gericht.«

»Und was hatte Kämpfer damit zu tun?«

»Eigentlich gar nichts.«

»Na ja, aber warum hat er sich dann mit dem Nachbarn gestritten?«, bohrte Hartmann nach.

»Die Babsi, das war die Mutti von dem Jungen, den sie da gehauen haben, die war plötzlich die Feindin von der Wagner Ramona, weil die im Kindergarten gearbeitet hat.«

Hartmann schüttelte den Kopf. Er hatte Mühe, dem Wirrwarr von Namen und Beziehungen zu folgen. »Und der Kämpfer?«

»Der Kämpfer hat zur Babsi gehalten, also zu der Mutti von dem geschlagenen Kind.« Eberwein machte eine Pause. Fast schien es, als müsse er selbst erst sortieren, wer mit wem im Dorf verfeindet war.

Eine Weile aßen sie schweigend. Dann hob Hartmann das Messer und zeigte auf Eberwein. »Lass mich das mal so zusammenfassen und korrigiere mich, wenn ich was Falsches sage: Bei euch im Kindergarten gibt es Stunk. Weder Kämpfer noch sein Nachbar haben etwas damit zu tun. Aber die Nachbarsfrau arbeitet in dem Kindergarten, und der Kämpfer steht so mehr instinktiv zu der anderen. Richtig so weit?«

Eberwein starrte ihn mit leicht geöffnetem Mund an und nickte.

Hartmann setzte fort: »Und das ist Grund genug für Kämpfer, eine meterhohe Mauer zu bauen?«

Eberwein nickte wieder. Dann machte er den Mund zu und strahlte. »Genau so war es«, sagte er.

»Und sag mal, die Mauer steht heute noch?«, fragte Hartmann.

»Heute noch«, echote Eberwein.

»Der Typ ist echt gaga«, sagte Hartmann.

»Der ist was?«, fragte Eberwein nach.

»Na gaga, durchgeknallt«, erklärte Hartmann. Er zog aus der Jacketttasche einen kleinen Notizblock, einen mit dem roten RR-Logo, wie ihn die Zusteller auch manchmal als Geschenk bekamen, und schrieb etwas auf. Gerald Eberwein konnte es nicht erkennen.

»Ach so, durchgeknallt.« Eberwein atmete tief ein und wieder aus. »Ja, das ist er wohl.«

»Hatte der Kahn auch mal Ärger mit dem Kämpfer?«

»Na klar«, sagte Eberwein eifrig, wobei ihm ein kleines Bröckchen vom Kartoffelsalat aus dem Mund fiel. Er wischte es mit dem Finger von der Hose. »Das weiß doch jeder im Dorf. Vor einem Jahr beim Familiennachmittag zur Kirmes, da hat sich der Kämpfer Sebastian vor dem Kahn Hartmut aufgebaut und ihm gesagt, dass er ihm noch mal den Schädel einschlagen wird.«

»Das scheint ja ein feines Früchtchen zu sein«, bemerkte Hartmann.

»Ich sag ja, mit dem ist nicht zu spaßen.«

»Aber da kann das doch durchaus sein, dass Kämpfer seine Drohung nun wahr gemacht hat, oder?«

Eberwein wiegte kritisch den Kopf. »Also ich glaub das nicht«, sagte er.

»Was spricht dagegen?«

»Na, die Polizei hat ihn doch wieder freigelassen.«

Hartmann blickte Eberwein eine Weile an und sagte gar nichts.

»Weißt du, Gerald«, begann er dann, »das muss nicht immer was bedeuten. Die Polizei braucht erst richtige Beweise, bevor einer nicht wiederkommt.«

Und offenbar hat sie die nicht, dachte er bei sich. Mit dem Messer schob er den Rest Kartoffelsalat auf die Gabel und seufzte leise, weil die Mahlzeit schon beendet war. Es hatte wirklich gut geschmeckt. Nur musste er sich jetzt schnell ablenken. Er wusste, dass die Lust auf eine Zigarette nach dem Essen am größten war. Erst seit er darauf bewusst verzichtete, merkte Hartmann, zu welchen Gelegenheiten er am liebsten geraucht hatte.

Und wie oft.

Und wie viel.

Er seufzte noch einmal. Er musste jetzt aufstehen und irgendetwas tun. Sofort.

»Ich lad dich ein, Gerald«, sagte er schließlich. »Aber du zeigst mir dann, wo der Kämpfer wohnt, einverstanden?«

10

Sie fühlte sich in der Stasi-Unterlagen-Behörde unwohl, und sie hätte nicht sagen können, woran das lag. Lichtgrau wie seine Außenfassade war auch der PVC-Boden auf den Gängen, die von Neonlicht gleichmäßig und hell ausgeleuchtet waren. Die Zimmer hatten relativ kleine Fenster mit Sprossen. Sie waren aus Holz und dunkelgrün lackiert.

Hier hatte der Denkmalschutz wohl ein gewichtiges Wort bei der Sanierung mitgesprochen, dachte Steffi Schmaerse. Und die öffentliche Hand hatte saniert, da kam es am Ende auf ein paar Tausender rauf oder runter nicht an, zumal der Zweck des Gebäudes schon damals feststand. Schließlich wollte man mit so einem Bau auch repräsentieren. Und vielleicht auch ein wenig Respekt einflößen, dachte sie, immer noch auf der Suche nach der Ursache für ihre Abneigung gegen den Bau. Aber vielleicht war es ja auch der Inhalt der Akten, der an diesem Ort ein beklemmendes Gefühl in ihr auslöste. Ganze Regalkilometer voller Papiere einer Behörde, die auf Einschüchterung und Unterdrückung ausgerichtet war. Möglich, dass das auch auf den Charakter des Gebäudes abfärbte. Und dann kam dieser Behördenchef dazu.

Sie wurde mit ihm einfach nicht warm. Auf der einen Seite kehrte er gestelzt wie ein Gockel bei jeder Gelegenheit den politisch korrekten und absolut neutralen Hüter der Unterlagen heraus. Damit erinnerte er sie an den neuen Bundespräsidenten. Was selbstverständlich ist, muss man nicht pausenlos betonen. Auf der anderen Seite machte er, vor allem unter vier Augen, keinen Hehl aus seiner überaus parteilichen Sympathie für die Opfer, daraus, dass er die Täter für verabscheuungswürdige Subjekte hielt – vollkommen unabhängig von ihrer konkreten Schuld im Einzelfall. Das stieß Steffi Schmaerse, die eine glühende Verfechterin der Unschuldsvermutung war, einfach ab.

Sie konnte sich noch gut an ihren ersten Besuch und seine eindringliche Bitte erinnern, nicht einmal mit dem Handy Kopien zu machen. Sie brachte ja Verständnis dafür auf, dass er rechtskonform bleiben wollte. Doch sollte er eigentlich klug genug sein, um zu wissen, dass auch sie getreu den Buchstaben des Gesetzes handeln musste, wenn sie gerichtsfeste Beweise beschaffen wollte.

Sie störte das aufgesetzt Korrekte und Unkooperative im Vorfeld: Sie wollte eben möglichst schnell und unaufgeregt Ermittlungsansätze finden. Da wären Vorab-Kopien der benötigten Unterlagen der einfachste Weg, wenn eine Herausgabe schon unmöglich war. Die hätte sie dann ohnehin nicht an die Staatsanwaltschaft weiterreichen können. Würde sie fündig, könnte sie jedoch schnell die entsprechenden Gerichtsbeschlüsse nachreichen und den Vorgang nachträglich legitimieren. Oder auch »körperlich« nachvollziehen: Die Akten offiziell anfordern und das, was sie schon hatte, durch den Schredder jagen.

Aber da führte bei Kunze kein Weg rein. Hocherhobenen Hauptes, ja fast die Nase rümpfend, hatte er stoisch seine Grundsätze wiederholt. Mein Gott, sie war ja nicht dumm, sie sollte sich wirklich nicht so behandeln lassen.

Am Ende musste sie froh sein, für heute überhaupt kurzfristig einen Termin bekommen zu haben. Doch die Sache eilte. Denn erst am Morgen hatte sie einen überraschenden Anruf erhalten.

»Mein Name ist Hartmann«, hatte der Mann behauptet, und für eine Sekunde hatte Steffi Schmaerse tatsächlich geglaubt, den Polizeireporter der Riedburger Rundschau am anderen Ende zu haben; die Stimme war täuschend ähnlich. Aber die Rufnummer war unterdrückt, und inzwischen war sie sich ganz sicher, dass es ein anonymer Anrufer war.

»Sie suchen doch den Mörder von Hartmut Kahn?«, fragte der Mann und wartete gar nicht erst eine Antwort ab. »Schauen Sie sich doch mal einen Herrn Kröger genauer an. Der Mann ist voller Hass auf Kahn, und ich denke, er hat allen Grund dazu. Außerdem war er auch auf dem Stasi-Abend in Jena. Sie wissen schon, wie Sie ihn finden werden. Guten Tag.«

Er hatte aufgelegt, noch bevor Schmaerse irgendeine Frage stellen konnte. Sie starrte eine Weile das Telefon an, hatte sich »Hartmann« und »Kröger« auf ihre Schreibtischunterlage gekritzelt und überlegt, ob sich hier jemand einen üblen Scherz erlaubt hatte.

Doch in der Namensliste fand sie schnell eine Bestätigung: Andreas Kröger, wohnhaft in Harleshausen, war tatsächlich in Jena dabei gewesen. Das rückte ihn, wie die zweiundfünfzig anderen Teilnehmer der Diskussionsrunde auch, automatisch in den Kreis der Tatverdächtigen. Dass Harleshausen ein Nachbarort von Auendorf war, hätte es für Kröger noch leichter gemacht, am Abend nach der Diskussionsrunde später nach Hause zu kommen als vorgesehen. Falls ihn dort jemand erwartete.

Auch wenn die meisten anonymen Anrufer, so Schmaerses Erfahrung, böswillige Denunzianten waren, die offene Rechnungen begleichen wollten, waren die wenigen Fakten hier so beschaffen, dass sie sich die Akte Kröger näher ansehen wollte. Also hatte sie zum Telefon gegriffen und Kunze um einen Termin gebeten. Auf ihre Bitte hin, die ganze, die ungeschwärzte Akte Kröger zu sehen, musste sie sich wieder erniedrigende Belehrungen über die Bedeutung von Kunzes Behörde und dessen hehre Aufgabe anhören. Ohne klare Zusage gab er ihr einen Termin, und erst unter vier Augen, nach einem weiteren Kurzvortrag über seine eigentlich verbotene Großzügigkeit, gewährte er ihr Einblick. Dabei hatte er schon alles vorbereitet.

Nun saß sie wieder in dem nüchternen Leseraum, vor sich sechs dicke Ordner zum »Operativen Vorgang OV/F 16 Penne«, wie die Stasi die Akte benannte, schaute aus dem Fenster und beobachtete, wie sich die Spatzen in den Zweigen der Linde balgten, und sammelte sich. Die Stasi-Akte von Andreas Kröger war nie geschlossen worden. Der letzte Vermerk stammte vom März 1990. Unglaublich, wie lange die offiziellen und inoffiziellen Mitarbeiter der Stasi noch aktiv waren, fand Schmaerse.

Andreas Kröger war studierter Pädagoge und lehrte Staatsbürgerkunde sowie Geschichte an der Erweiterten Oberschule, dem heutigen Gymnasium. Im Sommer 1988 hatte er im Geschichtsunterricht eine Diskussionsrunde zu Rosa Luxemburg und ihren Idealen vom demokratischen Sozialismus angeregt, die über den im Lehrplan vorgesehenen Unterrichtsstoff – dort kamen nur ihre Briefe aus dem Gefängnis vor – weit hinausging. Kröger nahm Bezug auf Luxemburgs Kritik der Entwicklungen in Sowjetrussland, auf ihre Ablehnung autoritärer Herrschaft und auf ihr damals wohl populärstes Zitat: »Freiheit ist immer die Freiheit der Andersdenkenden.« Er zitierte dabei den Originaltext aus dem Aufsatz »Die russische Revolution« von Rosa Luxemburg: »Freiheit nur für die Anhänger der Regierung, nur für Mitglieder einer Partei, mögen sie auch noch so zahlreich sein – ist keine Freiheit. Freiheit ist immer die Freiheit der Andersdenkenden. Nicht wegen des Fanatismus der Gerechtigkeit, sondern weil all das Belebende, Heilsame und Reinigende der politischen Freiheit an diesem Wesen hängt und seine Wirkung versagt, wenn Freiheit zum Privilegium wird.«

Ein halbes Jahr nach den Ereignissen bei der »Karl-und-Rosa-Ehrung« im Januar, bei der es zu mehr als hundert Festnahmen kam, nachdem Oppositionelle den Luxemburg-Spruch in den offiziellen Zug der Funktionäre gehalten hatten, war das eine Provokation, die das System nicht dulden konnte. Die Konsequenzen kamen schnell und hart: Noch während des Disziplinarverfahrens in der Schule und des Parteiverfahrens kam die Entlassungsverfügung des Kreisschulrates.

Nach einer Woche bereits saß Kröger bei der Stasi in Untersuchungshaft. Drei Wochen voller Angst, Unsicherheit und Verhöre für den »Verräter an der sozialistischen Sache« folgten. Während dieser Zeit wurde seine Frau bearbeitet, ebenfalls eine Lehrerin an der Erweiterten Oberschule. Aussprachen beim Direktor und beim Kreisschulrat, immer ein unbekannter Genosse dabei, der sich nicht vorstellte, der aber, so ging es aus den Akten hervor, Hartmut Kahn war, Major der Staatssicherheit. Immer wieder wurde sie gedrängt, sich von ihrem Mann loszusagen; in einer offiziellen Stellungnahme etwa. Schließlich ging man zu unverhohlenen Drohungen über, von denen die der Einleitung eines Parteiverfahrens noch die geringste war.

Für Andreas Kröger ging es dann ganz schnell: Parteiausschluss im Schnellverfahren, Berufsverbot, Arbeitsplatzbindung als »Produktionshelfer« in der Riedburger Brauerei. Und selbst als solcher wurde Andreas Kröger noch bespitzelt. Von zwei Arbeitskollegen ebenso wie von zwei Stasi-Offizieren, die sein Telefon anzapften und die Öffnung seiner Post verfügten. Nur das Verwanzen der Wohnung erschien ihnen zu aufwendig; Kröger empfing selten Besuch, und aus seiner Akte gingen auch keine weiteren »Widerstandshandlungen« oder Kontakte zu »oppositionellen« Gruppierungen hervor.

Koordinator des »Operativen Vorganges«, so hieß die Bespitzelung im Stasi-Jargon, war wiederum Major Kahn. Ein halbes Jahr nach seiner Entlassung aus der Untersuchungshaft wurde die Ehe von Andreas Kröger geschieden. Offensichtlich hatten die Mächtigen den Mann gebrochen.

Steffi Schmaerses Blick wanderte wieder aus dem kleinen Fenster mit dem dunkelgrünen Fensterkreuz zu der Linde. Sie versuchte sich vorzustellen, wie der Mann in der Brauerei gearbeitet hatte. Wenn jemand einen Arbeitsplatz zugewiesen bekam, hatte sich das vermutlich schnell herumgesprochen. Ohnehin betraf das ja nur Kriminelle. Und die, so stellte es sich Schmaerse zumindest vor, würden von ihresgleichen willkommen geheißen und von den anderen Arbeitern mit einer Mischung aus Respekt und Bewunderung beäugt werden. Doch was wäre, wenn im rauen Klima einer Brauerei kurz vor der Wende, in der bekanntermaßen viel getrunken und wenig gearbeitet wurde, herausgekommen wäre, dass Kröger Lehrer war, geschweige denn, dass er Staatsbürgerkunde unterrichtet hatte. Ihn hätte wohl dieselbe Geringschätzung, ja Verachtung getroffen wie die der gewöhnlichen Kriminellen im Knast, wenn man einen Funktionär zu ihnen sperrte.

Ganz offenbar, so viel war zumindest seiner Akte zu entnehmen, war Kröger jeden Morgen brav auf Arbeit gefahren und abends wieder nach Hause.

Produktionshelfer. Vermutlich hatte er den ganzen Tag Kästen geschleppt, Fässer gerollt und den Hof gekehrt. Eine harte Arbeit für einen Mann, der sonst nur den Lehrertisch, die Kreide an den Händen und die Durchsicht von Klassenarbeiten kannte.

Was war wohl nach der Wende aus dem Mann geworden? Der Name kam ihr zum ersten Mal unter, was nichts bedeuten musste, aber immerhin ein Indiz dafür war, dass er nicht zu den »Wendebewegten« gehörte, die nach 1990 politisch Karriere machten, und sei es nur in der Kommunalpolitik. Ob er, wie so viele, dem Land, das ihn so geduckt hatte, den Rücken gekehrt hatte?

Steffi Schmaerse notierte sich Fakten aus der Akte und schickte dann eine SMS an Frank Hölbing, damit dieser für sechzehn Uhr eine Dienstberatung organisierte. Sie musste Arbeit verteilen.

Fünf Minuten später stand sie wieder bei Reinhard Kunze im Büro und bat ihn, die Akte Kröger nicht allzu weit wegzulegen. Der legte die Fingerspitzen aneinander, lehnte sich zurück und wippte mit dem Sessel.

»Ja der Kröger, dem wurde auch übel mitgespielt«, sagte er anstelle einer Antwort.

»Kennen Sie ihn?«, fragte Schmaerse.

»Nun, ihn persönlich nicht, aber ich bin mit seinem Fall vertraut.«

»Was macht der Mann heute?«, bohrte sie nach.

Kunze hob die offenen Handflächen nach oben, als wolle er beten.

»Ich habe nicht die geringste Ahnung.«

»Können Sie mir sagen, seit wann Kröger Kenntnis seiner Akte hatte?«

Er wuppte nach vorn, nahm einen akkurat gespitzten Bleistift von seinem Schreibtisch und machte sich eine Notiz.

»Es gibt ein Begleitprotokoll zu jeder Akte. Dort ist unterschriftlich vermerkt, wann wer auf die Akte Zugriff hatte.«

»Ich habe nichts unterschrieben.«

Kunze lehnte sich wieder zurück und lächelte süffisant.

»Sie werden hier ja auch bevorzugt behandelt.« Dann blickte er wieder ernst und ergänzte: »Natürlich mache ich nachher einen Vermerk ins Begleitprotokoll.«

»Ja, klar«, sagte sie und dachte sich ihren Teil.

»Aber ich suche es Ihnen heraus und lasse Ihnen eine entsprechende Aktennotiz zukommen.«

»Das ist überaus freundlich von Ihnen.«

»Ich hab schon mal Kaffee aufgesetzt, Chefin«, rief Doro Alberti durch die halb offene Tür ihres Büros, als Steffi Schmaerse wieder in der Dienststelle auftauchte. Es lag Wärme in ihren Worten, und Schmaerse freute sich, wieder »daheim« zu sein.

Auch die Landespolizeiinspektion war wie die meisten Behörden überaus nüchtern ausgestattet. Und auch hier waren die Möbel grau und aus Stahl – eine Frage des Zeitgeistes sicherlich. Vielleicht war es ja der Umgang miteinander, der hier eine gewisse Wohlfühlatmosphäre schuf. Der Kaffeegeruch. Und die Geräusche, ja, eindeutig konnte man auf dem Flur das Arbeitsleben wahrnehmen. Wie das Summen der Bienen in einem Bienenstock, dachte Schmaerse, als sie ihre Umhängetasche nachlässig auf den Schreibtisch legte und ihr Arbeitsbuch aufschlug. Auch sie hatte die Tür aufgelassen. In der Behörde von Kunze indes waren alle Türen geschlossen, und man hörte keinen Ton. Wie in einem Sarkophag. Die Bienen waren alle tot.

Schmaerse schüttelte den Kopf, um das unangenehme Bild loszuwerden, als Frank Hölbing als Erster eintrat.

»Alles in Ordnung, Steffi?«, fragte er mit schrägem Blick. »Oder ist dir wieder schwindlig.«

»Schon okay«, wiegelte sie ab. Sie musste wirklich bald die Brillenverordnung ihrer Augenärztin beim Optiker einlösen, offensichtlich hatte es sich schon herumgesprochen, dass ihr ab und an schwindlig war. Dabei tat sie alles, um ihr Privatleben aus dem Dienst rauszuhalten.

Ihre Mitarbeiter trafen ein, heute waren es nur vier, Plöttner war als Zeuge bei einem Gerichtstermin, ein weiterer Kollege befand sich in Urlaub. Steffi Schmaerse informierte sie über den anonymen Anruf und das, was sie in der Stasi-Unterlagen-Behörde erfahren hatte. Sie machte auch keinen Hehl aus ihrer Abneigung gegenüber Reinhard Kunze.

Hölbing als ihr Stellvertreter holte sie wieder auf den Boden der Tatsachen zurück, als er den ersten Kommentar abgab. »Der anonyme Anruf macht Kröger nicht verdächtiger als die anderen auch«, sagte er, und seine Kollegen nickten.

»Aber wir werden ihn als Nächsten überprüfen«, beharrte Schmaerse. »Er hatte genauso viele oder so wenige Gründe, Kahn zu hassen, wie die anderen, so weit hast du recht. Aber er wohnt im Nachbarort – meines Wissens als Einziger der dreiundfünfzig, oder?« Sie blickte auffordernd in die Runde.

»Wenn er dort wohnt«, warf Gabi Kaspar ein. Das Küken im Team, das sie wohl in wenigen Wochen zum weiterführenden

Studium verabschieden mussten, glänzte gerade in Details immer wieder mit einer Präzision, die auch Steffi Schmaerse verblüffte, die ihr nun aufmunternd zunickte. Erklär, bedeutete das.

»Nun«, fing Kaspar an und hob ihren Stift, »die Anwesenheitslisten in Jena waren recht simpel aufgebaut. Jeder konnte sich eintragen, ohne sich auszuweisen. Gefragt wurde nach Name, nach Herkunftsort, und dann folgte die Unterschrift. Die Frage nach dem Herkunftsort ist nicht eindeutig. Ich bin vorgestern bei der Überprüfung eines Alibis auf einen Mann gestoßen, der dort Riedburg angegeben hatte, tatsächlich jedoch in Baden-Württemberg wohnt. Wo genau, weiß ich bis jetzt noch nicht.«

»Amtshilfeersuchen?«, fragte Rebhahn knapp nach.

»Läuft längst«, winkte Kaspar ab.

»Okay«, sagte Schmaerse. »Dann prüfst du, wo wir Kröger finden.«

Gabi Kaspar nickte.

Dorothea Alberti war es dann, die noch blieb, als die anderen schon wieder an ihre Arbeitsplätze eilten.

»Darf ich?«, fragte sie und schloss die Tür, bevor Schmaerse antworten konnte.

»Sag mal, Chefin«, begann sie dann in vertraulichem Ton. »Mag ja sein, dass du dem Frank was vorspielen kannst, aber ich als Frau spüre doch, dass dich da was bedrückt. Und ich denke, es hat mit Reinhard Kunze zu tun, stimmt's?«

Steffi Schmaerse schaute ihre Kollegin eine ganze Weile ernst und aufmerksam an, bevor sie nickte. »Ja«, sagte sie knapp. »Aber ich habe keine Ahnung, was es ist, es ist nicht greifbar, belastet mich aber.«

Alberti nickte. Und schwieg.

»Der Kunze kommt mir so … so unaufrichtig vor. Weißt du, die Aktenlage ist, wie sie ist, da lässt sich nichts manipulieren. Da kann der Kunze nicht dran drehen, aber irgendwie macht er auf mich denselben Eindruck wie ein Zeuge, der ganz unverhohlen lügt, verstehst du, was ich meine?«

Alberti nickte wieder.

»Ich weiß genau, was du meinst. Aber vielleicht ist unaufrichtig nicht das richtige Wort. Versuche es doch mal mit unkooperativ.«

»Ja genau. Oder unwillig.«

»Ich glaub, ich weiß, was in dir vorgeht. Ich habe selbst mal mit dem Kunze zu tun gehabt. Sogar zwei Mal.«

»Erzähl«, sagte Schmaerse überrascht.

»Ach, da gibt es nicht viel zu erzählen. Einmal hast du mich selbst hingeschickt, in der Totschlagssache damals in Idenstedt, da war ich noch ganz neu, ich weiß nicht, ob du dich erinnerst …«

Schmaerse schüttelte den Kopf.

»Da war ich nicht sehr gut auf dich zu sprechen gewesen, weil ich dich gebeten hatte, einen Kollegen zu schicken. Du hast mich gar nicht richtig angehört.«

»Entschuldige, aber ich hatte ja keine Ahnung, warum …«

»Ist ja schon gut, war ja auch nur eine Lappalie. Ich sollte nur das Vorhandensein einer Täter-Akte ausschließen. Aber ich kannte den Kunze damals schon, und auf mich hat er denselben Eindruck gemacht wie auf dich.«

»Ja, nicht wahr.«

»Bei mir war das eine Familienangelegenheit, auch ein erweitertes Auskunftsersuchen. Ich war als Beraterin meines alten Onkels dabei.«

»Und?«

»Aus meiner Sicht ist es eigentlich ganz einfach. Aber das kann man ja heute schon gar nicht mehr laut sagen, ohne schief angesehen zu werden. Ich halte es generell für einen Fehler, was da in Deutschland geschieht. Da gibt es so viele ehemalige Opfer, die jetzt als Behördenleiter eingesetzt werden. Solange es nur politische Grüß-Gott-Auguste wären, hätte ich ja nichts dagegen. Aber viele von denen ergreifen Partei, und bei dem, was sie erlebt haben, ist es ja auch keine Frage, für wen. Das macht sie zu moralischen Richtern. Und seit wann, so frage ich dich, dürfen Opfer Richter sein? Schuld oder Unschuld festzustellen, ist Sache der Gerichte und nicht Sache von obersten Archiv-Hütern. Das geht mir so was von gegen den Strich. Und so wie ich deinen Gerechtigkeitssinn sehe, ist es auch genau das, was dir Kunze so unsympathisch macht …« Sie machte eine Pause, um ihrer Chefin Zeit zum Verarbeiten zu geben.

Die saß nur mit leicht offenem Mund und großen Augen da.

»Das ist es«, sagte sie nach einer kleinen Ewigkeit. Und dann noch einmal: »Das ist es, du hast den Nagel auf den Kopf getroffen. Seit wann dürfen Opfer Richter sein? Eine kluge Frage. Der Mann hat keinerlei juristische Bildung, setzt sein unnahbar-verächtliches Lächeln auf und spricht mit jedem zweiten Satz ein Urteil.«

Doro Alberti nickte.

»Schön, dass du meinen Eindruck teilst. Ich dachte schon, ich stehe in der Sache völlig allein da.«

»Da mach dir mal keine Sorgen.«

»Na ja, und ich dachte mir, wenn wir drüber reden, kommst du vielleicht besser damit klar.«

»Das denke ich auch. Danke, dass du es angesprochen hast.«

Schmaerse zog sich eine Akte näher heran, um zu signalisieren, dass das Gespräch beendet war. Sie hatte noch ein bisschen nachzudenken.

»Geh ja schon«, sagte Alberti und lächelte.

»Was meinst du dazu?«, wandte sich Steffi Schmaerse an ihren Kaktus. Doch der schwieg sie nur an. »Bist heute ein Diplomat, was? Nur keine klare Stellung beziehen.«

11

Der schwere Chopper hing immer noch willig am Gas, obwohl er inzwischen zu alt und zu anfällig wurde. Aber an solchen schönen Sommertagen wie heute, da lief er fast von allein. Das Motorrad bot Peter Hartmann eine gute Möglichkeit, sich zu verkleiden und dennoch nicht aufzufallen.

Gerald Eberwein hatte ihm den Tipp gegeben, man könnte Sebastian Kämpfer, den *Kämpfer Sebastian*, wie er es immer ausdrückte, fast jeden Nachmittag bei seltsamen Übungen beobachten, wenn man wüsste, von wo. Dabei hatte er so verschwörerisch mit den Augen gezwinkert, dass es schon wie ein Wink mit einem ganzen Zaunfeld aussah. Nun, man musste kein Pfadfinder sein, um rasch herauszufinden, dass hinter der Feldgasse, in der Kämpfer wohnte, der Radweg entlangführte.

Dorthin war Hartmann jetzt unterwegs. In Jeans mit Stiefeletten, schwerer Lederjacke mit Nierengurt und Ellbogenschützern und einem Pilothelm mit dunkel eingefärbtem Klappvisier. Zwar wussten die Auendorfer inzwischen, wer er war, aber unter solchem Mummenschanz würde man ihn nicht erkennen, zumal er noch nie mit dem Motorrad in Auendorf war.

Er bog nach links in Richtung Eckartsbergaer Straße ein, wo sich der Mord an Hartmut Kahn ereignet hatte, hielt sich aber rechts in Richtung Bahn und bog kurz vor dem Bahnübergang scharf nach rechts auf den Radweg ab. Glücklicherweise war hier die Zufahrt ungesichert.

Hartmann hatte schon befürchtet, vor so einem dreiteiligen Schutzgitter zu stehen, um welches man ein Fahrrad noch schieben kann, mit viel Geschick auch fahren, wo er aber niemals seine Virago hätte durchfädeln können. Doch in Mittelthüringen hat man mit den Radwegen oft Glück. Die meisten, die in den letzten fünfzehn Jahren angelegt wurden, waren im sogenannten landwirtschaftlichen Wegebau entstanden. Sie wurden vom Amt für Landentwicklung und Flurneuordnung in Gotha finanziell hoch gefördert und waren im Gegenzug offiziell nur für Landmaschinen gedacht. Das machte sie zudem schön stabil. Der Radverkehr wurde dort zusätzlich gestattet – für den motorisierten Verkehr mit Ausnahme der Landwirtschaft waren die Wege verboten. Erstaunlicherweise hielten sich auch die meisten daran.

Hartmann zog im dritten Gang noch einmal kurz am Gas, kuppelte dann aus und stellte den Motor ab. Die letzten achtzig Meter rollte er lautlos dahin, dann stoppte er direkt hinter Kämpfers Garten, den er schon von Weitem an der grotesk hohen Mauer in Richtung Westen erkennen konnte. Er klappte das dunkle Visier seines Helms nach oben und lehnte sich im Sattel ein wenig zurück, gerade so, als wolle er hier eine Pause machen. Eine Raucherpause etwa.

Verdammt, ihm fehlte schon wieder die Zigarette. Damit hätte er sich auch beruhigen können. Denn in Situationen, in denen er quasi heimlicher Beobachter war, fühlte er sich noch immer im Bauch so unwohl, dass er automatisch darüber nachdachte, wo sich die nächste Toilette befand. Auch dagegen hätte eine Zigarette geholfen.

Der Garten von Kämpfer hatte einen Hintereingang. Und er sah durchaus so aus, als würde er regelmäßig benutzt. Zwei stabile Bohlen führten über einen Wassergraben, dessen Böschungen gepflegt aussahen. Auch Kämpfers Garten machte keinen ungepflegten Eindruck. Das Gras war kurz geschnitten, ein paar Obstbäume verteilten sich auf einer großzügigen Wiese. Die Bäume allerdings hätten durchaus eine Pflege verdient – ein dichter Wald von Schösslingen erhob sich senkrecht über die knorrigen Äste. Am Zaun zum Bach hin standen Beerensträucher, die nur bedingt einen Einblick in das Grundstück zuließen. Aber Hartmann brauchte nur die Haltung seines Oberkörpers ein wenig zu ändern, um zu sehen, was sich auf dem Rasen abspielte.

Sebastian Kämpfer stand mit freiem Oberkörper im Garten. Er war gut gebaut, so viel musste Hartmann mit ein wenig wehmütigem Neid sofort anerkennen. Der Oberkörper wie eingeölt, leicht gebräunt mit exakt definierten Muskeln – einem kräftigen, nicht übertriebenen Bizeps, einem starken Strang Nackenmuskeln, einem klassischen Rechteck auf der Brust und einem erkennbaren Sixpack. Er trug seine Haare zu einem starken Pferdeschwanz gebunden und war nur mit einer Art altertümlichen Pluderhose bekleidet, die ein starker Hanfstrick auf den Beckenknochen hielt. Mit seinen beiden Händen hielt er den Griff eines gewaltigen Schwertes umklammert, das vor ihm senkrecht auf dem Boden stand. Er hatte die Augen geschlossen, das Gesicht der Sonne zugewandt und summte ein Lied. Der Mann schien sich zu sammeln.

Dann, nach einer kleinen Ewigkeit, senkte er den Kopf langsam, machte einen langen, tiefen Atemzug, sodass sich der Brustkorb sichtbar dehnte, drehte die Hände in eine andere Stellung und hob das Schwert, das recht schwer zu sein schien, über seinem Kopf in die Waagerechte. Seine Muskeln spannten sich, dann hieb er das Schwert mit gewaltigen Streichen durch die Luft, immer in scheinbar genau abgemessenen Bewegungen. Das sah schon imposant aus, und Hartmann ahnte auch sogleich, was hier vorging: Sebastian Kämpfer trainierte den Schwertkampf, für Schauvorführungen etwa. Nichts Seltsames hatte das, wie Eberwein argwöhnte, eher etwas Beeindruckendes. Wahrscheinlich trat Kämpfer bei Ritterspielen oder Ähnlichem auf, Hartmann hatte so etwas vor ein paar Jahren schon mal gesehen, auf der Runneburg bei Weißensee.

Allerdings – wenn man diese Übungen in einen Zusammenhang mit dem Mordfall Kahn brachte ... Es schien sehr weit hergeholt, aber mit so einem Schwerthieb konnte man problemlos den Schädel eines Mannes spalten. Indes, es war ziemlich unwahrscheinlich, dass Kämpfer mit diesem martialischen Monstrum von Hiebwaffe auf einer nächtlichen Straße auf sein Opfer wartete. Das Schwert ging ihm immerhin bis auf Brusthöhe, dürfte also mindestens einen Meter fünfzig hoch sein, eher einen Meter sechzig. So was trug man nicht eben mal hinter dem Rücken spazieren.

Nein, Hartmann hielt den Ausflug für Zeitverschwendung. Andererseits fragte er sich schon, wie lange man wohl Blutflecken auf so einer Schneide nachweisen könne. Und wenn er den Hinterausgang nutzte, dann könnte Kämpfer nachts ungesehen hinter den Grundstücken in einer Minute am Tatort sein.

»Na ist das nicht ...« Eine Radfahrerin war an ihm vorbeigerollt und stoppte.

»Ja, ich weiß, das ist nicht für Motorradfahrer«, sagte Hartmann unwirsch. »Ich bin auch gleich wieder weg.«

»Sie sind doch der von der Zeitung«, setzte die Blondine fort. Sie trug halblange Haare, hatte große blaue Glupschaugen und füllte ihre Jeans gut aus, wie Hartmann nicht ohne Wohlgefallen bemerkte. Er grinste schief.

»Tatsächlich?«, scherzte er.

Die Blonde stieg ab, wendete ihr Rad und schob es zu ihm hin.

»Na klar«, sagte sie. »Ich kenn Sie doch. Sie sind doch öfter hier, seit der Sache mit dem Toten.«

»Ja, kann sein«, wich Hartmann aus. Er wollte sich kein Gespräch an die Backen nageln lassen, schon gar nicht hier. Es war ihm fast ein bisschen peinlich, Kämpfer beobachtet zu haben. Aber davon schien die Blondine nichts gemerkt zu haben.

»Schreiben Sie doch mal was anderes über unser Dorf«, forderte die ihn auf.

Hartmann holte Luft.

»Ich weiß, das Quellenfest«, winkte er ab.

»Nein, ich meine nicht das Lügenfest«, sagte sie und leckte sich wie flüchtig mit der Zunge über die Unterlippe. Eine schöne, eine volle Unterlippe.

»Lügenfest?«, fragte Hartmann verwundert.

»Ist ein anderes Thema«, sagte sie, kam noch ein Stück näher zu ihm ran und senkte die Stimme etwas.

»In Auendorf gehen seltsame Dinge vor sich«, sagte sie.

Hartmann lächelte leicht belustigt.

»Ach was, das ist kein Wunder. Mord gehört nicht zu den normalen Dingen.«

»Auch das meine ich nicht.« Sie blickte ihn eindringlich an mit ihren großen und leicht feuchten Augen.

»Na was meinen Sie denn dann, junge Frau?«, fragte er.

»Grass«, stellte sie sich vor. »Petra Grass.«

»Also Frau Grass. Worum geht es Ihnen denn nun?«

»Hier verschwinden Katzen«, sagte sie mit viel Pathos, dann wartete sie. Und, als sie die Fragezeichen im Blick von Hartmann sah, setzte sie fort: »Spurlos. Heute sind sie noch da, morgen sind sie weg.«

»Jaaa«, sagte Hartmann gedehnt. »Aber das ist noch kein Fall für die Zeitung. Katzen haben nun mal einen großen Aktionsradius.«

Petra Grass stemmte die Faust in die Hüfte.

»Kein Thema, so, so. Und wenn ich Ihnen nun sage, dass es allein im letzten Jahr zwölf Katzen waren? Vier davon waren meine eigenen.«

Hartmann nickte.

»Das ist eine ganze Menge.«

»Sag ich doch«, triumphierte sie.

»Ist natürlich nicht leicht zu beurteilen«, blieb Hartmann vorsichtig. »In der Stadt ist es ja so, dass die meisten Katzen auf der Straße sterben … ist ja auch eine Form von Verschwinden.«

»Die sind nicht überfahren worden, die sind weg.«

»Ich glaub Ihnen das«, sagte Hartmann und erntete dafür einen empörten Wehe-wenn-nicht-Blick.

»Und eine meiner Katzen«, setzte die Blonde fort, »ist offenbar vergiftet worden. Erst habe ich gedacht, die hat einen Katzenschnupfen … die Nase war verrotzt und die Augen verklebt. Aber dann ging das wieder weg, und sie wollte noch immer nicht fressen, ist immer magerer geworden. Bis ich sie eines Tages in der Scheune gefunden habe. Zum Sterben verkriechen sie sich immer, wissen Sie.«

»Ich weiß«, sagte Hartmann, »ich habe selbst viele Jahre lang Katzen gehabt.«

In ihre Augen trat ein feuchter Schimmer, und sie legte ihre Hand vertraulich auf seine, die noch immer auf dem linken Lenkergriff ruhte. Er blickte hin, und sie zog die Hand erschrocken wieder weg.

»Dann verstehen Sie mich ja«, sagte sie hoffnungsvoll.

»Es wird schwer zu recherchieren sein«, beharrte er. »Es hat da mal neulich was in der Zeitung gestanden von irgendeiner Bande, die Katzen weggefangen hat und ins Ausland verschachert, an Tierlabore oder für Rheumadecken. Aber ich glaube nicht, dass die in Mittelthüringen …«

»Hören Sie auf«, kreischte sie plötzlich und unerwartet auf und presste sich die Fingerspitzen an die Schläfen. »Ich will davon nichts hören.«

»Haben Sie denn selbst einen Verdacht?«

Sie beruhigte sich auf der Stelle, rückte noch ein Stück dichter an Hartmann, berührte mit ihrem Oberschenkel sein Knie.

»Das ist es ja, ich habe schon einen Verdacht, aber den können Sie nicht so einfach in die Zeitung schreiben.« Sie hatte eine angenehme Stimme, tief und ein wenig rau.

Hartmann lächelte wieder.

»Natürlich kann ich nicht einen Verdacht einfach in die Zeitung schreiben, da muss schon erst gründlich recherchiert werden. Aber sagen Sie doch einfach mal.«

»Das kann nur die Wagner gewesen sein. Die wohnt gleich dahinten.« Sie wies mit der Hand in Richtung der Mauer an Kämpfers Grundstücksgrenze. »Die Wagners sind Katzenhasser, die haben nur so einen Kampfhund, der sieht richtig brutal aus.«

»Das heißt ja noch nicht, dass sie Katzen stehlen. Oder hetzen die ihren Hund auf die Katzen?«

»Wer weiß das schon«, sagte sie und schüttelte sich. »Aber die Wagner hat schon seit Jahren was gegen mich.«

Dorfklatsch, dachte Hartmann, sagte aber nichts.

Petra Grass fuhr fort. »Ich meine ja nur, Sie könnten da ja mal recherchieren. Bei Frau Stücklein sind auch Katzen verschwunden, und es ist ja nun mal kein Geheimnis, dass die Wagner auch die Stücklein hasst.«

»Finden Sie nicht, dass das jetzt ein bisschen weit hergeholt –«

»Weit hergeholt? Die beiden standen sich schließlich schon bei Gericht gegenüber.«

»Wegen der Katzen?« Hartmann verzog ungläubig das Gesicht.

»Nein, nicht deswegen. Wegen der Kindergartengeschichte. Die Wagner hat der Stücklein gedroht, ihr das Haus abzufackeln, wenn sie nicht aufhört, Lügen über sie zu erzählen. Und die Stücklein hat sie daraufhin angezeigt.«

Hartmann fiel plötzlich ein, dass auch Eberwein den Namen Wagner erwähnt hatte.

»Diese Sache mit dem Kindergarten hat ganz schön Staub aufgewirbelt, glaube ich.«

»Das ist noch harmlos ausgedrückt. Daran ist fast das Lügenfest vor zehn Jahren gescheitert.«

»Da sagen Sie es wieder: *Lügenfest.* Was ist denn das für ein Fest?«

»Ach, das heißt eigentlich gar nicht so. Ich nenne es nur immer Lügenfest. Das ist das Quellenfest, das hier alle zehn Jahre gefeiert wird.«

»Und in ein paar Wochen wieder …«

»Genau. Und es wird genauso wieder ein Lügenfest werden, das kann ich Ihnen jetzt schon versprechen. Weil alle so verlogen sind, sich anlächeln und hinter dem Rücken schon das Messer heben.« Sie redete sich so in Eifer, dass von ihren Lippen feine Speichelbläschen zu Hartmann sprühten.

Ein feines Dorf, dachte der bei sich.

»Wenn Sie Zeit haben«, setzte Petra Grass fort, »können Sie gern mal bei mir vorbeikommen. Ich lade Sie auf einen Kaffee ein, und dann erzähle ich Ihnen die ganze Geschichte. Aber nur, wenn Sie auch zu den Katzen recherchieren.« Sie hob schelmisch den Zeigefinger und lächelte Hartmann einladend an.

Der beeilte sich, die Frau loszuwerden. So viel Nähe war ihm dann doch nichts.

»Vielleicht ein anderes Mal, Frau Grass. Ich komme gern darauf zurück. Und wegen der Katzen – mal sehen, was sich machen lässt.«

»Ich nehm Sie beim Wort«, sagte Petra Grass. Ein wenig enttäuscht schien sie schon. »Sie finden mich im Telefonbuch. Rufen Sie einfach an, wenn Sie kommen.«

Er zeigte mit dem Finger auf die Frau und zwinkerte ihr zu. Dann drückte er den Starterknopf seiner Yamaha. Eigentlich wollte er jetzt nur noch weg.

12

Der Optiker war ein sanfter Mann und strahlte die Gelassenheit eines Pfarrers im Ruhestand aus, obwohl er nicht viel älter als Steffi Schmaerse selbst war.

»Nun, ich glaube, diese gerade Linie am Steg macht Ihr Gesicht zu streng«, sagte er in beruhigend sanftem Singsang und schaute sie dabei prüfend an. »Ich hole Ihnen noch mal das erste Modell.«

Er stand auf und ging gemessenen Schrittes zum Stehtisch, auf dem schon drei verworfene Brillen lagen. Und tatsächlich, der Mann trug nicht nur eine unmodische Strickjacke, die ihn zehn Jahre älter aussehen ließ, er trug auch noch Filzpantoffeln.

Bizarr, dachte sich Schmaerse.

Es dauerte eine ganze Weile, bis sie sich auf ein Gestell einigen konnten, und Steffi Schmaerse schielte immer wieder auf die Uhr. Eigentlich konnte sie sich den Termin gar nicht leisten. Aber er lag schon eine Weile fest, und einen freien Tag konnte sie sich noch weniger leisten. Mord hat Vorrang, so lautete nun mal die Spielregel. Der Optiker wollte ihr gerade galant den Arm reichen und sie zu seinem Prüfplatz für die erforderliche Sehstärke führen – der Brillenverordnung der Ärztin traute er nicht über den Weg –, als sich Schmaerses Handy in der Tasche meldete. Sie blickte ihn entschuldigend an, während sie es aus der Tasche zog. Hölbing, verriet das Display. Sie lächelte den Optiker an, zuckte mit den Schultern, ließ ihn stehen und strebte zum Ladenausgang, während sie das Gespräch annahm.

»Frank?«, fragte sie.

»Ich glaube, ich bin auf was Interessantes gestoßen«, begann er ohne Umschweife.

Ein Passant irritierte Steffi Schmaerse, der mit großen Augen auf ihre Hüften starrte, bis ihr bewusst wurde, dass sie ohne Jacke nach draußen gegangen war und ihre Dienstwaffe im Holster trug. Sie hätte doch besser einen freien Tag nehmen sollen.

»Bist du noch da?«, hakte er nach.

»Ja«, sagte sie zerstreut. »Schieß los.«

»Also: Wir haben hier beim Überprüfen der Teilnehmer des Forums einen Dieter Seifert. Der Mann wohnt in Riedburg und hat einen Registereintrag, sag ich dir, das ist das ganze Strafgesetzbuch rauf und runter. Nur die schweren Dinger: Raub, Erpressung, Körperverletzung, schwere KV, Betäubungsmittel, Nötigung – die ganze Palette.«

»Ja«, sagte sie wieder.

»Pass auf, jetzt kommt's: 1995 wurde gegen ihn wegen Bedrohung und Belästigung ermittelt. Heute wäre das ein klarer Fall von Nachstellen. Der Anzeigeerstatter war Hartmut Kahn.«

»Ah ja.« In Steffis Gehirn arbeitete es. Sie war hellwach.

»Immerhin war die Sache so ernst, dass der Staatsanwalt eine Abstandsverfügung erließ. Und ein halbjähriges Platzverbot für den damaligen Wohnort von Kahn in Jena.«

»Womit hatte er gedroht?«

»Er wollte Kahn, so wörtlich, *den Schädel spalten*. Ich glaube, wir sollten uns den Burschen dringend ansehen.«

»Du hast vollkommen recht, aber lass das Blaulicht aus und warte auf mich. Der Fall liegt bald zwanzig Jahre zurück, und Schädel spalten ist nun mal eine stehende Verbindung.«

»Eine was?«

Steffi lachte auf. »Vergiss es wieder, das hat was mit Deutsch zu tun. Ich bin in einer Viertelstunde bei dir.«

Der Optiker hatte nur begrenztes Verständnis für ihren Wunsch, den Termin zu verschieben.

Steffi Schmaerse blickte zur Seite, als Frank Hölbing die kurvige Straße zum Birkenviertel hochfuhr. Zu deutlich war der kleine Pfad zu sehen, der am Rewe-Markt vorbei und hinauf zu den Plattenbauten führte. Zu deutlich war ihr der Mord an dem Fahrradkurier im Gedächtnis. Sechs Jahre war das jetzt her, und es blieb ein ebenso rätselhafter wie ungelöster Fall. Die Akten waren längst geschlossen, und es gab nicht den geringsten Hinweis auf ein Motiv oder einen Täter.

Das Birkenviertel. Ein fast poetischer Name, der im krassen Gegensatz zum Charakter der Wohnsiedlung stand. Ende der siebziger Jahre, als auf dem Plateau die fünfgeschossigen Plattenbauten buchstäblich aus dem Boden gestampft wurden, waren alle froh, die dort oben eine Wohnung bekamen. »Neubauwohnung, Erstbezug« – das war so eine Art sozialistischer Adelstitel. Kinderkombination, Kaufhalle, Dienstleistungskombinat, ein richtiges kleines Stadtviertel entstand.

Die nächste Zäsur gab es, als nach der Wende viele Wohnungen in der Innenstadt saniert wurden und die Leute aus den Plattenbauten flohen. Dramatischen Leerständen begegneten die Planer mit dem Schleifen ganzer Blocks, allerdings erst vor gut zehn Jahren. Eigentlich war es jetzt ganz nett dort oben, zumindest optisch. Wo die geschliffenen Blocks ihren Platz gehabt hatten, entstanden kleine Grünanlagen, die Bäume zwischen den noch stehenden Häusern hatten inzwischen eine stattliche Höhe erlangt, sodass das ganze Viertel nicht mehr wie aufgepfropft, sondern wie organisch gewachsen aussah. Nur abends konnte man dort nicht hin. Niedrige Mieten, um die Wohnungen überhaupt an den Mann zu bringen, hatten in den letzten Jahren dafür gesorgt, dass der Bodensatz der Wohlstandsgesellschaft dort ansässig wurde. Die Zuweisung von Wohnraum an Spätaussiedler hatte zu dem noch jungen Beinamen »Klein-Odessa« geführt, und die Deutschrussen vertrugen sich nicht mit den Asylbewerbern, für die man in einem der Blöcke ein Heim eingerichtet hatte. Streifenpolizisten war das Viertel nur zu gut vertraut.

Dieter Seifert wohnte im Karl-Marx-Ring 87, einer Straße, deren Name die große Umbenennungswelle kurz nach der Wende überlebt hatte. An Marx hatten sich die Stadtväter dann doch nicht zu vergreifen gewagt. Das »Kapital« hätte auch gut und gerne in so einem trostlosen Block geschrieben werden können.

Schnurgerade, fünf Aufgänge, fünf Geschosse, das konnten gut sechzig Wohnungen oder mehr auf engstem Raum sein. Und es waren alles sogenannte Sozialwohnungen. Das Treppenhaus war fensterlos und roch nach verbrauchter Luft und schwach nach Essen. Hinter manchen Türen konnte man Kindergeschrei hören. Das Namensschild an Seiferts Wohnung im vierten Stock war mit Malerkrepp auf die Klingel geklebt. Ein Hund schlug an, als Hölbing auf den Klingelknopf drückte. Es hörte sich an, als sei es ein sehr kleiner Hund.

»Mach dich fort«, donnerte eine Männerstimme. Der Hund gab einen winselnden Laut von sich und war dann nicht mehr zu hören. Die Tür ging auf.

Dieter Seifert war Mitte fünfzig und trug in einem fleckigen Feinripp-Hemd einen gewaltigen Bauch zur Schau. Er vergrub die Hände in den Taschen einer ausgeleierten und ebenfalls schlumpigen Adidas-Trainingshose und war unrasiert. Die Karikatur eines Arbeitslosen, dachte Steffi Schmaerse. Mehr Klischee geht nun wirklich nicht.

»Herr Seifert?«, fragte Hölbing höflich.

»Wer fragt?«, wollte dieser wissen.

Schmaerse hielt ihren Dienstausweis hoch.

»Schmaerse, Kriminalpolizei Riedburg. Das ist mein Kollege Hölbing.«

»Zeig mal her«, sagte Seifert und griff begierig nach der eingeschweißten Pappe mit dem Dienstsiegel. Schmaerse zog sie weg.

»Nur gucken, nicht anfassen«, sagte Hölbing. Sie waren ein perfekt eingespieltes Paar.

»Bist ein Witzbold, was?«, fragte Seifert und schaute dann zu Schmaerse.

»Womit kann ich der Polizei dienen?«, fragte er. Er klang nicht einmal grob oder unhöflich.

»Dürfen wir reinkommen?«, fragte Schmaerse.

Seifert griente und verschränkte die Arme vor der Brust.

»Gern, wenn Sie mir sagen, worum es geht.«

Endlich ging er zum Sie über, dachte Schmaerse erleichtert. Sie hasste es, formell darauf hinweisen zu müssen.

»Wir würden gern wissen, wo Sie sich in der Nacht vom Dienstag zum Mittwoch vergangener Woche aufgehalten haben.«

Seifert drehte sich zur Seite, machte eine einladende Handbewegung und griente wieder.

»Ach, es geht um den Mord von Auendorf«, sagte er und folgte den beiden Beamten, wobei er sein rechtes Bein nachzog.

Das Wohnzimmer war schlecht gelüftet. Zigarettenqualm hing in der Luft. Der Tisch war gekachelt, ein voller Aschenbecher und zwei Flaschen Bier standen darauf. Auf der Couch lag eine Frau in eine Wolldecke gehüllt.

»Geh mal in die Küche und mach Kaffee. Wir haben Besuch von der Polizei«, sagte Seifert und stupste die Frau an, die widerwillig aufstand. Sie trug lediglich einen Schlüpfer und ein T-Shirt und schien nur wenig jünger als Seifert.

»Guten Tag«, sagte sie nur leise, fast scheu, strich sich eine Haarsträhne aus dem Gesicht und huschte aus dem Zimmer.

Schmaerse und Hölbing wechselten einen Blick.

Seifert sah es. »Meine Lebensgefährtin«, erklärte er. »Die wird Ihnen sicher auch bestätigen, dass ich den ganzen Abend und die Nacht zu Hause war, nachdem ich aus Jena zurückgekommen bin. Denn das wissen Sie ja sicher, wo ich an dem Abend war.«

Hölbing nickte Schmaerse zu und fragte: »Und wann sind Sie denn nun zurückgekommen?«

Schmaerse stand auf und folgte der Frau in die Küche. Sie zweifelte nicht daran, dass sie ihren Freund schützen würde, wollte aber dennoch die Gunst des Augenblicks nutzen.

Seifert sah irritiert von der Küchentür zu Hölbing.

»Na?«, fragte Hölbing. »Wann sind Sie denn nach Hause gekommen?«

»Das war so gegen drei viertel elf. So gegen zehn war die Diskussion zu Ende, ich bin dann gleich heimgefahren. Ja, ich glaube, es war exakt drei viertel elf.«

»Und Ihre Lebensgefährtin war noch munter?«, wollte Hölbing wissen.

Seifert warf ihm einen verständnislosen Blick zu.

»Na logisch«, sagte er und griente wieder.

»Wie gut kannten Sie Herrn Kahn?«

Seifert lachte kurz auf und schüttelte den Kopf. Dann klopfte er sich eine Zigarette aus der Packung und zündete sie an. Hölbing wollte etwas sagen, verkniff es sich aber. Nicht mein Territorium, dachte er. Seifert inhalierte tief den Rauch und blies ihn geräuschvoll wieder aus.

»War ja klar, dass es darauf hinauslaufen würde«, sagte er dann.

Hölbing wartete, und Seifert fuhr schließlich fort.

»Wäre er mir in den wilden Wirren der Wende begegnet, im Herbst, bei den Demos, weiß Gott, ich hätte ihn erschlagen. So aber …« Seifert paffte fast behutsam einen Rauchkringel in die Luft.

Die beiden Frauen erschienen mit dem Kaffee. Seiferts Lebensgefährtin zog sich ungeniert die Jogginghose an, die über der Sofalehne hing. Sie setzte sich in die äußerste Ecke der Couch, faltete ihre Hände auf den Knien und schwieg. Auch Schmaerse sagte nichts.

»Ein paar Jahre später hätten Sie es beinahe getan«, spann Hölbing den Faden weiter.

»Nein, nein, nein, Freundchen, nicht so.« Seifert wedelte mit dem Finger. »Ich habe es gesagt, aber ich habe es nicht mal versucht.«

»Wenn Sie zur Wende so eine Wut hatten, warum haben Sie dann ein paar Jahre lang sozusagen die Füße still gehalten?«

Seifert sog wieder an der Zigarette, inhalierte, blies den Rauch wieder aus und schaute ihm nach. Schmaerse stand wortlos auf und öffnete die Tür zum Balkon. Seifert starrte sie an, drückte dann plötzlich die Zigarette aus.

»'tschuldigung«, sagte er. »Das war unhöflich. – Ja, also das war so: 1993 oder '94 durfte dann jeder in seine Akten sehen. Und ich habe beantragt, meine sehen zu können. Da kam dann der ganze Ärger wieder hoch. Ich wusste ja, hinter welchem der geschwärzten Namen Kahn steckte.«

»Kannten Sie denn seinen Namen?«

»Ja, den habe ich nie vergessen. Einer seiner Schergen hat sich mal verquatscht, hat ihn mit *Genosse Kahn* angesprochen und dann ganz erschrocken geguckt und gar nichts mehr gesagt. Da wusste ich, dass es kein Deckname war. Ich bin ja nicht blöd.«

Er schaute Hölbing an, als erwarte er eine Bestätigung. Der schwieg weiter.

»Dann hat er die Polizei auf mich gehetzt, und ich habe gemerkt, dass das nichts bringt. Ich wäre ja wieder im Knast gelandet. Da habe ich schon lange genug gesessen.«

»Was hat Kahn getan, dass Sie ihn so gehasst haben – mehr als alle anderen Stasi-Leute?«, fragte Hölbing.

Seifert blies verächtlich die Luft aus der Nase.

»Das war ein gutes Jahr vor der Wende. Ich merkte, woher

der Wind wehte, und hatte einen Ausreiseantrag gestellt. Meine Strafe hatte ich ja komplett verbüßt, und aus dem Loch, in das sie mich gesteckt hatten, würde ich eh nicht wieder rauskommen.« Er machte eine Pause. »Ja, und dann haben sie mich einbestellt. Volkspolizeikreisamt. Vielleicht wissen Sie das ja nicht so genau, Sie sind ja noch jung, aber dort war die Meldebehörde. Es ging um meinen Antrag, hieß es. Und dann wurde ich in ein Nebenzimmer gebeten. Da saß Kahn und einer vom Rat des Kreises. Auf ein Zeichen hin ließ der mich mit Kahn allein. Und dann sagte Kahn ungerührt, wenn ich den Antrag nicht zurückziehe, fährt er mich persönlich bis zur Grenze und zerschießt mir auch noch mein anderes Knie. Dann durfte ich gehen.«

Schweigen hing im Raum. Seiferts Lebensgefährtin kaute auf ihren Fingerknöcheln. Seifert selbst starrte in den Aschenbecher. Hölbing wollte etwas sagen, aber Schmaerse schloss die Augen und schüttelte unmerklich den Kopf.

»Bei Gott, ich wünschte, ich hätte dem Aas den Schädel eingeschlagen«, sagte Seifert schließlich. »Aber ich war es nicht. Dieses Vergnügen hatte ein anderer.«

»Dieter«, sagte seine Lebensgefährtin. Es war das einzige Wort, das sie sagte.

Schmaerse stand mit einem Ruck auf.

»Herr Seifert, wir werden Ihre Aussage noch einmal auf der Dienststelle zu Protokoll nehmen müssen«, sagte sie. »Sie erhalten dann eine entsprechende Einladung. Bitte verreisen Sie in den nächsten Tagen nicht.«

»Wohin denn?«, fragte er verbittert.

»Wir finden den Weg«, sagte Hölbing, der den Subtext seiner Chefin begriffen hatte. An der Wohnzimmertür drehte er sich noch mal um. »Sagen Sie, Herr Seifert, brauchen Sie eigentlich eine Brille?«

Der schaute ihn entgeistert an. »Nein«, sagte er.

»Sag mal, was soll das?«, fauchte Schmaerse Hölbing noch im Treppenhaus an. »Was ist mit seinem Knie, was ist mit dem Knast? Wir können doch nicht mit unterschiedlichem Kenntnisstand da reinrauschen.«

»Ja entschuldige nur«, bellte er zurück. »Wir wollten sofort zu Seifert, sonst hätte ich dich schon gebrieft. Und im Wagen warst du irgendwie – so abwesend.«

»Also was ist nun? Bitte die Kurzfassung.«

»Schwerer Raub 1978, danach beim illegalen Grenzübertritt angeschossen, daher auch das kaputte Knie. Hat acht Jahre bekommen und bis auf den letzten Tag abgesessen. Dann ein Jahr Brauerei, dann Ausreiseantrag, den Rest hat er uns erzählt.«

Steffi Schmaerse blieb stehen. »Brauerei, schau an. Da hat auch unser Lehrer gearbeitet.«

»Die Frage ist doch, was machen wir mit dem Vogel? Was hat denn seine Partnerin gesagt, wann er zurückgekommen ist?«

»Exakt zweiundzwanzig Uhr fünfundvierzig.«

»Hat sie gesagt *exakt*?«

»Exakt.«

»Dann war das abgesprochen, das war auch dasselbe Wort, das Seifert verwendet hat.«

»Ich denke auch, dass die sich abgesprochen haben, aber das hilft uns nicht weiter. Ihr Alibi ist so gut wie keins. Ich fürchte, du wirst die Nachbarn hier noch mal abklappern müssen.«

»Ich?«

»Ja, wegen Widerworten gegen deine Vorgesetzte.«

Hölbing lachte.

»Okay, kann auch Gabi machen, das fleißige Bienchen.«

»Ach«, sagte Hölbing, als sie am Wagen waren. »Das mit dem ehemaligen Lehrer, da bist du auch nicht auf dem neuesten Stand.«

»Ja?«, fragte Schmaerse.

»Der hat nicht in der Brauerei gearbeitet, der arbeitet noch immer dort. Der ist inzwischen Produktionsleiter.«

Schmaerse hieb mit der Faust auf das Autodach.

»Euch kann man nicht einen halben Tag allein lassen.«

Hölbing lachte wieder und klemmte sich hinters Steuer.

13

Wieder in Auendorf. Peter Hartmann wusste schon gar nicht mehr, wie oft er in den letzten beiden Wochen diesen Ort aufgesucht hatte.

Fuhr man durch ein beliebiges Dorf in Mittelthüringen, dann sahen oft alle gleich aus: Manchmal fand man ganze Straßen mit geschlossenen Fronten, Mauern oft, zur Straße hin. Dreiseithöfe, die noch oder wieder landwirtschaftlich genutzt wurden. Andere wieder, bei denen die Seitengebäude als Wohnhäuser ausgebaut worden waren, für die eigenen Kinder und deren Familien oder für die Alten, die Aushäusler, wie man früher sagte. Lang gestreckte, ganz flache Ziegelbauten, die Kindergärten oder Verwaltung beherbergten. Ging es den Genossenschaften früher nicht ganz so gut, waren das auch Baracken mit Pappwänden auf Holzfachwerk und Wellasbest auf dem Dach.

Erst wenn man anhielt und genauer hinsah, fielen einem Details auf. Zum Beispiel die meist imposant großen und behäbigen Pfarrhäuser oder die Kneipen, oft zwei- oder mehrstöckig. Bei manchen waren an der Fassade noch die alten Inschriften auszumachen. Wenn man Glück hatte, fand man noch den Hinweis auf »Fremdenzimmer«. Schwer vorzustellen, wie früher Fremde in Dörfern aufgenommen wurden. Noch heute wurde Hartmann angegafft, als trüge er ein rosa Häschen-Kostüm, wenn er in einem Dorf anhielt, um sich eine Kirche anzusehen oder einen Vorgarten zu fotografieren. Ganz zu schweigen vom Einkauf in einem Dorfladen.

Erst beim dritten oder vierten Besuch begann so ein Dorf allmählich ein Eigenleben zu entwickeln. Es bekam im wahrsten Sinne des Wortes ein Gesicht; ein Charakter formte sich langsam. Als Hartmann das erste Mal in Auendorf war, hinterließ der Ort einen schalen Beigeschmack – er war so attraktiv wie eine Marktfrau am Ende des Tages. Kein Ort, in dem man als Städter gern wohnen würde.

Auch wenn es nur noch relativ wenig Landwirtschaft gab, hatte man den Eindruck, in dieses Dorf müsste man geboren worden sein, um hier leben zu dürfen. Alles schien organisch gewachsen, auch die Tristesse. Vermutlich kannte hier wirklich jeder jeden. Aber diese Intimität hatte auch ihre Vorzüge.

So gab es im Nachbardorf Reichstädt nicht nur einen architektonischen Bruch zwischen der »Siedlung«, wie das Neubaugebiet genannt wurde, und dem Dorf selbst, einem der wenigen Rundlinge in der Gegend. Auch im Zusammenleben wollten die Bewohner der Siedlung mit denen des Dorfes nichts zu tun haben. Eberwein hatte ihm, als er die Vorzüge von Auendorf pries, mal erzählt, dass es in Reichstädt sogar regelmäßig zu Pöbeleien, ja selbst zu Schlägereien kam, wenn dort die Kirmes gefeiert wurde. Und Beziehungen zwischen jungen Leuten aus dem Dorf und der Siedlung galten als verpönt. Hartmann hatte seinen neuen Freund dann schnell wieder geerdet, indem er auf die Schlägerei im Sportlerheim anspielte, die Sebastian Kämpfer in den Kreis der Verdächtigen gerückt hatte.

Dennoch wurde ihm Auendorf irgendwie sympathisch. Und vielleicht war es gerade die familiäre Intimität, die er in der Stadt vermisste. Obwohl viele Auendorfer in der Stadt arbeiteten, gingen ihnen die Hast und die Hektik der Städter völlig ab. Am auffälligsten war jedoch das Grüßen. Ein »Hallo, Horst« wurde da mit einem lang gedehnten »Na, wie 'enn, Helmut« quittiert. Und Pfarrer Stieg wurde nicht etwa beim Namen genannt, sondern selbst noch von den jüngeren Auendorfern respektvoll mit »Herr Pfarrer« angesprochen.

Aber unter der Oberfläche, auch das war wie in einer Familie, da brodelte es mächtig. Auch dazu hatte Hartmann die ersten Hinweise von Gerald Eberwein erhalten. Er dachte an die Mauer zwischen den Grundstücken von Kämpfer und Wagner. Er dachte an Kämpfers Onkel, den Bürgermeister, der offenbar weder über seinen Bruder noch über seinen Neffen reden wollte. Er dachte aber auch an die verschwundenen Katzen. Selbst wenn Petra Grass den Eindruck machte, als sei sie etwas überspannt, um nicht »hysterisch« zu sagen, so glaubte er schon, dass die merkwürdigen Anschläge auf die Katzen sehr viel mehr mit Spannungen im Dorf zu tun hatten als mit systematischem Tierraub auf offener

Straße, den es, wie er inzwischen recherchiert hatte, offensichtlich tatsächlich gab, auch wenn die Polizei der Täter nur schwer habhaft werden konnte.

Irgendetwas hatte auch dieses Dorf gespalten, und es war keine neue Siedlung jenseits der historischen Ortsgrenzen. Es war etwas, was tief im Innern schwelte und knisterte. Auch um das zu erkunden, hatte er sich dann doch entschlossen, die Einladung der überdrehten Blondine anzunehmen. Eine Einladung, über die sich vor allem seine Frau Anette aufgeregt hatte. »Wer weiß, was die von dir will«, hatte sie fast bockig gesagt, und er hatte sich seltsamerweise ertappt gefühlt und war rot geworden. Vielleicht hatte er seiner Frau einfach zu viel vorgeschwärmt von seiner Zufallsbekanntschaft. Na ja, attraktiv war sie ja zumindest, fand Hartmann.

Doch was er erblickte, als er das Gartentor öffnete und hinter die gepflegte Hainbuchenhecke blickte, in die Richtung, aus der das monotone Brummen ertönte, verschlug ihm dann sogar fast den Atem: Petra Grass schob einen Rasenmäher vor sich her und sah dabei einfach hinreißend aus. Ihren Hintern hatte sie in Jeans-Shorts gezwängt, die nicht einen Zentimeter kürzer hätten sein dürfen. Sie bewegte sich von ihm weg, und ihre kräftigen und schön geformten Beine stemmten sich buchstäblich in den Rasen. Ihre runden Waden waren mit grünem Rasenschnitt bespritzt, und sie arbeitete tatsächlich barfuß. Unter einem einfachen kaffeefarbenen und ärmellosen Oberteil aus grobem Leinen lugten die Träger eines lila BHs hervor. Ihre Haare hatte sie auf dem Hinterkopf zu einem Knoten zusammengesteckt.

Als sie am Ende des Rasens angekommen war, dort, wo sich kleine, aber gepflegte Gemüsebeete anschlossen, machte sie kehrt, schlenkerte mit der Schnur des Rasenmähers und packte den Bügelgriff wieder kräftig mit beiden Händen, um das Gerät vorwärtszuschieben. Ihre Shorts waren so knapp, dass das Futter der Taschen schon unter dem Saum hervorlugte.

Dann sah sie ihn und stoppte. Der Motor ging aus, als sie den Bügel losließ. Vollkommen unbefangen kam sie auf ihn zu und wischte sich dabei mit dem Handrücken den Schweiß von der Stirn. Ihr Gesicht war von der Anstrengung gerötet, und obwohl sie ihr Haar streng nach hinten gekämmt hatte, hingen vor den Ohren und in der Stirn kleine Strähnchen, die im Gegenlicht fein wie Spinnweben aufleuchteten.

Dass sie barfuß lief, machte sie noch ein Stück kleiner, so musste sie sogar etwas aufsehen, als sie Hartmann burschikos die Hand entgegenstreckte.

»Herr Hartmann«, sagte sie. »Schön, dass Sie es wahr gemacht haben.«

»Vielleicht hätte ich mich doch anmelden sollen«, sagte er fast verlegen. »Ich störe Sie sicherlich.«

Sie schüttelte den Kopf und lächelte ihn an.

»Gar nicht. War sowieso gerade Zeit für eine Pause.«

Sie lief an ihm vorbei zum Gartentor und schaute darüber hinweg nach links und rechts.

»Sie sind ja heute gar nicht mit Ihrem schicken Motorrad da«, sagte sie, und es klang ein wenig enttäuscht und wie bei einem kleinen Kind.

Hartmann lachte laut auf.

»Gefällt Ihnen mein Auto nicht?«, fragte er.

Sie zog einen Schmollmund.

»Doch. Schon. Aber das Motorrad war geiler.«

Leichtfüßig lief sie wieder an ihm vorbei und über die Terrasse.

»Ich mach Ihnen einen Kaffee«, rief sie über die Schulter.

Kaffee auf meinen Reizmagen, dachte er, hatte aber nicht den Mumm, ihr zu widersprechen.

Er schlenderte hinter ihr her und blickte sich wie beiläufig um. Dem Garten sah man die weibliche Hand an. Ihm gefiel, dass er nicht pedantisch ordentlich war. Die finanzielle Situation seiner Gastgeberin konnte er nicht am Garten, dem Haus oder den Terrassenmöbeln ablesen. Eigene Häuser waren Standard auf dem Land, und das von Petra Grass dürfte schon seine achtzig Jahre auf dem Buckel haben. Es war ein relativ niedriger Bau mit stumpfen Klinkern von der Farbe roher Leber. Die Fenster waren relativ neu, und dort, wo sich die Terrasse befand, hatte man offenbar die Mauer geöffnet, um eine Tür und ein großzügiges Fenster einzubauen. Von da aus gelangte man in die Küche, wie er beim Näherkommen sah, wo sie gerade Kaffeegeschirr aus einem Schrank holte. Sie musste sich dabei recken, was ihren Beinen eine schöne Form gab. Er sah es mit Wohlgefallen. Ihre Füße hatten kleine Inseln von Schmutz und Rasenschnitt auf dem Küchenfußboden hinterlassen. Sie bemerkte seinen Blick und bezog ihn ausschließlich auf den Fußboden.

»Ach, das wischt sich so weg«, lachte sie und brachte das Geschirr.

»Warten Sie, ich helfe Ihnen«, sagte er und nahm ihr die Keramiktassen ab.

Sie wuselte wieder rein, angelte eine Blechdose vom Küchenbord und warf einen prüfenden Blick auf die Kaffeemaschine.

»Also haben Sie doch etwas in Sachen Katzenraub unternommen«, rief sie.

Hartmann blies die Luft aus den Backen.

»Wie ich schon sagte, da wird nicht allzu viel zu machen sein«, wich er aus.

Sie schaltete die Maschine ab und brachte die Kaffeekanne und die Keksdose nach draußen.

»Haben Sie denn schon mal mit der Frau Stücklein gesprochen, wie ich Ihnen geraten habe?«, fragte sie und machte es sich auf der Hollywoodschaukel bequem. Dabei schob sie den rechten Fuß unter das linke Knie und klopfte einladend neben sich. »Kommen Sie, nehmen Sie Platz.«

Hartmann übersah die Einladung und setzte sich auf einen der Plastegartenstühle.

»Ich habe erst mal recherchiert, was an Anzeigen bei der Polizei vorliegt«, sagte er.

Sie lehnte sich zurück. Er sah, dass der Reißverschluss ihrer ohnehin knapp sitzenden Jeans ein, zwei Zentimeter offen stand, und zwang sich irritiert zum Wegsehen. Sie bemerkte es zum Glück nicht.

»Pah«, winkte sie ab. »Meinen Sie, deswegen rennt einer zur Polizei.«

»Eben«, sagte Hartmann. »Ich habe außer Ihren Behauptungen wenig in der Hand. Aber ich denke mir auch, dass das eher Zwistigkeiten im Dorf sind, die zu solchen ...«, er machte eine kleine Pause, »zu solchen wie auch immer gearteten Aktionen führten.«

»Zwistigkeiten im Dorf«, wiederholte sie, wie um die Worte abzuwägen, und blinzelte in die Sonne. »Hier regiert manchmal der pure Hass.« Sie griff nach ihrer Tasse.

Er tat es ihr gleich.

»Ob Sie vielleicht einen Schuss Sahne haben?«, fragte er, und sie schnellte aus der Schaukel empor.

»Wie unaufmerksam«, sagte sie, lächelte ihn an und war schon in der Küche. Hartmann ärgerte sich, sie unterbrochen zu haben.

»Geht das so?«, fragte sie von der Terrassentür und hielt einen kleinen Tetrapak Kondensmilch hoch. »Da muss ich nicht erst umfüllen.«

»Jaja, machen Sie sich keine Umstände.«

Sie ließ sich wieder in die Polster der Schaukel fallen, prüfte mit der Hand, ob der Rasenschnitt an ihren Waden schon trocken war, und setzte sich im Schneidersitz hin.

»Erzählen Sie von dem Hass in Ihrem Dorf«, forderte er sie auf.

»Schauen Sie«, sagte sie, biss von einem Keks ab, bevor sie mit vollem Mund weitersprach, »es sind ja nicht nur die Katzen. Bei mindestens drei Familien sind die Gemüsebeete vergiftet worden. Vor allem bei Böhmes war das schlimm, weil die doch so ein bisschen Nebenerwerbs-Landwirtschaft machen. Die haben richtige kleine Felder, jenseits der Bahn. Zwiebeln, Kartoffeln und so weiter. Und Frau Stücklein war auch wieder betroffen.«

»Nicht so schnell, Frau Grass. Vergiftet, sagen Sie?«

»Ja. Und diesmal können Sie sogar die Polizei fragen. Da gab es nämlich sogar zwei Anzeigen.«

»Und was haben die ergeben?«

»Der Täter hat Unkraut-Ex verwendet. Das war ein scharfes Mittel, was alle Pflanzen tötet und den Boden noch lange verseucht.«

»Ich weiß, was Unkraut-Ex war.«

»Ach, dann sind Sie auch in der DDR groß geworden.« Sie schien sich über diesen Umstand regelrecht zu freuen. Hartmann überhörte das indirekte Lob. Er hatte sich ziemlich exakt zwanzig Jahre nach der Wende abgewöhnt, Menschen nach ihrer Herkunft zu fragen. Zumal Petra Grass selbst zur Wende noch ein Teenager gewesen sein musste.

»Hat man den Täter gefasst?«, fragte er.

Petra Grass schüttelte den Kopf.

»Nein. Die haben aber auch nicht wirklich angestrengt gesucht. Dabei gab es einige Hinweise aus der Dorfbevölkerung.«

»Aber ich nehme an, wieder nur Spekulationen«, sagte Hartmann und grinste.

»Ich sag doch, hier regiert der Hass.«

»Sie erwähnten Frau Stücklein. Der Name ist mir nun das dritte Mal untergekommen. Die Dame ist im Dorf wohl nicht sehr gelitten?«

»Die Babsi? Wo denken Sie hin. Die mögen eigentlich alle.« Sie dachte eine Weile nach und schränkte dann ein. »Zumindest alle, die aufseiten der Kinder standen.«

Hartmann ertappte sich schon wieder dabei, wie er in den Schoß von Petra Grass starrte. Die Innenseiten der Oberschenkel so schneeweiß, weich und zart. Der Bund der knappen Shorts so eng, sie musste doch Mühe haben, den Knopf zuzukriegen, über den sich eine etwa drei Finger breite, kleine weiße Speckrolle wölbte. Das sah appetitlich aus. Er zwang sich erneut, woanders hinzusehen, und blieb in der Nähe ihres linken Mundwinkels hängen, wo sich ein Kekskrümel auf der feuchten Haut ihrer Lippen festgesetzt hatte.

Sah er denn heute nur sexuelle Signale? Er hatte das schon vor längerer Zeit einmal in einem Anfall von Selbstanalyse bei sich festgestellt. War er selbst untersext, dann bekam er einen Macho-Blick, er sah keine Frauen mehr, sondern nur noch Objekte der Begierde, er deutete in jedes Lächeln eine Einladung. Dabei war er sonst eher der ausgeglichene Typ. Dafür sorgte schon seine Anette, die ihn regelmäßig forderte und gleichermaßen beglückte. Aber Anette hatte derzeit Besuch – so war ihr Codewort für ihre Periode. Irgendwann hatte ihm Anette aus irgendeiner ihrer klugen Illustrierten vorgelesen, dass lesbische Frauen schon nach kurzer Zeit des Zusammenlebens gemeinsam menstruieren. Vielleicht, hatte er gewitzelt, sei das bei ihnen ja auch bald der Fall. Jetzt gerade wünschte er sich das. Wünschte sich, dass sein Verlangen immer dann abebbte, wenn auch Anette nicht danach zumute war. Dann würde er jetzt nicht so komisch dasitzen und immer wieder auf die fraulichen Reize seines Gegenübers achten. Was sollte das erst werden, wenn Anette in einer Woche in Urlaub fahren würde? Es ärgerte ihn regelmäßig, wenn er so leicht zu beeindrucken war.

»Hallo, alles in Ordnung mit Ihnen?« Petra Grass holte ihn aus seinen Gedanken zurück auf ihre Terrasse. »Sie haben so abwesend ausgesehen.«

Hartmann lächelte. »Ich war abwesend, Entschuldigung«, sagte er. Und dachte: Wenn du wüsstest.

»Auf welcher Seite standen Sie denn damals?«, erkundigte er sich dann und erntete dafür prompt einen empörten Blick.

»Na hören Sie mal, natürlich auch auf der von Babsi. Ich habe selbst zwei Kinder.«

»Sie sagen *natürlich*, aber das haben nicht alle so gesehen. Was war eigentlich passiert?«

Petra Grass holte Luft, aber Hartmann unterbrach sie mit einer Handbewegung, bevor sie reden konnte.

»Warten Sie«, sagte er, »ich will erst einmal zusammenfassen, wie sich die Sache bislang für mich darstellt.«

Sie nickte ihm zu.

»Also: Es gab ein Gerichtsverfahren und eine Verurteilung wegen vorsätzlicher gefährlicher Körperverletzung an Schutzbefohlenen, weil die Kindergartenleiterin einen Dreijährigen geschlagen hat, nachdem dieser nicht essen wollte. In diesem Zusammenhang kam raus, dass die Kinder dort regelmäßig misshandelt wurden, indem man beispielsweise hyperaktive Kinder zum Mittagsschlaf in Decken gewickelt und festgebunden hat. So weit korrekt?«

»Richtig«, sagte sie, entknotete ihre Beine und setzte sich aufrecht hin. Na endlich, dachte Hartmann. »Aber wie konnte man da auf der anderen Seite stehen?«

»Nein, nein, nein. So einfach war das nun auch wieder nicht. Es vergingen fast zwei Jahre bis zu dem Gerichtsurteil. Das fing ja ganz anders an: Die Mitarbeiterinnen des Kindergartens hatten übereinstimmend behauptet, dass die Kinder lügen, die die Version von Babsis Sohn erzählten. Verstehen Sie? Die einen Eltern sagten: böse Kindergärtnerinnen, die anderen sagten: Verleumder, dort ist alles in Ordnung. Wer lässt schon seine Kinder als Lügner bezeichnen. Und auf der anderen Seite finden nicht wenige Alte im Dorf auch heute noch einen Klaps zur Erziehung gar nicht verkehrt.«

Hartmann verkniff sich die Frage nach Petra Grass' Standpunkt zu kleinen Klapsen. Aber er verstand langsam und nickte.

Petra Grass fuhr fort: »Jede Seite behauptete, dass die Gegenseite lüge. Und das hat ganz schnell zu richtigen Feindschaften geführt. Sogar zu Scheidungen.«

»Ach ja?«

»Ja, richtig geraten.« Petra Grass kam in Fahrt. »Ich bin geschieden, die Karin Kahn wurde geschieden, das ist übrigens die Tochter des Toten, und die Kathy Waldhaus auch. Überall standen die Männer auf der Seite der Kindergärtnerinnen und die Frauen auf der Seite von Barbara Stücklein.«

»Okay, ich verstehe. In der ungeklärten Situation entwickelte sich der Hass. Und nach dem Gerichtsurteil?«

»Da war nichts mehr zu kitten. Da ging es längst um mehr als nur um den Kindergarten.«

»Da ging es schon um Mauern, tote Katzen und vergiftete Beete?«

»So ungefähr.« Petra Grass rührte missmutig in ihrer Kaffeetasse.

»Sie sehen aus wie drei Tage Regenwetter. Ich wollte Ihnen nicht den Tag verderben«, sagte Hartmann.

»Schon gut«, sagte sie, lächelte wieder und zog die Beine unter den Po.

Er nahm den letzten Schluck aus seiner Tasse, lehnte eine weitere ab und ließ seinen Blick noch einmal über den Garten schweifen.

»Es sieht so idyllisch aus in Auendorf«, sagte er. »Aber der Eindruck täuscht wohl.«

»Also ich leb gern hier«, sagte sie sofort. »Nur der Zusammenhalt, so wie es früher mal war, das wird wohl nie wieder so sein.«

»Werden Sie zum Quellenfest gehen?«

»Alle werden zum Quellenfest gehen.«

Hartmann stand auf, sie blinzelte ihn von unten an.

»Sie wollen schon fort? Schade, war schön, mit Ihnen zu reden«, sagte sie und zog einen Schmollmund. »Auch wenn Sie noch nichts wegen der Katzen unternommen haben. Aber vielleicht kommt das ja noch.« Sie grinste.

»Wer weiß das schon?«, sagte er und lächelte sie an.

Sie schraubte sich aus der Hollywoodschaukel, begleitete ihn bis zum Gartentor, gab ihm die Hand und kam mit dem Gesicht ganz nah an seines. Fast erwartete er, sie würde ihm einen flüchtigen Kuss auf die Lippen drücken. Doch sie sagte nur: »Wenn Sie mal wieder Lust haben, sich zu unterhalten … Sie wissen, wo ich wohne.«

»Vielen Dank«, sagte er und hielt ihre Hand einen Moment länger als notwendig.

14

Der Schrank war schon etwas älter. Er hatte Glasschiebetüren, mit winzigen scharfkantigen Griffmulden, an denen sie sich zweifellos die Fingernägel brechen würde, obwohl sie sie recht kurz trug. Steffi Schmaerse musterte die Devotionalien, die hinter dem Glas ausgestellt waren.

Vorne lagen ganze Galerien von Medaillen, meist Auszeichnungen der Deutschen Landwirtschafts-Gesellschaft. Dahinter befanden sich Biergläser aller Formen, die allesamt mit dem Logo der Riedburger Brauerei bedruckt waren und oft zu bestimmten Ereignissen und Jubiläen herausgegeben wurden. Ganz hinten schließlich standen Bierflaschen, die wohl die Produktvielfalt der Brauerei unter Beweis stellen sollten. Schmaerse war eher keine Biertrinkerin, aber die Breite der Produktpalette beeindruckte sie dennoch: Vom Biermixgetränk über das obligatorische Radler, das Helle und das Pils, das Diätbier und den Bock, bis zum Schwarzbier und zum Hefeweizen fand sich so ziemlich alles, was die verschiedenen Geschmäcker der Biertrinker erfreuen dürfte.

Sie war mal ein paar Monate mit einem Biker zusammen gewesen, der hatte oft und reichlich Bier getrunken. Das war eigentlich ein netter Typ gewesen, handzahm, auch wenn er nach außen ein bisschen das Image eines harten Rockers bediente, so mit Tattoos und langen Haaren, Lederweste und ordentlich Muckis. Solange sie zu zweit waren, fraß er ihr brav aus der Hand. Erst wenn ein weiteres Motorrad hinzukam, spielte er den Macho. Das hätte sie sich ja auch noch gefallen lassen – es war wie eine Art Rollenspiel, und sie spielte gern die brave Püppi.

Aber auf die Dauer ging es nicht gut, weil die Welt der Biker, der Rocker und der Möchtegern-Rocker einfach nicht ihre war. Nicht nur, weil sie öfter alle Augen zudrücken musste, um nicht von Amts wegen Anzeige zu erstatten. Nicht nur, weil sie, die das Cruisen mit den schweren Maschinen durchaus zu schätzen wusste, höllische Angst bekam, wenn sie sich nach einem Biergelage auf den Sattel des Beifahrers schwingen sollte. Vor allem störte sie, was als kulturelles Highlight der Motorradgang galt: Miss-Wet-T-Shirt-Wahlen nach unzähligen Runden Büchsenbier. Die Welt ihres Freundes drehte sich um Bier, Busen und Bikes, und Schluss war, als er sie ernsthaft fragte, ob sie sich nicht die Brust vergrößern lassen wolle, wo sie doch als Polizistin ordentlich verdiene. Nicht mal ihre verkrampft scherzhafte Antwort, er möge sich doch die Hände verkleinern lassen, hatte er verstanden. Nein – diese Welt war nicht ihre.

»Na, Appetit bekommen?«

Steffi Schmaerse schreckte aus ihren Gedanken und fuhr herum. Eine junge Frau, klein, stämmig, mit einem Rock aus grober Wolle und dunkelbraunen Halbschaftstiefeln, lächelte sie an.

»Ich war jetzt ganz woanders«, räumte sie ein.

»Ich kann Ihnen gern ein Gebinde mit verschiedenen Sorten als kleinen Gruß der Brauerei zusammenstellen lassen, während Sie sich mit Herrn Kröger unterhalten«, sagte die Junge.

»Nein, nein, danke, ich mache mir nichts aus Bier«, wehrte Schmaerse wahrheitsgemäß ab, und die junge Frau zuckte gleichgültig mit den Schultern.

»Kommen Sie, ich bringe Sie in die Produktion.«

Sie eilte voraus über einen viereckigen Betriebshof, auf dem weinrot lackierte Bierlaster in Reih und Glied aufgestellt waren. Es roch nach Hefe. Eine hohe Halle aus Stahl und Glas war ihr Ziel. Drinnen war es warm, feucht und unglaublich laut.

»Die Abfüllung«, brüllte die junge Frau als Erklärung, schlug einen Haken nach rechts und erklomm eine schmale Metalltreppe. Auf einem Zwischenboden lag das separate Büro des Produktionsleiters.

Andreas Kröger war ganz anders, als sie sich ihn vorgestellt hatte. Vor allen Dingen sah er erheblich jünger aus, als er war. Er schien kaum älter als sie selbst zu sein. Kröger war hochgewachsen und kräftig. Er hatte wache, wachsame und schöne rehbraune Augen unter dichten dunklen Brauen. Auf seiner Oberlippe stand ein gewaltiger, sorgsam gepflegter Schnauzbart, der so schwarz war, dass sie sich fragte, ob er ihn regelmäßig färbte. Denn sein Haupthaar war nicht nur bereits licht, sondern schon von jenem angenehmen

Silberton, der alternde Männer bisweilen so interessant machte. Doch, der Kerl war ein Hingucker. Er trug ein beigefarbenes T-Shirt und darüber ein dunkelgrün changierendes Jackett aus grobem Stoff mit braunen Lederaufsätzen an den Ellbogen.

»Schmaerse, Kripo Riedburg«, stellte sie sich vor.

»Kröger«, sagte er knapp und bot ihr einen Platz an.

Er selbst setzte sich nicht hinter seinen Schreibtisch, sondern ihr gegenüber.

»Was kann ich für Sie tun?«

»Sie können sich denken, warum ich komme?«

»Nein.«

»Oh.« Sie gab sich überrascht. »Seit Tagen gibt es kein anderes Thema auf den Titelseiten der Zeitungen.«

»Ich lese keine Zeitung«, schnitt er ihr barsch das Wort ab. Er blickte dabei nach wie vor freundlich und warmherzig, was sie etwas irritierte. Nun gut, dachte sie. Wenn du keine Zeit verschwenden willst, also die Klartext-Variante.

»Ich ermittle im Mordfall Hartmut Kahn«, sagte sie und beobachtete genau seine Reaktion.

»Und wie kann ich Ihnen dabei helfen?« Wenn ihn der Name erschreckt hatte, dann hatte er sich nichts anmerken lassen. Hatte er also die Frage erwartet?

»Ich würde gern wissen, wo Sie sich in der Nacht vom 2. zum 3. Juli aufgehalten haben.«

Kröger hob die Brauen. Es sah beinahe belustigt aus.

»Gehöre ich zu Ihren Verdächtigen?«

»Wenn Sie mir nur einfach antworten würden.« Schmaerse bemühte sich, liebenswürdig, aber zugleich auch verbindlich zu klingen.

»So einfach können Sie sich das nicht machen, Frau Schmaerse. Ich muss Ihre Fragen nicht beantworten.«

»Richtig. Vor allem, wenn Sie sich damit belasten würden.«

»Konstruieren Sie bitte nichts! Ich antworte Ihnen gern, wenn Sie mir verraten, was mich zu einem Verdächtigen macht und ob ich einen Anwalt brauche.«

»Letzteres müssen Sie selbst wissen«, sagte Schmaerse, beschloss aber, dem Mann ein Stück entgegenzukommen. »Sehen Sie, nach uns vorliegenden Erkenntnissen waren Sie am Vorabend zu einer Diskussionsrunde in Jena.«

Kröger lächelte.

»Schön ausgedrückt«, sagte er. »Und ja, dort war ich. Aber ich war nicht allein dort – wenn Sie einen Verdacht gegen mich hegen, müssen Sie auch einen gegen die anderen mehr als fünfzig haben, die ebenfalls dort teilgenommen haben.«

»Nun, sagen wir so: Wir überprüfen tatsächlich die Alibis aller Teilnehmer.«

Kröger strich sich mit Daumen und Zeigefinger über die Enden seines Schnauzbartes. Er überlegte. Schmaerse ließ ihm Zeit.

»Hm. Wenn das so ist, will ich Ihrem Diensteifer natürlich nicht im Wege stehen«, sagte er und lächelte.

»Also? Wo haben Sie die Nacht verbracht?«

»In meinem Bett.«

Steffi Schmaerse seufzte. »Sie machen es mir nicht gerade einfach«, sagte sie.

»Warum sollte ich?«, fragte er sofort zurück.

Schmaerse ließ sich auf das Geplänkel nicht ein.

»Sie waren also in Ihrem Bett«, wiederholte sie. »Waren Sie allein? Kann das jemand bezeugen? Ihre Frau vielleicht?«

»Ich bin nicht verheiratet«, sagte er. Und setzte sofort hinzu: »Und ja, ich war allein.«

Sie ließ keine Pause entstehen.

»Gab es jemanden, der etwas zu Ihrer Rückkehr sagen kann. Ein Busfahrer vielleicht, der Sie wiedererkennt?«

»Ich war mit dem Auto in Jena.«

»Gut. Dann hat Sie aber möglicherweise jemand zurückkommen sehen? Nachbarn vielleicht, die am Fenster waren?«

Kröger überlegte keine Sekunde. »Da müssen Sie die Nachbarn fragen«, sagte er. »Kann ich sonst noch etwas für Sie tun?«

»Sie sind sehr unkooperativ, Herr Kröger«, tadelte sie. Sie konnte ihren Ärger nicht zurückhalten.

»Warum sagen Sie so etwas? Sie haben mir Fragen gestellt, und ich habe Ihre Fragen beantwortet, oder etwa nicht? Ist das keine Kooperation?«

»Es kann sein, dass ich Sie noch einmal zu einer förmlichen Vernehmung vorladen muss«, belehrte sie ihr Gegenüber.

»Wenn Sie das müssen, dann bitte ich darum. Und mehr noch: Ich bitte Sie auch darum, mich nicht mehr hier aufzusuchen. Hier befindet sich mein Arbeitsplatz. Ihre Ermittlungen haben nichts mit der Brauerei zu tun. Ich möchte nicht, dass die Kollegen reden.« Er blickte sie eindringlich an. »Und wenn ich bei Ihnen im Präsidium bin, glauben Sie, ich wäre dann … wie sagten Sie? Weniger unkooperativ?«

»Sie mögen die Polizei nicht sonderlich, habe ich recht?«

»Ich sehe keinen Grund dafür.«

»Herr Kröger, ich habe Ihre Stasi-Akte gelesen. Man hat Ihnen übel mitgespielt. Ich denke, Sie haben allen Grund, die Vertreter der Exekutive der DDR zu hassen. Ich habe allerdings nicht geglaubt, dass Sie Ihre Aversionen auch auf die Vertreter dieses Staates übertragen.«

Er schaute sie aufmerksam an, und jetzt *war* er eindeutig belustigt.

»Was, bitte schön, hat sich denn geändert? Die Farbe der Uniform? Die Polizei in diesem Land drischt ebenso auf die Demonstranten ein, wie die Volkspolizei vor der Wende auf die Demonstranten eingedroschen hat. Alles andere ist Blendwerk. Die Exekutive, wie Sie es nennen, schützt den Staat. Und dieser hier ist nicht einen Deut besser als der vergangene.« Er ließ die Worte ein wenig in der Luft hängen.

»Das ist eine Diskussion, die ich weder führen will noch werde, Herr Kröger.«

»Bitte schön.« Er öffnete die Handflächen und zuckte mit den Schultern. »Sie haben gefragt, ich habe geantwortet.«

»Ich würde Sie gern noch etwas fragen.«

»Versuchen Sie es.« Er blieb völlig ausgeglichen, seine Stimme klang weder verärgert noch wütend.

»Dieser Hartmut Kahn gehörte zu denen, die sich große Mühe gegeben haben, Ihr Leben zu zerstören, weil Sie gesagt haben, was Sie denken.« Sie ließ eine kleine Pause, damit er reagieren konnte. Doch er machte ein Pokergesicht.

»Und?«, fragte er nur.

»An diesem 2. Juli in Jena, wie war da die Stimmung?«

Andreas Kröger stand auf und ging zu dem breiten Fenster hinter seinem Schreibtisch. Von da aus konnte man in die lärmende Halle mit der Flaschenabfüllung hinuntersehen. Kisten und Flaschen zu Hunderten, ach was, zu Tausenden, wurden von geheimnisvollen Kräften auf Roll- und Förderbändern in mehreren Schleifen durch die Halle gezogen. Er stützte sich mit beiden Händen auf das Fensterbrett und legte die Stirn an die Scheibe. So stand er eine ganze Weile da, dann drehte er sich um, lehnte sich mit dem Rücken an das Fenster und verschränkte die Arme vor der Brust.

»Ich würde die Stimmung gereizt nennen. Vielleicht gab es da den einen oder anderen im Saal, der eine Entschuldigung erwartet hätte. Ich nicht. Diejenigen, die sich entschuldigen wollten, die hatten mehr als zwanzig Jahre dazu Gelegenheit, und manche haben es vielleicht getan. Kahn nicht. Er hatte ja auch nie einen Hehl daraus gemacht, auf wessen Seite er stand. Er war kein anonymer Spitzel, kein IM, keiner aus der Nachbarschaft, der heimlich nachsieht, ob man Lux-Seife im Badezimmer liegen hat. Kahn war Offizier der Staatssicherheit, und er hat seine Arbeit gemacht. Ein Rädchen im System. Aber ich weiß, was Sie wissen wollen. Ich denke, ja. Es gab sicherlich einige, die in der Lage gewesen wären, den Mann umzubringen.« Er brach abrupt ab.

Steffi Schmaerse wartete noch eine Weile, aber da kam nichts mehr. Krögers Finger streichelten wieder mechanisch den Schnurrbart.

»Und Sie, Herr Kröger? Wären Sie dazu in der Lage gewesen?«

»In der Lage ... Sie meinen, ob ich Grund genug dafür hatte? Mal ehrlich, schauen Sie doch in Ihre schlauen Lehrbücher. Gibt es Grund genug dafür, einen Menschen zu töten? Wissen Sie, ich bin sicherlich ein Humanist, aber ich bin dennoch für die Todesstrafe. Für Mörder beispielsweise. Oder für Kinderschänder, auch wenn ich weiß, dass ich mich damit gedanklich in der Nähe der Rechtsextremen verorte. Aber Kahn töten? Diese arme Wurst? Da hätte ich auch dem Wärter in der U-Haft, dem Richter oder meinem Parteisekretär den Tod wünschen müssen. Alles willige

Vollstrecker im Namen einer Ideologie. Nein, das fragen Sie dann wirklich den Falschen.«

Er zog sich den Bürosessel heran und setzte sich, diesmal hinter seinen Schreibtisch. Wohl, um Distanz aufzubauen.

Wenn sie ihn schon so weit aus der Reserve gelockt hatte, dann wollte Steffi Schmaerse auch noch einen letzten Versuch unternehmen.

»Immerhin, Herr Kröger: Sie haben ein Motiv, Sie hatten die Zeit, Sie hatten die Gelegenheit, Sie haben kein Alibi. Vielleicht haben Sie ja auch die Mittel. Besitzen Sie ein Schwert oder einen Säbel? Eine Machete oder so etwas Ähnliches?«

Kröger schaute sie voller Verblüffung an.

»Was soll diese Frage?«, wollte er wissen.

»Haben Sie?«

»Nein.«

»Wir können uns in Ihrem Haus sicherlich davon überzeugen …«

Er biss die Zähne aufeinander – Schmaerse konnte es anhand seiner mahlenden Kiefermuskeln sehen.

»Sicher«, sagte er knapp. »Nur bitte ich Sie, sich anzumelden. Sie machen mir hier schon genug Scherereien. Und ich habe auch sehr unregelmäßige Arbeitszeiten.«

Nun war ihm doch die Verärgerung anzusehen. Schmaerse musste einen wunden Punkt getroffen haben. Nur wusste sie nicht genau, welchen. Aber ihr gingen die Fragen aus, und ihr Gegenüber wurde ungeduldig. Zeit zum Abbrechen. Sie würde Kröger auf jeden Fall noch einmal vorladen. Dann würde sie besser vorbereitet sein.

Er bemerkte ihre Unschlüssigkeit und nutzte sie auf seine Weise.

»Wenn ich sonst noch etwas für Sie tun kann?«

Sie stand auf und nahm ihre Umhängetasche.

»Nein danke, vorerst nicht.« Sie reichte ihm die Hand über den Schreibtisch.

Er stand ebenfalls auf und übersah sie demonstrativ.

»Guten Tag, Frau Schmaerse«, sagte er. »Sie finden raus?«

»Allerdings«, sagte sie, zog den Riemen der Tasche fest über die Schulter und stiefelte zur Tür. Auch ihre Verärgerung war deutlich sichtbar.

Als sie sich wieder die Treppe hinuntergehangelt hatte und die laute Produktionshalle durchquerte, drehte sie sich noch einmal um.

Kröger stand wieder am Fenster, die Stirn dagegengepresst. Möglich, dass sie es sich nur einbildete. Aber sie war davon überzeugt, dass seine Augen voller Hass waren. Sie spürte es.

15

Der Hartschalenkoffer war glänzend rot, präsentierte voller Stolz sein Samsonite-Logo und hatte Anette Hartmann eine Menge Überredungskunst gekostet. Sparsamkeit, so pflegte ihr Mann Peter oft zu sagen, ist kein Geiz. So hatte er lange auf den alten anthrazitfarbenen Koffern beharrt, die schon überall angestoßen waren. Nein, sie war froh, dass sie sich hier einmal durchgesetzt hatte. Und sie legte ihn demonstrativ auf das Ehebett, wohl wissend, dass er nörgeln würde, wenn er die schon angeschmuddelten Laufräder auf dem Bettzeug sehen würde.

In die beiden Wölbungen des Koffers passte eine Menge hinein, und, wenn man geschickt packte, noch ein wenig mehr. Anette war eine geschickte Packerin. Und als Frau brauchte man eben auch ein bisschen mehr im Urlaub, nicht wahr? Zum Glück war Sommer. So ein Kleidchen extra oder ein paar Sandalen, das fiel gar nicht auf.

Peter Hartmann lief durch das Haus. Er lief wie ein angeschossenes Raubtier. Von der Terrasse durch das Wohnzimmer, die Treppe hoch und ins Arbeitszimmer, wieder die Treppe runter. Und unentwegt schielte er in Richtung der offenen Schlafzimmertür. Anette wusste, woran das lag. Rastlos und nervös war er. Da kam sie daher und brachte seine gewohnte Ordnung durcheinander. Seine festen Rituale. Das hatte er noch nie leiden können. Derzeit reagierte er mit noch mehr Nervosität und innerer Unruhe – er könnte jetzt gut eine Zigarette vertragen, das wusste sie. Aber er war tapfer. Seit vierunddreißig Tagen hatte er, wenn man ihm Glauben schenken durfte, keinen Glimmstängel mehr angefasst. Eine respektable Leistung, fand Anette, die sich noch gut an seine anderen und meist vergeblichen Versuche, sich das Rauchen abzugewöhnen, erinnern konnte.

Diesmal schien es zu klappen. Er ging es sehr ernsthaft an, ohne große Rumrederei, selbstgefällige Prahlereien mit Zahlen und seine kleinen Vorträge. Er brauche das Rauchen nicht mehr, war sein Mantra, das er oft wiederholte. Öffentlich. Aber, so glaubte sie, noch mehr sich selbst gegenüber. Schön, wenn es dabei bliebe.

Ob sie sich vielleicht doch den falschen Termin für den Urlaub mit ihrer Freundin ausgesucht hatte? Nicht, dass ihn das so aus der Bahn warf, dass er wieder zur Zigarette griff. Er hatte durchaus einen gefestigten Charakter, darum machte sich Anette weniger Sorgen. Aber er liebte auch seine festgefügte Ordnung. Und dazu gehörte nun mal, dass er zu Hause ein Zuhause hatte und keine Strohwitwer-Bude, dass sie abends mit ihm redete, ihm dem Trainingspartner machte, wenn er im Sparring kleine oder große Probleme zu durchdenken hatte, und ihm vom Stadtklatsch und den täglichen Problemen im Salon erzählte.

Sei es drum. Im vergangenen Jahr hatten sie sich beide bewusst auf das Experiment eines Urlaubs ohne Partner eingelassen. Anette war – allerdings allein – nach Binz auf Rügen gefahren. Sie liebte die See und konnte auch stundenlang am Strand liegen, ohne ein dickes Buch zu lesen oder Hunderte von Fotos zu schießen. Peter war mit seinem Chopper in den Schwarzwald gefahren, hatte sich dort in einem kleinen Hotel eingemietet und täglich eine heiße Runde auf dem Motorrad gedreht, bevor er sich am Abend mit einem guten Buch auf das Zimmer zurückzog. Sagte er zumindest. Und sie wollte es ihm auch glauben. Bislang jedenfalls hatte er ihr Vertrauen nicht enttäuscht.

Im Herbst dann hatte sie ihre Kegelfreundin Karin davon überzeugt, wie schön so ein Urlaub ohne Mann sein kann. Die holte sich ebenfalls den häuslichen Segen, und schon im Januar hatten sie gebucht. Sie würden zehn Tage in derselben kleinen Pension, die Anette schon im Vorjahr kennengelernt hatte, ein Doppelzimmer beziehen. Sie lag in der Margaretenstraße, sozusagen in der »zweiten Reihe« hinter der Strandpromenade. Zwar ohne Meerblick, aber man konnte immerhin die Brandung rauschen hören, und wenn man morgens das Haus verließ, war man in einer halben Minute auf der Flaniermeile. Herrlich.

Bei Peter hatte es dieses Jahr nicht zur gleichen Zeit mit dem Urlaub geklappt. Böhnke, sein Chef, musste dafür sorgen, dass die Redaktion eine Mindestbesetzung hatte, und zwei andere Kollegen hatten in der nächsten Woche ebenfalls schon Reisen gebucht. Hartmanns würden es verschmerzen. Er hätte dann im September eine Woche frei. Und wer weiß, vielleicht genoss er ja auch sein Junggesellen-Dasein in den kommenden Tagen.

Sie zog ein hauchfeines terrakottafarbenes Strandtuch aus der Schublade mit ihren Badesachen und hielt es an, als Peter wieder die Treppe heraufkam und seinen Kopf durch die Tür steckte.

»Das sieht zauberhaft aus«, sagte er und lächelte.

»Du musst dir das natürlich mit einem Bikini drunter vorstellen«, sagte sie.

Doch er lachte.

»Mir gefällt es mit dem Slip eindeutig besser«, sagte er und gab ihr einen Klaps auf den Po. »Ganz ohne was stell ich mir das Tuch auch nett vor.«

Anette lachte auf.

»Du nun wieder«, sagte sie und rollte mit den Augen, als sie das Tuch in den Koffer warf.

»Willst du das nicht für heute Abend noch mal draußen lassen?«, fragte er und zog einen Flunsch.

Sie zwinkerte ihm verführerisch zu.

»Heute Abend bekommst du mich mit einer roten Schleife.«

»Au ja«, rief er und klatschte in die Hände. »Ein Geschenk, ein Geschenk.«

Sie widmete sich wieder ihrem Kleiderschrank und sagte über die Schulter hinweg: »Du läufst durchs Haus, als könntest du es nicht erwarten, dass ich fahre.«

»Unfug!«

»Lass mich raten: Du könntest jetzt eine rauchen.«

»Da ist was dran«, sagte er und seufzte. »Es gibt so Momente, da könnte ich die Wand senkrecht hochlaufen. Da wissen meine Hände nicht mehr, was sie tun sollen, da habe ich keinen Appetit, keinen Hunger, keinen Durst … ich fühle mich nur so kribbelig und hibbelig, du kennst das ja gar nicht.«

Sie drehte sich um und hielt ihm eine ärmellose Bluse entgegen. Schneeweiß mit einem kleinen Stehkragen und einer rüschengesäumten Knopfleiste.

»Was meinst du? So was Festliches für den Abend, wenn Kurkonzert ist oder so. Dazu ein enger knielanger Rock.«

Er schaute sie entgeistert an.

»Ja, ich hab dich gehört«, sagte sie. »Vielleicht probierst du es mal ergänzend mit einem pflanzlichen Beruhigungsmittel. Oder du bittest Dr. Franck um Hilfe. Denk mal an deine Schlafstörungen voriges Jahr nach der Sache mit Jesus. Da hast du auch einen leichten Triqualizer genommen.«

Er nickte.

»Tranquilizer, das Ding heißt Tranquilizer – ein Tagestranquilizer, um exakt zu sein. Wie im Französischen: *tranquillement.*«

»Ich dachte, das heißt *calmement.*«

Er wirkte irritiert.

»Ich sehe gleich mal nach. Aber wie auch immer, es hat jedenfalls geholfen. Vielleicht hast du ja recht, und ich frage Franck. Übrigens hab ich dich auch gehört. Ja, es ist ein schönes Teilchen.« Er machte eine Pause.

»Du wirst mir fehlen«, sagte er dann leise.

Sie drehte sich um und hauchte ihm einen Kuss auf die Wange. »Das hast du schön gesagt«, lobte sie. »Du fehlst mir jetzt schon. Genieß einfach ab morgen zwei freie Tage und freu dich auf dieses Quellenfest am nächsten Wochenende. Und nicht, dass du mir mit dieser drallen Blondine was anfängst.« Sie drohte mit dem Finger.

»Ach dieee«, sagte er gedehnt, und es klang ganz harmlos. »Am liebsten würde ich dich gar nicht fahren lassen.«

Sie drehte sich wieder um.

»Ich weiß, Schatz«, sagte sie. »Aber du weißt auch, dass du jetzt ein großer Junge sein musst. Machst du dir Sorgen wegen dem Rauchen?«

»Nicht nur.«

»Komm mir ja nicht auf die Idee, unsere Tochter noch einmal zu fragen, ob sie nicht eine Woche hier einziehen will.«

»Du weißt …?«

»Ja, sie hat es mir erzählt.«

»Weiber«, sagte er und schüttelte den Kopf.

»Na mal ehrlich, was erwartest du? Erst ging es dir nicht schnell genug, dass sie sich abnabelt, und jetzt, wo dir deine Haushälterin von der Stange geht, sehnst du dich plötzlich nach der Familie.«

»Du bist doch nicht meine Haushälterin«, brummte er versöhnlich.

»So kam es zumindest bei Maria an.«

»Hmmh«, machte er und schickte sich an zu gehen.

»Apropos Haushälterin«, hielt sie ihn zurück. »Was hältst du davon, wenn du uns das Abendbrot machst?«

»Sozusagen unsere Henkersmahlzeit?«

»Sozusagen. Und ich wünsche mir von dir ein Rührei. So ein richtig ungesundes, mit Schweineschmalz, damit es schön glänzt. Wie bei den Ungarn. Und mit frischen Tomaten.«

»Ich weiß«, sagte er lachend. »Und ganz viel Schnittlauch zum Schluss. Die Pfeffermühle vergesse ich auch nicht.«

»Kann ich dich nicht mitnehmen, so als Koch?«

»Ganz bestimmt würde ich mich nicht zehn Tage mit dir und Karin am Strand braten lassen.«

»Auch nicht, wenn du nachts in der Mitte schlafen darfst?«

»Du Teufel! Das hättest du gern, dass ich darauf antworte. Darauf falle ich nicht mehr rein. Du würdest mir doch aus jeder Antwort einen Strick drehen.«

Sie lachte und warf mit einem Slip nach ihm.

Er würde zurechtkommen. Er kam immer zurecht. Er hatte nur Angst vor dem Alleinsein. Aber er hatte im Job so viel Abwechslung, er kam mit so vielen Menschen zusammen. Außerdem konnte er jetzt gar keine Auszeit vertragen. Er hatte sich dermaßen in diesen Mordfall verbissen, dass er garantiert auch seine freien Tage nutzen würde, um in Auendorf Informationen zu sammeln. Dabei war das Thema schon bald zwei Wochen aus den Schlagzeilen raus und auf die billigeren Plätze im Thüringen-Teil gerutscht. Er würde dennoch nicht lockerlassen, sie kannte ihren Peter. In dieser Frage wollte er glänzen, wollte die meisten Hintergrundinformationen haben. Erfolg hatte er ja damit – oft genug brachten die anderen Blätter nur die offiziellen Verlautbarungen mit ein paar Originalzitaten, wo er sofort eine fundierte Hintergrundgeschichte nachlegen konnte.

Nein, im Großen und Ganzen war sie sicher, ganz beruhigt fahren zu können. Ohnehin würde er täglich anrufen, das hatten sie schon im Vorjahr so praktiziert. Wie eine Nabelschnur nach Hause war das.

So. Wenn ihr nicht heute Abend noch Wesentliches einfiel, konnte sie den Koffer eigentlich schließen. Wenn sie ihn zubekommen würde. Aber Peter um Hilfe zu bitten kam nicht in die Tüte. Er würde nur meckern, warum sie so viel mitnahm.

16

»Morgen, Chefin«, sagte Michael Plöttner und ließ sich umständlich auf seinem Stuhl nieder. Er war der Erste, der zur Dienstberatung erschienen war, was ihm sonst gar nicht ähnlich sah. Plöttner war ein besonnener und stiller Ermittler. Aber seine besten Tage waren schon vorbei, und mit jedem Dienstjahr sank sein Ehrgeiz. Eine kurze Krise, als Frank Hölbing und nicht er zu Steffis Stellvertreter ernannt wurde, hatte er aber locker weggesteckt. Plöttner war gutmütig, und alle im Team wussten, dass er sich ziemlich auf die Rente freute. Doch damit würde er noch ein bisschen warten müssen, bis ihr Küken von der Schule zurück war. Und die hatte noch nicht einmal angefangen.

»Guten Morgen, Michael«, sagte sie freundlich, und er blickte sie flüchtig an, dann aufmerksamer, gerade so, als hätte sie einen Krümel am Mundwinkel. Aber er sagte nichts.

Die beiden Frauen kamen als Nächste, Hölbing folgte ihnen auf dem Fuße.

»Nein!« Gabi Kaspar kreischte fast los. »Ist ja irre. Die Chefin hat eine Brille!«

»Schick, wirklich schick«, kommentierte Doro, »vielleicht ein wenig streng.«

»Ah, eine Brille«, machte nun auch Plöttner.

Und Frank Hölbing flachste gleich los. »Streng passt doch zu Steffi. Da kann sie uns die Zuchtmeisterin machen. Außerdem«, er hob dozierend den Finger, »so eine Brille steigert die Intelligenz. Zumindest äußerlich.«

»He, he, he«, drohte Schmaerse. »Aber schön, dass ihr so gut drauf seid. Und du, Michael, bist das nächste Mal aufmerksamer. Nicht dass dir so was mal bei einer Personenbeschreibung entgeht.«

»Ach, ich kenn dich schon so lange«, brummelte Plöttner, »da schau ich gar nicht mehr so aufmerksam hin.«

»Falsche Antwort und Verweis Nummer zwei«, sagte Doro gelassen, ohne von ihren Notizen auch nur aufzublicken.

»Warum hast du dir keine Kontaktlinsen verpassen lassen?«, bohrte Hölbing nach.

»Damit ich sie nicht am Tatort verliere«, konterte Schmaerse und grinste. »Aber Schluss jetzt mit dem Blödsinn. Lasst uns zur Tagesordnung kommen, wir haben viel zu tun.« Sie blickte aufmerksam in die Runde.

»Ich fang mal bei Kröger an, diesem Brauereimenschen«, sagte Hölbing.

Schmaerse nickte ihm aufmunternd zu.

»Kröger erscheint mir derzeit am dringendsten«, fuhr Hölbing fort. »Ich habe gestern zwei Mal mit ihm zu tun gehabt. Am Vormittag habe ich mir seine aktuelle Polizeiakte angesehen und festgestellt, dass er derzeit ein Fahrverbot hat. Einen Monat. Der ist im Mai vor einem Streifenwagen über eine Rot zeigende Ampel gefahren.« Er blickte sich beifallheischend um.

»Und? Macht ihn das verdächtiger?«, fragte Plöttner scheinbar gelangweilt.

»Nun ja, nach Steffis Notizen hat er angegeben, mit dem Auto in Jena gewesen zu sein. Allein deshalb scheint mir eine Vorladung mit ordentlicher Vernehmung angeraten.«

»Veranlasse das«, sagte Schmaerse.

»Moooment. Noch bin ich nicht fertig.« Hölbing war bei seinen Kollegen bekannt dafür, dass er es gern besonders spannend machte. »Gestern Nachmittag war ich in Harleshausen, um bei den Nachbarn rumzuhorchen, ob ihn vielleicht doch jemand gesehen hat, wie er an jenem Abend gegangen oder gekommen ist. Könnte ihn ja auch entlasten, hab ich mir gedacht. Und da stoße ich auf eine alte Frau, die behauptete, unter Schlaflosigkeit zu leiden. Ich denke ja nur, das ist so eine, die den ganzen Tag hinter der Gardine steht. Egal. Die jedenfalls will gesehen haben, wie Kröger am Vorabend, also vorgestern, einen langen in eine Decke gewickelten Gegenstand zur Mülltonne gebracht hat. Ganz geheimnisvoll, und es war schon fast Mitternacht. Ich frag also die Alte, wann die Tonnen abgeholt werden, und hab Glück. Ich also hin zur Mülltonne, Handschuhe an und schwuppdiwupp …«

Er blickte triumphierend in die Runde. Plöttner verdrehte die Augen. Hölbing schlug seine Berichtsmappe auf und holte ein paar Fotos raus, die er mit theatralischer Geste über den Tisch in Richtung seiner Chefin schnippte.

»… der Kröger hat ganz offensichtlich ein Samurai-Schwert in der Tonne versenkt.«

Gabi Kaspar machte »ups«, und die Hälse reckten sich in Richtung der Fotos.

»Ich habe«, setzte Hölbing fort, »das natürlich schon ins Labor gegeben. Blut, Fingerabdrücke, DNA, die ganze Palette. Aber ihr wisst, das kann dauern.«

Schmaerse klatschte mit der flachen Hand auf den Tisch.

»Vergiss die Vorladung«, sagte sie an Hölbing gewandt. »Ich will den Kröger sofort hier haben. Welcher Staatsanwalt hat Dienst?«

Sie griff zum Telefonhörer.

»Beschweren werde ich mich über Sie«, fauchte Andreas Kröger, als ihn zwei Uniformierte in das Vernehmungszimmer führten, in dem Steffi Schmaerse und Frank Hölbing bereits warteten.

»Guten Tag, Herr Kröger«, sagte Schmaerse ungerührt.

Der jedoch bekam sich gar nicht wieder ein.

»Jawohl, beschweren! Und über Ihre beiden Streifenhörnchen auch. Wie können Sie es wagen …«

»Sie stehen unter Mordverdacht, Herr Kröger.«

»Blablabla, das haben Sie mir doch schon vor drei Tagen erzählt, als Sie so dreist bei mir im Büro aufmarschiert sind. Ich habe Sie doch wohl unmissverständlich aufgefordert, mich nicht mehr an meiner Arbeitsstelle zu belästigen, oder nicht?«

Er ließ Schmaerse nur eine Sekunde Pause zum Antworten. Doch das reichte.

»Sie verkennen vollkommen die Lage, Herr Kröger. Der Staatsanwalt beantragt gerade einen Haftbefehl gegen Sie.«

Kröger schnappte ein einziges Mal nach Luft, dann schien sein ganzer Zorn verraucht.

»Darf ich mich setzen?«, fragte er, plötzlich ganz leise.

Hölbing wies auf den Stuhl, der schon auf ihn wartete.

»Brauche ich einen Anwalt?«

Schmaerse lächelte dünn.

»Sehen Sie, genau dasselbe haben Sie mich vor drei Tagen

schon einmal gefragt. Natürlich dürfen Sie einen Anwalt hinzuziehen. Wollen Sie?«

Kröger hatte seine Hände gefaltet und auf dem Tisch abgelegt. Jetzt blickte er wie abwesend darauf, gerade so, als seien es Gegenstände, die nicht zu seinem Körper gehörten. Nach einer Weile schüttelte er den Kopf.

»Wie kommen Sie darauf, dass ich Kahn umgebracht habe?«

»Sagen Sie uns bitte erst, wann und wie Sie am 2. Juli nach Hause gekommen sind.«

Er nickte und schluckte hörbar.

»Ich bin nach dem Forum mit meinem Auto nach Hause gefahren. Gleich nach Hause. Das muss so gegen zehn gewesen sein.«

»Als Sie losgefahren sind«, warf Hölbing ein.

»Ja.«

»Sie dürfen doch im Moment gar nicht Auto fahren«, sagte Schmaerse.

»Wieso fahren Sie unter Fahrverbot?«, legte Hölbing nach.

»Wo haben Sie denn geparkt?«, fragte Schmaerse.

Kröger presste kurz die Fingerkuppen an die Schläfen, dann atmete er ein paarmal tief ein und aus.

»Geht es Ihnen gut, Herr Kröger?«, wollte Hölbing wissen.

»Möchten Sie ein Glas Wasser?«, fragte Schmaerse.

Kröger blickte langsam von einem zum anderen, lächelte dann still vor sich hin.

»Also schön«, sagte er schließlich. »Ja, ich bin mit dem Auto gefahren, trotz Fahrverbot. Aber deswegen bin ich ja wohl noch kein Mörder.«

»Wo haben Sie geparkt?«, bohrte Hölbing nach.

Diesmal kam die Antwort schnell.

»In irgendeiner Seitengasse von der Lutherstraße.«

Schmaerse nickte anerkennend. »In einer Seitengasse, so, so. Da haben Sie abends noch einen Parkplatz bekommen?«

»An einem Dienstag!«, setzte Hölbing hinzu.

Kröger blickte ihn irritiert an.

»Ja«, sagte er, nun schon leicht verunsichert.

»Herr Kröger, ich muss Sie warnen«, sagte Schmaerse, nun

plötzlich ganz leise. »Es kann verheerende Folgen für Sie haben, wenn Sie uns anlügen.«

»Sicher«, sagte er und lächelte nun wieder.

»Sie sind hier nicht wegen einem Knöllchen fürs Falschparken.«

Kröger schwieg.

Schmaerse fuhr fort. »Ich hatte Sie vor drei Tagen gefragt, ob Sie eine Machete oder so etwas haben – eine Hieb- und Stichwaffe. Sie haben verneint.«

Krögers Augen verengten sich unmerklich, aber nur einen Augenblick.

»Ja«, sagte er.

»Ja? Heißt das, Sie haben doch eine?«

»Nein, natürlich nicht, das sagte ich Ihnen bereits.«

»Haben Sie noch einmal darüber nachgedacht?«

»Was soll diese Frage?« Kröger sprach leise und blickte stur geradeaus.

»Ich habe Sie für klüger gehalten«, setzte Schmaerse fort. Sie stand auf, nahm eine dünne grüne Mappe von einem Beistelltisch, entnahm ihr ein paar Fotos und warf sie in Richtung Kröger auf den Tisch. Eines nach dem anderen.

»Und das hier?«, fragte sie und warf das nächste Bild. »Nie gesehen?« Ein viertes Foto segelte über die Tischplatte. »Nie besessen?«

»Jaja, schon gut.« Kröger fegte die Bilder wütend vom Tisch.

»Langsam, langsam«, mahnte Hölbing.

Schmaerse stellte sich hinter ihren Stuhl und stützte sich auf die Lehne.

»Wir werden Sie nachher erkennungsdienstlich behandeln lassen«, sagte sie. »Werden wir Ihre Fingerabdrücke auf der Waffe finden?«

»Ja«, presste Kröger durch die Lippen.

»Wie bitte?«

»Herrgott noch mal, ja!«

Schmaerse setzte sich wieder.

»Holen Sie noch mal tief Luft, Sie werden uns sicherlich etwas erklären wollen.«

Kröger holte wieder tief Luft, hustete dann, räusperte sich.

»Kann ich jetzt doch ein Glas Wasser haben?«

Schmaerse nickte einem der uniformierten Kollegen zu. Dann wandte sie sich wieder an Kröger. »Bitte. Wir hören.«

»Ich glaube, ich habe eine Riesendummheit begangen.« Er blickte hilfesuchend erst zu Hölbing, dann zu Schmaerse. Die zuckten nicht mit der Wimper. Dann setzte er fort: »Ja, das ist mein Schwert. Ich habe es vor ein paar Jahren bei einem Urlaub in Spanien gekauft.«

»Hatten Sie damals schon vor, Kahn damit zu töten?«, fragte Hölbing.

Schmaerse blickte ihn an und schüttelte unmerklich den Kopf.

Kröger drehte sich entgeistert zu Hölbing.

»Hören Sie mir denn nicht zu? Ich habe Kahn nicht umgebracht.«

»Erzählen Sie weiter von dem Schwert«, forderte Schmaerse ihn auf.

Der Beamte kam und stellte einen Plastebecher Wasser vor Kröger. Der nahm ganz behutsam einen kleinen Schluck, befeuchtete sich die Lippen und sprach weiter.

»Ja also. Ich habe mir das also in Spanien gekauft. Es hat mir gut gefallen, es wurde als echt angepriesen, war auch sehr scharf, und es war preiswert. Ein richtiges Schnäppchen. Ich glaub das heute selbst nicht mehr, dass das echt ist, aber jedenfalls habe ich es damals wohl geglaubt. Auf jeden Fall stand es dann jahrelang in meiner Schrankwand, in so einem Gestell. Es hat mir gut gefallen. Also am Anfang.«

Schmaerse schwieg.

Hölbing schwieg.

Kröger blickte wieder von einem zum anderen. Doch die Polizisten schauten ihn nur scheinbar reglos an.

»Ich hab gar nicht mehr an das Schwert gedacht, es stand da nur so rum. Das ist wie mit anderen Sachen in der Wohnung, die nimmt man gar nicht mehr wahr. Und als Sie mich vor drei Tagen nach einem Schwert gefragt haben, da habe ich das auch noch nicht realisiert. Und als ich Nein gesagt habe, da habe ich auch die Wahrheit gesagt, weil ich … ich dachte ja gar nicht mehr an das Schwert. Erst als Sie weg waren, bin ich zusammengezuckt. Da habe ich es plötzlich so vor mir gesehen.«

Er nahm wieder einen Schluck Wasser, setzte ab, dann trank er den Rest in einem Zug aus. Er wollte gerade weitersprechen, da ging die Tür auf. Oberkommissar Rebhahn streckte den Kopf hindurch.

»Chefin«, begann er leise.

Schmaerse funkelte ihn wütend an.

»Frank«, sagte sie und deutete mit den Augen zur Tür. Hölbing ging hinaus.

»Sie haben es also vor sich gesehen«, brachte Schmaerse Kröger wieder auf das eigentliche Thema.

»Ja. Auf jeden Fall habe ich mir gedacht, wenn Sie bei mir zu Hause aufkreuzen und das Schwert sehen, dann bin ich dran. Da habe ich es nachts entsorgt. In die Mülltonne. Den Rest wissen Sie.«

Hölbing kam zurück in das Vernehmungszimmer. Er schob Schmaerse einen Notizzettel rüber. Die las ihn und legte ihn dann wortlos in die grüne Mappe.

Kröger schaute erneut die beiden Polizisten an, doch die schwiegen nur. Nach einer Weile fing er wieder an.

»Sie müssen mir glauben«, sagte er, und seine Stimme nahm langsam einen verzweifelten Klang an. »Ich hatte nur Angst, weil ich gelogen habe.«

»Eben«, sagte Schmaerse leise. »Sie haben gelogen. Warum also sollen wir Ihnen in diesem Punkt glauben.«

»Weil es die Wahrheit ist, die lautere Wahrheit!« Kröger wollte aufspringen, aber ein Uniformierter hatte sofort die Hand auf seiner Schulter und drückte ihn sanft auf den Stuhl zurück.

»Wir sind noch nicht ganz fertig mit Ihnen, Herr Kröger, Sie werden unsere Gastfreundschaft noch ein Weilchen genießen dürfen«, sagte Hölbing und lächelte zynisch.

Den bösen Bullen kann er gut, dachte Schmaerse, nahm aber keinen Blickkontakt mit ihm auf. Sie schaute unverwandt auf den Tatverdächtigen. Den Tatverdächtigen Nummer eins, der ihnen gerade das Märchen vom Schwert erzählen wollte.

»Die lautere Wahrheit«, wiederholte sie und trommelte mit den Fingerkuppen auf den Tisch, als wenn sie nervös wäre. »So wie es vor drei Tagen die lautere Wahrheit war, dass Sie kein Schwert besitzen? So wie Sie noch vor fünf Minuten sagten, dass

Sie kein Schwert besitzen? Oder so wie Sie sagten, Sie haben in einer Seitengasse der Lutherstraße geparkt.«

»Ja doch«, versicherte Kröger. »Also nein, also mit dem Schwert, ja, das war anfangs gelogen, aber doch nur, damit Sie mir keinen Strick daraus drehen. Aber das mit der Mülltonne stimmt, das haben Sie ja selbst rausbekommen. Und das mit dem Auto auch.«

Schmaerse trommelte wieder.

»Bitte!«, flehte Kröger.

Schmaerse sprang so heftig auf, dass ihr Stuhl umkippte. Kröger zuckte erschrocken zusammen, auch einer der beiden Uniformierten. Schmaerse hob ihren Stuhl auf, stellte ihn hin und stützte die Hände wieder auf die Lehne.

»Jetzt will ich Ihnen mal was sagen«, fuhr sie Kröger an, laut und aggressiv. »Ich will Ihnen sagen, was ich Ihnen glaube: Wäre ich nicht so ein höflicher Mensch, dann würde ich sagen, ich glaube Ihnen einen Scheißdreck.«

Sie machte eine Pause zum Atemholen und fuhr dann sanft wie ein Lämmchen fort: »So aber sage ich: Ich glaube Ihnen kein einziges Wort. Und ich will Ihnen auch sagen, warum. Weil alles, was Sie bislang zugegeben haben, genau das ist, was wir schon längst wissen.«

Kröger blickte stur auf seine gefalteten Hände.

Steffi blieb stehen.

»Heute hat ein Zeuge ausgesagt, Sie seien direkt nach der Veranstaltung abgeholt worden.« Schmaerse hob wieder die Stimme. »Abgeholt von einer jungen Frau mit langen Haaren in einem schon etwas älteren Opel Tigra. Einem roten Opel Tigra. Hat die Sie nur bis um die Ecke gefahren, damit Sie in Ihr Auto umsteigen können? Wollen Sie es zur Abwechslung mal mit der Wahrheit versuchen? Also noch einmal ganz deutlich: Wer hat Sie abgeholt? Wo sind Sie hingefahren? Waren Sie in Auendorf? War diese Frau Ihre Komplizin? Was halten Sie davon, uns endlich mal die Wahrheit zu sagen?«

Andreas Krögers Hände entfalteten sich. Sie begannen zu zittern. Nach einer Weile sagte er fast tonlos: »Ich will ein Geständnis ablegen.«

17

Schon seit über einem Jahr war der schwere Aschenbecher auf Peter Hartmanns Schreibtisch in der Redaktion nur noch ein Schmuckstück und kein Gebrauchsgegenstand mehr. Hartmann war seit jeher von ihm fasziniert. Der Ascher war so groß, dass man ihn kaum mit einer Hand umfassen konnte. Er war aus tiefgrünem Glas gegossen, das an einer Ecke abgeplatzt war. Heute könnte er nicht einmal mehr sagen, wie der Ascher in seinen Besitz gelangte und wie er auf seinen Schreibtisch fand. Bis vor anderthalb Jahren war das markanteste Merkmal des Aschers gewesen, dass er in Dauerbenutzung war. Doch wenn Hartmann ihn entleerte, dann wusch er ihn nicht nur aus, obwohl der schwarzgraue Aschenbelag, sobald er mit heißem Wasser in Berührung kam, einen ätzend bitteren Gestank verströmte. Mit dem blanken Daumen rubbelte er sogar so lange darin rum, bis er so blitzblank war, dass er als Ausstellungsstück durchgehen konnte. Dann wurde er abgetrocknet und wieder auf dem Schreibtisch deponiert – bis zur nächsten Kippe. Isabell, die Redaktionssekretärin, hatte einmal fast Schnappatmung bekommen, als sie sah, dass Hartmann den Ascher mit einem Geschirrtuch abtrocknete.

Der Aschenbecher erinnerte ihn wegen seiner Massivität und seiner Farbe vage an seine Kindheit. Auf der Kommode des elterlichen Schlafzimmers hatte so ein dunkelgrüner Parfümflakon gestanden. Mit einer Handpumpe, einer Art Gummiball, der von einer gehäkelten Hülle ummantelt war. Er und seine Schwester hatten den Parfümspender in ihrer kindlichen Vorstellungswelt für einen Flakon aus purem Smaragd gehalten, so schön schimmerte das Glas.

Anfangs hatte Hartmann dort sein Feuerzeug und seine Zigarettenschachteln aufbewahrt. Zwischenzeitlich nutzte er ihn auch als Behälter für die Büroklammern, doch das war ihm schnell wie eine Entweihung seines smaragdenen Schmuckstücks vorgekommen.

Seit er sich das Rauchen abgewöhnte, erschien ihm das schwere grüne Glas wie ein Pokal, den er sich redlich verdient hatte.

Heute jedoch wurde der Ascher einer neuen Nutzung zugeführt: Auf dem Weg in die Redaktion hatte Hartmann in einer Drogerie haltgemacht, um sich etwas Süßes zu holen. Naschen schien zu einer Schwäche für ihn zu werden. Hoffentlich wirkte sich das nicht auf seine Figur aus, sagte er sich bisweilen. Doch die Waage im Badezimmer verriet ihm nach wie vor, dass er sein Traumgewicht hielt. Noch.

In der Drogerie hatte er zu einer Tüte Schokolinsen gegriffen. Die waren ihm noch aus der DDR vertraut. Der spröde Schmelz in Weiß oder Rosa rings um den Schokomantel war unverändert geblieben. Auch die Plastetüte war eigentlich noch typisch DDR – man konnte sie nicht öffnen, ohne sie mit langen Rissen zu versehen, sodass die Linsen von allein rauskullerten.

Betroffen sah er sich die Bescherung auf dem Schreibtisch an, bis er die Mulde des Aschenbechers als perfektes Depot für die Schokolinsen entdeckte. Sogar einen kleinen Berg ergab die Umfüllung. Recht so – jetzt konnte er mit einem geistesabwesenden Griff zum Ascher sein Belohnungssystem aktivieren. Und der Aschenbecher selbst diente auch wieder dem Genuss. Ja, jetzt, als er so sein Werk betrachtete, war er damit außerordentlich zufrieden.

Inzwischen war auch sein Rechner hochgefahren, sodass er mit seinem eigentlichen Tagwerk beginnen konnte. Doch schon beim Überfliegen seines E-Mail-Postfaches wurde die Tür geöffnet, und Alexander Böhnke kam herein.

»Sag mal, Peter, ich entnehme der Planung, dass du in den Überflieger auf der Thüringen zwei mit dem Quellenfest in Auendorf gehen willst?«

»Ich hab dich ja auch lieb«, entgegnete Hartmann leicht angefressen. Sein Chef hätte ihm wenigstens einen schönen Tag wünschen können.

»Nun sei nicht gleich beleidigt. Aber mal ehrlich, hältst du das für eine gute Idee? Willst du das etwa Grieshaber verklickern?«

»Wo ist das Problem?«, fragte Hartmann.

»Dann erklär mir deine journalistische Idee – ich muss damit nachher zum Alten.«

»Ganz einfach. Brauchtumspflege. Ich kenne in Mittelthüringen nur ein einziges Dorf, das ein vergleichbar großes Fest feiert, und das ist Niederroßla mit seinem Elefantenfest. Alle fünfundzwanzig Jahre, du erinnerst dich. Das Auendorfer Quellenfest wird alle zehn Jahre gefeiert, und wir haben es noch nicht ein einziges Mal größer wahrgenommen als in einer Kurzmeldung.«

»Ja«, sagte Böhnke gequält. »Aber eine Überspitze im Mantel als Ankündigung für ein Dorffest ... Der Alte reißt mir die Rübe ab.« Er setzte sich mit dem Hintern auf die Schreibtischkante.

»Dann erinnere ihn daran, was unsere neue Verlegerin pausenlos predigt: Stärkung des Lokalen. Ich finde, da gehört auch eine Mantel-Berichterstattung dazu. Lass uns doch die Auendorfer mal feiern. Vor zehn Jahren hatten die bei ihrem Fest fast viertausend Gäste. Frag doch Grieshaber einfach, wie viele Rundschau-Leser seiner Meinung nach dabei sind.«

»Pah, ein Totschlagargument. Außerdem werde ich das mit Sicherheit nicht fragen. Wir müssen mit einem plausiblen Argument dafür plädieren und nicht mit einer Parole. Damit komm ich nicht durch, und das weißt du auch.«

»Mhh, hmm.« Hartmann nahm einen Bleistift in den Mund. Er brauchte jetzt öfter solche Ersatzhandlungen. Aber es machte ihm nichts aus. Er würde auch Streichhölzer kauen, wenn er damit von seiner Droge wegkam. »Was Besseres als die Brauchtumspflege fällt mir jetzt auch nicht ein.«

»Toll«, maulte Böhnke. Dann entdeckte er den Aschenbecher. »Oh, Schokolinsen, habe ich lange nicht gehabt«, sagte er und stopfte sich eine halbe Handvoll in den Mund. Während er geräuschvoll kaute, nuschelte er: »Und warum willst du es wirklich dahin heben?«

»Die lutscht man«, klärte Hartmann auf und schob den Aschenbecher demonstrativ ein Stück weg. »Der Fokus liegt im Moment ohnehin wegen dem Kahn-Mord auf Auendorf. Wir können damit zeigen, dass das Leben weitergeht, dass sich eine dörfliche Gemeinschaft damit nicht aushebeln lässt. Obwohl ... da bin ich mir inzwischen längst nicht mehr sicher. Vielleicht zeigen wir auch, dass im Dorf nicht alles so friedlich ist, wie es die Festvorbereitungen aussehen lassen.«

»Dann komm aber mit was Handfestem. Oder geh meinetwegen damit in den Keller.«

Hartmann zog eine enttäuschte Schnute. »Im Keller brauche ich ein Bild. Dann kommst du wieder und willst keine Bilder zu Ankündigungen. In der Überspitze hab ich nur Text.«

»Da sehe ich nicht das Problem: Wenn das Fest so großartig ist, wie du sagst, dann findest du auch ein schönes Bild vom letzten Mal. Oder ein richtig altes, so dreißig oder vierzig Jahre. Das hängen wir schwarz-weiß rein, oder in Sepia, dann signalisieren wir sofort eine wirklich alte und wichtige Tradition.«

»Och menno.«

»Komm, lass es mich so entscheiden. Du gehst mit deinem Dorffest in den Keller und basta. Da guckt der Grieshaber auch nicht so genau hin, da kriege ich das leichter durch.«

Er klopfte Hartmann aufmunternd auf die Schulter und ging wieder.

»Scheiße«, murmelte dieser und startete die Bilddatenbank.

Zwei Stunden später saß Hartmann im Büro der Bildredaktion. Während in den Lokalredaktionen die Fotografenarbeit längst von den Redakteuren oder von Freelancern erledigt wurde, leistete sich der Mantel der Riedburger Rundschau noch immer fünf festangestellte Bildreporter, die allesamt wie Redakteure bezahlt wurden. Grieshaber, für den die Bildredaktion so etwas wie eine Spielwiese war, hatte sie bislang hartnäckig gegenüber dem Verlag verteidigt. Und warum auch nicht.

Die Fotografen residierten in einer ganzen Zimmerflucht im Obergeschoss, die im Redaktionsjargon die »Blitzer-Suite« genannt wurde.

Zentraler Punkt war eine Art Großraumbüro, in dem sechs Arbeitsplätze eingerichtet waren. Nach links ging es in einen Raum, der mit einem festen Knauf versehen und nur per Schlüssel zu öffnen war. Hier hatte sich früher die Dunkelkammer mit ihren Geräten und Chemikalien befunden, inzwischen wurde der Raum als Teeküche und illegale Raucherecke genutzt. Nach rechts ging es in einen kleinen Aufnahmeraum mit einer topmodernen Studioblitzanlage, mit Kulissen und Verlaufshintergründen.

Roberto Thalmann war der Einzige, der die Stellung hielt, zwei der Kollegen waren im Außeneinsatz, einer hatte Urlaub, und der fünfte im Bunde bummelte einen Wochenenddienst ab. Thalmann biss von seinem Wurstbrötchen ab und schnaubte.

»Klar, dass du das Fest nicht mehr in der Datenbank findest. Die Bilder werden nach vierundachtzig Tagen gelöscht, sonst würde das Suchen ewig dauern.«

»Warum nach vierundachtzig Tagen?«

Thalmann zuckte mit den Schultern. »Was weiß ich.« Er leckte sich genießerisch die Lippen und wischte sich mit dem Handrücken über den Mund. Dann stieß er sich in einer genau abgemessenen Bewegung vom Schreibtisch ab und rollte mit seinem Bürostuhl zum benachbarten Arbeitsplatz.

»So, da wollen wir mal sehen, ob die Kollegen das damals sauber archiviert haben. Quellenfest Auendorf, sagtest du.«

»Hmm«, machte Hartmann, der bezweifelte, dass Thalmann fündig wurde.

Die Verschlagwortung des Bildarchivs war die Achillesferse des Systems. Da musste nur einer statt Kaninchen »Karninchen« in das Textfeld schreiben, was schon vorgekommen war, und das Bild war auf ewig im digitalen Orkus verschwunden. Auch Tippfehler oder falsche Schreibweisen bei Namen waren Fehlerquellen, die das Wiederauffinden eines Fotos nahezu unmöglich machten. Und ein Bild, das man im Archiv nicht wiederfand, hätte man genauso gut löschen können.

»Also ich hab hier was, aber das sind alte Aufnahmen. Die stammen von 2003.«

»Na die suche ich doch.«

»So alte?«

»Das Fest findet nur alle zehn Jahre statt.«

»Gut, dann sag ich dir aber gleich, dass wir nach dem vorletzten Fest nicht zu suchen brauchen. Der Kram ist dann höchstens im Negativarchiv, weil wir erst seit 2001 digital fotografieren.«

»Jaja«, sagte Hartmann zerstreut und starrte auf den Bildschirm.

»Soll ich dir ein paar raussuchen und in die Datenbank stellen?«

»Lass mich erst mal selbst gucken. Kann man die markieren, die ich brauche?«

Thalmann erklärte es ihm, und Hartmann zog sich einen Stuhl ran, um das Material zu sichten.

»Na, da laus mich doch«, murmelte Hartmann nach einer Weile, »wenn das nicht der Kahn ist. Mit mehr Haar, mehr Kilos und einer prachtvollen Schützenkette.«

»Hä?«, fragte der Fotograf von der Seite.

»Egal«, winkte Hartmann ab, »kennst du nicht.« Er zog sein Handy aus der Jacketttasche und wählte Eberweins Nummer.

»Gerald«, rief er dann, »sag mal, hat der Kahn noch eine zweite Tochter? – Nicht. Bist du sicher? – Weil ich ihn hier auf einem Bild gefunden habe vom letzten Quellenfest. – Wie, nicht möglich? – Bist du sicher? – Ich könnte ja … wart mal.« Er hielt das Handy weg und wendete sich Thalmann zu. »Könntest du mir so ein Bild ausdrucken, so in A4-Größe?«

»Freilich.«

»Auch einen Ausschnitt?«

Thalmann nickte.

Hartmann nahm das Handy wieder ans Ohr. »Gerald? Das ist wichtig jetzt. Bist du heute den ganzen Nachmittag zu Hause? – Du musst dir das mal angucken. – Ja. Oder besser, nein, weiß ich noch nicht. Ich muss erst was schreiben. – Ja, ich ruf dich vorher an. Ich komm auf jeden Fall.«

Thalmann warf den Drucker an.

Mutter Eberwein gab sich keine Mühe, ihre Abneigung gegenüber dem Reporter zu verbergen. Hartmann hatte die Autotür noch nicht wieder geschlossen, da stand sie von ihrem Stammplatz, der kleinen Bank unter dem Küchenfenster, auf und ging wortlos ins Haus. Selbst ihre Körperhaltung demonstrierte Ablehnung. Doch Hartmann wusste auch so, wo er Eberwein um diese Zeit finden würde. Er umrundete das Haus auf den grauen Gehwegplatten und öffnete das kleine Gatter zum Gemüsegarten.

Gerald Eberwein stand gedankenverloren vor einem prächtigen Strauch mit fliederfarbenen langen Blütendolden. Er hielt ein erdverkrustetes Pflanzholz in der Hand. Offensichtlich hatte er gerade an einem Beet gearbeitet. Eine sorgfältig gespannte Schnur und Löcher in regelmäßigem Abstand verrieten, dass er Pflanzen oder Samen in die Erde bringen wollte.

Hartmann sah sich unschlüssig im Garten um. Ihm brannte die Zeit auf den Nägeln, und Eberwein rührte sich nicht. Er näherte sich ihm vorsichtig und hüstelte, als er noch drei Meter von ihm entfernt war. Gerald Eberwein schien erst gar nicht zu reagieren.

Dann sagte er: »Komm ruhig näher, Peter. Ich hab schon dein Auto gehört.«

Ohne den Blick vom Baum zu wenden, hielt er seine abgeknickte Hand hin, damit Hartmann ihm zur Begrüßung das Handgelenk schütteln konnte.

»Ein brauner Waldvogel«, sagte Eberwein und deutete mit dem Kopf in den Busch.

»Wo?«, fragte Hartmann und spähte angestrengt in die Pflanze. Auch er bewegte sich plötzlich nicht mehr.

»Na da, direkt vor unserer Nase.« Eberwein streckte langsam die Hand aus und wies auf einen Schmetterling.

»Ich seh keinen Vogel«, sagte Hartmann.

Eberwein drehte sich um und sah Hartmann erstaunt an.

»Du willst mich jetzt veralbern«, mutmaßte er.

»Nicht die Spur.«

»Ich meine doch den Schmetterling. Der heißt so. Brauner Waldvogel. Ist ziemlich selten hier im Dorf. Den gibt es eigentlich nur in großen Laubwäldern.«

Er trat einen Schritt zurück und blickte voller Besitzerstolz über den mannshohen Strauch.

»Gefällt dir mein Schmetterlingsbaum?«

»Ja«, sagte Hartmann ungeduldig. »Du, ich brauch mal deine Hilfe. Wegen dem Bild.« Er hielt Eberwein zwei Ausdrucke hin.

Der drehte sich wieder seinem Gebüsch zu.

»Ich habe hier schon so viele Schmetterlinge gesehen. Bläulinge, Kaisermantel, Weißlinge. Im vergangenen Jahr gab es sogar eine ganze Reihe Taubenschwänzchen. Die sehen wegen ihrem langen Rüssel aus wie gefährliche Insekten, sind aber ganz harmlos. Aber dieses Jahr gibt es gar keine Taubenschwänzchen. Nicht nur hier.«

Hartmann atmete tief durch. Er kannte Eberwein inzwischen gut genug, um zu wissen, dass er Antworten nur in einer Art Tauschgeschäft bekam: Aufmerksamkeit und Zuwendung gegen Informationen. Nur mal schnell eine Auskunft geben, dafür war der große, sanfte Mann nicht zu haben. So stellte er sich neben ihn und beobachtete das Treiben der Schmetterlinge. Und ja, tatsächlich, es gab tatsächlich viele Falter verschiedener Größen und Farben, die in dem dichten Gesträuch herumschwirrten, obwohl es auch anderswo ein reichliches Angebot an Blüten gab.

»Da, ein Tagpfauenauge«, versuchte Hartmann, mit Wissen zu glänzen.

Eberwein griente.

»Du willst mich schon wieder veralbern. Du stellst dich absichtlich dumm, damit du mein Wissen testen kannst. Das ist natürlich ein Kleiner Fuchs und kein Pfauenauge. Das Tagpfauenauge ist dunkelrot, und du erkennst es an den schwarzen oder blauen Augen direkt an den Flügelspitzen. Der Fuchs ist mehr ins Orangene und hat vorne schwarze und gelbe Flecken.«

»Jetzt, wo du's sagst«, log Hartmann. Er hatte nicht die geringste Ahnung. Aber irgendwo im Hinterstübchen seines Gehirns wurden Bilder aus seiner Kindheit lebendig, die ihm suggerierten, früher habe es wesentlich mehr Schmetterlinge gegeben.

»Na zeig schon her«, brummte Eberwein schließlich und nahm ihm die Bilder aus der Hand.

»Das ist doch nicht Kahns Tochter«, behauptete Hartmann und zeigte auf die junge Begleiterin.

»Das ist auch nicht Kahn«, sagte Eberwein in Seelenruhe.

»Nicht? Ich hätte schwören können …«

»Na ja, ein bisschen ähnlich sehen die sich schon«, räumte Eberwein ein. »So die Größe und Figur. Aber schau doch mal die Haare. Der Kahn hatte nie so viel Haare auf dem Kopf.«

»Die hätten ihm ja auch ausgegangen sein können«, sagte Hartmann.

»Das hier ist der Hartung Steffen. Der war damals Gemeinderat. Und ja, er könnte auch Schützenkönig gewesen sein. Ich meine, die Kette ist ja wohl eindeutig.«

»Und was ist das für einer, der Hartung?«

»Das ist auch kein guter.« Eberwein kratzte sich am Kopf. »Der Hartung hat sich damals ziemlich böse lustig gemacht über die Mütter, die gegen den Kindergarten waren. Du weißt schon, damals, als der Junge geschlagen wurde.«

Hartmann nickte.

»Da war der Hartung Steffen Gemeinderat. Ich meine, der musste wohl für den Kindergarten sein. Der gehört ja der Gemeinde. Obwohl, da ist auch noch so ein Verband, so was Soziales. Auf jeden Fall hat der Hartung das immer übertrieben. Ist höhnisch über die Mütter hergezogen. Das gab ganz schön heftige Diskussionen. Und bei der nächsten Wahl haben die Auendorfer den Hartung einfach nicht mehr gewählt. Na ja, den Bürgermeister ja auch nicht.«

»Gehst du eigentlich zur Wahl?«

Eberwein schaute ihn entrüstet an. »Was für eine Frage. Wählen ist doch eine Bürgerpflicht.«

»Und die junge Frau an Hartungs Seite, das ist dann wohl seine Tochter?«

»Nein. Der hat gar keine Kinder. Das Mädchen daneben ist aus Reichstädt. Ihre Oma wohnt aber noch hier. Aber warum die da so rumläuft, als würde sie zu ihm gehören, das darfst du mich nicht fragen. Ich glaube nicht, dass die mal miteinander gegangen sind.«

Er gab Hartmann die Bilder zurück.

»Warum willst'n das wissen?«, fragte er dann fast listig, und blinzelte in die Sonne.

»Tja, warum eigentlich? Alle, mit denen ich mich unterhalte, tun so, als wäre der Kahn erst seit zwei Jahren in Auendorf. Die Zeit vor der Wende scheint ihr alle auszublenden. Und wie ich ihn so auf dem Bild sah, strahlend und selbstbewusst, dachte ich, er wäre vielleicht vor zehn Jahren auch schon dabei gewesen.«

Eberwein lächelte.

»Für manche Leute ist es eben auch viel bequemer, nicht über die Vergangenheit nachzudenken. Nicht nur über die von Kahn, auch über die eigene. Beim Auge heißt das blinder Fleck, glaube ich.«

Hartmann lauschte dem Klang der Worte nach und war ehrlich verblüfft.

»Für einen, der nicht mal die achte Klasse geschafft hat, bist du ziemlich klug«, lobte Hartmann ihn dann ganz direkt und knuffte ihn in die Rippen.

Der kiekste wie ein kleines Kind und zuckte zusammen.

»Klug bin ich nicht, aber vielleicht ein bisschen schlau.« Er errötete dabei.

»Auf jeden Fall hast du mir sehr geholfen«, sagte Hartmann. »Auf dich kann man sich eben verlassen.«

Eberwein strahlte.

Am Auto drehte sich Hartmann noch mal um.

»So einen Schmetterlingsbaum würde ich auch gern in meinem Garten haben«, rief er über die Straße. »Weißt du, wie man den vermehrt?«

»Ich kümmer mich drum«, versprach Eberwein und schien auf einmal ganz eifrig. »Ich besorg dir einen.«

Er winkte dem Auto hinterher, bis es um die Ecke fuhr.

18

Der große Besprechungsraum in der Staatsanwaltschaft Riedburg sah aus wie ein Dorfsaal aus den späten Sechzigern. Die Bühne an der Stirnwand war eher nur ein leicht erhöhtes Podest, zu dem zwei offene Stufen an der Seite führten. Sie war von einem Bogen überspannt, den eine Stuckgirlande zierte und der rechts und links von zwei Säulen getragen wurde. Das Haus, in dem sich die Staatsanwaltschaft befand, stammte aus der Gründerzeit und wurde vor der Wende als Schule genutzt. Bei der Sanierung hatte man die eigentliche Bausubstanz so wenig wie möglich verändert. Trotz grauem PVC-Boden und dezenten Polsterstühlen strahlte er noch die Atmosphäre einer Aula aus.

Jetzt waren auf der Bühne zwei Tische aufgestellt. Frank Hölbing und Steffi Schmaerse saßen auf der linken Seite, ganz rechts hatte Polizeisprecher Florian Rattmann Platz genommen. Rattmann war der Einzige in Uniform. Dass der Sprecher in Uniform aufzulaufen hatte, war eine Weisung vom Polizeidirektor persönlich. Die Uniform würde, so argumentierte er, den Originaltönen und Statements vor laufender Kamera den notwendigen dienstlichen Anstrich geben. Vier Mikros und zwei Diktiergeräte standen auf dem Tisch vor dem einzigen noch freien Platz auf dem Podium. »Heiko Walser, Staatsanwaltschaft Riedburg«, verkündete das Namensschild an der Tischkante.

Nicht nur die anwesenden Journalisten blickten nervös auf die Uhr. Auch Rattmann schielte immer wieder auf sein Handgelenk.

»Das ist sonst gar nicht seine Art«, flüsterte Hölbing seiner Chefin hinter vorgehaltener Hand zu.

Sie nickte nur und blickte hinüber zu Rattmann. Der zuckte mit den Schultern.

»Dann ruf halt mal an«, zischte Schmaerse rüber.

Florian Rattmann knöpfte die Brusttasche auf, zog sein Handy heraus und telefonierte. Ein paar Kameras klickten. Die Unruhe im Saal wuchs, die Journalisten beschäftigten sich mit ihren Unterlagen beziehungsweise miteinander.

»Ach, da ist ja auch dein spezieller Freund.« Hölbing wieder, und wieder hinter vorgehaltener Hand.

»Längst gesehen«, presste Schmaerse zwischen den Lippen hindurch. »Hast du gedacht, der verzichtet auf diesen Termin?«

Hölbing grinste.

Rattmann steckte sein Handy wieder weg und räusperte sich. Es wurde leiser.

»Herr Staatsanwalt Walser ist bereits auf dem Weg hierher, sagt sein Büro. Er bittet noch um eine Minute Geduld.«

Das Gemurmel hub wieder an.

»Können wir vielleicht Ihnen schon ein paar Fragen stellen?«, wollte einer im Saal wissen.

Rattmann blickte Schmaerse an, die schüttelte leicht den Kopf.

»Das ist eine Pressekonferenz der Staatsanwaltschaft. Es wäre unhöflich, dem Staatsanwalt vorzugreifen«, sagte Rattmann diplomatisch.

Dann flog die Tür auf, und Heiko Walser betrat den Raum. Ein eleganter Anzug, ein weißes Hemd, eine korrekt gebundene Krawatte, ebenfalls weiß, ein Aktenordner unter dem Arm. Er war leicht errötet, als wäre er hastig gelaufen.

»Da stimmt was nicht«, murmelte Hölbing.

»Das scheint mir auch so«, sagte Schmaerse.

Sie kannte Heiko Walser schon lange und schätzte seine korrekte Art und fachliche Kompetenz. Auf Außenstehende wirkte er zunächst immer ein wenig überheblich und abweisend, aber dieser erste Eindruck täuschte. Im Gegenteil – ging es nicht um die Arbeit der Staatsanwaltschaft, konnte Walser sogar richtig gesellig und humorvoll sein. Doch im Dienst gab er immer den korrekten Beamten. Jetzt aber sah er regelrecht derangiert aus. Er streckte das Kinn vor und hielt den Mund fest zusammengepresst.

Walser hatte sich noch nicht ganz gesetzt, da fing Rattmann an.

»Sehr geehrte Damen und Herren, haben Sie vielen Dank für Ihr Kommen. Die Staatsanwaltschaft Riedburg hat Sie zu dieser Pressekonferenz eingeladen, um …«

Walser hatte die Hand auf Rattmanns Unterarm gelegt. Der

schaute ihn irritiert an. Walser beugte sich hinüber und flüsterte Rattmann etwas ins Ohr. Der nickte.

»Sag ich doch«, murmelte Hölbing.

Die Journalisten im Saal wurden nervös.

»Meine Damen und Herren, Herr Staatsanwalt Walser möchte zunächst eine Erklärung abgeben.«

Der rückte den Aktenordner vor sich zurecht und beugte sich ein wenig vor zu den Mikrofonen.

»Das ist jetzt eine etwas ungewöhnliche Situation«, begann er, »für die ich Sie nur um Verständnis bitten kann.« Er machte eine Pause. Im Saal wurde es mucksmäuschenstill.

»Der Grund für die Einladung zu dieser Pressekonferenz ist hinfällig geworden. Der Haftrichter hat eine anderslautende Entscheidung getroffen, die wir zu akzeptieren haben. Ich danke Ihnen trotzdem für Ihr Erscheinen und bitte im Namen der Staatsanwaltschaft um Entschuldigung für die Unannehmlichkeit.«

Schmaerse und Hölbing blickten sich an. Ein, zwei Sekunden herrschte vollkommene Stille im Saal, dann riefen plötzlich alle durcheinander.

»Na hören Sie mal!« – »Das kann doch nicht wahr sein.« – »So geht das aber nicht!« – »Dafür bin ich von Gera hier rübergekommen?« – »Wenigstens eine Frage!«

Rattmann stand auf.

»Bitte Ruhe«, rief er in den Saal. »So beruhigen Sie sich doch.«

»So geht es aber wirklich nicht!« Peter Hartmann stand auf. »Sie haben einen Tatverdächtigen, Sie beantragen einen Haftbefehl, Sie laden uns zu einer Pressekonferenz ein, weil … Moment, weil *ein Tatverdächtiger in Haft genommen wurde*, so Ihre eigenen Worte, was ja nun offensichtlich nicht stimmt, und dann sagen Sie einfach Danke, wir können gehen? Das ist gewiss nicht Ihr Ernst, Herr Walser.«

»Das war ja klar«, murmelte Hölbing, »spielt sich als Doyen des journalistischen Korps auf.«

Steffi grinste. »Was willst du«, sagte sie halblaut, »Hartmann *ist* der Doyen des journalistischen Korps. Außerdem hat er recht.«

Walser warf ihr einen tödlichen Blick zu, offenbar hatte er die Bemerkung mitbekommen.

»Danke für Ihre Frage, Herr Hartmann«, sagte er höflich. »Es gibt dafür eine recht simple Erklärung.« Er räusperte sich und schlug seinen Ordner auf. Aber er las nichts ab, wie Schmaerse mit einem Seitenblick feststellen konnte. Das oberste Blatt war die Einladung zur Pressekonferenz.

»In der Tat wurde ein männlicher Bürger aus dem Verantwortungsbereich der Staatsanwaltschaft Riedburg als dringend tatverdächtig ermittelt. Ein diesbezüglicher Haftantrag wurde von mir gestern Nachmittag gestellt. Dabei habe ich ausreichend Haftgründe angeführt. Als ich heute Morgen die Einladung zur Pressekonferenz veranlasste, bin ich davon ausgegangen, dass der Tatverdächtige jetzt bereits in die JVA überführt wird. Die Ablehnung des Haftantrages erfolgte vor einer halben Stunde, sie hat mich selbst überrascht.«

»Die Ablehnung hat Sie überrascht und geärgert, wenn ich das richtig verstanden habe …« Wieder Hartmann.

Walser zuckte nicht mit der Wimper. »Es bleibt Ihnen unbenommen, das so zu sehen. Erwarten Sie aber nicht, dass ich das kommentiere.«

Doch Hartmann ließ nicht locker. Er spürte, dass er in diesem Moment das Sprachrohr der ganzen Meute war, und diese Gelegenheit ließ er sich nicht entgehen.

»Herr Walser, Sie sagten, dass Sie ausreichend Haftgründe angeführt haben. Meines Wissens gibt es bei Mord insbesondere drei: Fluchtgefahr, Verdunklungsgefahr und kein fester Wohnsitz. Welche Gründe gab es denn in diesem Fall?«

»Kein Kommentar.«

»Aber offensichtlich waren die Gründe eben doch nicht ausreichend, sonst hätte der Haftrichter Ihren Antrag doch nicht abgelehnt.«

»Auch dazu kein Kommentar, ich bitte um Ihr Verständnis.«

»Dafür kann ich kein Verständnis aufbringen.« Diesmal kam der Ruf aus der anderen Ecke. Ein junger, bulliger Typ mit Glatze war aufgestanden. Schmaerse hatte ihn noch nie gesehen, doch Rattmann schien ihn zu kennen.

»Herr Danz«, erteilte er ihm das Wort.

»Ah, Bild«, knurrte Hölbing.

»Es ist doch offensichtlich so, Herr Staatsanwalt, dass Sie mit Ihrem lapidaren ›Kein Kommentar‹ nichts weiter tun, als Ihr eigenes Unvermögen zu kaschieren. Ermittlungstaktische Gründe kann ich jedenfalls für Ihr Ausweichen nicht erkennen. Gibt es denn noch andere, die für die Tat in Frage kommen? Immerhin waren es ja wohl Hunderte, die unter den Repressalien des Toten leiden mussten und also durchaus ein Motiv hatten.«

Rattmann blickte Walser an, der nickte bloß und ließ eine Weile Zeit verstreichen.

»Diese Pressekonferenz hat nicht stattgefunden«, sagte er dann. »Ich hatte es bereits einleitend gesagt: Die Gründe, die zur Anberaumung dieses Termins führten, sind hinfällig geworden.«

Sofort brach wieder ein kleiner Tumult aus.

»Vielleicht eine letzte Frage«, übertönte Hartmann die Rufe.

Rattmann schaute Walser verunsichert an.

»Also gut«, sagte dieser.

»Sie werden Ihren Tatverdächtigen jetzt wieder auf freien Fuß setzen müssen, Sie können ihn ja nur achtundvierzig Stunden festhalten. Wenn Sie überzeugt sind, dass es sich um den Täter handelt, werden Sie dann dennoch Anklage erheben? Dazu brauchen Sie ja primär keinen Haftbefehl, oder?«

Es wurde wieder leiser. Walser kaute auf seiner Unterlippe.

»Diese Frage wurde noch nicht mit allen Beteiligten erörtert«, sagte er dann. »Ich danke für Ihre Aufmerksamkeit.«

Er klappte seinen Aktenordner zu und stand demonstrativ auf.

Die Unruhe im Saal setzte wieder ein.

Hartmann suchte Blickkontakt mit Steffi Schmaerse. Mit seinem Zeigefinger wies er zunächst auf sie, dann auf sich. Wir müssen reden, sollte das signalisieren. Schmaerse nickte und machte eine beschwichtigende Geste. Wart ab, sollte er daraus ablesen.

Murrend und noch immer leise protestierend, trollte sich die Pressemeute. Die Radiomacher rollten ihre Kabel auf und holten die Mikrofone ein.

Peter Hartmann stellte sich an ein Fensterbrett und packte sein Arbeitsbuch in die Aktentasche. Steffi Schmaerse gesellte sich zu ihm und blickte hinaus.

»Ah, die schöne Kommissarin, ich grüße Sie«, sagte er.

»Sie erwarten aber nicht, dass ich jetzt sage: Ah, der schöne Reporter. Aber ich grüße Sie auch.« Der freundliche Spott in ihrer Stimme war nicht zu überhören.

Hartmann lachte kurz auf. »Sie hätten es wenigstens versuchen können – ich bin auch nur ein Mann.«

»Aber doch nicht eitel«, sagte Schmaerse im gespielten Brustton der Überzeugung.

»Kein bisschen«, bestätigte Hartmann. »Sie ja auch nicht. Schicke Brille übrigens.«

Schmaerse lächelte.

»Finden Sie? Danke.«

»Hören Sie, Steffi: Ich weiß, dass Sie gestern Andreas Kröger hoppgenommen haben. Und wir beide wissen, dass es sich dabei um den Mann dreht, von dem gerade hier die Rede war.«

»So«, machte Schmaerse. Ohne Fragezeichen. Einfach mit Punkt. Das sagte gar nichts. Und alles, je nachdem.

»Wenn Sie mir verraten, wer noch auf Ihrer Verdächtigenliste steht, verzichte ich darauf, Kröger ins Licht der Öffentlichkeit zu zerren.«

»Sie glauben doch nicht etwa, dass ich auf so einen Deal eingehe!«

»Lieber würden Sie Kröger der Journaille opfern?«

»Lieber Peter – ich sage es Ihnen jetzt mal ganz offen«, flüsterte Schmaerse, während sie stur aus dem Fenster sah. »Kröger ist mir scheißegal. Der Typ ist mir suspekt, obwohl ich inzwischen sicher bin, dass er unschuldig ist.«

»Gut, dann kann ich ihn also verbrennen?«

»Ihr Job. Abgesehen davon, dass ich nicht glaube, dass Sie einen Unschuldigen – wie sagen Sie? – *verbrennen* würden. Verraten Sie mir lieber, was Sie im Gegenzug zu bieten hätten.« Sie drehte sich um und lächelte den Reporter kokett an.

»Ich gebe zu, das ist diesmal nicht viel. Aber ich bin mir nicht mehr sicher, ob Kahn wegen seiner Stasi-Vergangenheit umgebracht wurde.«

»Sondern?«

»Da gibt es eine merkwürdige Sache: 2003 gab es einen Fall

von Kindesmissbrauch in Auendorf. Ist nicht weiter spektakulär, hat aber zumindest zu einer Verurteilung wegen vorsätzlicher Köperverletzung geführt. Ich glaube, seitdem regiert der Hass im Dorf. Und wozu hassende Menschen alles imstande sind, wissen Sie besser als ich.«

»Hat Hartmut Kahn mit diesem alten Fall was zu tun?«

»Anscheinend nicht.«

»Na also, wie absurd und konstruiert ist die Sache dann? Wie können Sie nur auf die Idee kommen, ich könnte Ihnen etwas geben, wenn Sie mir nicht das Geringste bieten können?«

»Ach Steffi, ich hatte gehofft, Sie interessieren sich wenigstens für meine Idee. Die geht mir nämlich nicht mehr aus dem Kopf. Könnte es nicht sein, er ist doch irgendwie darin verstrickt? Immerhin seine Tochter ist es. Oder besser gesagt, war es.«

»Inwiefern?«

»Also doch ein Deal?«

»Quatsch. Nun reden Sie schon, Sie wollen es mir doch ohnehin sagen.«

Hartmann grinste. »Also: Karin Kahn war damals Mitarbeiterin in dem Kindergarten. Sie war die einzige Mitarbeiterin, die in dem Streit nicht aufseiten der Kindergartenleiterin stand. Das hat sie ihre Ehe gekostet und den Job.«

»Die haben sie rausgeworfen, weil sie nicht gelogen hat?«

»Natürlich nicht, die haben andere Gründe gefunden. Aber ein zeitlicher Zusammenhang besteht, warum dann nicht auch ein kausaler.«

»Es scheint mir dennoch weit hergeholt, dass für so eine vergleichsweise läppische Angelegenheit ein Mensch sterben muss. Zumal ein Unbeteiligter. Der Vater stellvertretend für die Tochter. Ich finde das immer noch absurd.«

»Stimmt schon, wenn man sich nur auf die Maulschelle damals konzentriert. Aber seither ist viel im Dorf geschehen, wurden Rachefeldzüge geführt und, wie gesagt, regiert der Hass.«

»Haben Sie sich deshalb von Rattmann die Kriminalstatistik dezidiert für Auendorf zusammenstellen lassen?«

»Sicher. Und ich bin fündig geworden. Nach den Vorkommnissen im Kindergarten ist die Zahl der Straftaten angestiegen.

Noch schneller stieg damals allerdings die Zahl der Anzeigen. Erst nach ein paar Jahren pegelte sich alles wieder auf Normalmaß ein. Ich finde, das ist der Nährboden, auf dem Motive wachsen. Auch Motive für Verbrechen.«

»Hartmann, der Kriminalpsychologe … Ich werd mal drüber nachdenken, okay?«

»Und Ihre Verdächtigen?«

»Manchmal sind Sie richtig süß naiv, Peter. Aber ich glaube ja eher, Sie tun nur so.« Sie hängte sich ihre Tasche um. »Außerdem: Dass wir auch gegen Sebastian Kämpfer ermitteln, haben Sie ja schon selbst mitbekommen. Mehr wissen wir auch nicht.«

»Ach, wenn ich Ihnen *einmal* glauben könnte, das wäre zu schön.«

»Ich mag Sie auch, Peter.« Sie lächelte ihn an. »Schönen Tag noch.«

Hartmann brummte und blickte ihr hinterher.

»Hat aber lange gedauert mit deinem Freund«, flachste Hölbing, als sie sich in den Wagen setzte.

»Höre ich da etwa versteckte Eifersucht?«

»Pah«, machte Hölbing, »doch nicht auf den Kerl.«

»Hartmann hat mich auf einen interessanten Aspekt hingewiesen. Wir sollten mal ein bisschen in der jüngeren Vergangenheit kramen. Und zwar in der im Dorf. Vielleicht konzentrieren wir uns zu sehr auf die Stasi-Opfer.«

»Na, da hat er dir einen schönen Floh ins Ohr gesetzt. Ich denke immer noch, der Kröger war's.«

»Warten wir, ob die im Labor am Schwert Spuren sichern können.«

»Glaubst du dran?«

»Ich glaube an die krampflösende Wirkung von ungesüßtem Fencheltee. Aber wenn du wegen Kröger fragst, da waren wir uns doch am Ende einig.«

»Für mich bleibt er der Verdächtige Nummer eins. Der lügt doch schon, wenn er nur den Mund aufmacht. Ich begreife auch nicht, wie der Ermittlungsrichter den Mann nicht einbuchten kann. Wir müssen den jetzt laufen lassen.«

»Unter Druck setzen brauchen wir ihn jedenfalls nicht mehr. Mehr als gestehen kann er schließlich nicht.«

»Ja, aber das Geständnis ist ziemlich dünn. Und bis jetzt hat er noch kein bisschen Täterwissen offenbart. In der Richtung werden wir ihn noch mal bearbeiten müssen.« Steffi Schmaerse klopfte mit der flachen Hand auf das Armaturenbrett. »Hopp hopp, fahren wir. Wir haben eine Menge zu tun.«

»Als Erstes lassen wir Kröger laufen?«

»Als Erstes setzen wir ihm noch mal zu, bis er uns was von seiner kleinen Freundin erzählt. Da sehe ich noch Ansatzpunkte.«

»Eine Komplizin«, sagte Hölbing, während er den Wagen startete, »es liegt ja auf der Hand.«

19

Es war ein prächtiges Wetter für ein Fest im Freien. Die Sonne brannte von einem tiefblauen Himmel herunter, bisweilen segelte eine dicke schneeweiße Haufenwolke vorbei, die Temperaturen würden dennoch die dreißig Grad nicht übersteigen.

Die Auendorfer hatten sich auf eine ganze Festwoche vorbereitet. Sie hatten ihre Häuser mit Girlanden in den Farben des Kirmesvereins geschmückt und Birkengrün in Wassereimern vor ihre Häuser gestellt. Die Festwoche begann mit dem Zerschneiden eines königsblauen Bandes am Dorfbrunnen durch Bürgermeister Ingolf Kämpfer am Dienstagabend. Die Tanzmädchen vom Sportverein hatten einen Auftritt als Cheerleader, auf dem Rost brutzelten Bratwürste, und das Fass Bier, das Kämpfer spendiert hatte, gab für viele den endgültigen Ausschlag für einen Besuch auf dem Dorfplatz. Am Mittwoch schloss sich ein Vortrag des Wasserzweckverbandes über die Bedeutung und die Geschichte des Wassers als Quell allen Lebens und als das wichtigste Grundnahrungsmittel an. Donnerstag stand ein Entenrennen auf dem Harlesbach, von dem aus einst die Wasserleitung zum Dorfbrunnen gezogen wurde, auf dem Programm, und der Freitagabend gehörte der Dorfjugend und deren Gästen: In der Gemeindehalle spielte eine angesagte Kirmesband.

Heute jedoch lockte der Festumzug die Besucher an. Die Auendorfer warfen sich in Schale, die Sonntagsanzüge wurden aus den Kleiderschränken geholt, einige Frauen gingen sogar in Trachten. Die Bewohner der Nachbardörfer fühlten sich von dem Umzug ebenso angezogen wie viele Gäste aus Riedburg, die Verwandtschaft aus nah und fern sowie eine ganze Reihe von ehemaligen Auendorfern, die mit dem Fest angenehme Kindheitserinnerungen verbanden.

Ein junger dicker Kerl in Feuerwehruniform schwenkte eine polizeiliche Anhaltekelle. Sichtlich stolz auf seine Befugnisse wies er die ankommenden Autos schon vor dem Ortseingang auf das an den Sportplatz angrenzende und bereits abgeerntete Feld, das man mit Schildern und rot-weißem Trassierband als Parkplatz ausgewiesen hatte.

Es war noch eine Stunde Zeit bis zum Beginn des Festumzuges, als Hartmann mit seinem schweren Chrysler anrollte. Er verzichtete ganz bewusst auf seine Sonderrechte per Presseschild. Zum einen, weil er ja streng genommen ganz privat nach Auendorf kam, zum anderen, weil er den Ort kannte und daher wusste, dass er nur kurze Wege haben würde, und zum dritten schließlich, weil er den Tag von Anfang an genießen wollte und keineswegs vorhatte, sich hetzen zu lassen. Er hatte Mühe, auf dem Feld überhaupt noch ein Plätzchen zu finden. Solchen Andrang auf dem Dorfe kannte er bislang nur vom Lanz-Bulldog-Treffen in Wersdorf.

Anette wusste er auf Rügen gut untergebracht und zufrieden. So hatte er – wenngleich schon mit einem bisschen schlechten Gewissen – die Einladung von Petra Grass angenommen. Von der aufgeweckten Plaudertasche erhoffte er sich noch die eine oder andere Erkenntnis über die Auendorfer. Vor allen Dingen hatte sich ein möglicher Zusammenhang zwischen dem Mord an Hartmut Kahn und den Geschehnissen von vor zehn Jahren wie eine fixe Idee in seinem Kopf festgesetzt. Und einige der Protagonisten der Geschehnisse von damals hoffte er, heute beim Festumzug wiederzusehen.

Hartmann schloss das Auto ab und nahm den Weg hinter dem Sportplatz. Der führte in die Parallelgasse zur Hauptstraße, in der Petra Grass wohnte. Seine nackten Füße steckten in Sandalen, zur hellen Jeans trug er ein kurzes baumwollenes Sporthemd, die Sonnenbrille hatte er lässig in die Haare gesteckt, ein paar Geldscheine wusste er in der Hemdtasche, mehr Ballast wollte er sich an diesem Tag nicht zumuten. Ja, er kam sich wie ein rechter Flaneur vor, so ohne Arbeitsbuch und Kamera.

Er hatte den Klingelknopf noch nicht ganz losgelassen, da stand sie schon vor der Haustür. Wie ein Springteufel, dachte er. Ob die im Bett auch so war? Er musste grinsen. Gut, dass sie nicht Gedanken lesen konnte. Aber vielleicht konnte sie das ja. Auf jeden Fall hatte sie sich so gekleidet, dass sie perfekt zu ihm passte: Die Jeans waren vom selben Rot wie sein Hemd, wie erwartet knalleng, und sie reichten ihr nur bis zum Knie. Ein breiter weißer Gürtel mit Schmuckschnalle betonte ihre Taille, ohne ihre Polster zu verstecken. Ein asymmetrisches weißes Top mit Strass-Steinchen auf dem oberen Bund ließ die linke Schulter unbedeckt und auf der rechten Seite etwas Hüftspeck blitzen. Und wie bei ihm steckte die Sonnenbrille in den Haaren. Das Gesamtpaket sah gut aus, befand Hartmann.

»Ein schmuckes Bürschchen«, begrüßte sie ihn und hakte ihn unter. »Mit so einem geht man doch gern zum Fest.«

»Sie wissen schon, dass ich verheiratet bin«, sagte er ob ihrer Unbefangenheit.

Sie lachte. »Aber hoffentlich nur ein bisschen«, sagte sie und zog ihn mit sich. »Sie wissen doch, was Claudia Cardinale über die Ehe gesagt hat?« Sie blinzelte ihn an.

»Keine Ahnung«, sagte er wahrheitsgemäß.

»Die Ehe funktioniert am besten, wenn beide Partner ein bisschen unverheiratet bleiben.«

Er musste schmunzeln.

»Nett gesagt«, lobte er, musterte sie von der Seite und stellte – nicht unbedingt mit Behagen – fest, dass diese Frau ihm heute möglicherweise gefährlich werden konnte. Dennoch, klug war sie offenbar.

Petra Grass schleppte Hartmann ins Festzelt und stellte sich nach einem Bier an. Der eine oder andere Besucher nickte Hartmann zu – so ganz unbekannt war er im Ort nicht mehr. Kein Wunder, war er doch in den letzten vier Wochen öfter in Auendorf gewesen als in den zehn Jahren zuvor. Anderen wurde er durch Petra Grass vorgestellt. Das war ihm ein wenig unangenehm. Irgendwie hatte er das Gefühl, sie prahle mit seiner Bekanntschaft, was ihm nun gar nicht recht war.

Ungefragt drückte sie ihm ein großes Bier in die Hand. Hartmann betrachtete es unschlüssig, stieß dann aber doch mit ihr an. So viel Alkohol wollte er gar nicht trinken. Nicht allein wegen dem Autofahren, er wollte sich ja ohnehin Zeit lassen, aber zum einen war er kein ausgesprochener Biertrinker, zum anderen hatte er Angst, bei der Sonne schnell einen in der Krone zu haben.

»Warum wird euer Fest eigentlich nur alle zehn Jahre gefeiert?«, wollte Hartmann wissen.

»Das ist eine alte Tradition. Als die Wasserleitung fertig war, um die es bei dem Fest ja geht, da war gerade Erntezeit. Und die Auendorfer haben sich gesagt, sie können nicht einfach während der Ernte feiern. Da gab es dann zwei Möglichkeiten – das Fest in den Herbst zu legen, was ja sinnlos war, da gibt es schließlich Erntedank, oder nur alle paar Jahre zu feiern. Ich glaube, das Fest wurde nur in den ersten beiden Jahren gefeiert, und dann ist man auf den Zehn-Jahres-Rhythmus ausgewichen.« Sie unterbrach sich, rechnete, auch mit den Fingern. »Ja, das haut sogar von den Jahreszahlen her hin.«

Sie nahm einen tiefen Zug aus ihrem Bierglas und wischte sich den Schaum von den Lippen.

»Komm, wir gehen zum Umzug«, sagte sie und packte ihn am Handgelenk, als das gewaltige Donnern eines Saluts der Böllerschützen den Beginn des Umzugs ankündigte.

»Und das Bier?«, fragte er.

»Nehmen wir mit, ist sowieso Pfand auf den Gläsern.«

Insgesamt fünfunddreißig Bilder hatte der Zug, was für eine Gemeinde von der Größe Auendorfs schon recht beachtlich war. Die Vereine, Interessensgruppen, Straßengemeinschaften oder Unternehmen, die für die einzelnen Bilder verantwortlich waren, hatten sich große Mühe gegeben, nicht nur was die Dimension und Originalität ihrer Wagen anbetraf. Auch waren die Teilnehmer aufwendig kostümiert. Bauern und Handwerksleute, Adlige und Ritter sah man durch die Straßen ziehen, nach rechts und links freundlich grüßend. Manche der Kostüme, darauf machte ihn Petra Grass aufmerksam, waren sogar aus dem Fundus des Deutschen Nationaltheaters in Weimar.

An der Spitze jedes Bildes lief ein Grundschüler mit einem Schild, auf dem die Nummer des Bildes und das Thema vermerkt waren. Der Zug wurde eröffnet von der Freiwilligen Feuerwehr des Dorfes. Die Kameraden hatten sich zur Feier des Tages weiße Hemden unter die dunkelblauen Uniformen gezogen, was ihnen ein besonders festliches Aussehen gab. Einige der Burschen hatten schon hochrote Köpfe. Ob das eine Folge der Sonne war – in den Uniformen mussten sie doch schrecklich schwitzen – oder am Bierkonsum lag, war nicht auszumachen. Auf jeden Fall hielten sie sich tapfer und bekamen sogar so etwas wie einen Gleichschritt hin. Die letzten vier in dem Tross zogen einen historischen Spritzenwagen mit zwei großen hölzernen Pumpenschwengeln hinter sich her.

Der Feuerwehr folgte der Spielmannszug aus Harleshausen mit einer kleinen energischen Tambourmajorin mit kurzen, kräftigen Schenkeln an der Spitze. Die Frauen in weißen Stiefeln mit weißen Faltenröckchen und blauen Blusen, die Männer in weißen Hosen und gleichfalls blauen Hemden waren einer offiziellen Delegation zu einem Pfingsttreffen der FDJ nicht unähnlich. Beim Spielmannszug klappte das mit dem Gleichschritt natürlich wesentlich exakter als bei der Feuerwehr.

»Sind Sie eigentlich auch in einem Verein?«, wollte Hartmann wissen.

»Ich bin in einer Laufgruppe in Riedburg«, rief sie ihm zu. »Ausdauersport, Sie verstehen?«

Hartmann nickte.

»Ein stabiles Kreislaufsystem und gute Ausdauer sind für mein Wohlbefinden elementar«, erklärte sie weiter.

Auf einigen der Festwagen stand ein Fass Bier, aus dem in Becher ausgeschenkt wurde beziehungsweise wo man sich die Gläser füllen lassen konnte. Selbst den Pferden, die die Wagen zogen, sah man ihren Stolz an, wobei vor allem ein Paar Rappen in glänzendem Tiefschwarz mit farbigen Bändern und Rosetten Peter Hartmann beeindruckte. Er wunderte sich, dass die großen Tiere nicht scheuten bei so viel Lärm, dem sie durch die Rufe der Zuschauer und die Musik ausgesetzt waren.

Das Geschwisterpaar, das 1802 dafür gesorgt hatte, dass Auendorf eine Wasserleitung bekam, hatte man besonders prunkvoll herausstaffiert. Beide waren strahlend schön, sie trug ein dunkelrot-dunkelgrünes Brokatkleid, in der Taille eng geschnürt und mit sehr offenherzigem Dekolleté. Er hatte grüne Kniebundhosen aus Samt an, trug eine leuchtend rote glänzende Bauchbinde und ein blütenweißes Hemd mit reichlich Rüschen, über das er eine schwarze Jacke mit goldenen Knöpfen gezogen hatte. Sein Kopf wurde von einer Art Dreispitz bedeckt, während sie ein kleines Krönchen aus Gold trug. Dass das Geschwisterpaar wie ein Prinzenpaar daherkam, sollte, so erklärte Petra Grass, durchaus dem historischen Vorbild entsprechen: Das Mädchen, die Tochter eines armen Windmüllers, sei von einem Prinzen auf dem Feld »entdeckt« und vom Fleck weg geheiratet worden. Als sie am Hofe des Prinzen zu einigermaßen Hausmacht gelangt war, habe sie ihren Bruder nachkommen lassen, der fortan als Verwalter der Remise des hohen Herrn fungierte. Trickreich hätten beide dann den Prinzen veranlasst, sein Einverständnis zum Bau einer Wasserleitung vom zwei Kilometer entfernten Harlesbach bis nach Auendorf zu geben. Im August nach der Fertigstellung der Leitung sei das Geschwisterpaar von den Auendorfern wie die Könige empfangen worden.

»Was ist aus der Wasserleitung geworden?«, wollte Hartmann wissen.

Petra Grass zog ihn am Arm ein Stück herunter. »Die ist längst wieder abgerissen und wurde schon in den Sechzigern durch eine richtige Wasserleitung ersetzt. An Mayers Scheune ist noch hinten der offene Lauf der hölzernen Leitung zu sehen, und der Dorfbrunnen steht halt noch. Aber der ist auch längst verlandet.«

Sie riss sich plötzlich los und stürmte auf einen Wagen zu. Mit ein paar Fläschchen Kümmerling kam sie zurück. Sie reichte ihm eines und prostete ihm zu, machte ihn auf diese Freundin und auf jenen Bekannten aufmerksam.

Die Stimmung stieg, je länger der Zug dauerte. Von einem »Fest der verlogenen Freundlichkeiten«, wie sie es vor ein paar Tagen formuliert hatte, konnte er beim besten Willen nichts entdecken. Die Auendorfer feierten, wie Thüringer immer feierten: mit Umzügen und Festzelten, mit Bier und Bratwurst vom Rost. Aber vielleicht war allein der Umstand, dass die Auendorfer Hartmann heute freundlicher vorkamen als sonst, schon ein Hinweis auf die Spannungen im Alltag.

Jetzt war man bei der Motorisierung der Landwirtschaft durch die sogenannten Maschinen- und Traktorenstationen angelangt. Dort wurde nach der Bodenreform die Technik der enteigneten Güter verwaltet und gewartet. Die schrecklich lauten Lanz-Bulldogs wurden von grün lackierten Traktoren der Marke »Pionier«

und »Famulus« abgelöst. Mähbinder und Heuwender kündeten vom Fortschritt. Während sich Hartmann für die Technik interessierte, wurde Petra Grass zappelig.

Die Choreografen des Zuges hielten sich streng an die Chronologie des Geschehens. So folgte der Bodenreform unweigerlich die Kollektivierung. Hartmann kannte das schon von diversen anderen Umzügen auf dem Land. Wegen einer historischen Schenkungsurkunde aus dem Kloster Fulda gab es eine ganze Reihe von Dörfern, die um die Jahrtausendwende ihre 1125-Jahr-Feier zelebrierten; die Rundschau hatte nach einem Hintergrundbericht zu den geschichtlichen Ersterwähnungen eine ganze Serie zu diesen Jubiläen gebracht. Und überall hatten die Bodenreform, die Kollektivierung und später dann die Rolle der sogenannten Wiedereinrichter nach der Wende ein großes Gewicht im Umzug. Auendorf machte dabei keine Ausnahme.

»Komm, ich zeig dir noch die Buden für die Kinder.« Petra Grass zog ihn schließlich ungeduldig weg, ungefragt zum vertraulichen Du übergehend.

Zwischen der Kirche und der Gemeindeverwaltung war die Spielwiese der Schausteller, wobei sich deren Angebote in Grenzen hielten. Auf der Wiese vor der Gemeindeverwaltung war ein kleiner nostalgischer Kettenflieger aufgebaut, weitere Buden zeigten diesem den Rücken und gruppierten sich entlang der Straße und einer angrenzenden Gasse. Zuckerwatte und andere Süßigkeiten, eine Ballwurf-Bude, eine Los- und eine Schießbude hielten allerlei Kurzweil bereit, daneben standen ein Ausschankwagen der Brauerei und ein großer Grillrost. Ohne Wurst und Bier keine Feier in Thüringen.

Petra Grass führte sich wie ein Teenager auf, als sie Peter Hartmann davon zu überzeugen suchte, sich unbedingt an der Schießbude zu probieren. Nun, Peter war kein schlechter Schütze, wie er seit seiner Armeezeit wusste, doch sich zwischen die Halbstarken des Dorfs zu drängeln, war ihm dann doch ein bisschen peinlich. Nach zwei Schuss merkte er, in welche Richtung das Luftgewehr zog, und nach drei weiteren hätte es schon für einen kleinen Gewinn gereicht.

»Mehr noch, mehr«, bettelte seine Begleiterin und hüpfte vor

Freude. Ohne viele Worte ließ er sich das Gewehr noch einmal laden. Sie reichte ihm einen Kümmerling.

»Ich weiß nicht«, druckste er herum. So lange, bis er wieder nüchtern sein würde, wollte er nun doch nicht bleiben.

»Runter damit, das ist Zielwasser«, kommandierte sie kokett.

Das Fest in seiner Begleitung schien ihr außerordentlich Spaß zu machen, und er tat ihr den Gefallen. Sie fiel ihm um den Hals und küsste ihn auf die Wange, als er ihr seine Trophäe, einen Plüschhasen, schenkte.

Sofort stellte sich Petra erneut am Bierstand an, und sein vorsichtiges »Mir bitte keins mehr« wurde mit einer Handbewegung weggewischt.

»Papperlapapp, von zwei Bier ist hier noch keiner besoffen geworden. Im Notfall kannst du auch bei mir schlafen.«

Er schüttelte freundlich lächelnd den Kopf.

»Das werde ich nicht tun«, sagte er nett, aber bestimmt.

Sie zog einen übertriebenen Schmollmund und drückte ihm einen weiteren halben Liter Bier in die Hand.

Hartmann hatte das Gefühl, die anderen Gäste würden sich schon über sie als Paar lustig machen, und sah sich aufmerksam um. Da entdeckte er Steffen Hartung, den Mann, der dem Toten so ähnlich sah.

»Sagen Sie mal, der da drüben, in der Trachtenjacke, ist das nicht der Hartung?«, fragte er sie.

Petra Grass prustete derart los, dass sie beinahe Bier ausspuckte.

»Sag bloß, du kennst Steffen Hartung?«

Hartmann hob fragend die Augenbrauen.

»Was macht der?«

»Der hat einen Holzhandel bei Harleshausen. Früher war er sogar mal Gemeinderat hier.«

»Und deswegen feiert er hier mit?«

Jetzt lachte sie laut auf.

»Der feiert bestimmt nicht, dass er mal Gemeinderat war. Der hat sich ziemlich lächerlich gemacht und wurde auch nur einmal gewählt. Obwohl, der wurde gar nicht gewählt, der kam dann irgendwann als Nachrücker in den Gemeinderat. Nein, Hartung wohnt hier im Dorf. Drüben in der Eckartsbergaer Straße.«

»Was heißt, lächerlich gemacht?«

»Hartung ist ein Speichellecker. Der ist obrigkeitshörig, könnte man sagen. Was die da oben beschließen, ist für ihn alles richtig und korrekt. Der Witz ist, das war schon früher so, unter den Roten. Da war er sogar in der Partei und hat alles nachgebetet. Später wollte er dann in die CDU, als er merkte, dass die das Sagen haben. Die haben ihn aber nicht gelassen. Dann ist er in die SPD, die haben das Türchen als Erste geöffnet, glaube ich. Und als er dann im Rat saß, unter einem CDU-Bürgermeister, wohlgemerkt, war jedes Wort von dem das Manna vom Himmel.«

»Hmm«, machte Hartmann. »Und in der Kindergartensache damals?«

Petra Grass lachte wieder.

»Man merkt, dass du Journalist bist. Du stellst die richtigen Fragen zur richtigen Zeit«, sagte sie. »Als ob du wüsstest, dass der zum Kindergarten-Stammtisch gehört.«

»Kindergarten-Stammtisch?«

»Na ja, die Auendorfer nennen den so, seit damals. Das ist ein Stammtisch aus dem Sportlerheim. So ein richtiger Stammtisch ist das wohl auch nicht, eher eine Skatrunde. Den Namen haben die weg, weil dort der Hentzschel sitzt, das ist der Betreiber des Kindergartens, und auch der Raupach, das ist ein dahergelaufener Wessi-Anwalt, der den Kindergarten vertritt.«

»Okay«, sagte Hartmann. »Und wer gehört noch zu der Runde?«

»Na der Hartung. Ach ja, und der Waldhaus. Das ist der Ex von der Kathy, der Wirtin.«

Hartmann runzelte die Stirn.

»Wie darf ich das jetzt verstehen? Die Wirtin duldet ihren Ex am Stammtisch ihrer Kneipe?«

»Das darfst du nicht so eng sehen. Der Waldhaus ist ein Weichei, das Sagen in der Kneipe hatte schon immer sie. Und ob er nun da ist oder nicht, da steht sie drüber. Der kommt auch höchstens einmal die Woche, seit er rüber nach Reichstädt gezogen ist.«

Mit Gerald Eberwein tauchte ein weiteres bekanntes Gesicht in der Menge auf. Er schien an der Losbude vorbei direkt in ihre Richtung zu schlendern. Peter Hartmann drehte sich blitzschnell um und drückte dabei seine Begleiterin fast an die Wand. Die riss die Augen erstaunt auf.

»Der muss uns jetzt nicht unbedingt sehen«, flüsterte Hartmann.

In ihren Augen blitzte es auf.

»Gut«, sagte sie, ließ das Bierglas ins Gras fallen, schlang blitzschnell die Arme um Hartmanns Hals und presste ihren Mund auf seinen. Ihre Zunge suchte einen Eingang. Sie war sehr weich, feucht und erfahren. Hartmann ließ es geschehen. Sie presste ihren Körper an seinen. Dann drückte er sie wieder weg.

»Also wirklich«, sagte er, aber seine Empörung klang nicht sehr überzeugend. Sie hielt ihn an der Knopfleiste seines Hemdes fest und lächelte ihn glückselig an.

»Mehr davon«, sagte sie und leckte sich die Lippen. »Ich will heute noch mehr von dir.« Er roch das Bier in ihrem Atem und ahnte, dass sie mehr als genug hatte. Sie wollte nicht ihn, sie war einfach nur überhitzt, angetrunken und geil.

»Petra«, sagte er. Beim Sie zu bleiben erschien ihm nach diesem Kuss unsinnig. »Ich glaube nicht, dass das eine gute Idee wäre. Du weißt, dass ich verheiratet bin.«

»Ach komm schon«, lockte sie. »Zu Hause erwartet dich heute keiner, und es muss doch auch niemand erfahren. Nur einmal.« Ihre Hand wanderte zu seinem Hosenbund.

»Bitte«, fauchte er jetzt und nahm energisch ihre Hand weg. »Wenn du so weitermachst, redet noch heute das halbe Dorf über uns.« Er drehte sich um. Eberwein war verschwunden.

Petras Gesichtsausdruck veränderte sich. Hatte sie eben noch lüstern geschmollt, so sah sie nun beleidigt und verletzt aus.

»Dann eben nicht«, stieß sie hervor. »Wenn du es dir überlegst, du weißt, wo du mich findest. Ich leg mich jetzt eine Stunde hin, und heute Abend komme ich zum Tanz ins Festzelt.«

»Mach das«, sagte er behutsam. Er wollte jetzt keine Szene in der Öffentlichkeit.

Sie ließ nicht locker. »Es sei denn«, sagte sie gedehnt und verdrehte theatralisch die Augen, »du willst dich auch eine Stunde hinlegen.« Sie hielt ihm ihren Arm hin, er übersah ihn.

»Wir sehen uns vielleicht heute Abend«, raunte er ihr ins Ohr.

»Wie du willst«, sagte sie schnippisch und rauschte davon.

Hartmann stierte in sein Bierglas. Er war sich seiner Gefühle nicht sicher. Und er spürte auch schon einen leichten Schwips.

»Scheiß drauf«, sagte er dann, setzte den Humpen an die Lippen und leerte ihn in einem Zug. Er bückte sich, hob Petras Glas auf und ging zum Festzelt, um das Pfand wieder einzulösen.

Dort traf er dann erneut auf Gerald Eberwein, der sich wie ein Schneekönig darüber freute, dass sein neuer Freund nun doch zum Fest gekommen war. Überschwänglich erzählte er ihm seine Eindrücke vom Umzug, bevor er Hartmann auf ein Bier einlud und seinerseits enttäuscht reagierte, als der ablehnte. Eberweins Mutter war es dann, die den großen Mann wie ein Kleinkind behandelte und – steif wie ein Brett vor dem Biertisch stehend – ihn aufforderte, sofort nach Hause zu gehen.

Hartmann protestierte und wies die betagte Dame darauf hin, dass der sanfte Hundert-Kilo-Riese neben ihm schon bald fünfzig würde und wohl selbst entscheiden dürfe, wo und mit wem er seine Zeit verbringe. Doch Mutter Eberwein, die Lippen fest aufeinandergepresst, würdigte ihn keines Blickes. Und sein Banknachbar legte seine Hand vertraulich auf Hartmanns Unterarm und empfahl ihm, die Alte in Ruhe zu lassen, sie sei absolut beratungsresistent.

Mit seinem Nachbarn, einem Bauingenieur, der im Landratsamt Riedburg arbeitete, plauderte Hartmann dann eine Runde über die Vorzüge des Lebens auf dem Dorf, bevor er erneut Steffen Hartung sah, wie dieser sich in die Schlange an der Theke einreihte. Er verabschiedete sich von dem Ingenieur und stellte sich hinter Hartung. Der wurde noch von dem einen oder anderen freundlich gegrüßt, bevor er an der Reihe war. Auch Hartmann orderte ein Bier. Und noch bevor die Gläser voll waren, sprach er Hartung an.

»Sie müssen Herr Hartung sein.«

Der drehte sich um und musterte Hartmann.

»Ja, bin ich«, sagte er knapp. »Und Sie?«

»Mein Name ist Hartmann. Peter Hartmann von der Riedburger Rundschau.«

»Ja, ich hab schon von Ihnen gelesen«, sagte Hartung. »Was verschafft mir die Ehre?«

»Ach, eigentlich nichts. Sie waren mir nur aufgefallen, weil Sie jemandem ziemlich ähnlich sehen. Da habe ich mich nach Ihnen erkundigt und Ihren Namen erfahren.«

Er hob das Glas und prostete Hartung zu. Der stieß mit ihm an und nahm einen tiefen Zug.

»So. Die alte Leier wieder. Sie sind nicht der Erste, dem das auffällt«, sagte Hartung. Dann lachte er kurz auf. »Aber jetzt sehe ich ihm freilich nicht mehr ähnlich. Ich hoffe, dann hören auch die Verwechslungen auf.«

»Das ist Ihnen offenbar unangenehm.«

»Pffhh«, machte Hartung und zuckte mit den Schultern. »Eigentlich ist es mir wurscht. Es gab mal eine Zeit, da war es mir sogar sehr unangenehm, für Kahns Bruder gehalten zu werden. Das war, kurz nachdem man ihn enttarnt hatte. Sie wissen doch …« Er senkte vertraulich die Stimme.

»Ja, ich verstehe«, sagte Hartmann.

»Na dann ist ja gut.«

»Sagen Sie, Herr Hartung, Sie waren doch damals in diese unselige Geschichte mit dem Kindergarten involviert.«

»Wird das jetzt ein Interview«, brummte Hartung und kniff die Augen leicht zusammen.

»Mir geht da nur so eine Geschichte nicht mehr aus dem Kopf«, fuhr Hartmann fort, ohne die Frage zu beantworten.

Hartung musterte ihn misstrauisch.

»Was für eine Geschichte, hä?«, fragte er.

»Na ja … damals ist ja viel böses Blut geflossen.«

»Das können Sie laut sagen. Und alles nur wegen einer läppischen Backpfeife.«

»Na, inzwischen sieht man das wohl ein bisschen anders mit den Kindern als noch zu unserer Zeit«, gab Hartmann zu bedenken und nam seinerseits noch einen Schluck aus seinem Glas. »Aber um auf diese fixe Idee zurückzukommen: Ich meine, da hat sich doch eine Menge im Dorf aufgeschaukelt.«

»Hmm«, brummte Hartung.

»Da gab es Scheidungen und Intrigen, böse Streiche und Straftaten, da wird der Hass schon an die nächste Generation weitergegeben …«

»Na, nun mal langsam. Straftaten, Hass, also ich weiß nicht.«

»Genau da setzt meine Frage an.«

Hartung schaute ihn aufmerksam an.

»Nehmen wir mal an, nur mal angenommen: Jemand hat einen richtigen Rochus auf Sie, weil Sie damals so vehement die Positionen der Kindergartenleiterin und der Gemeinde vertreten haben. Könnte es da nicht sein, dieser Jemand will Ihnen noch heute ans Leder?«

»Worauf wollen Sie hinaus?«

»Als ich Sie das erste Mal auf einem Foto gesehen habe, hätte ich schwören können, Sie sind der Kahn. Jetzt stellen Sie sich mal vor, Sie sollten eigentlich an seiner Stelle sein.«

Hartung runzelte die Stirn. »Was reden Sie da für einen Quark daher. Wer sollte mir ans Leder wollen und warum? Das ist doch eine echt kranke Phantasie.« Er schaute Hartmann verächtlich an. »Auf so was können nur solche Schreiberlinge von der Presse kommen«, setzte er frustriert hinzu.

»Nur mal angenommen, das wäre so«, wollte Hartmann fortsetzen, doch Hartung unterbrach ihn.

»Gut jetzt, denk dir deine Geschichten mit sonst wem aus.« Er stand auf und schnappte seinen Bierkrug. »Kein Wunder, wenn nur Mist in der Zeitung steht.«

Hartung stapfte davon.

Peter Hartmann fasste sich an den Kopf. Ihm war leicht schwindlig. Er hätte doch nicht so viel trinken sollen. Fahren konnte er jetzt auf gar keinen Fall mehr. Vielleicht legte er sich einfach für eine Stunde in den Fond seines Wagens. Oder suchte sich am Waldrand ein schattiges Plätzchen. Wie wacklig er auf den Beinen war, merkte er erst beim Aufstehen. Meine Fresse, dachte er sich, drei Bier und ein paar Kümmerling – und das am Nachmittag. Er gab seinen Bierkrug ab und suchte sich einen Weg ins Freie.

Dicht an dicht standen die Burschen und die Männer um den Eingang des Festzeltes. Peter Hartmann bahnte sich einen Weg, als er auf einmal von hinten geschubst wurde.

»Mach mal Platz da«, maulte einer hinter ihm. Er stolperte nach vorne und rammte seinerseits einen jüngeren Mann.

»He«, rief der und drehte sich um. »Na wenn das nicht der Schmierfink ist, der hier immer so Sachen über unser Dorf schreibt.«

»Mal langsam, mal langsam«, protestierte Hartmann. »Ich bin geschubst worden, sorry, wenn ich angeeckt bin.«

Ein Dritter mischte sich ein. Ein Typ von vielleicht knapp vierzig Jahren im weißen T-Shirt und einer auffälligen nietenbesetzten Lederjacke, eine Spätausgabe von James Dean gewissermaßen.

»Du scheinst hier nur anzuecken, Schmierfink«, fuhr er Hartmann an.

»Sie müssen mich nicht beleidigen«, sagte Hartmann ungehalten und wollte sich vorbeidrängeln. Doch Lederjacke hielt ihn am Hemd fest.

»Ooch«, höhnte er. »Ist der Herr Schmierfink beleidigt?«

Hartmann wurde in den Rücken gestoßen und flog gegen Lederjacke. »Du beleidigst uns doch ständig mit deinem Geschmiere«, zischte der Typ ihn leise an.

»Ja, verpiss dich jetzt endlich.« Wieder ein Ruf von hinten.

Schnell hatte sich ein kleiner Kreis gebildet. Die Männer johlten.

Lederjacke kam mit seinem Gesicht ganz dicht an Hartmanns heran. Dann warf er den Kopf in den Nacken – fast schien es, er wolle nicken oder niesen – und verpasste Hartmann einen gewaltigen Kopfstoß.

Hinter dessen Stirn explodierten blaue und rote Kreise. Er wurde an der Schulter herumgerissen und bekam einen Hieb auf den Mund. Er spürte, wie augenblicklich seine Lippe platzte und warmes Blut über sein Kinn lief. Dann traf ihn eine Faust in den Magen, genau unter dem Sternum. Ihm blieb schlagartig die Luft weg, und er sackte zusammen. Dann spürte er Fußtritte. Dann gar nichts mehr.

Aus der Ferne drang eine Stimme durch den roten Nebel. Eine Frauenstimme. Schon älter. Entrüstet.

»Erst saufen sie sich voll, dann prügeln sie sich. Die sollen sich was schämen.«

Er musste weg hier. Unbedingt weg. Aber seine Beine gehorchten ihm nicht.

Als er das nächste Mal zu sich kam, lehnte er mit dem Oberkörper am Hinterrad seines Chryslers. Ihm war übel, und sein Kopf pochte. Ein paar Knöpfe an seinem Hemd fehlten. Die Lippe brannte höllisch. Sie war geschwollen und mit verkrustetem Blut bedeckt. Kotze musste auch dabei sein. So roch es zumindest. Es war schon dämmerig. Dennoch erkannte Hartmann, dass seine einst helle Jeans mit Dreck und Grasflecken übersät war. Er wusste nicht, wie er hergekommen war. Und er hatte Durst, schrecklichen Durst. Als er tief einatmete, merkte er, wie seine Rippen schmerzten. Du musst etwas trinken, sagte er sich. Etwas trinken und dich säubern. Plötzlich überkam ihn das heftige Verlangen nach einem Glas frischem, kaltem Wasser. Er schob sich an der Karosse seines Wagens in die Höhe. Verdammt, tat das weh. Er tastete seine Rippen ab. Offenbar war nichts gebrochen, der Schmerz war gleichmäßig stumpf.

Er sah sich um. Zwischen ihm und dem Dorf lag der Sportplatz. Und das Sportlerheim. Dort würde er Wasser bekommen.

Das fröhliche Lärmen in der Kneipe verstummte, als Peter Hartmann die Tür zur Gaststube öffnete. Die Hose verschmutzt, das Hemd herausgezogen und auf der Brust mit diversen Blutflecken versehen. Er hielt sich die Seite.

»Um Gottes willen«, sagte eine Frau.

Die Kneiperin, groß und kräftig, kam um die Theke geeilt.

»Geht es Ihnen gut? Soll ich einen Arzt rufen?«

Peter Hartmann schüttelte den Kopf.

»Keinen Arzt«, sagte er. »Ich würde mich nur gern ein wenig sauber machen.«

»Kommen Sie«, sagte die Wirtin und führte ihn zu den Toiletten. Aus einem Abstellraum holte sie ein frisches Handtuch.

»Hier«, sagte sie und drückte es ihm in die Hand. Sie sah seinen fragenden Blick. »Machen Sie nur, nehmen Sie das Handtuch. Das kann man waschen. Oder ich werfe es weg.« Sie ließ ihn allein.

Als er wieder in den Gastraum kam, wies sie ihm einen Platz an einem kleinen Zweiertisch in der Nähe der Theke an.

»Setzen Sie sich«, sagte sie in einem Ton, der keinen Widerspruch duldete. Sie stellte ein gefülltes Schnapsglas vor ihn hin. »Trinken Sie!«

»Ich hätte lieber ein Glas Wasser«, protestierte er schwach. Sie nickte, brachte ihm ein großes Glas stilles Wasser und wies erneut auf das Schnapsglas.

»Trinken Sie«, wiederholte sie.

»Was ist das?«

Sie lächelte schwach.

»Was Gutes«, sagte sie dann. »Wodka. Absolut. Aus dem Eisfach. Der wird Ihnen guttun.«

Er nahm einen tiefen Zug aus dem Wasserglas. Was für ein Durst, dachte er. Die Wirtin stand noch immer neben ihm. Er blickte sie von unten an.

»Na«, sagte sie.

Er stürzte den Schnaps in einem Zug runter. Er brannte, wärmte aber und tat ihm tatsächlich gut. Die Wirtin bediente wieder die Gäste, er wurde kaum noch beachtet.

Dann trat sie erneut an seinen Tisch. Diesmal setzte sie sich.

»Wollen Sie mir erzählen, was passiert ist?«

Er schüttelte den Kopf.

»Dann nicht«, sagte sie und stand wieder auf.

»Aber so einen Wodka können Sie mir noch bringen«, sagte er.

20

Sie zog die Zehenspitzen nach oben und streckte die Fersen richtig weit aus. Das tat gut. Sie hatte mal gelesen, dass Katzen nur deswegen so geschmeidig, so zäh und scheinbar so unverletzbar waren, weil sie sich nach jedem Aufstehen erst einmal ausgiebig dehnen und räkeln. So wollte sie es auch tun. Wie ein Kätzchen fühlte sie sich heute Morgen, ausgeruht, heiter und grenzenlos faul. Die leichte Decke war ein wenig beiseitegerutscht und ließ die Sonne auf ihrer Haut spielen – sie hatte nur in einem Slip geschlafen, weil sie es liebte, wenn der sommerliche Nachtwind sanft über ihre Haut strich. Sie fuhr sich mit der Zunge über die Zähne, schielte nach ihrem Wecker, dessen Zeiger bereits auf acht Uhr dreißig standen, und schlug mit dem Bein die Decke ganz weg.

Einen kurzen Moment lang spielte sie mit dem Gedanken, nach ihrem Buch zu langen, das griffbereit auf ihrem Nachttisch lag. Doch dann entschied sie sich anders.

Steffi Schmaerse schwang ihre Beine aus dem Bett und stand auf. Sie streifte ihren Slip ab und ging ins Badezimmer, wo sie die Dusche aufdrehte. Erst schön heiß zum Waschen, zum Schluss mit dem Mischhebel ganz nach rechts, bis sich die Haut schmerzend vor Kälte zusammenzog.

Auf ihr Handy blickte sie erst, nachdem sie die Kaffeemaschine eingeschaltet hatte. Drei Anrufe in Abwesenheit. Alle zeigten die Einwahlnummer der Inspektion, alle trugen die Eingangszeit der letzten Viertelstunde.

»Nö«, sagte sie laut. Wer immer dort am Telefon saß, er würde es noch einmal probieren müssen. Nachrichten, die wichtig sind, die finden dich auch, sagte sie in Gedanken einen Merksatz ihrer Selbstorganisation auf. Doch die Nachricht schien wichtig zu sein. Noch bevor sie die Tasse unter die Kaffeemaschine stellen konnte, klingelte das Handy erneut. Sie runzelte verärgert die Stirn.

»Ja«, meldete sie sich knapp, blickte an sich herunter und fühlte sich ob ihrer Nacktheit unangenehm berührt, gerade so, als wäre sie für ihren Gesprächspartner zu sehen.

»Döring, Einsatzzentrale. Ich störe Sie nur ungern, Frau Schmaerse, aber ich glaube, hier ist eine Besucherin, die Sie sich anhören wollen.«

Eine steile Falte grub sich in Schmaerses Stirn. Nein, sie wollte ihre gute Laune noch nicht aufgeben.

»Was will sie?«, fragte sie den Polizeiführer vom Dienst.

»Sie gibt vor, Aussagen zum Fall Kahn machen zu wollen. Es geht um einen Herrn Kröger.«

Steffi Schmaerse war wie elektrisiert.

»Sagen Sie ihr, ich komme auf jeden Fall. Sie möchte bitte warten. Ich bin in spätestens zwanzig Minuten da.« Sie biss sich auf die Unterlippe. Dann huschte sie ins Schlafzimmer und zog sich hastig an.

Die Besucherin war blutjung, Schmaerse schätzte sie auf höchstens zwanzig. Was hatte die mit Kröger zu schaffen, fragte sie sich, während sie auf die junge Frau zusteuerte. Sie trug ein Fähnchen von einem kurzen Sommerkleid, weiß mit großen tiefroten Kirschen, war ziemlich zierlich und hatte schon fast krankhaft blasse Haut. Dafür strahlten ihre Augen in einem so intensiven Blau, als trüge sie farbige Kontaktlinsen. Sie stand rasch auf, als Schmaerse näher trat, sie war höchstens einen Meter fünfundfünfzig groß.

»Entschuldigen Sie bitte, dass Sie so lange warten mussten«, sagte sie und reichte ihr die Hand. »Schmaerse, Kripo Riedburg.«

»Das macht nichts«, sagte die Besucherin und schlug die Augen nieder. »Ich hatte sowieso nichts vor.«

»Kommen Sie«, sagte Schmaerse.

Der Diensthabende drückte den Summer und gab die Tür frei. Schmaerse bog gleich nach links ab in eins der Vernehmungszimmer. Sie bot ihrer Besucherin einen Stuhl an, fuhr prophylaktisch den Rechner hoch und holte ihr Notizbuch aus der Handtasche.

»Mir wurde gesagt, Sie wollen eine Aussage machen?«

»Ja, das will ich«, sagte die junge Frau und mied wieder den direkten Blickkontakt.

»Dann sagen Sie mir bitte zunächst, wer Sie sind.«

»Ich bin Mairin Groß, Mairin mit a, achtzehn Jahre alt, wohnhaft in Riedburg, Friedensstraße 37.« Das kam wie aus der Pistole geschossen.

»Und was führt Sie zu mir?«

»Ich möchte eine Aussage zu Andreas Kröger machen.«

Steffi Schmaerse hob eine Augenbraue an, um überrascht zu tun.

»Zu Herrn Kröger, so, so. Was wollen Sie denn aussagen?«

Die Kleine, die Groß hieß, holte tief Luft.

»Also«, fing sie dann an. »Es geht genauer gesagt um das Alibi vom Herrn Kröger für den 2. und 3. Juli. Da war ich nämlich mit ihm zusammen.«

Schmaerse ließ der jungen Frau Zeit, weiterzureden. Doch die schwieg. Die glaubte doch nicht etwa, die Polizei würde sich damit zufriedengeben. Schmaerse zog ein Pokerface und blickte ihr unverwandt in die Augen. Es wirkte.

»Also, Sie ermitteln doch gegen Andreas. Also gegen Herrn Kröger, oder?«

Was für eine Geschichte willst du mir hier auftischen, fragte sich Schmaerse. Und nickte.

»Na ja, also ich war mit ihm am 2. und am 3. Juli zusammen.« Die Kleine wurde unsicher.

Schmaerse blickte sie weiter an. Was macht so ein junges Huhn wie du mit einem so alten Knacker wie dem Kröger?

Laut aber sagte sie: »Das müssen Sie schon ein wenig deutlicher ausführen, Frau Groß.«

Die Angesprochene rutschte unruhig auf ihrem Stuhl hin und her. Sie machte zumindest nicht unmittelbar den Eindruck, als würde sie lügen.

»Na ja, was heißt erklären. Also der Herr Kahn wurde doch in der Nacht erschlagen. Und in der Nacht …« Sie brach ab.

»Ja?« Schmaerse dachte nicht daran, ihr zu helfen. Wenn die Zeugin was zu sagen hatte, dann musste sie es selbst sagen. Aber offensichtlich war es ihr unangenehm.

»Also. Ich war in der Nacht mit Herrn Kröger zusammen.« Jetzt erst blickte sie Schmaerse in die Augen. Kurz, aber fest.

»Wo?«

»Bei ihm zu Hause.«

»Und wo ist das?«

Mairin Groß schaute die Kommissarin überrascht an.

»Sie glauben mir nicht, stimmt's?«

»Das spielt zunächst gar keine Rolle, Frau Groß. Ich versuche nur, die Wahrheit zu erfahren.« Das sollte nicht grob klingen, die Frau war schüchtern genug.

»Ich will ja alles sagen.«

»Na dann.« Schmaerse lächelte sanft. »Wo waren Sie in der Nacht?«

»Bei Herrn Kröger in Harleshausen. Ich war die ganze Nacht dort.«

Schon wieder lag Schmaerse die Frage nach der Art der Beziehung auf der Zunge. Doch die würde noch kommen. Anderes war wichtiger.

»Wann sind Sie bei ihm eingetroffen?«

»Also wir sind zusammen hingefahren. Ich habe ihn abgeholt von einer Veranstaltung in Jena.«

»Wann war das?«

»Ich sollte um zehn Uhr am Volkshaus sein. Sollte in der Hoteleinfahrt gegenüber halten. Das habe ich auch gemacht. Kurz danach ist Herr Kröger aus dem Volkshaus gekommen.«

»Was hat er dort getan?«

»Ich weiß nicht, irgendeine Veranstaltung, vielleicht beruflich.«

»Wie ging der Abend weiter?«

»Also, ich habe ihn unmittelbar nach Hause gefahren.«

»Und sind dann wohin?«

Wieder schaute Mairin Groß die Polizistin etwas verstört an.

»Wie jetzt, wohin? Ich bin auch dortgeblieben.«

»Über Nacht?«

»Ja.« Sie schaute zu Boden und wurde knallrot.

Genau der richtige Moment.

»Was für eine Art Beziehung pflegen Sie zu Herrn Kröger?«

Mairin Groß blickte kurz auf, fixierte dann wieder einen imaginären Punkt auf dem Boden. Nach einer Weile holte sie tief Luft.

»Sie können es sich ja sicher schon denken: Wir sind … also wir sind so etwas wie ein Paar.«

»So etwas wie? Erklären Sie mir das bitte.«

»Wir sind zusammen, aber mehr heimlich.«

»Warum heimlich? Sie sind erwachsen, Sie können sich Ihren Partner frei wählen ...«

Groß sagte nichts.

»Ist es wegen dem Altersunterschied?«

»Ja. – Das heißt nein. Nicht nur.«

»Schämen Sie sich, mit einem Mann zusammen zu sein, der Ihr Vater sein könnte.«

Wieder dieser kurze Blick.

»Es darf halt niemand wissen.«

»Warum?«

»Mein Vater würde das nicht gutheißen.«

Eine plausible Erklärung. Die meisten jungen Frauen in dem Alter wohnten noch zu Hause, und die Eltern hatten da ein gehöriges Mitspracherecht.

»Sie wohnen noch zu Hause, und Ihr Vater hat kein Verständnis?«

»Ja. Er darf das auch nicht erfahren. Das müssen Sie mir versprechen.«

Steffi Schmaerse hob wieder die Augenbraue. Sie lächelte verständnisvoll.

»Ist er denn wirklich so schlimm?«

»Nein. Eigentlich nicht. Aber es ist ...«

»Na?«

»Mein Vater ist der Chef von Herrn Kröger.«

Steffi Schmaerse war irritiert. Damit hatte sie nicht gerechnet.

»Ihr Vater ist ...?«

Groß nickte.

»Mein Vater ist Geschäftsführer der Riedburger Brauerei.«

Schmaerse stand auf und ging langsam und nachdenklich ans Fenster. Sie brauchte ein paar Sekunden, um die Information zu verarbeiten. Sie blickte hinunter auf die Straße, fand aber nicht, was sie suchte.

Schließlich sagte sie: »Okay, das erklärt natürlich einiges.«

»Danke«, sagte die junge Frau.

»Herr Kröger hat uns nichts von Ihnen erzählt. Mehr noch, er behauptet, die Nacht allein verbracht zu haben.«

»Sehen Sie! Er will auch nicht, dass das bekannt wird.«

Schmaerse überlegte einen Augenblick.

»Das ist natürlich absolut Ihre Angelegenheit«, sagte sie dann. »Aber wir werden nicht umhinkommen, Herrn Kröger damit zu konfrontieren. Wir ermitteln nicht in Liebesdingen, wir ermitteln in einem Mordfall.«

»Nein«, rief Groß erschrocken aus. »Der darf gar nicht erfahren, dass ich hier war.«

»Frau Groß.« Schmaerse bemühte sich um einen beruhigenden Tonfall. »Sie geben einem Tatverdächtigen ein Alibi. Wer sagt mir denn, dass das, was Sie mir hier erzählen, nicht nur erfunden ist, um Ihren … Freund zu entlasten?«

»Dann vergessen Sie eben alles.« Jetzt klang sie richtig trotzig.

»Nein, das werde ich nicht tun. Es ist auch unsere Pflicht, Verdachtsmomente auszuräumen. Ohnehin hatte ich schon so leise Zweifel, ob Herr Kröger die Tat noch immer anzulasten ist.«

»Ja?« In den Augen der jungen Frau sah die Polizistin Hoffnung aufblitzen.

»Noch mal, Frau Groß: Sagen Sie mir bitte die Wahrheit. Sie werden unter Umständen eines Tages vom Richter befragt, und wenn Sie den anlügen, machen Sie sich selbst strafbar. Es hilft Ihrem Freund nichts, wenn Sie mir hier ein Märchen auftischen.«

»Es ist die Wahrheit.«

»Gut. Ich will Ihnen glauben. Sie haben uns sehr geholfen.«

Schmaerse begleitete ihre Besucherin wieder bis zur Pforte und hielt ihr freundlich die Tür auf.

»Ach, Frau Groß«, sagte sie dann.

»Ja?« Die Angesprochene drehte sich noch einmal um, sodass der Saum ihres Kleides in eine anmutige Schwingung versetzt wurde.

»Eine Frage hätte ich noch: Was fahren Sie für ein Auto?«

»Einen Opel Tigra. Warum?«

»Und die Farbe?«

»Rot. Ist das wichtig?«

»Nein, nur so«, sagte Schmaerse und ließ die Tür los.

Sie lehnte ihre Stirn an die Scheibe und sah der jungen Frau hinterher. Sie bewegte sich mit der Spannkraft der Jugend, sie war zweifellos das, was Schmaerses Vater einen »flotten Käfer« genannt hätte.

Was, zum Teufel, wollte ein so junges Ding von einem alten Knacker? Das fragte sie sich nicht zum ersten Mal in ihrem Leben. Aber verstehen würde sie es wohl nie.

21

Schmerz.

Großer Schmerz.

Wenn das Pochen in seinem Schädel wirklich nur das Blut war, das im Rhythmus des Herzens durch die Adern rauschte, dann müsste man diese Adern wie dicke Stricke auf seinem Kopf ertasten können.

Er versuchte es nicht, weil es sinnlos gewesen wäre. Er spürte seine Arme nicht. Aber er ahnte, dass es schwer sein würde, sie anzuheben. Immerhin, er lebte. Sonst würde es nicht so pochen.

Er machte auch die Augen nicht auf, er musste nichts sehen, um diesen unerträglichen Schwindel zu spüren.

Und sein Mund. Eine Metapher von Raymond Chandler fiel ihm dazu ein. Er liebte Raymond Chandler. »Ich wachte auf und hatte eine Flanelldecke im Mund«, hatte der mal geschrieben. Oder war es nicht Chandler? Doch. Der schrieb immer solche Sprüche. Heute würde man ihn vermutlich eine *coole Sau* nennen.

Die Zunge. Von wegen Muskel. Sie war ein geschwollener Fremdkörper in seinem Mund, der ihm nicht gehorchen wollte.

Der verdammte Schwindel. Wenn sich das Bett drehen würde, nur zur Seite drehen würde, dann wäre es wie eine lustige Karussellfahrt. Aber es war immer dasselbe: Das Kopfende kippte nach hinten weg, unablässig wurde er rückwärts nach unten gedreht. Kein Zweifel. Er war betrunken.

Vielleicht sollte er doch die Augen öffnen. Einen Punkt an der Wand fixieren. Da hing so ein Bild. Eine Frau mit rotem Schal. Er müsste nur den roten Schal anstarren, dann würde der Schwindel nachlassen.

Er begann, die Augenlider zu heben. Die Männer in seinem Kopf arbeiteten härter. Aber der Schleier hob sich. Doch er fand den roten Schal nicht. Er fand auch das Bild nicht. Die Wand war … holzgetäfelt. Hieß das holzgetäfelt? In seinem früheren Leben hatte er einmal einen Bungalow im Garten, der hatte solche Wände. Ja. Feder und Nut. Und man musste das geschickt ineinanderklemmen und mit kleinen Nägeln heften.

Der Hammer war direkt in seinem Kopf.

Aber wo waren die Nägel?

Und wo war das Bild? Das mit der Frau und dem roten Schal.

An dieser Wand hier hing ein viel kleineres, mit dunklem Holzrahmen. Aus Stoff war es. Gestickt. Kreuzstich. Es zeigte rote Dächer und einen weißen Kirchturm. Der kippte unablässig nach hinten. Er musste kotzen.

Seine Mutter hatte Kreuzstich gestickt. Auch solche Bilder. Grottenhässlich.

War er bei Mutter?

Was habe ich getan?, fragte er sich. Wo bin ich?

Dann träumte er wieder eine halbe Stunde.

Diese Frau im Garten. Sie hatte superkurze Hosen an. Und sie hatte kräftige, geile Schenkel. Sie roch nach Sonne und nach Schweiß. Sie griff ihm in den Schritt.

Petra?

Das Fest!

Oh Gott, er war doch bei ihr gelandet. Bei Petra Fragnichtlang.

Er beschloss, einen Arm zu heben und neben sich zu tasten. Vielleicht lag sie ja da. Vielleicht schlief sie noch. Er musste hier raus.

Der Arm schmerzte. Wieder so ein Satz von Chandler: »Ich fühlte mich wie das Taschentuch eines Klempners.«

Rechts neben ihm war eine Wand. Sie war angenehm kalt. Links von ihm war das Bett zu Ende. Ein Einzelbett. Er würde sich nicht umdrehen können, ohne herauszustürzen. Ob da ein Kotzeimer stand?

Vielleicht träumte er ja auch nur.

Durst.

Er bekam Durst. Ein gutes Gefühl. Die Lebensgeister kamen wieder.

Er riss die Augen auf und versuchte, sich zu konzentrieren. Nachdem er den schmerzenden Kopf vorsichtig gedreht hatte, nahm er seine Umwelt wahr.

Links von ihm stand auf dem Nachttisch eine kleine achteckige

Schirmlampe. In das halb transparente Glas waren Szenen eines mittelalterlichen Marktes geätzt. Das sah schön aus. Und teuer. Weiter vorn stand ein kleiner Schreibtisch unter einem Fenster. Er kannte weder die Lampe noch den Schreibtisch. Es machte nicht klick. Die Wand zu seinen Füßen hatte links einen Kleiderschrank – ebenso wie der Schreibtisch sah das alles so steril aus wie eine Hoteleinrichtung. Wäre es weiß oder grau, hätte es auch ein Krankenhaus sein können. Rechts im Blick verschwand der Rest des Zimmers hinter einer Ecke. Es könnte auch ein Bad sein. Nein, er hatte nicht die geringste Ahnung, wo er sich befand.

Er tastete an sich herum … er hatte noch ein Unterhemd an und seine Boxershorts. Hoffentlich hatte er die in der Nacht anbehalten. Er sank wieder in die Kissen.

Nur ein bisschen noch, sagte er sich, und schlummerte wieder ein.

Er hatte einen wirren Traum. Ein Mann tauchte darin auf. Er stand neben ihm und redete auf ihn ein. »Raupach«, sagte er. »Thorwart Raupach. Kanzlei Olmütz, Raupach und Schimmelbarth, Riedburg. Ich weiß nicht, wer Ihnen das angetan hat, aber wenn Sie einen Anwalt brauchen …« Dann dröhnendes Gelächter. Ein anderer Mann. Er war auch betrunken, hielt sich an seiner Tischkante fest. »Der kriegt nichts mehr«, lallte er mit schwerer Zunge. Eine Frau: »Ich weiß das auch selbst, dass der hier keinen mehr abkann.« Der Mann wieder: »Ob ich ihm ein Taxi rufe?« Die Frau: »Lass mal, Ingo, ich kümmere mich selbst um ihn.« Sie fasste mit zwei Händen an die Knopfleiste ihrer Bluse. Mit einem langen Ratsch riss sie den Stoff auseinander. Es wurde taghell. Der Anblick blendete ihn.

»Na mein Freund, Zeit zum Aufstehen«, dröhnte eine tiefe Frauenstimme ganz in seiner Nähe.

Er öffnete die Augen. Dem Ratschen der Gardinen folgte das Knarren, als die Frau beide Fensterflügel öffnete. Sie war groß und kräftig, hatte derbe Jeans an und ein kariertes Hemd, eigentlich ein Männerhemd. Ihre Haare waren lang und von einem so schmutzigen Rot, dass es nur die echte Farbe sein konnte.

»Mein Kopf«, sagte er.

Sie lachte wieder, so dröhnend, dass es schmerzte.

»Ja, und übel ist Ihnen außerdem, stimmt's?«

»Klar«, sagte er matt.

»Das ist kein Wunder, bei dem, was Sie gestern noch gesoffen haben.«

»Und Sie sind …?«, begann er unsicher.

»Kathy. Kathy Waldhaus«, sagte sie leicht belustigt und verschränkte die Arme. Die Frau hatte ein enormes Kreuz und war bestimmt einen Meter achtzig groß.

»Sie haben mir also das Leben gerettet.«

»Ich bin die Wirtin hier, ich habe nur gemacht, was notwendig war. Zumindest vor ein paar Peinlichkeiten habe ich Sie bewahrt.«

»Peinlichkeiten? Habe ich etwa … habe ich mich … anständig benommen?«

Sie lachte und winkte ab. »Ach das. Ja, anständig sicher. Man hätte dir eine siebzehnjährige Jungfrau auf den Bauch legen können, und du wärst ebenso reglos liegen geblieben. Mal abgesehen davon, dass ich dich ins Bett bringen musste.«

Er schielte nach seiner Kleidung, die schmutzig, aber ordentlich auf dem Stuhl vor dem Schreibtisch lag. Es war ihm peinlich. Sie folgte seinem Blick und schien wieder belustigt.

»Ja, ich hab dich auch ausgezogen. Aber da war nichts, was ich nicht schon kannte.«

»Danke«, sagte er kleinlaut.

»Ich schreib's auf die Rechnung«, tat sie die Sache ab. »Jetzt aber raus. Hier ist ein Bad, da kannst du dich frisch machen. Und dann mache ich dir ein herzhaftes Frühstück.« Sie ging nach draußen, wobei sie das Bein leicht nachzog.

Peter Hartmann war sich nicht sicher, ob ihm schon nach Essen zumute war. Dankbar war er dennoch, auch wenn es ihn unangenehm berührte, dass diese Frau da, die mit Sicherheit zehn Jahre jünger war, ihn behandelte wie damals seine Mutter, wenn er nach einer Kirmes mit einem Kater aufwachte. Er seufzte und begann, in Zeitlupe aufzustehen – ihm schien, als schmerze jeder Knochen.

Erst als er sich im Bad im Spiegel betrachtete, erwachten die Erinnerungen an das Fest am gestrigen Tage, an den Alkohol, an

Petra Grass, an die Schlägerei. Nur das Folgende blieb halb im Nebel verborgen.

Die Wirtin hatte ihm in der Gaststube einen Platz eingedeckt, an einem Tisch gleich neben dem Tresen. Offenbar hatte das Sportlerheim noch geschlossen. Die Stühle standen auf den Tischen und streckten ihre Beine stachelig nach oben. Die Fenster waren weit geöffnet.

Es duftete verführerisch. Peter Hartmann roch Rührei und Speck, Toast und Kaffee. Die Frau hatte richtig geraten, was seine Frühstücks-Vorlieben anbetraf. Er mochte lieber Wurst statt Marmelade. Er hatte bei einem Kurzurlaub in Hamburg sogar einmal den Tag mit einem feuchten, kalten Fischbrötchen begonnen. Kathy Waldhaus kam aus der Küche, eine Pfanne in der Hand. Sie füllte ihm den Teller. »Wenn es dir bekommt, gibt es nachher noch einen Rollmops«, sagte sie, »das ist gut gegen den Elektrolyt-Verlust durchs Saufen.« Konnte die Gedanken lesen, fragte er sich misstrauisch.

Während die Wirtin eine Kanne Kaffee und zwei Kaffeebecher holte, nahm er sich die Zeit, sie zu mustern. Alles an ihr war groß: Die Füße, die Hände mit langen, aber kräftigen Fingern, die Brüste, die Schultern, ja sogar der Mund war breit und grob geschnitten. Ihr Gesicht sah einigermaßen verlebt aus. Das wird wohl der Beruf sein, dachte er. Aber Augen hatte sie wie zwei Smaragde. Nicht nur, dass sie von einem außergewöhnlich tiefen Grün waren, sie schienen auch je nach Modulation der Stimme regelrecht aufzuleuchten wie das magische Auge eines alten Röhrenradios. Geradezu unheimlich war das.

»Na iss«, forderte sie ihn auf. Sie drehte einen Stuhl um, sodass er mit der Lehne zum Tisch stand und setzte sich rittlings darauf, ihren Kaffeebecher in der Hand.

Peter Hartmann begann zu essen. Erst zaghaft, wie um zu testen, ob er überhaupt einen Bissen herunterbekam. Aber seltsamerweise hatte er richtigen Hunger und war auch einigermaßen bei Appetit. Und das Rührei hätte er selbst nicht besser hinkriegen können, und dabei hielt er sich für einen Spezialisten.

Kathy Waldhaus schien es zu freuen, wie er reinhaute.

»Willst du mir erzählen, wer dich so zugerichtet hat?«, fragte sie und machte mit ihrem Kaffeepott eine vage Bewegung in seine Richtung.

»Das ist schwer zu sagen«, antwortete er mit vollem Mund, schluckte dann runter und nahm einen Schluck Kaffee. »Ich kenne die Typen nicht. Das ist rasend schnell gegangen. Ich habe mich durch das Gedränge vor dem Festzelt gewühlt, bin von hinten auf einen anderen geschubst worden, der fühlte sich provoziert, und bevor ich was erklären konnte, bekam ich was auf die Fresse.« Er betupfte sich mit dem Finger die Lippe.

»Hmm.« Sie nickte. »Klingt wie ein abgekartetes Spiel.«

»Beschimpft haben sie mich noch, wegen meiner Arbeit.«

»Du bist der Journalist aus Riedburg, stimmt's?«

Hartmann nickte, den Mund voll mit köstlichem Rührei.

»Dann klingt es nicht nur wie ein abgekartetes Spiel, dann war es eins. Du hättest gar nicht ins Festzelt gehen dürfen. Die wollten dir ans Leder. Hattest du vorher schon mit jemandem Streit?«

Hartmann nickte wieder. »Hartung«, nuschelte er.

»Ha!«, rief sie aus und schlug mit der Faust auf den Tisch, dass der Teller ein Stück hochhüpfte. »Da hast du dir genau den Richtigen ausgesucht. Die fiese Ratte. Der hat die Jungen wahrscheinlich richtig heiß auf dich gemacht.«

»Aber warum?«

»Es gibt viele hier im Dorf, die dich nicht mögen. Du bist ein Eindringling, du rührst zu viel in der Vergangenheit.«

»Ach, das ist schon bis zu dir vorgedrungen.«

»Schätzchen, ich führe hier eine Kneipe. Ich weiß so was immer als Erste.«

»Und warum ist Hartung eine fiese Ratte? Du bist nicht die Erste, die mir das erzählt.«

Sie warf den Kopf nach hinten und lachte, doch es klang falsch.

»Petra, nicht wahr? Das hat dir Petra erzählt.«

Er nickte verunsichert. Wer weiß, was sie von ihm dachte, auch in Sachen Petra.

»Hartung«, sagte sie dann, fast verträumt. »Dem müssten sie mal die Fresse polieren. Aber gründlich.«

»Was ist mit Hartung?«, insistierte er.

Sie blickte ihn prüfend an.

»Na schön«, sagte sie schließlich. »Vertrauensvorschuss für dich. Schließlich habe ich dich gestern ins Bett gebracht.« Sie lachte wieder. »Hartung ist ein Dreckschwein. Nach außen hin mimte er gern den feinen Herrn Gemeinderat. Aber Hartung ist eine Made, einer, der sein Fähnchen immer in den Wind hängt und der sich von jedem beeinflussen lässt. Mir muss keiner was über Hartung erzählen. Keiner. Der saß hier jahrelang am Stammtisch. Gemeinsam mit Hentzschel, Raupach und Waldhaus.«

»Waldhaus?«

»Mein Ex. Kennst du nicht, muss dich auch nicht interessieren.«

»Und der Name Raupach sagt mir auch was. Ein Anwalt, nicht?«

Sie stutzte einen Moment, brach dann wieder in eine donnernde Lachsalve aus und schlug sich auf die Schenkel.

»Daran erinnerst du dich. Mannomann. Du hast ihn gestern Abend kennengelernt. Aber du warst schon dermaßen blau …«

Er überstand den peinlichen Moment. Vor dieser Frau, so hatte er das Gefühl, musste ihm gar nichts peinlich sein.

»War dein Ex mal hier Kneiper?«, fragte er ganz unbefangen.

Sie wurde schlagartig wieder ernst.

»Der hat mal so getan, ja. Aber der war sein bester Gast, da habe ich ihn dann abgelöst. Sonst wäre das alles hier den Bach runtergegangen. Der hockte nur mit den anderen dreien dort in der Ecke, hat Karten gespielt, gesoffen und die Gäste vernachlässigt. Ich war in der Küche, und wenn er blau war, durfte ich auch noch die Gäste bedienen.«

»Aber du scheinst dich ja durchgesetzt zu haben.«

»Ich setz mich immer durch«, sagte sie und durchbohrte ihn mit einem Blick aus ihren grünen Augen.

»Ja, du warst mal eine erfolgreiche Sportlerin, Petra hat mir so was erzählt.«

Kathy Waldhaus setzte sich aufrecht hin.

»Ja«, sagte sie kurz angebunden. Dann stand sie auf, ging zum Tresen, nahm ein Geschirrtuch und putzte vor sich hin.

»Fußball«, hakte er nach. »Hattest du nicht Fußball gespielt?«

»Gespielt?« Sie warf sich das Handtuch über die Schulter, kam wieder zum Tisch, setzte sich und schenkte ihm Kaffee nach. »Gespielt? Ich war eine Fußballgöttin. Ich war im Sturm. Mich hat nichts und niemand aufgehalten.«

Er nickte anerkennend. Ballsportarten gingen völlig an ihm vorbei, aber er wusste um den Hype, der den erfolgreichen Frauenfußball in Deutschland seit Jahren begleitete.

»Hat dir Petra auch gesagt, warum ich aufgehört habe?« Sie spielte mit dem Zipfel des Handtuchs.

»Ein Trainingsunfall oder so?« Hartmann ließ die Antwort halb in der Luft hängen, er konnte sich nur noch vage daran erinnern.

Kathy Waldhaus schenkte sich ebenfalls Kaffee nach. Sie zog aus der Gesäßtasche ihrer Jeans eine zerknitterte Packung Zigaretten und ein Feuerzeug. Als sie »Darf ich?« nuschelte, hatte sie die Kippe schon im Mund und knipste das Feuerzeug an. Hartmann beobachtete sie fasziniert – ihn befiel ebenfalls das Verlangen nach einer Zigarette.

»Auch eine?« Sie hielt ihm die Schachtel hin, sie konnte wirklich Gedanken lesen.

Hartmann rang lange mit dem inneren Schweinehund, blickte der Wirtin in die grünen Augen und dann wieder auf den Filter der direkt vor seinen Augen verführerisch aus der Schachtel ragenden Zigarette.

»Hm?«, fragte sie und stupste die Packung weiter zu ihm hin.

Dann hatte er sich wieder in der Gewalt.

»Jetzt nicht«, sagte er so beiläufig wie möglich.

»Ich hab schon als Mädchen Fußball gespielt«, fing sie wieder mit dem Thema an, stopfte die Packung Zigaretten in die Tasche, blies genussvoll eine Rauchwolke in Richtung Decke und schaute ihr verträumt hinterher. »Ich habe in der Jungs-Mannschaft gespielt, später dann richtig bei den Frauen in der Liga. In Jena, beim USV. Die sind heute Bundesliga. Da könnte ich dabei sein.«

In deinem Alter sicher nicht mehr, dachte sich Hartmann, schwieg aber.

»2001 habe ich aufgehört, als mein Junge auf die Welt kam. Zwischenzeitlich musste ich die Kneipe übernehmen. Und als ich 2004 wieder mit dem Training anfangen wollte, tja«, sie schnipste mit dem Finger, »da zog ich mir einen komplizierten Bruch zu. Sprunggelenk.« Sie machte eine Pause, zog wieder leidenschaftlich an der Zigarette und machte Hartmann damit fast eifersüchtig.

»Im Jahr darauf ließ ich mich von meinem Arsch von Mann scheiden, und seitdem steh ich hier sozusagen hauptberuflich hinter dem Tresen.«

»Machst du in Sachen Sport noch was?«

»Wie denn?«, fragte sie mit vorwurfsvollem Unterton. »Den Knöchel kann ich nicht mehr belasten.«

Sie stand auf und nahm ihm den Teller weg.

»Ich muss jetzt auch langsam. Ich öffne gleich. Die trinkfesten Auendorfer verlangen nach ihrem Frühschoppen.«

Hartmann nickte und fragte sich, ob er schon fahrtüchtig war. Wahrscheinlich nicht. Aber er musste nach Hause. Nicht nur, um seine Klamotten in Ordnung zu bringen. Er hatte auch für die tägliche Heimatseite der Montagsausgabe den ohnehin ungeliebten Job übernommen, vom Auendorfer Quellenfest zu berichten. Was würde er schreiben? Eine Wächterpreis-verdächtige Hintergrundstory würde es mit Sicherheit nicht werden. Aber die Bedeutung des Festes, der prächtige Umzug, die Namen der Honoratioren und ein paar schmückende Adjektive zum Rahmenprogramm sollten für das Prädikat »Heimatpflege und Brauchtum« ausreichen. Die Menschen wollen sich im Blatt wiederfinden, predigte Chefredakteur Grieshaber immer, und in diesem Fall, so wusste Hartmann aus Erfahrung, hatte er vollkommen recht.

Vielleicht würde er auch die Schlägerei erwähnen, das war er seinem verletzten Ego schuldig. Nur seine eigene Verwicklung würde nicht in der Zeitung erscheinen – sie ging die Leser nichts an. Und die Redaktion würde er in seinem Zustand ganz sicher nicht betreten. Es reichte völlig aus, wenn er sich morgen dem Gespött der Kollegen preisgab. Die Lippe würde bis dahin vielleicht wieder auf Normalmaß abgeschwollen sein. Aber ein Veilchen bekam er mit Sicherheit. Und die Stelle darüber, an der der kleine Riss in der Augenbraue zu nässen begann, wäre auch noch zu sehen.

Als Kathy Waldhaus ihm den Zettel mit der Rechnung auf einem kleinen Unterteller brachte, glaubte er ein drittes Mal, dass sie Gedanken lesen könne.

»Wirst du damit zur Polizei gehen?«, erkundigte sie sich und deutete auf sein Gesicht.

»Bestimmt nicht wegen einer Kirmesschlägerei. Ich habe niemanden von den Typen gekannt. Und wenn die Bullen hier anfangen, auch deswegen noch rumzufragen, brauche ich mich gar nicht mehr herzutrauen.«

Kathy Waldhaus grinste.

»Die Übernachtung hab ich dir nicht aufgeschrieben. Nimm die mal als Samariterdienst. Scheinst doch kein so übler Kerl zu sein.«

»Na hör mal«, sagte Hartmann leicht pikiert, kramte den Rest der zerknüllten Geldscheine aus der Hemdtasche, sah erfreut, dass es reichte, und rundete großzügig auf.

22

Er hatte es ja gewusst. Das Veilchen rings um das Auge war jetzt richtig aufgeblüht. Während es gestern Morgen in der Kneipe noch in einem kräftigen Rot glänzte, hatte es sich inzwischen ein wenig in Richtung Blau verfärbt, vor allem über dem Jochbein. Es würde nicht ohne Gespött abgehen. Wenn er sich konzentrierte, dann konnte er die lästernden Stimmen der Kollegen schon jetzt hören.

Nachdem er sich frisch gemacht hatte, so gut es eben ging, zupfte er sich ein paar Fusseln aus der Wunde über seiner Augenbraue, die noch immer ein wenig nässte. Vielleicht blieb ihm noch Zeit, im Internet nach Hausmitteln gegen ein Veilchen zu suchen.

Auch seine Rippen waren an einer Stelle blau verfärbt und schmerzten heftig. Aber gebrochen war nichts, das hatte er schon am Vortag nach der Dusche aufmerksam untersucht. Immerhin war seine Übelkeit im Laufe des Tages abgeklungen. Keine ernsthaften Verletzungen offenbar, er war mit ein paar Prellungen davongekommen.

Allerdings: So oder so, Anette würde es bemerken. Und dann brauchte er eine gute Erklärung, überlegte er, während er, am Küchenfenster stehend, seinen Toast aß. Und es sollte eine Erklärung sein, die mit der Geschichte für seine Kollegen weitgehend übereinstimmte. Wer zu viel log, der hatte Mühe, seine Geschichten auseinanderzuhalten. Aber vielleicht sollte er einfach bei der Wahrheit bleiben. Man konnte sie ja ein wenig, nun ja, modifizieren: Aus dem Festzelt gekommen, einen Betrunkenen versehentlich angestoßen – und bums!, die Faust im Gesicht. Ja, so könnte es gehen.

Nachdem er diesen Entschluss gefasst hatte, ging er zum Wäschekorb und holte sein Hemd und seine Hose heraus. Angesichts deren Zustands würde die Geschichte vom simplen Faustschlag nicht einen Augenblick standhalten. Resigniert ließ er die Sachen auf den Boden fallen, streifte sich eine Turnhose über, packte das schmutzige Zeug und brachte es nach draußen zur Mülltonne.

Vor allem um das Hemd tat es ihm leid. Es war eines seiner besseren, auch wenn es nur ein einfaches rotes Baumwollhemd war. Und er hatte es erst vor ein paar Wochen gekauft. Aber vielleicht fand er noch ein identisches Stück in seiner Größe, dann würde Anette den Verlust nicht bemerken. Weil er sich so wenig um seine Sachen kümmerte, hatte sie einen perfekten Überblick über seine Garderobe.

Der Pförtner an der Loge merkte überhaupt nichts. Er sah auch kaum auf, als er sein nicht unfreundliches »Guten Morgen, Herr Hartmann« brummte. Das Besprechungszimmer war leer, als Hartmann seine Stullen in den Kühlschrank legte. Auf den Morgenkaffee verzichtete er. Dazu hätte er ins Sekretariat gemusst, und wenn Isabell ihn erst gesehen hätte, dann wäre die Sache rum, noch bevor die Planungssitzung beginnen würde. Er mochte Isabell, und sie war auch wirklich loyal, aber in solchen Fragen würde sie ihren Schnabel nicht halten können, das wusste er genau.

Natürlich hatte es auch keinen Sinn gehabt, als Erster in den Besprechungsraum zu gehen und den Kopf ein wenig nach rechts zu drehen. Alle starrten ihn an, alle wollten wissen, was passiert war. Alexander Böhnke pfiff leise vor sich hin – und ließ offen, ob das Überraschung oder Anerkennung signalisieren sollte.

»Ach, deswegen hast du deinen Bericht gestern von zu Hause aus geschickt«, sagte er und lächelte Hartmann ganz unbefangen an.

»Na sag schon«, drängelte Isabell, unruhig auf ihrem Stuhl herumrutschend.

Und die für Leserbriefe an die Rundschau zuständige Melissa, von ihren Kollegen auch die Kummerkasten-Tante genannt, wollte gleich die Wunde an der Augenbraue betupfen und versorgen. Hartmann wehrte ab.

»Ich hab am Samstag Ärger mit einem Besoffenen bekommen«, erklärte er, ziemlich dicht an der Wahrheit bleibend. »Ist nicht weiter schlimm, sieht nur so gruselig aus.« Er versuchte ein Grinsen. Es geriet schief.

Das der anderen nicht. Bei Merten bemerkte er sogar so etwas wie Schadenfreude.

Böhnke ließ ein wenig Zeit für Frotzeleien, schlug dann seine Mappe mit den Terminen auf, sagte: »Also bitte. Zur Tagesordnung«, und schien dennoch noch immer leicht belustigt.

Wer den Schaden hat …, dachte Hartmann.

Es war dann beim Mittagessen in der Kantine – Hartmann tat sich an mariniertem Hering und Salzkartoffeln gütlich –, als der Pförtner die Glastür öffnete und auf Hartmann wies. Dem erstarrte die Hand mit der Gabel.

»Auch das noch«, sagte er.

Neben dem Pförtner schob sich freundlich lächelnd Steffi Schmaerse durch die Tür.

Die Gespräche am Tisch verstummten, als die Kommissarin näher trat. Sie nickte Hartmann zu.

»Ich weiß, ich hätte anrufen können«, sagte sie anstelle einer Begrüßung. »Kann ich Sie nach dem Essen mal sprechen?«

Die Blicke der Kollegen wanderten von der Polizistin zu Hartmann.

»Ich bin sowieso satt«, sagte dieser und schob den Teller demonstrativ von sich.

»Nein, nein, lassen Sie sich ruhig Zeit, ich hab's nicht eilig.« Sie zeigte auf sein blaues Auge und schien voller Mitleid. »Zu schnell mit Ihrem Motorrad?«, fragte sie.

Hartmann schüttelte den Kopf.

Merten sagte: »Wohl eher mit 'nem Grizzly gerungen.« Er prustete los vor Lachen.

»So einen Kollegen hatte ich auch mal«, sagte Schmaerse zu Hartmann, ohne Merten auch nur eines Blickes zu würdigen. »Ich hol mir einen Kaffee und warte da drüben in der Ecke.«

Hartmann nickte dankbar. Merten schnappte nach Luft. Böhnke lächelte vor sich hin.

***

»Haben Sie mir eigentlich schon mal Ihr Büro gezeigt?«, wollte Schmaerse wissen, als sich Hartmann mit einem Kaffee zu ihr gesellte.

»Nur wenn Sie einen Durchsuchungsbeschluss haben«, sagte Hartmann und versuchte wieder ein Grinsen.

Schmaerse lächelte ihn an. »Schließlich haben Sie meins auch schon gesehen.«

Er runzelte die Stirn. »Ach ja, damals die Sache mit Wendler.«

»Hmm«, machte sie.

»Also schießen Sie schon los«, forderte er sie auf. »Sie sind ja bestimmt nicht wegen einer Redaktionsbesichtigung hier. Was also verschafft mir die Ehre?«

Schmaerse rührte in ihrem Kaffee und blickte aus dem Fenster. Sie ließ sich nicht antreiben. Bestimmt nicht von Hartmann.

»Also gut«, sagte sie und drehte sich mit einem Ruck um. »Sie recherchieren immer noch zu dem Mord in Auendorf.«

Hartmann lächelte. »Ja«, sagte er unbefangen. »Sie ermitteln doch auch noch.«

»Seien Sie nicht albern. Das ist schließlich mein Job.«

»Sehen Sie«, sagte er.

Sie bemerkte seinen Sarkasmus und musste ob des Vergleiches lächeln.

»Sie erwarten hoffentlich nicht, dass ich Sie um Hilfe bitte.«

»Nein«, sagte er schmunzelnd. »Riedburgs brillanteste Ermittlerin wird sicherlich nicht einen kleinen Reporter konsultieren.«

»Schon gar nicht Riedburgs bekanntesten Reporter. Denn der wird sicherlich nie mit den Bullen kollaborieren«, gab sie ihm die Spitze zurück.

»Bullen, tztztzzz«, machte Hartmann. »So ein Wort würde ich nie in den Mund nehmen.«

»Zumindest nicht in Gegenwart derselben«, stichelte sie. »Aber im Ernst.« Sie wandte sich ihm zu. »Sie haben mir vorige Woche von dem Anstieg der Kriminalität in Auendorf erzählt und dass Sie das mit diesem Fall im Kindergarten in Verbindung bringen. Sind Sie in der Richtung weitergekommen?«

»He!« Hartmann strahlte. »Sie wollen mir ja *doch* in die Karten gucken.«

»Ich werde Sie töten, wenn Sie das jemals schreiben – aber mir geht es ähnlich wie Ihnen: Ich trete auf der Stelle. Und Sie sind wohl der Zivilist, der am tiefsten in der Materie steckt.

Sagen wir es also so: Ich will einen anderen Blick auf die Dinge bekommen.«

Hartmann nippte an seinem Kaffee und nickte.

»Stecken geblieben ist richtig. Ich bin zwar ein Stück weitergekommen, aber da sehe ich zum einen nichts strafrechtlich Relevantes, zum anderen kann ich es ohnehin nicht schreiben. Was soll's also.« Er machte eine Pause.

»Sie genießen den Moment, stimmt's?«, fragte Schmaerse.

»Ach was«, brummte er. »Da ist nicht so viel zu genießen. Ich bin da auf eine frappierende Ähnlichkeit gestoßen zwischen dem Mordopfer und einem Ex-Gemeinderat. Und seither lässt mich der Gedanke an eine Verwechslung nicht los.«

»Dass der eine sterben musste, weil man ihn für den anderen hielt?«

Hartmann nickte. »Das ist nur so eine Idee, und, wie gesagt, ich komme da auch nicht weiter. Kennen Sie die Lillehammer-Affäre?«

Steffi Schmaerse schaute ihn verständnislos an.

»Ein Jahr nach dem Olympia-Attentat von München hat der israelische Geheimdienst in Lillehammer einen Marokkaner auf offener Straße erschossen. Es sollte die Exekution eines der Attentäter sein, aber der Marokkaner hatte nichts mit dem Attentat von München zu tun. Er sah dem Gesuchten einfach nur ähnlich. Verstehen Sie, worauf ich hinauswill?«

»Ja, klar. Das ist nicht schwer. Aber das klingt mir wieder sehr weit hergeholt.«

»Sicher. Aber es wäre doch spannend, die Frage zu klären, wer mit diesem Hartung eine Rechnung offen hat. Denn beliebt war er im Dorf nicht, so viel habe ich zumindest rausgekriegt.«

»Lassen Sie mich raten: Dieser Hartung war auch in die Geschehnisse mit dem Kindergarten verwickelt.«

»Ja, sicher, der war damals Gemeinderat.«

»Wenn man Sie so reden hört, waren da wohl alle Auendorfer verwickelt.« Sie lächelte belustigt.

Er ging nicht darauf ein, sondern nickte bedächtig. »Jaaa«, sagte er schließlich. »Das macht die Sache so vertrackt, dass ich auch nicht mehr weiterkomme.«

»Ich sehe noch immer kein Mordmotiv in einer Ohrfeige von vor zehn Jahren.«

»Deswegen schreibe ich im Moment auch nichts drüber. Und wenn auch Sie auf der Stelle treten …« Er machte eine hilflose Geste mit den Händen.

»Ist das von Ihren Recherchen?«, fragte Schmaerse nach einer kleinen Pause mit ehrlichem Interesse. Sie deutete auf sein Auge.

Hartmann versuchte wieder ein Lächeln. »Ich hoffe nicht«, sagte er. »Ich glaube, ich bin einfach nur zur falschen Zeit am falschen Ort gewesen.«

»Spielen Sie nicht den Helden, Peter. Ihr Auge sieht nicht so aus, als ob Sie auf der Auendorfer Hitliste der beliebtesten Gäste weit vorne stünden. Ich will Sie nicht schon wieder beschützen müssen. Denken Sie an die Sache mit Kreuziger.«

»Ooch«, machte Hartmann. »Als Personenschützerin würde ich Sie schon gern mitnehmen. Zumal ich heute Nachmittag noch mal nach Auendorf will.«

»Ah ja, jetzt kommt die Tour mit den Komplimenten.«

»Schade, dass Sie mich immer so schnell ertappen. Dabei würde ich Sie gern mal auf einen Kaffee einladen. Außerhalb der Redaktion und außerhalb der Inspektion.«

»Das klappt schon mal«, tröstete sie ihn. Aber es klang halbherzig.

»Tut mir leid, dass ich Ihnen nicht helfen konnte.«

»Ich weiß«, sagte sie und stand auf.

Was wollte sie wirklich hier?, fragte er sich, als er ihr beim Hinausgehen abwesend auf den Hintern stierte.

23

Natürlich fand er Gerald Eberwein im Garten. Wo sonst. In seiner blauen Latzhose jätete er auf den Knien hingebungsvoll Unkraut.

»Ich sollte gar nicht mehr mit dir reden«, begann Eberwein, ohne aufzublicken.

»Warum das?«, fragte Hartmann ehrlich erschrocken. »Was ist passiert?«

»Das müsstest *du* mir doch eher sagen können«, sagte Eberwein. Er hatte den Kopf gehoben, blinzelte gegen die Sonne und wischte sich mit dem Handrücken den Schweiß aus der Stirn.

»Mutti hat gesagt, dass du nicht nur schlecht über das Dorf schreibst, sondern dich auch noch schlecht benimmst. Eine Prügelei sollst du angefangen haben. Und besoffen sollst du auch gewesen sein.«

Hartmann biss die Zähne aufeinander.

»Du machst dir doch sonst auch selbst ein Bild«, warf er ein. »Und du weißt genau, dass deine Mutti mich nicht leiden kann.«

»Stimmt es etwa nicht, dass du dich geprügelt hast? Schau dir doch nur dein blaues Auge an«, machte ihm Eberwein Vorwürfe.

»Gerald! Ich *bin* verprügelt *worden*. Da gibt es schon gewisse Unterschiede.«

Eberwein seufzte, stand auf und wischte sich die Erdkrumen an der Hose ab.

»Wo du doch so ein großer und starker Mann bist. Da fällt es mir schon schwer, dir das zu glauben.«

»Ich schwör's«, sagte Hartmann und hob eine Schwurhand.

Eberwein schaute nur flüchtig hin.

»Außerdem bist du größer und stärker.«

»Ja, hättest mir mal nicht aus dem Weg gehen sollen, beim Fest. Dann wär das vielleicht nicht passiert.«

Hartmann kniff die Augen zusammen. Das hatte er also mitbekommen, dachte er, nicht ohne Scham.

»Ich hab dich gar nicht gesehen«, sagte er so harmlos wie möglich. Bei Menschen, denen er vertraute, fiel ihm jede Lüge schwer.

Eberwein winkte ab und stapfte in Richtung Haus.

»Willst du ein Bier oder eine Limo?«, fragte er über die Schulter hinweg.

»Limo wär mir lieber.«

Peter Hartmann setzte sich auf die weiß gestrichene Bank am Haus und sah sich im Garten um, wie schon so oft. Und wieder beneidete er seinen Freund ein wenig. Ohnehin liebte er gepflegte Gärten. Er bestaunte die Phantasie der Gärtner, sei es nun in kunstvoll angelegten Rosengärten mit ihren knöchelhohen Buchsbaumheckchen, die von oben betrachtet zu prächtigen Ornamenten wurden, sei es in großen englischen Parks, sei es in wildromantischen Sommerblumengärten mit hüfthohem Gras.

Doch es blieb beim Staunen. Jeder Versuch, irgendeine Idee in seinem kleinen Garten am Haus umzusetzen, scheiterte an seinem nicht vorhandenen grünen Daumen. Aber vielleicht, so sinnierte er, hatte das ja auch mit Zeit zu tun. Mit Zeit, die Eberwein im Überfluss zu haben schien.

Kein Wunder. Wenn Hartmann morgens aufstand, hatte Eberwein seine Arbeit längst getan und saß mit Mutti am Frühstückstisch. Nun ja, das war mit Sicherheit etwas, worum er ihn nicht beneidete. Andererseits: Mit seinem bisschen Arbeit als Zusteller würde sich Eberwein wohl noch Stütze vom Amt holen. Und mit ganz wenig Geld auskommen zu müssen, wäre Hartmann ein Graus. Aber Eberwein schien grundzufrieden, wie ein großes, sattes Bärchen.

Vielleicht standen ja die Schlichtheit von Eberweins Arbeit und die Schlichtheit seines Gemütes in unmittelbarem Zusammenhang mit seiner Zufriedenheit. War mangelnde Bildung möglicherweise ein Privileg, das einem mehr Seelenfrieden verschaffte? Wer weniger über sich und seine Umwelt reflektierte, wer nicht pausenlos alles hinterfragte und zu erklären suchte, der war ja vielleicht tatsächlich psychisch gesünder.

Warum war eigentlich Eberwein so ungebildet? Ihn zu fragen, traute er sich nicht, er wollte ihn nicht verletzen. Denn hochsensibel schien er trotz seines robusten Auftretens zu sein. Immerhin, in einem ihrer ersten Gespräche hatte er ihm seinen beruflichen Werdegang anvertraut. Eine Erwerbsbiografie, die nur wenige Zeilen umfasste: Lehre bei der Deutschen Reichsbahn als »Abgänger niederer Klassen«, bis zur Wende Arbeit auf dem Güterbahnhof in Riedburg, wo er die Böden fegte.

Dann Arbeitslosigkeit, ABM in der Landschaftspflege, diverse Minijobs, von denen der als Zusteller der Riedburger Rundschau der letzte war. Aber warum Eberwein noch nicht einmal bis zur achten Klasse gekommen war, das zu fragen hatte Hartmann sich nie getraut.

War es nicht Hartmanns eigene ewige Unruhe und Fragerei, die ihn noch immer nach Auendorf trieb? Die Geschichte war doch schon fast im Sande verlaufen. Seine Texte kamen auf der dritten Seite der Rundschau nur noch in der Spalte vor. Aus Keller und Überspitze war der Fall längst verdrängt worden, weil er, Hartmann, nichts Neues mehr ausgraben konnte und weil von außen keine neuen Fakten hinzukamen. Hartmut Kahn war tot, und Hartmann fischte genauso im Trüben wie die Polizei. Die hatte wenigstens noch Zugriff auf die Spurenakten, konnte sich auf die Wissenschaft verlassen.

Und er? Er wusste schon nicht mehr, wem er überhaupt noch Fragen stellen sollte. Wahrscheinlich hatte Schmaerse recht. Wahrscheinlich war der Täter eins der Kahn'schen Opfer. Ein Verfolgter der Stasi. Der hatte am Abend rotgesehen, war dem verhassten Stasi-Mann gefolgt, hatte ihm eins über die Rübe gezogen und fertig. Keine Verwechslung, keine Verschwörung, keine Geheimnisse. Aber warum ließ ihm dann der Gedanke an Hartung keine Ruhe?

Auch das war typisch für Gerald Eberwein: Als er wieder aus dem Haus kam, balancierte er linkisch ein Tablett mit einem altmodischen Glaskrug zum Gartentisch. Im Krug schwammen Blätter und Zitronenscheiben. Er schenkte ein.

»Waldmeisterlimonade«, sagte er stolz. »Habe ich selbst gemacht. Ist ganz einfach. Brauchst nur Waldmeister und Apfelsaft.«

Hartmann schaute Eberwein bewundernd an. So ein schlichtes Gemüt und so viel Lebenstüchtigkeit.

»Das schmeckt köstlich«, sagte er, nachdem er einen Schluck getrunken hatte, und er meinte es genau so.

»Nicht wahr«, strahlte Eberwein.

»Du sag mal, Gerald«, sagte Hartmann schließlich, lehnte sich an und streckte die Beine weit aus. »Was weißt du über den sogenannten Kindergarten-Stammtisch?«

»Ach der.« Eberwein machte eine wegwerfende Handbewegung. »Das sind eigentlich nur ein paar Skatbrüder. Der Hartung Steffen, der Waldhaus Volker und der Herr Hentzschel. Den Stammtisch gibt es schon ganz lange. Nur zwischendurch war mal ein, zwei Jahre Ruhe, dann hat die Kathy wieder nachgegeben.«

»Wie, Ruhe, was meinst du?«

»Das war, als die Kathy ihren Unfall hatte, das kaputte Bein. Da hat sie sich doch von ihrem Mann getrennt. Ach, damals ging alles ein bisschen durcheinander.«

Eberwein machte eine Pause.

»Willst du das wirklich wissen?«, fragte er schließlich.

»Ja, erzähl doch mal«, machte ihm Hartmann Mut und nippte an der kühlen grünen Limonade.

Eberwein runzelte die Stirn. Er dachte angestrengt nach.

Dazu tippte er mit der dicken Spitze seines Zeigefingers fortwährend eine Art Muster auf die Latten des Gartentisches.

»Also«, sagte er dann und leckte sich die Lippen. »Nach der Sache im Kindergarten, da hing der Haussegen im Sportlerheim ziemlich schief. Aber das war auch kein Wunder. Die rote Kathy ist nämlich auch keine Gute, weißt du. Die war ja mit der Stücklein Barbara eng befreundet, schon seit der Schulzeit. Und ihr Mann, der Waldhaus Volker, hat immer rumgestichelt. Der hängte sich ja an die Schürzenzipfel von seinen Stammtischkumpanen, weil die was Besseres waren. Anwalt und so. Und die Kathy wollte dem eins auswischen und hat ihm ein Verhältnis angedichtet – mit der Wagner Ramona, einer der Kindergärtnerinnen.«

»… der Nachbarin vom jungen Kämpfer.«

»Ja«, sagte Eberwein verblüfft und blickte Hartmann an. »Woher weißt du das?«

»Hast du mir schon mal erzählt, als ich dich nach der Mauer zwischen Kämpfer und Wagners gefragt habe.«

»Ach ja.«

Eberwein klatschte sich mit der flachen Hand an die Stirn.

Hartmann fragte sich, ob das nur Show war, so übertrieben sah das aus.

»Also«, setzte Eberwein dann fort. »Das war natürlich sofort rum im Dorf: Die Wagner und der Waldhaus haben was miteinander. Auch, weil die Kathy damals die Scheidung eingereicht hat. Nur hat sie jetzt damit richtig ernst gemacht, gedroht hat sie ja schon früher damit. Deswegen haben die meisten ihr wohl auch geglaubt. Und der Waldhaus Volker hat nur noch gesoffen. In seiner eigenen Kneipe, stell dir vor. Und dann hat sie ihm bewiesen, dass sie ihr Leben vollkommen selbstständig im Griff hat. Der Junge war ja schon im Kindergarten, sie hat abends die Kneipe geschmissen, und dann hat sie sogar wieder mit dem Fußballtraining angefangen. Aber dann war dieser Unfall.«

Eberwein schwieg und schien zu grübeln. Hartmann ließ ihm Zeit.

»Ja, und dann hat der Waldhaus Volker wieder das Sportlerheim gemacht. Aber wie die Kathy aus dem Krankenhaus kam, da ging er weg. Und dann traf sich auch so für zwei Jahre der Stammtisch nicht mehr. Aber das habe ich nie ganz verstanden. Die Leute sagten ja auch wieder so oder so. Entweder, sie hat ihn rausgeworfen, um richtig reinen Tisch zu machen – die Ehe ist ja auch im Jahr drauf, also 2005, geschieden worden –, oder er ist gegangen, um ihr zu zeigen, dass sie ohne ihn ja doch nicht kann.« Er dachte noch einmal über den Satz nach. Aber da kam nichts mehr.

»Und, konnte sie?«

»Ja. Sie hat sich eine Küchenhilfe geholt und hat noch lange eine Krücke gebraucht. Na ja, und humpeln tut sie noch immer.«

»Aber später hat sie den Waldhaus wohl wieder reingelassen?«

»Na ja. Du musst das so sehen: Die Kathy ist zwar keine Gute, aber so richtig böse ist sie nun auch wieder nicht. Das duldet sie einfach, sie behandelt den Stammtisch wie andere Gäste auch. Aber sie sitzen nicht mehr an dem richtigen Stammtisch, also an dem mit dem Schild und der Glocke drüber. Dass die wieder reindürfen … Die Kathy hat halt ein weiches Herz. Das hast du doch jetzt auch mitgekriegt, oder?«

Eberwein schaute ihn mit einem listigen Grinsen von der Seite an.

Hartmann lachte. »Du Schlaumeier«, sagte er und knuffte Eberwein in die Seite. »Wieso weißt du denn das schon wieder? Hat dir die Kathy erzählt?«

»*Die* nicht«, sagte Eberwein und zog dabei das »die« in die Länge.

Hartmann runzelte die Stirn.

»Nicht?«

Eberwein presste die Lippen aufeinander und schüttelte den Kopf. Er wollte gebeten werden, es war wie ein Spiel für ihn.

»Ich unterhalt mich halt mit vielen. Die freuen sich alle, dass ich ihnen jeden Tag die Zeitung bringe.«

»Nun sag schon«, lockte Hartmann. »Bitte!«

»Na gut«, sagte Eberwein und drehte sich halb zu ihm rum. »Die Grass Petra war es.«

»Ach, die weiß das auch schon.«

»Ja«, sagte er entschieden. Dann kicherte er. »Und die ist ganz schön sauer auf dich.«

»Weil ich im Sportlerheim übernachtet habe?«

»Tja«, machte Eberwein. »Vielleicht solltest du deine Außenpolitik überdenken. Wenn du zweien gleichzeitig schöne Augen machst, kann es schnell passieren, dass sie sich gegen dich verbünden, statt sich gegenseitig die Augen auszukratzen.«

»He, he, he, Freundchen«, drohte Hartmann scherzhaft. »Ich hab keiner von beiden schöne Augen gemacht.«

»Na ja, immerhin hast du jetzt ein blaues.« Eberwein kicherte wieder. »Und mit der Grass Petra habe ich dich poussieren sehen. Am Sonnabend beim Fest.«

Vielleicht sollte ich wirklich meine Außenpolitik überdenken, sagte sich Hartmann und staunte erneut über die Lebensweisheiten seines Freundes.

Doch er war nicht hier, um sich über seine tatsächlichen oder angedichteten Frauengeschichten Gedanken zu machen. Dazu war auch später noch Zeit. Er wollte mit seinen Recherchen weiterkommen.

»Hat Hartung eigentlich Feinde hier im Dorf?«

Eberwein dachte nach und trank bedächtig von seiner Waldmeisterlimonade. Dabei wiegte er langsam den Kopf.

»Nein. Nicht, was man so Feinde nennt. Dafür ist er immer zu unwichtig gewesen. Ich meine, damals bei der Sache im Kindergarten, da hatte ja fast jeder Freunde und Feinde im Dorf, da hatte ja jeder eine Meinung dazu. Aber so richtig ernst genommen hat man den Hartung Steffen wohl nur, bis er wieder aus dem Gemeinderat raus war. Höchstens ...«, und hier machte Eberwein eine kleine Pause, »... höchstens, dass der Feinde hat mit seinem Holzhandel. Ich meine, so richtig trau ich dem nicht über den Weg, und bei Geschäften wird schon immer mal was gemauschelt.«

Hartmann lachte kurz auf.

»Da hast du wohl recht«, sagte er und gab Eberwein einen Klaps auf die Schulter. »Du hast mir wieder mal sehr geholfen.«

»Ach, ich hab doch gar nix gemacht«, wiegelte Eberwein ab und stand auf.

Beim Abschied am Gartentor druckste Gerald Eberwein noch ein wenig herum.

»Du, Peter«, sagte er schließlich.

»Ja?«

»Das geht mich ja alles nichts an mit der Kathy und der Petra. Aber wenn ich dir wirklich helfen soll, dann nimm mal einen guten Rat an. Sozusagen von einem Freund.«

»Ja, sag«, ermunterte ihn Hartmann leicht amüsiert.

»Die Petra mag dich, das hab ich gemerkt. Aber halt dich von der Kathy fern. Das ist keine Gute, das sag ich dir. Ich kann das auch gar nicht so richtig begründen. Das ist nur so ein Gefühl. Ich glaube, die lacht uns alle aus, weißt du, wie so eine rote Hexe, die heimlich nachts in ihrem Sportlerheim ihre Zaubertränke mixt. Ich glaub nicht an so was, aber ich hab so ein komisches Gefühl.«

Hartmann musterte sein Gegenüber aufmerksam.

»Ich pass auf mich auf, Gerald«, sagte er dann.

Auf der Rückfahrt war er sehr nachdenklich. Sogar das Radio blieb aus.

24

Die Tür klappte. Auch ohne sich umzudrehen, wusste Steffi Schmaerse, dass es ihr Stellvertreter war, der seinen Kopf in den Raum steckte.

»Wenn du jetzt gleich kommst, erzähle ich auch niemandem, dass du heimlich mit deinem Kaktus redest.«

Wie lange stand sie schon hier? Zehn Minuten bestimmt. Sie hatte die Hände auf das Fensterbord gestützt und stierte nach draußen. Dass sich genau vor ihr der Kaktus befand, hatte sie gar nicht mitbekommen. Es wurde Zeit für ein Brainstorming. Das wurde es immer, wenn sie nicht mehr weiterkam oder wenn sie in Routine erstickte. Oder, was heute der Fall war, wenn beides zusammenkam.

»So, mein Kleiner, wir müssen jetzt.«

»He, he«, rief Hölbing von der Tür aus. »So klein bin ich nun auch wieder nicht.«

Sie drehte sich um und feixte. »Du weißt doch, der Kaktus.«

Auf dem Weg ins Venezia schwiegen sie sich beide an. Das war ein probates Mittel. Ebenso wie das Brainstorming. Nur sie und Frank. Alles erlaubt. Das funktionierte.

Steffi Schmaerse saß gern in dem Eiscafé in der Altstadt. Seit ein paar Jahren schon gehörte es einem Italiener, der zwar im Dauerstreit mit dem Ordnungsamt und der Gewerbebehörde lag – sogar eine dicke Polizeiakte hatte der charmante und leidenschaftliche Südländer –, doch andererseits das wohl beste Eis der Stadt produzierte. Sogar zu einem erstaunlich günstigen Preis. Das trieb auch die Jungen und Mädchen nach der Schule regelmäßig hierher. Die Sonne war heute hinter einem leichten Schleier verborgen, so suchten sie sich einen Platz im Freien, über dem der Sonnenschirm noch nicht aufgeklappt war.

Erst als sie bestellt hatten, Schmaerse einen Erdbeer-Eisbecher, Hölbing einen großen Eiskaffee, begannen sie den dienstlichen Teil ihres Gesprächs.

»Ich komm nicht mehr weiter«, sagte Schmaerse unumwunden.

»Das ist kein Wunder«, pflichtete ihr ihr Stellvertreter bei, »wir ersticken ja auch im Kleinkram.«

»Ja, aber ich habe das Gefühl, als würden wir auf einem Postamt im Akkord Briefe stempeln. Wir überprüfen eine Person nach der anderen. Fast alle haben ein Alibi. Fast alle können nach Strich und Faden gelogen haben, fast alle können einfach Kahn gefolgt sein, ihn erschlagen haben und in aller Seelenruhe nach Hause zurückgekehrt sein. Deckel auf, Stempel drauf, Deckel zu. Nächste Akte. Deckel auf, Stempel drauf, Deckel zu. Und dann kommt noch der Hartmann und setzt mir den Floh von der Verwechslung ins Ohr.«

»Was für eine Verwechslung?«

»Da gibt es einen ehemaligen Gemeinderat, der soll dem Kahn unglaublich ähnlich sehen. Größe, Statur, Haare, Gang … die wurden schon für Brüder gehalten, hat mir Hartmann versichert. Und der grübelt nun darüber nach, ob der Kahn sozusagen stellvertretend für Hartung sterben musste. Weil ihn jemand verwechselt hat.«

»Eine Verwechslung. Wie wahrscheinlich ist das denn?«

»Gar nicht so selten, wie die Kriminalgeschichte zeigt. Kennst du die Lillehammer-Affäre?«

»Nein.«

»Dort hat der Mossad 1973 einen Unschuldigen erschossen, weil jemand ihn für einen Attentäter gehalten hat.«

»Die haben jemanden umgebracht?«

Sie stutzte, weil sie sich unsicher war, ob Hölbings Erstaunen nun echt oder nur gespielt war. »Ja, nun stell dich nicht so mädchenhaft an. Geheimdienste aller Welt bringen Menschen um – und die Regierungen decken sie. Aber pass auf, jetzt kommt's: Der, den die gesucht haben, der war zwanzig Zentimeter größer.«

»Ach das gibt's doch gar nicht.«

»Wenn ich es dir sage. Da gab es gewisse äußerliche Ähnlichkeiten. Aber die haben tatsächlich einen von ein Meter zweiundsiebzig erwischt, und ihre Zielperson war ein Meter zweiundneunzig groß.«

»Da hätten die auch jeden anderen abknallen können.«

»Genau darüber habe ich nachgedacht. Wenn du dich auf eine bestimmte Sache konzentrierst, übersiehst du möglicherweise eine andere Sache, die ganz offensichtlich ist. Das Auge sieht, was das Auge sehen will.«

Er zog anerkennend die Augenbrauen hoch. »Saint-Exupéry, ›Der kleine Prinz‹.«

Sie lachte. »Bildungsprotz! Man sieht nur mit dem Herzen gut, aber in diesem Sinne habe ich es nicht gemeint. Ich meine das wirklich fast biologisch, wie bei einer optischen Täuschung: Denk an meine Brille. Manche haben mich gefragt, ob ich Zahnschmerzen habe, weil ich im Gesicht so verändert aussehe. Die haben die Brille gar nicht wahrgenommen. Zwanzig Zentimeter Größenunterschied – bei einer geheimdienstlichen Exekution einfach übersehen. Man dürfte es gar nicht glauben.«

»Ich verstehe. Du meinst, wir sollten uns die Sache aus einem anderen Blickwinkel ansehen.«

»Genau. Was ist, wenn wirklich dieser Gemeinderat gemeint war? Wir blenden diese Möglichkeit doch einfach nur aus.«

»Und Kahn war nur zur falschen Zeit am falschen Ort …«

»Genau.«

»Das ist kein korrekter Ermittlungsansatz.«

»Danke schön, dass du mich mit der Nase darauf stößt.« Schmaerse machte einen Schmollmund und stocherte sich eine Erdbeere aus ihrer Eisschale.

»Lass mich raten: Auch auf diese Lillehammer-Affäre hat dich der Hartmann gebracht.«

»Und wenn schon.«

»Ach Steffi. Kein Wunder, wenn du mit Kakteen sprichst. Pass mal auf: Du bist nicht meine Chefin, weil du so gut aussiehst, sondern weil du in den Augen unserer Vorgesetzten die Fähigere für den Job bist. Dann halte dich doch mal einfach an die Fakten. Du hast doch sonst so einen analytischen Verstand.«

Er griff nach seinem Eiskaffee. Sie blinzelte in die Sonne.

»Das Spiel gefällt mir. Aber dann nennst du mir jetzt die Fakten, die wir in der Hand haben.«

Er beugte sich etwas nach vorne, um nicht so laut sprechen zu müssen.

»Bitte schön«, sagte er dann. »Kahn wird mitten in der Nacht in der Nähe seiner Wohnung auf der Straße erschlagen. Am Vorabend sprach er über seine Vergangenheit als Stasi-Offizier – vor sechzig ehemals von der Stasi Verfolgten. Ein temporärer Zusammenhang liegt auf der Hand. Ein kausaler ergibt sich nur aus dem Täter-Opfer-Verhältnis. Er kann also vorliegen, muss nicht. Das war unser Ansatz. Okay?«

Schmaerse nickte und lutschte mit spitzer Zunge das Eis von ihrem Löffel. Hölbing interessierte sich nicht die Bohne dafür. Er referierte.

»Weiter: Von den sechzig Leuten bleiben zwei übrig, für die sich ein Anfangsverdacht ergibt.« Er hob die Hand und zählte mit den Fingern. »Nummer eins bleibt Kröger. Er hat die Mittel, er hat die Gelegenheit, und er hat ein Motiv. Er hat ein Geständnis abgelegt, aber kein Täterwissen bewiesen. Seine Freundin gibt ihm ein Alibi. Ein glaubhaftes, schon, aber es ist seine Freundin. Wir finden bei ihm die mögliche Tatwaffe. Die Techniker konnten uns noch nicht sagen, ob es tatsächlich die Tatwaffe ist. Ist sie es, fährt er ein. Stellen wir ihn also vorerst zurück, ja?«

»Immer noch okay.«

»Nummer zwei«, wieder schnippte ein Finger hoch, »ist Dieter Seifert: Er hat sogar ein starkes Motiv, er ist das, was man früher Gewohnheitsverbrecher nannte, er hat die Gelegenheit. Ob er die Mittel hat, wissen wir noch nicht. Sein Alibi ist keinen Schuss Pulver wert. Eine Verbindung zu Kröger gibt es offenbar nicht, obwohl die beiden mal zusammengearbeitet haben. Die Spurenlage gibt keinerlei Anhaltspunkte für eine Tatausführung durch Seifert.«

»Die Spurenlage gibt keinen Anhaltspunkt für eine Tatausführung von irgendwem!« Schmaerse klang bitter.

»Doch – es könnte Krögers Schwert gewesen sein. Und da wäre als Dritter im Bunde noch Sebastian Kämpfer zu nennen. Er hat ein schwaches Motiv – immerhin hat Kahn seinen Vater drangsaliert und fast in den Knast gebracht, nur weil der für eine saubere Umwelt demonstriert hat –, er hatte die Gelegenheit, und er hat als Schwertkämpfer jede Menge Mittel. Und nicht vergessen, ist er ein großer Freund vom mittelalterlichen Recht des Stärkeren, um nicht vom Recht auf Selbstjustiz zu sprechen. Für den gelten doch gar keine Regeln.«

»Okay, mein Freund, Sparring beendet«, fiel ihm Schmaerse ins Wort. Und hob ihrerseits die Hand, um mit den Fingern abzuzählen: »Kröger liegt auf Eis, bis sich das LKA gemeldet hat; Kämpfer ist für mich ein romantischer Spinner, und Seifert ist als Tatverdächtiger genauso gut und genauso schlecht wie jeder andere.«

»Stopp, stopp, stopp«, unterbrach Hölbing sie. »Vorstrafen sind immer ermittlungsrelevant.«

»Na ja.« Schmaerse winkte ab.

»Wir können nur weitermachen wie bisher«, beharrte Hölbing. »Die Spurenakten vertiefen, Befragungen fortsetzen, Zusammenhänge herstellen. Ich finde ja, wir sollten uns auf Kämpfer so lange konzentrieren, bis es für einen Durchsuchungsbeschluss reicht und wir uns seine Schwertersammlung ansehen können.«

Schmaerse wiegte den Kopf.

»Vielleicht brauchen wir eine ganz neue Perspektive.«

»Dein Bauchgefühl oder dein Kaktus?«

»Spinner«, sagte sie, aber es klang beinahe liebevoll. »Ich will zwei neue Perspektiven: zum einen die Lillehammer-Perspektive.«

Hölbing prustete Eiskaffee auf den Tisch. Der Kellner blickte aufmerksam vom Eingang aus zu ihnen herüber.

»Lach nicht«, sagte sie. »In Lillehammer war ein Geheimdienst der Täter. Wer sagt uns denn, dass nicht ehemalige Stasi-Leute Kahn kaltgemacht haben, weil er bereit war, mit den Opfern zu reden. So eine Verräter-Sache. Da wird immer wieder drüber gemunkelt.«

Hölbing hörte auf zu lachen. »Deine zweite Perspektive?«

»Die Verwechslungs-Geschichte. Lass uns doch mal rauskriegen, wer diesem Gemeinderat ans Leder wollte und jetzt möglicherweise nur die Füße still hält. Vielleicht hängt das wirklich mit diesem Kindergartenfall von vor zehn Jahren zusammen.«

»Was für ein Kindergartenfall?«

Und Schmaerse erzählte.

25

Die Tageszeitung, die Post und ein neues Hemd in der einen Hand, seine Aktentasche und einen kleinen Leinenbeutel mit ein paar nötigsten Einkäufen in der anderen – Peter Hartmann musste schon eine artistische Verrenkung vollführen, um an seinen Schlüsselbund in der Hosentasche zu kommen. Morgen würde Anette wiederkommen. Endlich. Damit würde wieder Normalität in sein Leben einkehren. Gut, die letzten anderthalb Wochen waren auch ein bisschen viel gewesen, sonst steckte er so ein bisschen Einsamkeit ganz gut weg. Hartmann war gern mal mit sich allein. Die Sache mit dem Quellenfest war ihm schon ein wenig in die Knochen gefahren. Und das sah man auch, er ärgerte sich sehr darüber.

Nachdem er den Fleischsalat, die rote Paprika und das Toastbrot im Kühlschrank verstaut hatte, warf er die Post mit der Zeitung achtlos auf den Wohnzimmertisch und widmete sich zunächst seinem Hemd. Er hatte Glück – sein Lieblings-Hemdenladen hatte das gute Stück in seiner Größe noch vorrätig. Er hätte aber keinen einzigen Tag später kommen dürfen.

Verflixt. Waren es nun sieben oder neun? Wie viele Nadeln steckten denn nun in so einem Herrenhemd? Er glaubte sich an einen holperigen Reim von seiner Mutter zu erinnern: Sieben musst du suchen und finden, dann kann keine dich schinden. Ein Spruch, der wahrscheinlich längst überholt war. Seiner Erfahrung nach unterschied sich die Anzahl der Nadeln je nach Hersteller. Im Zweifelsfall war immer eine Nadel mehr im Hemd, als man gefunden hatte. Eine hatte sich mal fast genau in die Achselhöhle gebohrt. Unangenehm, das.

Vorsichtig faltete er das Hemd auseinander, entfernte die versteifende Pappe unter dem Kragen und das Plasteblättchen vom obersten Knopf. Nein, das fiel ganz locker runter, das dürfte inzwischen nadelfrei sein. Also waren es doch sieben. Er zog sein Hemd aus und das neue an. Passte. Er würde es einfach auf einen Bügel im Schrank hängen und darauf hoffen, dass Anette nicht sah, dass es leicht verknittert war. Vielleicht hängte sich das ja auch noch aus.

Ein bisschen hatte er schon ein schlechtes Gewissen wegen der Vorfälle beim Quellenfest. Vor allen Dingen wegen der Nacht bei der Kneiperin. Er vertraute der robusten Frau zumindest so weit, dass es in der Nacht zu keinerlei verfänglichen Handlungen gekommen war, aber das war ihm ein schwacher Trost. Immerhin: Er hatte die Kontrolle über sich verloren, und dafür schämte er sich.

Auf der Habenseite dieser anderthalb Wochen Strohwitwerdasein stand seine Standhaftigkeit gegenüber der Nikotinsucht. Nicht eine Zigarette hatte er in dieser Zeit angerührt und nur ganz selten wirklich Heißhunger darauf verspürt. Dabei gab es genug Gelegenheit. Er hätte durchaus abends zum Wein auf der Terrasse eine rauchen können. Niemandem wäre es aufgefallen. Doch viel zu gut erinnerte er sich an seine ersten Versuche, Nichtraucher zu werden; und daran, wie sie endeten.

Nein, das war wohl wie bei einem trockenen Alkoholiker: Man kam zwar weg von der Droge, aber man war nie gesund. Die erste Zigarette, dessen war er sich sicher, würde ihm das Genick brechen. Auch die Reserve-Schachtel, die er immer in der Redaktion aufbewahrte, hatte er inzwischen entsorgt. Er brauchte das nicht mehr. Hoffentlich hielt es lange an.

Hartmann seufzte, blickte auf die Uhr und hatte es plötzlich sehr eilig. Sechzehn Uhr dreißig. In einer halben Stunde wollte er eigentlich bei Kathy Waldhaus am Sportlerheim sein. Er wollte sich unbedingt bei ihr bedanken für die freundliche Aufnahme vom Wochenende. Heute war eine gute Gelegenheit, sie allein zu treffen, denn das Sportlerheim hatte Ruhetag.

Gelacht hatte sie, als er sie darum bat, sie besuchen zu dürfen. Gelacht auf ihre raue, zwar herzliche, aber irgendwie auch ein wenig vulgäre und laute Art. Klar könne er kommen, er solle jedoch nicht die Blumen vergessen. Doch das hätte er ohnehin nicht getan. Hartmann wollte die Fahrt aufs Land gleich zu einem Gespräch nutzen. Vielleicht bekam er ja doch noch ein bisschen mehr raus über die Vorgänge, die sich vor Jahren in Auendorf ereignet hatten. So schlecht war er doch gar nicht: Den Zeitungszusteller hatte er schon als Quelle, die Wirtin der Kneipe war ihm wohlgesonnen – und Kneipen gehörten nun mal zu den wichtigsten Nachrichtenbörsen.

Böhnke hatte ihm den halben Nachmittag freigegeben. Hartmann hatte ihm erzählt, er müsse noch seine Bude auf Vordermann bringen, weil morgen, an seinem freien Tag, Anette zurückkommen würde. Das war nur eine halbe Lüge. Sauber machen würde er erst morgen Vormittag, die Kneiperin indes konnte er morgen nicht besuchen, ohne Anette einen triftigen Grund zu nennen. Außerdem würde er den Tag ihrer Rückkehr auch lieber mit ihr allein verbringen und sie nicht schon wieder mit seinem Beruf teilen müssen.

Im Bad tupfte er sich noch etwas Wund- und Heilsalbe auf die Augenbraue. Die hatte aufgehört zu nässen, juckte aber wie der Teufel, weil der frische Grind die Haut ringsum zusammenzog. Verdammt, durchzuckte es ihn. Die Blumensträuße hatte er glatt vergessen, sie lagen noch auf dem Rücksitz. Bei der Hitze würden sie das nicht lange aushalten. Zum Glück hatte er die als Letztes geholt, auch wenn er sie schon am Vormittag bestellt hatte. Er hatte einen Lieblings-Blumenladen in der Lisztstraße, dem er die Treue noch aus der Zeit hielt, als er selbst dort wohnte. Irgendwie hatte er in diesem Laden immer das Gefühl, mehr fürs Geld zu bekommen als anderswo. Außerdem hielten die Blumen länger. Und die Floristin war besonders hübsch. Aber vielleicht bildete er sich das auch nur ein. Das mit den Blumen.

Er sprühte sich etwas Parfüm auf den Hals, schlüpfte wieder in seine Sandalen, holte die Blumen für Anette aus dem Auto, um sie im kühlen Schlafzimmer zu parken, und machte sich auf den Weg. Sechzehn Uhr achtunddreißig zeigte die Uhr im Armaturenbrett, als er den Wagen anließ und auf Umluft schaltete, damit die Klimaautomatik den Wagen schneller auf eine angenehme Temperatur brachte.

Die Gasse vor dem Sportlerheim war verstopft. Ein kleiner Mercedes-Laster eines Getränkegroßhandels stand vor der Tür. Der Fahrer, ein stämmiger junger Mann in grüner Latzhose, fuhr mit der Sackkarre einen Stapel Radler-Kästen auf die Ladeklappe und senkte diese dann hydraulisch ab. Hartmann wusste, dass Hupen keinen Sinn haben würde. Er stellte den Motor ab und stieg aus. Jetzt, genau jetzt, war der perfekte Zeitpunkt für eine Zigarette. Er atmete tief ein und wanderte um den Lkw rum.

»Bin gleich fertig, Kumpel«, rief ihm der Fahrer zu.

Kathy Waldhaus streckte ihren Kopf aus der Seitentür. Ihren Feuerschopf hatte sie zu einem armstarken Zopf gebändigt.

»Ach, mein Verehrer kommt«, dröhnte sie und ließ eine Lachsalve folgen. »Da mach mal hin, dass du hier wegkommst«, fuhr sie den Lastwagenfahrer in einem Ton an, den dieser offenbar schon kannte.

»Ich mach gleich Platz für euch Turteltäubchen«, sagte er und lachte ebenfalls. Er ließ die Ladeklappe wieder nach oben schwenken, klappte sie zu und verriegelte die Sicherungen. Dann zeigte er auf den lackschwarzen Chrysler.

»Ein bisschen an die Seite fährst du aber schon noch, sonst muss ich hierbleiben und euch zuschauen.«

Kathy Waldhaus lachte erneut, und Hartmann biss die Zähne zusammen. Nein, er war bestimmt nicht humorlos, aber das hier hatte, nun ja, etwas Spezielles. Er drückte den Wagen rückwärts bis an den Straßenrand, der Lasterfahrer grüßte lässig und quetschte sich routiniert vorbei. Hartmann steuerte sein Auto auf den Parkplatz hinter dem Sportlerheim und holte die Blumen vom Rücksitz.

Kathy Waldhaus lehnte im Seiteneingang wie für ein Filmplakat: Sie trug Hüftjeans aus grobem Gewebe, oben ein graues Feinripp-Unterhemd, der dicke rote Zopf baumelte über ihrer linken Brust, die Füße hatte sie überkreuzt, und mit der Rechten hielt sie lässig eine Zigarette. Sie lächelte ihn an, aber nicht unfreundlich.

»Mannomann, hast du das wirklich wahr gemacht mit den Blumen? So war das aber nicht gemeint«, sagte sie. Doch es schien ihr nicht unangenehm, sie streckte begierig die Hand nach dem Strauß aus. Sommerblumen. Ein paar mehrfarbige Rosen – rote wären ihm zu albern vorgekommen, die befanden sich in dem Willkommensstrauß für Anette –, bunte Gerbera, zwei Sonnenblumen, ganz kleine Margeriten, ein bisschen Grün, ein bisschen Heu, ein paar Blätter. Doch, der Strauß hatte was, er war mit den Damen aus dem Blumenladen wieder vollkommen zufrieden.

Kathy Waldhaus betrachtete die Blumen flüchtig, aber aufmerksam. »Hübsch«, sagte sie. Dann maß sie Hartmann mit einem Blick von oben nach unten. »Ich verstehe euch Männer nicht. Bist ja schon wieder in hellen Jeans. Nun wollte ich dich gerade bitten, mal hier anzupacken, aber da machst du dir ja das Höschen schmutzig …« Sie wies mit dem linken Daumen auf die Kistenstapel.

»Das geht schon«, sagte er eilfertig und ging auf die Getränkekisten los.

Kathy Waldhaus lachte und hielt ihn an der Schulter fest.

»Ist schon gut«, brummte sie, »das war nur so ein Test.«

Hartmann blickte sie verunsichert an. Sie schnippte den Rest ihrer Zigarette auf die Straße.

»Ich schließ hier zu, und wir gehen vor in die Gaststube.«

Hartmann verstand und bekam fast rote Ohren. Da hätte er sich beinahe zum Obst gemacht. Vom Manipulieren schien das kräftige Weib tatsächlich etwas zu verstehen.

»Komm«, sagte sie und ging voran. Sie quetschten sich an den Kisten vorbei, ließen die Küche rechts liegen und kamen durch eine kleine Pendeltür direkt hinter den Tresen. Kathy Waldhaus ging nach rechts, knipste die Kaffeemaschine an und wies auf einen für zwei eingedeckten Tisch.

»Schönen Dank für die Blumen«, sagte sie. »So was bekomm ich nicht mehr oft.«

Er überlegte sich eine passende Bemerkung, kam aber zu spät.

»Weißt du, in meinem Alter und mit meinem Beruf lässt der sexuelle Marktwert einer Frau rasch nach.«

Jetzt bekam er wirklich eine rote Birne.

»Du solltest die Geste nicht missverstehen«, sagte er.

Sie lachte wieder lauthals los, dann hieb sie ihm mit der Hand auf die Schulter.

»Keine Angst, ich tu dir nix«, beruhigte sie ihn. »Aber siehst du: Für die einen bin ich zu alt, für die anderen die Kneiperin und für die dritten zu kräftig. Manche bekommen richtig Angst vor mir.«

Hartmann lächelte schief.

»Mit den Blumen wollte ich mich bedanken für die Nacht zum Sonntag.«

»War ich so gut?« Wieder dröhnte ihr Lachen durch die leere Gaststube.

»Ich denke doch«, gab er zurück.

»Sag ich doch: Ich bin die Frau, die den Männern das Bett macht, das Bier bringt und das Essen kocht.«

»Na, das klingt aber jetzt ziemlich depri«, sagte er.

»Scheiß drauf.« Sie schniefelte. »Auch ich darf manchmal depri sein, oder nicht?«

»Sicher«, sagte er, aber es klang eher unsicher.

Sie holte den Kaffee und einen Teller mit winzig geschnittenen Kuchenstückchen.

»Hier, aus Riedburg von der schönen Bäckerin. Drüben in Harleshausen gibt es zwar auch zwei Bäcker, die ihr Handwerk verstehen, aber beim Kuchen darf man keine Kompromisse machen.«

»Hmm«, pflichtete er ihr bei, schon mit vollem Mund, weil er sich ein Stückchen Mohnkuchen genommen hatte. Weich, feucht und mit dicken Rosinen drin. »Ich weiß, was du meinst. Dort gehe ich auch immer hin. Da nehme ich sogar in Kauf, richtig Schlange stehen zu müssen. Aber es ist der beste Kuchen weit und breit.«

»Ich finde, es ist der einzige echte Thüringer Kuchen«, sagte sie und griff nach einem Stück Eierschecke. Eine Weile aßen sie schweigend.

Dann fragte sie nach einem Schluck Kaffee: »Bist du eigentlich verheiratet?«

Er nickte.

»Hast du Probleme bekommen am Sonntag?«

Er schluckte runter. »Ich war Strohwitwer«, sagte er.

»Ach deswegen.«

»Was deswegen?«

»Deswegen hast du so viel getrunken.«

»Quatsch!« Er winkte ab. »Das war eigentlich nur ein Versehen. Das passiert mir vielleicht einmal im Jahr. Aber unter Fremden ist mir das noch nie passiert.«

»Na ja, immerhin hast du ja dadurch auch neue Bekannte gefunden.« Wieder dröhnte ihr Lachen.

Peter Hartmann packte die Gelegenheit beim Schopf, von sich abzulenken und zu seinem eigentlichen Gesprächsthema zu kommen.

»Bekannte und Bekannte sind immer zweierlei«, sagte er in ihr Lachen hinein, selbst um einen heiteren Ton bemüht. Dann wurde er ernst und ließ ein wenig Zeit verstreichen. »Was die Angst der Männer vor dir betrifft«, fing er schließlich behutsam an, und sie hob die Augenbrauen. »Ich meine, es geht mich ja nichts an, aber Auendorf ist nun mal ein Dorf.«

»Ohne Zweifel«, sagte sie, und diesmal lachte sie nicht. »Worauf willst du hinaus?«

»Schau mal: Ich bin ein Fremder, und selbst mich hat man schon vor dir gewarnt.«

»So? Wer denn?«

»Das ist doch egal. Aber man erzählt sich halt Geschichten.«

Sie machte eine verächtliche Handbewegung. »Pah, Geschichten. Ich weiß schon. Ich bin eine männerverschlingende rote Hexe. Vor allem bei Vollmond.«

»Vom Männerverschlingen weiß ich nichts«, sagte er ehrlich. »Und an Hexerei glaube ich nicht. Aber rings um deine Scheidung ranken sich einige Mythen.«

»Nenn mir eine einzige von deinen Mythen.«

»Die Sache mit dem angeblichen Verhältnis deines Ex.«

Ihr Blick wurde lauernd. »Wieso angeblich?«

»Weil es angeblich gar kein Verhältnis gab. Du sollst, so wird es kolportiert, während deiner Scheidung die Geschichte erfunden haben, um die Sache zu beschleunigen.«

»Tja, und wer sagt dir nun, dass es kein Verhältnis gab zwischen dieser Kindergartenschlampe und meinem Ex?«

»Sagen wir, mein Instinkt. Und die Tatsache, dass du es mir nicht beim ersten Mal erzählt hast.«

»Ist ja heute sowieso egal.«

»Im Ergebnis schon. Zumindest für deine Ehe. Im Zustandekommen sicher nicht.«

»Wie meinst du das?«

»Wenn andere dich für fähig halten, aus Rachsucht so eine Geschichte zu erfinden, gehen sie vielleicht auf Abstand.«

»Verstehe. Du meinst, die Kerle haben Angst vor mir, weil sie meinen Zorn fürchten.«

»Zum Beispiel.«

»Könnte was dran sein.« Sie stand auf, ging zum Tresen und holte sich Zigaretten.

»Willst du diesmal eine?«, fragte sie und hielt ihm die Packung hin.

Hartmann schüttelte den Kopf. »Was ich will, ist die Wahrheit.«

»Na komm, mal ehrlich, was spielt denn das jetzt noch für eine Rolle?«

»Für mich insofern, dass ich gern zuverlässige Quellen habe. Die Sache mit deinem Ex ist mir wurscht. Aber ich will noch immer wissen, was seit der historischen Ohrfeige im Kindergarten wirklich alles passiert ist. Und was dieser Stammtisch damit zu tun hat, an dem dein Ex sitzt.«

Sie nahm einen Zug, inhalierte tief und feixte dann.

»Ich erzähl dir zweierlei, wenn du es nicht morgen in die Rundschau schreibst: Also erstens ja, ich habe bei der Geschichte mit der Affäre ein bisschen nachgeholfen. Und zweitens: Der Kindergarten war selten Gesprächsthema beim Stammtisch. Aber alle, die da saßen, hatten dienstlich mit dem Kindergarten zu tun. Alle außer meinem Ex. Deswegen hast du vielleicht den Eindruck bekommen, hier sei irgendetwas ausgeheckt worden.«

»Aber die müssen doch auch über Dienstliches gesprochen haben.«

»Geht so. Gleich nach der Sache ging es natürlich schon das eine oder das andere Mal hoch her. Der Druck von außen war ziemlich groß, alle verlangten, dass die Chefin gefeuert werden sollte. Aber das ging nicht so einfach. Erstens wegen dem Arbeitsrecht und zweitens, weil Hentzschel und Raupach, sein Anwalt, auf keinen Fall wollten, dass der Kindergarten in ein schlechtes Licht gerückt wird. Die beiden haben gelogen, was das Zeug hält, und jeden, der etwas anderes behauptete, verleumdet und diffamiert. Den Hartung haben sie unter Druck gesetzt, bis er im Gemeinderat nur noch ihre Marionette war, na ja, und mein

Ex hing an ihren Lippen, als verkündeten sie das Evangelium. Das war auch schon alles.«

»Den Hartung unter Druck gesetzt? Wie denn, womit konnten sie ihn denn erpressen?«

»Na, der Hentzschel ist doch Geschäftsführer von diesem Verein, der den Kindergarten betreibt. Und der hat Druck gemacht. Wenn der Verein einen schlechten Ruf bekommt, gehen weniger Kinder in den Kindergarten, und der Verein kündigt den Betreibervertrag. Dann muss die Gemeinde sehen, wie sie einen neuen Betreiber bekommt.«

»Aber das ist doch Unfug. Es gibt so viele freie Träger für Kindergärten in Thüringen, das Rote Kreuz, die AWO, die Volkssolidarität und was weiß ich wer noch. Die hätten leicht wieder einen finden können. Umgedreht wird viel eher ein Schuh draus: So ein Kindergarten ist doch für manchen Verein die pure Gelddruckmaschine. Das weiß man schließlich.«

»Hmm«, machte sie und zündete sich noch eine Zigarette an. »Darüber habe ich noch gar nicht nachgedacht. Kann natürlich sein. Kann auch sein, dass da Geld geflossen ist. An Hartung zum Beispiel. Aber wie gesagt, solche Diskussionen gab es nur in der ersten Zeit. Später haben die sich ja auch woanders getroffen.«

»Ach ja, nach Ihrem … nach deinem Trainingsunfall.«

»Genau.«

»Ist da was vorgefallen am Stammtisch?«

»Mein Ex wollte wohl nicht mehr. Ich hab ihm ziemlich die Hölle heißgemacht. So nach dem Motto: Wenn du dich nicht um die Kneipe kümmern willst, dann will ich dich auch nicht mehr als Gast haben.«

»Wie ist das überhaupt, wem gehört eigentlich das Sportlerheim?«

Sie stand auf und räumte die Teller zusammen. »Jetzt gehst du aber ein bisschen zu weit, meinst du nicht?«, fragte sie. Sie stützte sich mit den Fäusten auf den Tisch. »Das Sportlerheim gehört dem Sportverein. Ich bin hier die Pächterin, so einfach ist das. Oder besser gesagt, ich habe den Pachtvertrag übernommen, den mein sauberer Ex nicht mehr erfüllt hat. Da gab es eine gegenseitige Klagedrohung zwischen dem Sportverein und meinem

Ex, und dann war der Drops gelutscht. Und bevor du dich bei anderen erkundigst: Die eine Hälfte meines Privathauses muss ich dem Arsch auszahlen. Das wird mich noch mein ganzes Leben Arbeit kosten. Aber es ist es wert, das kann ich dir sagen.« Sie war immer lauter geworden. Nun richtete sie sich mit einem Ruck auf.

»'tschuldigung«, murmelte sie. »Du kannst ja auch nichts dafür.«

»Komm, ich helf dir«, sagte er schnell und stand auf. Bloß keine Rührseligkeiten aufkommen lassen.

»Du bleib gefälligst sitzen. Das ist meine Kneipe. Hier musste noch kein Gast selbst abräumen.«

Er lächelte und sah ihr zu, wie sie leicht hinkend das Geschirr abräumte und in den Geschirrspüler packte.

»Magst du ein Bier?«, fragte sie vom Tresen her, als sei nichts gewesen.

Hartmann verneinte. Er hatte sich lange genug hier aufgehalten. Seine Mission war erfüllt, die Blumen und der Dank überbracht. Außerdem hatte er nun genügend Stoff zum Nachdenken.

Er war noch nicht ganz aus Auendorf raus, da fuhr er rechts ran, schaltete den Motor aus und kramte sein Handy aus der Tasche. Er suchte die Diktierfunktion. »Theorie«, sagte er dann ins Gerät. »Hartung, oder besser noch: der Bürgermeister, bekommt Geld zugesteckt, um den Betreibervertrag des Kindergartens nicht zu kündigen. Hartung wird gierig, erpresst den Betreiber mit seinem Wissen und soll beseitigt werden. Hentzschel prüfen.«

26

Er stand am Fenster, als das Telefon klingelte.

Sein Büro war – natürlich – das großzügigste im ganzen Haus. Es war eines der beiden Erkerzimmer in der alten Fabrikantenvilla aus der Gründerzeit und mochte früher möglicherweise als Salon gedient haben. Es hatte einen annähernd quadratischen Grundriss von vielleicht fünf Metern Kantenlänge, in Richtung Südwesten jedoch öffnete es sich zu einem runden Erker, der mit kleinen Sprossenfenstern vollständig verglast war.

Dort hinein hatte er sich eine dunkelgrüne Ledercouch bauen lassen, genau in den Radius des Erkers. Das sah wunderbar und einladend aus, auch wenn die Couch selten benutzt wurde. Böse Zungen im Haus sprachen hinter vorgehaltener Hand von einer »Besetzungscouch« für Kindergärtnerinnen, Praktikantinnen und Volontärinnen.

Thomas Hentzschel ließ die Schandmäuler ungestraft plappern. Er allein wusste, was an den Gerüchten stimmte. Und er hatte kein Interesse daran, sie zu zerstreuen, umgab sich gern mit der geheimnisumwitterten Aura eines Draufgängers, eines Abenteurers und eines erfolgreichen Selfmade-Mannes. Solange es Jahr für Jahr aufwärtsging, hatte er nicht das Geringste zu befürchten.

Und mit dem TVSK Riedburg, dem »Thüringer Verein für Soziale Kompetenz«, ging es bergauf. Zwei Jahre nach der Wende hatte er ihn mit einem Kompagnon gemeinsam gegründet, der schon lange und im Zorn den Verein verlassen hatte. Anfangs waren sie beide nur als Streetworker in der Jugendhilfe unterwegs gewesen.

Es waren harte Zeiten, aber die Fördermittel sprudelten im Überfluss. Mit Hilfe von mutigen Lehrern gründeten sie bald eine Schülerhilfe, mit zwei jungen Sozialpädagoginnen eine Jugendberatung, und zwei Jahre darauf bewarben sie sich als freie Träger für eine Kindertagesstätte. Hentzschel suchte sich rasch Verbündete, gewann seinen Hausarzt als völlig unverdächtigen Vereinsvorsitzenden, der sich im Übrigen immer über ein zusätzliches Handgeld freute, und ließ sich als hauptamtlichen Geschäftsführer einsetzen.

Inzwischen war der Verein einer der stärksten Verbände der Jugend- und Sozialarbeit, war Träger von nicht weniger als zwölf Kindergärten im Territorium, stellte Gebietsjugendpfleger, betreute und betrieb Jugendclubs, zwei Begegnungsstätten, eine davon international, hatte eine kleine Sprachschule angedockt und schickte sich gerade an, für mehr als drei Millionen Euro einen kompletten Kindergarten-Neubau in Harleshausen hochzuziehen.

Die neuen gesetzlichen Regelungen zur Förderung von Plätzen für unter Dreijährige erwiesen sich auch hier als sprudelnder Geldquell. Und wenn Hentzschel in den nun gut zwanzig Jahren im TVSK eines begriffen hatte, dann, wie man die Informationen über das Fließen des Geldes an entscheidender Stelle kappte. Er allein war derjenige, der alles wusste, und das war auch gut so.

Und er beherrschte die Kunst des Understatements. Beispiel Villa: Der Bau, den der Verein vor knapp sieben Jahren erwarb, machte von außen nicht viel her. Das Dach hatte er in Ordnung bringen lassen, bei der Fassade verhielt er sich zurückhaltender. Nichts sollte nach Protz aussehen. Und sein Büro, nun ja, das kannte ja kaum einer.

Auch Hentzschel selbst war ganz der Biedermann mit dem sozialen Gewissen. Stets in korrekte graue Anzüge gewandet, gab er den Mann mit der sozialen Ader, der seine Herkunft als Streetworker – was er vor der Wende getrieben hatte, fragte ihn längst niemand mehr – unauffällig herauskehrte. Grau wie seine Anzüge war auch sein Auto. »Islandgrau Perleffekt« nannte Volkswagen die Farbe seines Passats. Zuzüglich der Sonderausstattung, bei der Hentzschel ebenso wenig geizen wollte wie beim Wunsch-Kennzeichen TH-1, was sonst, kam der Wagen locker auf einen Listenpreis jenseits der fünfzigtausend Euro.

Wen interessiert's? Es war ja nur ein Volkswagen. Das Auto. Sagte ja schon die Werbung.

Mit Wohlwollen betrachtete er, die Hände tief in den Taschen vergraben, gerade sein kleines Schiff auf dem Hof, als das Telefon klingelte. Widerwillig ging er zurück zum Schreibtisch und drückte auf den Freisprech-Knopf seiner Telefonanlage.

»Ja«, knurrte er seine Vorzimmerdame an.

»Frau Sommer vom Architekturbüro Davideit möchte Sie sprechen.«

Na großartig, dachte Hentzschel. Freitagnachmittag und Ärger auf dem Bau. Das hatte ihm gerade noch gefehlt. Doch er ließ sich nichts anmerken, nicht mal seiner Stimme.

»Stellen Sie durch. – Hentzschel.«

»Gut, dass ich Sie noch erwische, Herr Hentzschel«, begann Frau Sommer. Ihre Stimme klang tief und kratzig, gerade so, als hätte sie sich eine dieser Sommergrippen eingefangen. Scheußlich, das, dachte Hentzschel.

»Worum geht es?«, fragte er kurz angebunden.

»Herr Davideit persönlich möchte Sie sprechen.«

»Ja bitte, stellen Sie durch.«

»Nein, da habe ich mich falsch ausgedrückt. Herr Davideit möchte Sie in Harleshausen auf der Baustelle sprechen. Er ist gerade los und hat bemerkt, dass sein Handy beinahe den Geist aufgegeben hat. Er lässt sich entschuldigen …«

Hentzschel unterbrach sie. »Sagen Sie mir doch einfach, worum es geht, Frau Sommer.« Dass die aber auch immer so umständlich um den heißen Brei herumreden musste.

»Wenn ich es richtig verstanden habe, ist es die Außenterrasse, die nicht gebaut werden kann. Bei den Gründungsarbeiten ist man heute überraschend auf Hohlräume gestoßen, und jetzt ist eine neue Baugrunduntersuchung notwendig. Das sollten Sie sich unbedingt ansehen, meint Herr Davideit.«

Hentzschel verdrehte die Augen.

»Wie bitte? Keine Terrasse? Das ist jetzt nicht Ihr Ernst.«

»Ich kann die Details nicht erläutern. Herr Davideit war auch ganz aufgeregt. Deswegen ist er ja auch gleich losgefahren. Er möchte sich mit Ihnen um siebzehn Uhr auf der Baustelle treffen.«

Hentzschel schielte auf die Uhr. Das war in fast zwei Stunden. Na gut, Davideit, der von Halle runterkam, hatte einen deutlich längeren Weg.

»Ist er noch erreichbar?«, fragte Hentzschel.

»Garantiert nicht, sein Handy hat er hier wütend in die Ecke geknallt.«

Auch das noch. In Hentzschel wuchs die Wut. Der konnte ihn doch nicht einfach einbestellen. Wer bezahlte hier eigentlich wen? Seit wann wedelte der Schwanz mit dem Hund? Andererseits – die automatisch zu beschattende Sonnenterrasse war eines der Prunkstücke des Kindergartenbaus, das konnte er nicht irgendwelchen Zufällen überlassen. Er biss die Zähne zusammen.

»Ich werde da sein«, sagte er knapp und legte auf.

Wer nach Harleshausen kam, der durfte es nicht eilig haben. Die Stadtverwaltung hatte fast im ganzen Stadtgebiet ein Tempolimit von dreißig Stundenkilometern durchgesetzt. Der Bürgermeister begründete das mit dem angestrebten Status als Luftkurort, um den die Kleinstadt seit Jahren mit einer ans Lächerliche grenzenden Ernsthaftigkeit kämpfte. Zugegeben, schön war es hier schon. Schön ruhig, schön erholsam, schön dicht am Wald. Aber für einen Luftkurort brauchte es nun mal zuallererst ein Luftgutachten. Daran war das Vorhaben in den letzten Jahren immer wieder gescheitert.

Immerhin: Als Wohnort war das Städtchen sehr begehrt. Auch immer mehr jüngere Leute zogen hierher, vor allem, wenn sie Arbeit hatten. Darauf setzte auch Thomas Hentzschel. Er hatte seit Jahren einen Standort für einen Kindergarten-Neubau gesucht und sich letztlich mit dem Bürgermeister auf einen Deal verständigt. Zumal der TVSK bereits Betreiber des alten Kindergartens oben am Waldrand war. Der neue würde in der Nähe des Harlesbaches entstehen. Der Verein hatte dazu die alte Stadtmühle nebst opulentem Gartengrundstück erworben und die Mühle abreißen lassen.

Hohlräume an der Terrasse. So ein Quatsch. Von da aus waren es noch dreißig Meter bis zum Bach und höchstens drei Höhenmeter. Befände sich dort ein Hohlraum, dann stünde er längst voller Wasser. Vielleicht war ja was mit den Spundwänden, die die Gründung gegen das feuchte Erdreich absichern sollten.

Er parkte seinen Passat direkt an der Baustelleneinfahrt. Ohnehin dürfte keiner der Arbeiter mehr auf dem Gelände sein. Es war Freitag, später Nachmittag, da waren die längst auf dem Weg ins Wochenende.

Die Nacht zuvor hatte es geregnet, und in den Spuren, die

die Reifen der Lkw in den weichen Boden gegraben hatten, sammelte sich das Wasser. Thomas Hentzschel stakste wie ein Storch über die Baustellenzufahrt, er wollte vermeiden, dass seine perfekt geputzten dunkelbraunen Slipper mit Schlamm bespritzt wurden. Aber es war ein weiter Weg über das Grundstück bis zur eigentlichen Baustelle, und schon auf halber Strecke wurde ihm klar, dass es besser gewesen wäre, er hätte die Gummistiefel in den Kofferraum gepackt. Doch für »hätte«, »wenn« und »wäre« gibt der Kaufmann nichts. Das hatte ihm schon sein Vater eingebläut, und mit dieser Devise war er bislang ganz gut gefahren.

Die Baustelle war, wie nicht anders zu erwarten war, vollkommen verwaist. Paletten voller Ziegelsteine, sorgfältig in Plastefolie gehüllt und mit Spannbändern verzurrt, harrten ihrer Öffnung. Zwischen zwei Büschen, von denen mindestens einer schon durch eine Baumaschine schwer getroffen sein musste, befand sich ein DIXI-Klo, dessen Tür im leichten Wind immerfort auf und zu schwang. Man hatte es auf eine Europalette gestellt, es machte dennoch einen wackligen Eindruck. Thomas Hentzschel würde es wohl nie fertigbringen, in so einer stinkenden Plastebox sein Geschäft zu verrichten. Einmal war er sogar dazu gezwungen gewesen: Auf der Autobahn zwischen Hannover und Hamburg hatte ihn ein solch dringliches Verlangen überkommen, dass er den nächsten Parkplatz ansteuern musste, auf dem sich nur so ein einsames Wanderscheißhaus befand. Er ekelte sich schon vor den Edelstahltoiletten am Rand der Autobahn, aber so etwas, brrr.

Das Gartengeschoss war im Rohbau annähernd fertig. Eigentlich war es ein Kellergeschoss, aber durch das hier stark abfallende Gelände ging es hinten ebenerdig auf eine großzügige Terrasse. Wenn man später vom Radwanderweg am Harlesbach aus auf das Gebäude blickte, würde es bedeutend größer aussehen als von der Straßenfront. Auch eine Art Understatement. Wenn denn die Terrasse gebaut werden konnte, wenn sich nicht irgendwelche Baugrundprobleme ergeben hätten. Aber das würde er ja gleich klären können.

Davideit schien noch nicht da zu sein. Mit seinem schweren Jeep wäre er garantiert bis zum Abhang gefahren. Sicherheitshalber rief Hentzschel nach ihm. »Herr Davideit?« Er blieb stehen und lauschte. Nichts. Wenn er sich anstrengte, konnte er vielleicht sogar das Murmeln des Baches hören.

Der Zugang zum Gebäude lag hinter einem Graben – die Baugrube war noch nicht verfüllt. Um ins Innere zu gelangen, musste man über zwei dicke Bohlen balancieren. Er bezweifelte, dass das den Sicherheitsvorschriften entsprach, beschloss aber, nichts zu sagen. Die Firma baute preiswert. *Wie* sie das hinbekam, war ihm im Grunde egal. Hauptsache, bei der Qualität des Baues wurden keine Abstriche gemacht. Er ging vorsichtig über die Bohlen ins Gebäude. Die Treppe hatte kein Geländer, das würde erst nach dem Richtfest kommen.

Schmutzige Kabeltrommeln, aufgerissene Zementsäcke, ein verschmiertes Radiogerät – es sah alles genauso aus, wie er es sich vorgestellt hatte. Eine Baustelle eben. Im Untergeschoss zeigte sich, dass er mit der Wahl des Architekten ins Schwarze getroffen hatte: Kam man die Treppe hinunter, blickte man durch einen kurzen Gang in ein helles Foyer, das sich einmal als Atrium über drei Etagen erstrecken würde. Dahinter begann die Terrasse. Und der besondere Clou, den jetzt noch keiner sehen konnte: Die Glaswand, die das Gebäude zur Terrasse hin begrenzte, ließ sich im Gartengeschoss rahmenlos auffalten. So wurde das Foyer selbst auch zur vergrößerten Terrasse. Natürlich alles nicht nur komplett barrierefrei, sondern auch behindertengerecht. Es würde nur eine Frage der Zeit sein, bis das Zauberwort von der Inklusion auch in den Kindertagesstätten zur materiellen Gewalt wurde.

Die Terrasse selbst war noch nicht fertig. Man würde dafür eine große Betonplatte auf ein Fundament aus Bohrpfählen setzen, die gerade errichtet wurden. Das Gelände war aus Gründen des Bauablaufes dennoch fast zwei Meter tief ausgehoben. Auf der der künftigen Terrasse gegenüberliegenden Seite hatte man eine Spundwand in die Erde gerammt, um zu vermeiden, dass die kleine Baugrube im Wasser absoff. Und wie das mit den Bohrpfählen technologisch ging, das musste Hentzschel schließlich nicht begreifen.

Er bewegte sich vorsichtig zum Rand der Baugrube, um hinunterspähen zu können. Der Boden war schmutzig und glitschig. Dann hörte er hinter sich dieses Geräusch. Wie ein Schlurfen.

Er wollte sich umdrehen, doch dazu kam er nicht mehr. Nach einem kurzen Sirren riss es ihn beinahe von den Beinen. Ein unfassbarer Schmerz raste von seiner Leber ausgehend durch seinen Körper. Ihm blieb auf der Stelle die Luft weg, es war, als wäre seine Atmung blockiert. Eine furchtbare Übelkeit breitete sich aus. Thomas Hentzschel ging auf die Knie. In seinen Ohren rauschte das Blut.

Dennoch konnte er deutlich das Sirren in der Luft hören, bevor der Baseballschläger ein zweites Mal auf ihn niederkrachte. Seine Hüfte explodierte in einem schreienden Schmerz, und er fiel vornüber auf die Hände. Da hatte er nun so auf seine Schuhe aufgepasst, und nun machte er sich auch noch die Hose schmutzig.

Thomas Hentzschel spürte, wie sein Magen sich zusammenkrampfte, wie er die schon gut verdauten Reste des Mittagessens der Speiseröhre überantwortete, um sie kochend heiß nach oben zu pumpen. Trotzdem zwang er sich, den Kopf zur Seite zu drehen. Er wollte sehen, wer ihn hier so brutal zusammenschlug. Er erkannte eine Jeans, die in Motorradstiefel gesteckt war …

Da, wieder das Sirren. *Hör auf*, wollte er betteln, doch da krachte das Holz das dritte Mal auf ihn nieder. Ein kraftvoll und wuchtig geführter Schlag, direkt auf den Rücken. Es knackte, so laut hörbar, wie wenn ein dicker Ast bricht, dann blitzte es in seinem Gehirn grell auf. Thomas Hentzschel verlor kurzzeitig das Bewusstsein.

Als er wieder zu sich kam, waren seine Augen von einem blutigen Schleier bedeckt. Sein Gesicht lag auf der Seite auf dem kalten und schmutzigen Boden, aus seiner Nase blubberte beim Atmen Kotze. Aber immerhin, er lebte. Wie von ganz weit weg und wie durch Watte hörte er eine Stimme.

»Rache für die Schlampe, du Sau.«

Dann traf ihn etwas in die rechten Rippen. Nicht so hart wie vorhin, aber sofort schoss wieder ein höllischer Schmerz durch seinen Körper. Eine Stiefelspitze bohrte sich unter seinen Bauch, und er spürte, wie er umgedreht wurde. Auf den Rücken. Auf den Rücken? Unter ihm war nichts mehr, er war völlig schwerelos. Er schwebte, und fast schien es ihm, als sei sämtlicher Schmerz von ihm genommen. Das änderte sich, als er mit seiner gebrochenen Wirbelsäule auf dem Grund der Baugrube aufschlug. Wieder explodierten Blitze hinter seiner Stirn, dann wurde es dunkel.

Die Watte in den Ohren war noch da. Ganz von fern hörte er ein kratzendes Geräusch. Dann ein rasselndes. Rhythmisch. Er versuchte, sich zu konzentrieren. Und wieder: Ratsch, chrrrrr. Ratsch, chrrrr. Das Rasseln veränderte den Ton, wurde schwächer. Bauarbeiter. Hier sind Bauarbeiter. Wie lange hatte er hier gelegen? Eine Stunde? Einen Tag? Ein Wochenende? Ihm war kalt, und er spürte seinen Körper nicht mehr. Aber vielleicht war das auch gut so. Der Blutschleier vor den Augen war noch da. In seinem Kopf raste der Schmerz.

Dann ein anderes Geräusch. Auch rhythmisch. Etwas quietschte. Ein Rad. Ja, das war ein Rad, das bei jeder Umdrehung quietschte. Und wieder ein Rasseln – ein langes. Fast zeitgleich spürte er seine Beine wieder, seine Hüfte. Schmerzend. Etwas wurde darübergepackt, rasselnd. Er zwang sich, die Augen zu öffnen, und erblickte oben am Rand seines Gesichtsfeldes die leere Mulde einer senkrecht stehenden Schubkarre. Zwei Hände hatten die Holme gepackt und schüttelten die Karre. Seine eigenen Hände waren zugeschüttet. Es krümelte zwischen den Fingern. Scharfkantig. Kies.

Neeeiiin, glaubte er zu schreien, doch er bekam keinen Ton heraus. Er lag wie gelähmt in der Grube.

Als er das kratzende Geräusch erneut hörte, wurden seine Gedanken plötzlich kristallklar. Er würde hier sterben. Hier, in der Baugrube seines Kindergartens. Der leitende Architekt würde ihn nicht finden, weil der gar nichts von ihrer Verabredung wusste.

Er konnte nicht schreien, er konnte sich vor Schmerzen nicht bewegen, und er würde hier lebendig begraben werden.

Als das Geräusch des quietschenden Schubkarren-Rades lauter wurde, wollte er um Gnade winseln. Die Lippen, zwischen denen schaumiges Blut Blasen schlug, bekam er noch auf. Dann krachte die Ladung Kies auf sein Gesicht. Als er den Mund schloss, knirschte es zwischen den Zähnen. Das war das Letzte, was Thomas Hentzschel hörte.

27

Ja, es war ein Oldie. Steffi Schmaerse mochte ihn trotzdem. Und heute passte er ganz besonders gut. *»Tell me why I don't like Mondays«*, plärrte es aus dem kleinen silbernen Würfel von Radio in ihrem Badezimmer, als sie sich die Zahnbürste in den Mund steckte. Und ihr selbst ging es ja heute genauso. Am liebsten wäre es ihr, wenn das Wochenende noch einen Tag länger gedauert hätte. Sie hatte die beiden Tage dringend zur Erholung gebraucht und fühlte sich dennoch wie gerädert. Der Mord an Kahn steckte ihr buchstäblich in den Knochen.

Steffi Schmaerse war ein Frühstücksmuffel. Wo andere sich selbst als Single den Tisch gleich morgens reich deckten, sich ein Spiegelei brieten oder Marmelade und Nutella schlemmten, trank Steffi Schmaerse nur ein Glas Wasser.

Bis dahin verlief ihr Morgen wie der anderer Menschen auch. Ein bisschen Stretching vor dem Aufstehen, eine heiße Dusche mit kaltem Ende, ein bisschen Grübeln vor dem Kleiderschrank, Lüften und Bettenmachen. Dann aber nur das Glas Wasser und der Griff zu ihrer Handtasche. Dafür ging sie lieber eine halbe Stunde früher aus dem Haus, verzichtete auf das Auto und mischte sich gleich unters Volk.

Zwei Straßen weiter wusste sie eine kleine Bäckerei, wo sie sich ein belegtes Brötchen und einen Kaffee holte. Die Bäckerei war gerade weit genug von der Altstadt entfernt, um noch preiswert zu sein, und doch dicht genug dran, um schon einen dünnen und trägen Strom morgendlicher Passanten an ihr vorbeizutreiben. Im Winter und im Frühling hatte sie ihren Stammplatz gleich hinter der Tür. Die Folien mit dem Namen der Bäckerei an der Schaufensterscheibe ließen gerade auf Augenhöhe einen Schlitz Klarglas frei, durch den Steffi eine prima Aussicht nach draußen hatte. Im Sommer jedoch wählte sie einen Platz an den kleinen Tischchen vor der Bäckerei. Ein wahrer Logenplatz, an dem das Leben der anderen wie auf einer Bühne an ihr vorbeizog.

Sie sah Schulkinder, die erst zur zweiten Stunde mussten, ihre bunten Ranzen und Rucksäcke auf dem Rücken, manche Hand in Hand; Geschäftsleute, den Aktenkoffer in der Hand und, vor allem im Frühling, den Mantel über dem Arm, zu einem Termin hetzend; Müßiggänger mit in den Nacken gelegten Häuptern, den Blick auf die Jugendstilfassaden der Bürgerhäuser gerichtet; im Gegensatz zu dem einen oder anderen Penner, der die Augen auf den Boden geheftet hatte, damit er niemanden ansehen musste in seinen schäbigen Sachen, einen schmutzigen Plastebeutel mit Pfandflaschen oder Habseligkeiten in der Hand. Auch die Zahl der Bettler nahm zu.

Steffi Schmaerse bemerkte es mit Unbehagen. Wo Armut war, war immer auch Kriminalität. Erst zu Jahresbeginn hatte sie den Mord an einem Obdachlosen aufklären müssen, den man am Güterbahnhof gefunden hatte. Er war von einem anderen Obdachlosen erschlagen worden, und Steffi war hin- und hergerissen gewesen zwischen der ehrlichen Abscheu vor dem Verbrechen und dem, ja, fast Mitleid mit dem Täter, der sein bisschen Leben in solch einer Armseligkeit führen musste. Manchmal gab sie Bettlern ein wenig Kleingeld, wenn sie mit dem Frühstück fertig war und ein Stück zurückgehen musste bis zur Straßenbahnhaltestelle.

Hatte sie viel Zeit, dann ging sie in die andere Richtung, in Richtung Zentrum, bis zur nächsten Haltestelle. Dabei kam sie an einem Schreibwarenladen, drei Klamottenläden und der Filiale einer Confiserie-Kette vorbei, in der sie ab und an ihre Vorräte an Naschwerk auffüllte.

Die Straßenbahn schließlich spuckte sie annähernd genau vor der Landespolizeiinspektion aus. Wenn sie quietschend weiterfuhr, gab sie den Blick auf ihre Dienststelle frei.

Steffi Schmaerse atmete tief ein und aus, seufzte ein wenig, weil wieder eine arbeitsreiche Woche vor ihr lag, zog den Riemen der Handtasche ein wenig fester und zwang sich zu einem Lächeln, als sie am Pförtner vorbeiging und ihr der vertraute Geruch der Inspektion entgegenschlug.

War die Straßenbahn pünktlich, so wie heute, dann zeigte die Uhr genau acht Uhr dreiundfünfzig, wenn Steffi Schmaerse ihr Dienstzimmer betrat.

Im normalen Dienstablauf würde sie jetzt den Rechner hochfahren, sich in das Intranet einloggen, ihre Mails prüfen und um neun Uhr dreißig ihre Kollegen zur Dienstberatung empfangen. Nicht so am Montag. Zumindest nicht an den Montagen nach einem freien Wochenende. Dann nämlich stand schon um neun Uhr der Kollege der Wochenendbereitschaft zum Rapport auf der Matte.

Heute hoffte sie darauf, dass es keinen Einsatz gegeben hatte. Es war Urlaubszeit, und durch den Mordfall Kahn hatten die paar verbliebenen Ermittler wirklich genug zu tun. Mord hatte immer Vorrang, und Mord rechtfertigte auch jede Überstunde. Aber jetzt kam zu dem Druck, den sie sich selbst und ihrem Team machte, auch noch der Druck von oben hinzu. Bis Mittwoch hatte ihr der Polizeidirektor noch eine Schonfrist gegeben. Dann wollte er Ergebnisse sehen. Die Staatsanwaltschaft, so behauptete er immer, würde ihm im Nacken sitzen.

Ein Blödsinn war das. Der Staatsanwalt saß eher ihr im Nacken, als dass er Tremel anrufen würde. Außerdem war es wie bei jeder Ermittlung: Sie dauert so lange, wie sie dauert. Schließlich saß sie nicht tatenlos am Schreibtisch und bohrte in der Nase. Solche Nörgeleien gingen ihr an die Substanz.

Es klopfte leise, dann steckte Hölbing den Kopf durch die Tür.

»Darf ich schon?«, fragte er.

»Klar, komm rein, Frank«, antwortete sie.

Er trug neben der grünen Mappe mit dem täglichen Lagefilm der Einsatzzentrale auch eine gelbe Mappe mit sich. Die Anfangsakte eines Ermittlungsverfahrens. Gelb bedeutete Unheil. Nur Rot wäre schlimmer, dann hätten sie es mit einem Tötungsdelikt zu tun.

Steffi seufzte. »Na, was haben wir denn da Schönes?«, fragte sie und zeigte resigniert auf die gelbe Mappe.

»Schön ist relativ«, sagte Frank und schlug die Akte auf. »Also: Wir haben offenbar am Freitagabend einen Mordversuch gehabt.«

Steffi hob die Augenbrauen und nickte ihm zu. Weiter, hieß das.

»Das Opfer wurde in Harleshausen auf einer Baustelle niedergeschlagen. Es liegt schwer verletzt auf der Intensivstation und ist noch nicht vernehmungsfähig.«

»Wie kommst du auf versuchten Mord?«

»Die Tatausführung lässt derzeit keine andere Schlussfolgerung zu. Dem Mann hat man die Wirbelsäule gebrochen, bevor er in einen Graben geworfen und mit Kies bedeckt wurde.«

Steffi Schmaerse verzog schmerzhaft das Gesicht. Sie nickte wieder.

»Der oder die Täter müssen auch davon ausgehen, dass der Mann tot ist – er wurde nur durch einen Zufall von einem Zeugen gefunden. Der Polier einer Hochbaufirma wollte Freitagabend seiner Frau die Baustelle zeigen. Er sah an der Baustelleneinfahrt das Auto des Opfers, der sein Bauherr war, und traute sich nicht aufs Gelände. So ist er zunächst mit seiner Frau ein Eis essen gegangen. Als er zurückkam und das Auto immer noch dort stehen sah und immer noch niemanden auf der Baustelle erblickte, ging er rein und rief nach dem Mann. Dann sah er, dass einiges anders war als zu dem Zeitpunkt, als er ein paar Stunden zuvor als Letzter die Baustelle verlassen hatte. Zum Beispiel steckte eine Schaufel im Kieshaufen. Normalerweise wird das Werkzeug in den Container gestellt, für den Fall, dass es regnet. Dann hat er zielgerichtet gesucht. Und aus der Kiesschüttung, die auch in dieser Baugrube gar nicht vorgesehen war, hatte sich eine Hand gewühlt. Dann hat er die Rettungsleitstelle angerufen – also alles richtig gemacht. Sicherheitshalber habe ich das für die Presse komplett sperren lassen.«

Er machte eine Pause.

Schmaerse, die konzentriert zugehört hatte, nickte. »Das hast du richtig gemacht, Frank. Wie geht es dem Mann?«

»Der ist so gut wie tot. Er ist beinahe erstickt, hat auf jeden Fall extremen Sauerstoffmangel im Gehirn gehabt. Was das für das Opfer genau bedeutet, können die Ärzte derzeit nicht sagen. Schwere Hirnschädigungen sind nicht ausgeschlossen. Zudem wurde ihm das Rückgrat gebrochen. Röntgenbilder zeigen Rippenserienfrakturen, eine Leberquetschung und innere Blutungen. Schulter und Schlüsselbein sind zertrümmert. Sie haben ihn zunächst in ein künstliches Koma gelegt. Das war Freitagnacht. Der Stand von gestern Abend ist unverändert kritisch. Sie wissen nicht, ob, wann und in welchem Zustand er aufwacht.«

»Hmm«, machte Schmaerse. Dann fragte sie: »Hast du an Polizeischutz gedacht?«

»Ja, ich habe der Inspektion zumindest einen Beamten abschwatzen können, der vor der Intensivstation sitzt. Allerdings nur bis heute Mittag, bis dahin will der PI-Leiter eine Entscheidung des Staatsanwaltes.«

Schmaerse blickte ihn irritiert an und klopfte mit der stumpfen Seite des Bleistiftes auf ihrem Schreibtisch herum. »Jaja, kriegt er«, sagte sie zerstreut. »Haben wir zum Täter irgendeinen Anhaltspunkt? Gibt die Spurenlage etwas her?«

»Ja und nein. Wir haben Spuren ohne Ende. Fußspuren, Zigarettenkippen, möglicherweise Fingerabdrücke an der Schubkarre oder Hautschuppen am Schaufelstiel … Aber du weißt ja, wie das ist. Noch haben wir gar nichts.«

»Du sagst, ihm wurde das Rückgrat gebrochen. Dazu reicht doch nicht der Schaufelstiel, oder?«

»Keine Ahnung. Mein Bauch sagt Nein, aber was ist schon so ein Bauch. Wenn du nach einem anderen Tatwerkzeug fragst – wir haben nichts gefunden. Ich war gestern noch mal draußen bei der Spusi. Aber wir werden auch noch mal den Polier fragen müssen, zum Verifizieren der Spuren. Und das Ganze eilt.«

Steffi Schmaerse lächelte müde. »Eilt es nicht immer?«

Hölbing druckste rum. »Na ja, es machen auch die Bauleute Druck. Die wollen weitermachen, und ich hab die Baustelle erst mal sperren lassen.«

Schmaerse lachte bitter. »Druck. Alle machen Druck. Tremel will in Sachen Kahn bis Mittwoch einen Ermittlungserfolg.« Sie lehnte sich in ihrem Stuhl zurück und verschränkte die Arme hinterm Kopf. »Gibt es eigentlich was Neues in Sachen Kahn?«

Hölbing schüttelte den Kopf. »Nicht die Bohne. Aber heute könnte das Ergebnis vom LKA in der Post sein – wegen dem Samurai-Schwert vom Kröger.«

Schmaerse ruckte wieder nach vorne. »Na wenigstens etwas. Pass auf, ich sag dir, wie wir es machen: Nach der Dienstberatung fahren wir zu dritt raus. Wir zwei plus Plöttner. Wir schauen uns den Tatort noch mal gemeinsam an, Plöttner kann mit der Befragung der Bauleute beginnen. Du kannst …«, sie schielte auf ihre Uhr, »… noch vor der Beratung eine Übersicht anfordern, wer am Freitag womit auf der Baustelle beschäftigt war. Wir müssen die Spuren trennen: Die guten ins Töpfchen und so weiter. Wenn wir dort draußen fertig sind, können die, die Plöttner befragt hat, weiterarbeiten. Wir zwei schauen uns dann das Umfeld des Bauherrn etwas näher an.«

»Da kann ich schon das Erste sagen: Der Mann, er heißt Thomas Hentzschel, ist Geschäftsführer des Thüringer Vereins für Soziale Kompetenz hier in Riedburg.«

»Hmm, riecht nach Sozialmafia«, sagte Schmaerse.

Hölbing grinste. »Zumindest hat das Wirtschaftsdezernat mal ermittelt. Das hat mir der Computer verraten, als ich gestern Langeweile hatte. Aber da können noch ganz andere Sachen dahinterstecken. Fördergeldbetrug oder irgendwas mit den kleinen Fischen – bei dem Verein kannst du auch Sozialstunden leisten und so was …«

Schmaerse wedelte ab. »Orakel nicht so viel rum«, unterbrach sie ihn. »Ruf die Bauleute an und trommele mir unseren Truppenteil zusammen. Wir müssen langsam anfangen.«

Ein Scheißmontag. Der Fall Kahn band jede Arbeitsminute, und jetzt kam noch so ein brutaler Mordversuch hinzu. Dabei erzählte sie in ihrem Bekanntenkreis immer, was für ein friedliches Städtchen Riedburg eigentlich war. Sie würde ihren Chef um weitere Kräfte bitten müssen. Und das hieße, eine Soko bilden. Hölbing wollte in zwei Wochen seinen Jahresurlaub antreten. Sie war ihm fast dankbar, dass er es vorhin nicht angesprochen hatte. Sie hasste Quengeleien. Und sie hasste es, ihren Mitarbeitern den Urlaub streichen zu müssen. *»Tell me why I don't like Mondays«.*

Die Sonne ging Ende Juli erst spät unter. Aber sie tauchte die Straße bereits in ein warmes und rötliches Licht, als Kriminalhauptkommissarin Steffi Schmaerse an diesem Tag die Polizeiinspektion verließ. Die Straßenbahnen fuhren schon in größeren Abständen, aber sie hatte dennoch das freundliche Angebot von Doro Alberti ausgeschlagen, sie im Wagen mitnehmen zu wollen. Sie wollte noch ein bisschen für sich sein, wollte aus dem Straßenbahnfenster den letzten Einkäufern und den ersten

Nachtschwärmern zusehen, bevor sie nach Hause kam. Auch dort würde wieder nur Arbeit warten. Hätte sie mal die Wäsche schon gestern Abend in die Maschine gestopft, dann könnte sie inzwischen trocken sein.

Der Tag hatte einiges an neuen Erkenntnissen gebracht. Am niederschmetterndsten war die Post aus dem LKA gewesen: Das Samurai-Schwert von Andreas Kröger war sauber. Sie traute dem Mann nach wie vor nicht, doch sie hatte nichts gegen ihn in der Hand. Und Staatsanwalt Walser würde sich nicht ein zweites Mal vorführen lassen wie ein kleiner Schuljunge.

Der Mordversuch an Hentzschel war auch nicht einfacher, zeigte aber gleich am ersten Tag eine heiße Spur. Der Täter hatte offenbar eine Komplizin. Beim Thüringer Verein für Soziale Kompetenz fand sich eine Zeugin, die einen Lockanruf entgegengenommen hatte. Demnach war es eine Frau, die Hentzschel unter einem Vorwand auf die Baustelle bestellt hatte. Und sie sprach einheimischen Dialekt. Die Telefonanlage des Vereins zeichnete zwar die Anrufe auf, dummerweise war das allerdings einer mit unterdrückter Nummer gewesen.

Die Frau hatte sich mit »Sommer« vorgestellt und handelte angeblich im Auftrag des leitenden Architekten, eines Mannes namens Davideit. Nun, das war wieder eine heiße Spur. Offensichtlich hatte die Dame Einblick in Geschäftsinterna des Vereins, denn auf dem Bauschild war zwar das Hallenser Architekturbüro aufgeführt, nicht jedoch der Name des Chefs und schon gar nicht der Name seiner Sekretärin. Die Zahl der Involvierten würde vom ersten Tag an niedriger sein als bei der Mordsache Kahn.

Doch das Opfer des Anschlages lag noch immer im Koma. Der nachmittägliche Besuch im Krankenhaus hatte ihr gezeigt, wie sinnlos es war, in absehbarer Zeit auf eine Aussage von ihm zu hoffen. Der Chefarzt des Krankenhauses gab ihm eine Überlebenschance von fünfundzwanzig Prozent in der nächsten Woche. Würde er den Verletzten aus dem Koma holen, so prognostizierte er, wäre er vermutlich innerhalb einer Stunde tot.

Immerhin hatte Heiko Walser einen niederschwelligen Polizeischutz für den Mann angeordnet. Fortan würde vierundzwanzig Stunden am Tag ein Polizeibeamter vor der Intensivstation Wache schieben und nur autorisierte Personen hineinlassen. Das konnte man zwar bei einer Intensivstation ohnehin voraussetzen, aber in diesem Fall gab es ja offensichtlich konkrete Gefahren.

Nun gut – bislang wusste niemand außer den involvierten Personen, um wen es sich bei dem Verletzten handelte. Aber der oder die Mörder waren sicherlich nicht dumm: Vorläufig mochten sie glauben, der »Tote« sei inzwischen einbetoniert. Käme aber nicht binnen einer Woche eine Vermisstenmeldung, dann würden sie sich ihren Teil denken können. Aber wer weiß, vielleicht kriegte sie ja Walser sogar überredet, so eine getürkte Vermisstenmeldung zu verantworten.

Platz der Demokratie. Die gute Stube der Stadt. Würde Steffi Schmaerse hier aussteigen und die Straße Richtung Süden nehmen, dann wäre sie ebenso schnell zu Hause wie mit der Bahn, die noch eine weite Schleife über den Marienplatz zog. Außerdem käme sie auch noch am Fleischerladen vorbei und könnte einkaufen. Doch sie war müde und träge, so blieb sie sitzen und hing weiter ihren Gedanken nach. Die zwei jungen Burschen, die gerade eingestiegen waren, zogen eine deutliche Bierfahne nach sich. Widerlich. Doch wenigstens pöbelten sie niemanden an. Sie tuschelten miteinander, sahen sich verstohlen um und suchten sich umständlich einen Platz.

Dann sah Steffi Schmaerse, wie sich der Längere von beiden an der Handtasche der älteren Dame in der Reihe vor ihm zu schaffen machte. Oh nein, nicht auch noch so was. Steffi sog kurz Luft ein und bellte dann ein scharfes »Finger weg!« nach vorne. Die Hand des Jugendlichen zuckte zurück. Er drehte sich um und funkelte sie böse an. Steffi blieb sitzen. An der nächsten Haltestelle standen die beiden auf.

»Blöde Fotze«, zischte der Lange ihr böse und provokant zu. Speichel sprühte von seinen Lippen, und wieder streifte sie ein Hauch säuerlicher Bierdunst.

Sie blieb apathisch sitzen. *»Tell me why I don't like Mondays«*. Beinahe hätte sie die Melodie leise mitgesummt.

28

Das Riedburger Krankenhaus war ein relativ moderner Komplex. Nach der Wende war es zwischen dem Birkenviertel, wo die höchste Einwohnerdichte bestand, und der Ostvorstadt errichtet worden. Anfangs ein gewöhnliches Akutkrankenhaus der Regelversorgung mit knapp sechshundert Betten, hatte es sich schnell auf Herzoperationen spezialisiert. Die Stadtväter waren klug genug, beim Schleifen der Plattenbauten auch solche auszuwählen, die direkt neben dem Klinikgelände lagen. So konnte kurz nach der Jahrtausendwende ein weiterer Klinikkomplex hochgezogen werden, der jetzt als Herzzentrum Riedburg thüringenweit einen guten Klang hatte. Kooperationspartner und wichtigster Geldgeber war damals die Aesculap-Gruppe, die das Haus vor zwei Jahren auch wirtschaftlich übernommen hatte. Eine Entscheidung, an der die große Koalition im Stadtrat zerbrach, denn es bestand bis auf den heutigen Tag Uneinigkeit darüber, ob der Weiterbetrieb als kommunales Krankenhaus die Stadtfinanzen ruiniert oder gerettet hätte.

Peter Hartmann hatte seinen Chrysler brav auf dem großen Parkplatz des Klinikums abgestellt und war zu Fuß durch den kleinen Park gegangen. Nur nicht auffallen. Jetzt lungerte er an der Einfahrt der Rettungswache herum und schwatzte mit zwei Rettungssanitätern. Sie saßen auf einer Gartenbank vor dem Gebäude und rauchten. Noch vor zwei Monaten hätte Hartmann selbst jovial die Schachtel rumgehen lassen – jetzt saß er nur da und wusste nicht, wohin mit seinen Händen.

»Und der hatte wirklich schon Kies im Mund?«, fragte er mit gedämpfter Stimme.

»Der war völlig hinüber«, nickte einer der Sanitäter.

»Wenn ihr mich fragt: Den kriegen die auch nicht wieder hin«, meinte der andere.

»An uns hat es nicht gelegen«, sagte der erste wieder. »Wir haben den ausgegraben wie eine ägyptische Mumie. Aber – du weißt von nix! Es ist ja schon ein Wunder, dass wir dem bei der

Bergung nicht das Kreuz zerrissen haben. Eine falsche Bewegung, und der hört einfach auf zu atmen.«

»Wenn man das noch atmen nennen konnte.«

»Ja, beim Intubieren auf dem RTW haben wir sogar in der Luftröhre noch Kiessplitter gefunden.«

»Ich sag dir, der macht's nicht mehr lange.«

Hartmann mischte sich behutsam ein: »Und wer, sagt ihr, hat den gefunden?«

»Na, das war der Bauleiter, der war ja ganz aufgeregt.«

»Quatsch, Bauleiter. Der Polier von R&K war das. Ich hab doch gehört, wie er mit dem von der Polizei gesprochen hat.«

»Polier? In *den* Klamotten.«

»Ja, die haben doch nicht mehr gearbeitet.«

»Ist ja auch egal.«

»Genau«, sagte Hartmann. »Ich frag dort einfach mal nach. Und mit euch habe ich nie geredet.«

»Nee, is klar.«

Hartmann konnte nicht verhindern, dass er eine Gänsehaut bekam. Er hatte in seinem Berufsleben schon einige Leichen gesehen. Verkehrsunfälle meist oder Leichenfunde, bei denen alles unklar war. Der Anblick war nie schön, und er ging ihm immer nahe. Was, wenn er jetzt umkippte?, fragte er sich bisweilen. Oder sein Magen-Darm-Trakt gaukelte ihm dann vor, er müsse jetzt sofort auf eine Toilette. Nein, er war nie so abgebrüht, wie sich die Jungs von Polizei, Feuerwehr und Rettungsdienst immer gaben. Das Tröstliche für ihn war das Wissen, dass es denen nicht anders ging als ihm. Es war nur die professionelle Routine, die einen manchmal vom Kotzen abhielt.

Aber Kies im Mund und in der Luftröhre? Eine gebrochene Wirbelsäule, das Leben buchstäblich an einem dünnen Faden? Lebendig begraben? Das hatte auch er noch nie gehört.

Über die Fachsprache an Krankenhäusern hatte sich Hartmann schon von Berufs wegen reichlich Gedanken gemacht. Krankenhäuser gab es ja kaum noch. Man sprach nicht mal mehr von einer Klinik. Nein, unter einem *Klinikum* waren die Weißkittel nicht mehr zu haben. Und das, was früher eine Abteilung war,

war inzwischen eine eigene Klinik. Als er als Berufsstarter das erste Mal im Riedburger Krankenhaus war, da gab es eine »Frauenabteilung«, und eine »Wochenstation«. Zwischenzeitlich war es die Frauenklinik, heute nannte es sich »Klinik für Gynäkologie und Geburtshilfe« – und war kleiner als früher die Station. Aus der früheren Intensivstation und späteren ITS, der Intensivtherapiestation, war mittlerweile eine »Klinik für Anästhesie und Intensivtherapie« geworden. Er war schon neugierig, wie sich das Ganze in zehn Jahren nennen würde. Für ihn jedenfalls blieb die Innere die Innere und die Intensivstation die Intensivstation.

Diese lag im ersten Stock des Krankenhauses, direkt über der Notfallambulanz und der Rettungswache. Das war praktisch. In einem äußerst akuten Fall war der Patient nur kurzen Wegen ausgesetzt.

Hartmann nickte der Frau an der Rezeption kurz und freundlich zu und steuerte dann zielstrebig die Fahrstühle an, bevor sie ihm ihre Hilfe anbieten konnte. Als er oben ausstieg und sich nach links wendete, machte er sofort auf dem Hacken wieder kehrt und eilte in die andere Richtung. An der Stirnseite des Ganges in der Intensivstation stand ein Polizist und blickte aus dem schmalen Fenster hinunter in Richtung Hubschrauberlandeplatz. Er stand mit dem Rücken zum Gang, konnte sich aber freilich jederzeit umdrehen. Hartmann bog um die Ecke, fand eine Toilette, schloss sich ein und dachte nach.

Okay, ganz ruhig. Wenn da ein Polizist stand, konnte das nur zwei Gründe haben. Entweder, er wollte auch gerade den Verletzten besuchen, was ziemlich unwahrscheinlich war. Variante zwei, er hatte den Verletzten zu bewachen. Das erschien irgendwie logischer. Nach allem, was er bislang wusste, sah das ja wie ein Attentat aus.

Und wenn der Täter mitbekam, dass er, nun ja, nicht ganz erfolgreich gewesen war, würde er möglicherweise im Krankenhaus beenden, was ihm auf der Baustelle nur scheinbar geglückt war. Allerdings kannte sich Hartmann mit Polizeischutz überhaupt nicht aus. War da nur ein Polizist? Wie stand es mit der Auskunftspflicht der Behörde in diesem Fall? Konnte er ihn einfach mit einem Verweis auf das Pressegesetz überrumpeln?

Immerhin war er von der Rundschau und nicht von irgendeinem Boulevardblatt. Und er hatte keine Kamera bei sich. Vielleicht konnte er einen Blick auf das Opfer erhaschen, wenn er schon nicht mit ihm reden konnte. Oder wenigstens etwas über seine Identität erfahren. Mit den weiteren Recherchen würde er schon zurechtkommen.

Seine Ausgangslage jedenfalls war noch dünn: Eine Leserin aus Harleshausen hatte heute Morgen in der Landesredaktion angerufen und mitgeteilt, dass es auf der Baustelle am neuen Kindergarten wahrscheinlich einen schlimmen Arbeitsunfall gegeben hatte. Am Freitagabend habe man einen mit dem Rettungsdienst abtransportiert, »auf einer Bahre«, hatte sie gesagt. Und am ganzen Wochenende war Polizei da und hatte fotografiert und untersucht.

Ein Anruf beim Krankenhaus ergab dann, dass man sehr wohl Freitagabend jemanden eingeliefert und auf die Intensivstation verfrachtet hatte, für den sich auch die Polizei sehr interessierte; seine Quelle wusste allerdings keine Einzelheiten. Florian Rattmann, der Pressesprecher der Polizeiinspektion, war nicht da, und seine Vertretung, eine junge, unsichere Beamtin, hatte ihm beschieden, dass sie seine Anfrage »an die zuständigen Stellen« weiterleiten werde.

Kurzerhand hatte sich Hartmann ins Auto gesetzt und war ins Krankenhaus gefahren.

Plötzlich ging auf der Toilette das Licht aus. Es war stockfinster in dem fensterlosen Raum. Nur das gleichmäßige Rauschen der Zwangsentlüftung war zu hören. Klar, Bewegungsmelder, kam ihm in den Sinn. Er wedelte mit dem Arm und brauchte ein paar Versuche, bis das Licht flackernd wieder ansprang. Hier mochte er nur ungern mit Verstopfung sitzen.

Also, was nun: Wie ein Dieb davonschleichen oder selbstsicher das Ringen mit der Staatsmacht aufnehmen, auch auf die Gefahr hin, an den Typ von begriffsstutzigem Beamten zu geraten, bei dem man immer auf Granit biss?

Hartmann ging wieder auf den Flur und diesmal zielstrebig auf die Tür der Intensivstation zu. Der Polizist stand noch immer mit dem Rücken zum Gang am Fenster. Noch in einiger Entfernung zur Tür tippte Hartmann auf den großen Kippschalter, über dem »Türöffner« stand. Mit einem Fauchen schwang ihm die Flügeltür entgegen. Der Polizist drehte sich um.

Und – seine Miene erhellte sich.

»Hallo, Peter«, rief er ihm zu.

»Mensch, Uwe, du hier und nicht in Hollywood«, bemühte Hartmann einen alten Scherz.

Er kannte den Polizisten schon lange, wenn auch nur oberflächlich. Aber offensichtlich waren sie sich sympathisch. Sympathisch genug, dass Uwe ihm gelegentlich den einen oder anderen Tipp geliefert hatte – meist harmloser Kram, mal ein Unfall mit einem Promi, mal eine Hausdurchsuchung bei einem stadtbekannten Ganoven.

»Besuchst du hier jemanden?«, wollte Hartmann wissen.

Der Polizist schüttelte den Kopf. Dann grinste er Hartmann an. »Und du darfst hier auch keinen besuchen«, stellte er klar.

»Auch nicht einen Verwandten?«

»Wen denn?«, fragte der Polizist und lächelte listig.

»Mensch, Uwe, ich dachte, das könntest du mir verraten.«

»Wusste ich es doch, dass du nur deswegen kommst«, sagte der Polizist und lachte gemütlich, sodass sich sein für einen Streifenpolizisten schon recht stattlicher Bauch hob und senkte. »Aber ich kann dich da wirklich nicht hinlassen. Strikter Befehl von ziemlich weit oben.«

»Okay. Verstehe«, sagte Peter. »Und du sitzt den ganzen Tag hier rum und wartest auf den Täter?«

»Ach was. Der lässt sich hier garantiert nicht blicken. Aber es darf einfach niemand an den Mann heran, verstehst du? Polizeischutz.«

»Und du kennst alle Ärzte hier, dass du weißt, wer befugt ist und wer nicht?«

»Genau so ist das. Jede Schicht wird vom Chefarzt oder vom Oberarzt mit den Leuten bekannt gemacht, die dort reindürfen.«

»Und wenn Angehörige kommen?«

»Dann kommen sie nur mit autorisiertem Personal zusammen.«

»Okay, das funktioniert offenbar. Sag mal«, Hartmann machte eine Pause. »Wer ist das eigentlich da drin?« Er zeigte mit dem

Daumen hinter sich auf die Reihe von verglasten Patientenzimmern.

Der Polizist machte dicke Backen. »Puuhh. Du bringst mich noch in Teufels Küche.« Er blickte sich um. »Außerdem, das weiß ich selbst nicht.«

»Na komm schon, Uwe. Ich will nur wissen, wer es ist. Ein Name reicht mir schon. Und der Wohnort. Und die Arbeitsstelle.«

Der Polizist lachte kurz auf. »Wenn mich jemand fragt, du warst nie hier.«

»Einverstanden.«

Der Polizist stand auf, zog sich seine khakifarbenen Jeans hoch und blickte sich wieder um. Kein Mensch war zu sehen. Er ging ein Stück den Gang hinunter, blieb dann vor einem der Patientenzimmer stehen, scheinbar gelangweilt. Dann schlenderte er zurück und setzte sich wieder neben Hartmann.

»Also«, sagt er leicht gepresst und ohne den Kopf seinem Gesprächspartner zuzuwenden. »Der Mann heißt Thomas Hentzschel, Hentzschel mit tz, und ist 65er Baujahr.«

Hentzschel? Irgendwas klang da im Hintergrund mit. Hartmann kam es so vor, als hätte er den Namen schon mal gehört, als wäre er ihm sogar sehr geläufig. Aber er kam nicht drauf.

»Kennst du ihn?«, fragte er beiläufig.

»Hä? Hätte ich dann nach dem Namen gucken müssen?«

»Ja, da hast du auch wieder recht.«

Hentzschel. Wer zum Geier war Thomas Hentzschel? Er würde im Archiv graben müssen. In einem Nest wie Riedburg hatte jeder schon mal in der Zeitung gestanden. Gut, dass das jetzt elektronisch ging. Außerdem gab es noch das Telefonbuch, das Adressbuch, Facebook – er würde den Mann schon finden. Im Zweifel konnte er Rattmann auch direkt damit konfrontieren, wenn der heute Nachmittag wieder an seinem Platz war. Er sah den Polizisten von der Seite an und überlegte, ob er jetzt und hier noch irgendetwas ausrichten könnte. Die Antwort lautete Nein.

Er machte noch ein paar Sätze Small Talk, verabschiedete sich mit dem völlig sinnlosen, aber in letzter Zeit schwer in Mode gekommenen »Sag einen schönen Gruß zu Hause« und ging.

Peter Hartmann war auf dem Weg zum Auto und lief gerade durch den kleinen, parkähnlichen Garten, der zur Klinik gehörte, da traf es ihn wie ein Blitz. Er schlug sich mit der Hand vor die Stirn und blieb stehen.

»Thomas Hentzschel, na klar«, rief er laut. »Der Betreiber vom Kindergarten.« Eine ältere Dame, die ihm entgegenkam, zuckte erschrocken zusammen, drehte sich um, um sich zu vergewissern, dass Hartmann mit niemandem hinter ihr sprach, und schüttelte dann empört den Kopf.

Thomas Hentzschel. Er hatte ihn auf seiner To-do-Liste ganz weit oben stehen. Überprüfen wollte er ihn, sein Umfeld ein wenig abklopfen. Er hatte ihn im Verdacht, den Bürgermeister oder Hartung geschmiert zu haben. Hartung könnte ihn dann erpresst haben. So weit die Theorie, die offenbar mit den Vorfällen vom Freitag geplatzt war.

Hartmann stieg in seinen Chrysler. Also: Wenn Hartung Hentzschel erpresst hatte, dann hatte Hentzschel ein Motiv, Hartung zu beseitigen oder anderweitig mundtot zu machen. Er erwischte stattdessen Kahn. Hartung bekam das mit – nicht zuletzt, weil Hartmann ihm von der Verwechslungstheorie erzählt hatte, und versuchte seinerseits, Hentzschel zu erledigen. Unwahrscheinlich. Also konnte auch das mit dem Schmiergeld nicht stimmen. Zumindest nicht in der Kette: Schmiergeld – Erpressung – Mord. Andererseits saßen sowohl Hentzschel als auch Hartung mit an diesem Kindergarten-Stammtisch. Zusammen mit Waldhaus und diesem Anwalt, wie hieß er doch noch? Raupe? Rauhbein? Raubach?

Hartmann hatte es plötzlich ganz eilig, vom Krankenhausgelände runter und wieder zurück in die Stadt zu kommen. Er musste rasch in die Redaktion. Er musste schreiben. Und viel telefonieren.

29

Sein Springmesser hütete er wie einen kostbaren Schatz. So ein Messer war verboten, und er wusste es. Gerald Eberwein war bestimmt kein mutiger Mann, aber ein Schisser war er auch nicht. Dennoch achtete er in letzter Zeit immer darauf, sein Springmesser einzustecken. Das hatte er mal kurz nach der Wende getuckelt, mit einem jungen Burschen aus dem Dorf. Das hatte ihn drei Busenmagazine gekostet.

Das Springmesser musste er genauso gut vor seiner Mutti verstecken wie die Magazine. Sie würde so etwas nicht gutheißen, Gerald Eberwein wusste das, auch ohne dass sie es extra gesagt hätte. Zunächst hatte er das Messer immer bei sich, wenn er morgens die Zeitungen austrug. Dann ging das Plasteteil von dem Schieber ab, mit dem man das Messer auf- und wieder zuspringen lassen konnte.

Das Plasteteil war auf einer kleinen Metallnase befestigt, und die ging rein ins Messer. Beim ersten Mal hatte er es noch kleben können, aber das machte nicht viel Sinn. Ein paar Wochen, und er hatte das schwarze Plastedingens wieder lose in der Tasche. Dann hatte die Metallnase immer das Futter seiner dünnen Windjacke aufgerissen, ohne die er auf Geheiß von Mutti nicht mal im Hochsommer auf Zustellertour gehen durfte. Einmal war sie sogar misstrauisch geworden, warum das Futter immer in der rechten Tasche kaputtging. Schließlich hatte er sich mit einem dicken Knubbel aus Heftpflaster beholfen, den er auf der Metallnase befestigte. Seitdem trug er das Messer nur noch in der Winterjacke.

Doch seit dem schlimmen Tod vom Kahn Hartmut hatte er es immer einstecken, wenn er morgens in Richtung Abwurfpunkt ging, dorthin, wo der Kurier den dicken Zeitungsstapel für Auendorf ablegte.

Als Gerald Eberwein in die Eckartsbergaer Straße einbog, packte er das Messer fester. Hier war die Stelle, wo so viel Blut geflossen war. Hier wohnte auch die Kahn Karin, die seither immer abweisender wurde. Hier wohnte auch der Hartung Steffen, nach dem ihn sein neuer Freund Peter so oft ausgefragt hatte. Den Hartung Steffen hatte Gerald Eberwein noch nie für einen Guten gehalten, aber wenn sich Peter sogar für ihn interessierte, dann hatte der garantiert Dreck am Stecken. Denn Peter war Polizeireporter, der kannte die Ganoven alle, der sagte es aber nicht immer.

Und ausgerechnet bei Hartungs Briefkasten passierte es: Ihm rutschte die Zeitung aus der Hand und fiel ins Gras, das noch vom Tau ganz nass war. Das ging natürlich nicht, dem Hartung Steffen eine nasse Zeitung in den Briefkasten zu stecken. Der würde sich bestimmt beschweren, und dann gab es von den Herren vom Vertrieb wieder Geschimpftes.

Eberwein nahm eine frische Zeitung aus seinem Trolley, faltete sie einmal längs und schob sie behutsam in den Schlitz. Schließlich hatte er immer ein, zwei Exemplare Überdruck dabei, wie das bei den Fachleuten hieß. Das machten die, damit der Oberbote nicht extra nach Auendorf fahren musste, nur weil einer behauptete, er hätte keine Zeitung bekommen.

Vorne im Gemeindeblock, wo so viele Familien wohnten, kam das bestimmt einmal in der Woche vor. Eberwein hatte ja seine eigenen Theorien: Die klauten sich bestimmt gegenseitig die Zeitung. Dem Herrn Vogtmann hatte er es im Vertrauen verraten und sonst niemandem. Er konnte gut etwas für sich behalten.

Gerald Eberwein bückte sich und sammelte sein heruntergefallenes Exemplar auf. Ausgerechnet an der Landesseite klappte es beim Aufheben auf, und die Schlagzeile sprang ihm förmlich ins Auge: »Harleshausen: 48-Jähriger überlebt schwer verletzt Mordanschlag«.

In Harleshausen! Es war ja wohl nicht zu fassen. Keine vier Wochen nach dem schlimmen Tod vom Kahn Hartmut. Jetzt nur zwei Orte weiter. »Von Peter Hartmann«, begann der Text.

War ja klar, dachte Eberwein nicht ohne Stolz. Wer sonst sollte solche Geschichten schreiben. Es war eigentlich nicht seine Art, aber diesmal überwältigte ihn die Neugier. Er ließ den Trolley stehen und ging mit der aufgeschlagenen Zeitung ein paar Meter weiter, wo eine Straßenlaterne mehr Licht spendete. Dass er fast unmittelbar am Schauplatz des Mordes an Kahn stand, merkte er gar nicht. Er war ganz gefesselt von dem Zeitungsartikel, den sein neuer Freund geschrieben hatte. Schlimme Worte, schlimme Sätze kamen darin vor.

»Nach RR vorliegenden Informationen wurde dem Opfer, das sich nach wie vor in Lebensgefahr befindet, das Rückgrat gebrochen, bevor die Täter versuchten, ihn bei lebendigem Leibe zu begraben.« Du meine Güte, bei lebendigem Leibe. Das musste man sich mal vorstellen.

»Bei dem Opfer handelt es sich um Thomas H. (48), den Vorsitzenden eines sozialen Vereins, der in Riedburg und in der Region unter anderem mehrere Kindergärten betreibt. Der in Harleshausen soll der erste Neubau des Vereins werden.«

Thomas H.? Das konnte nur der Herr Hentzschel sein, der war ja auch der oberste Chef von dem Kindergarten in Auendorf. Er wusste gar nicht, dass der Herr Hentzschel Thomas hieß. Ihm stellten sich die Nackenhärchen auf. Wieder ein Mord, na gut, zumindest ein Mordversuch. Und wieder hatte Auendorf damit zu tun. Da musste man es ja mit der Angst zu tun bekommen.

Hastig schlug Gerald Eberwein die Riedburger Rundschau wieder zu und blickte sich um. Die Straße lag verlassen da. Friedlich. Ruhig. Dennoch packte er das Messer fest, als er wieder zu seinem Trolley ging und seine Runde durch das Dorf fortsetzte.

Na, das wird Gerede geben, dachte er.

***

Steffen Hartung lag zu dieser Zeit noch im Bett und schlief wie ein Bär. Er war sein Leben lang körperliche Arbeit gewohnt. Selbst jetzt noch, wo er Chef seines eigenen Ladens war, packte er immer ordentlich mit zu, wenn es galt, einen Laster mit Holz zu beladen. Harte Arbeit, so wusste er, hatte noch niemandem geschadet. Aber harte Arbeit und ein ehrliches Feierabendbier, oder auch zwei, sorgten stets dafür, dass er fest und traumlos schlief.

Nach dem Aufstehen und dem Duschen holte er die Zeitung, meist noch in Shorts, nur im Winter im Bademantel, und haute sich zwei Eier in die Pfanne. Er achtete sehr darauf, dass er mit seinem Leben gut selbst zurechtkam. Das hatte er sich schon fest vorgenommen, als seine Frau ihn verlassen hatte. Die blöde Schlampe.

Das fiel fast zeitgleich mit dem Einrichten des Holzhandels zusammen, und beinahe wären seine geschäftlichen Pläne daran gescheitert. Manchmal glaubte er, sie hätte es damals darauf angelegt, dass die Bank den Kredit wieder fällig stellte, weil er plötzlich geschieden war und ihr das halbe Haus ausbezahlen musste. Doch meistens dachte er gar nicht darüber nach. Er dachte ohnehin selten nach. Das machte nur Kopfschmerzen. Er kam zurecht mit dem Leben und verdiente gerade wenig genug, dass er ihr nicht auch noch übermäßig viel Unterhalt zahlen musste.

Nur eine Frau, die kam ihm nie wieder dauerhaft ins Haus. Anfangs hatte er seine Sekretärin regelmäßig gevögelt, aber als die sich dann ins Geschäft drängen wollte, war auch Schluss. Dann ab und zu sporadisch eine Freundin. Irgendwas zwischen achtzehn und fünfzig, er war da nicht wählerisch. Aber meist hielten seine Beziehungen höchstens ein halbes Jahr. Und mit manchen vertrug er sich auch noch Jahre danach. Ein so schlechter Kerl, wie seine Ex immer sagte, die blöde Schlampe, konnte er also nicht gewesen sein.

Er nahm die Kaffeekanne aus der Maschine, schenkte sich ein und setzte sich an den Küchentisch. Mit Appetit aß er, bis er die Zeitung aufschlug. »Harleshausen: 48-Jähriger überlebt schwer verletzt Mordanschlag«.

Beinahe blieb ihm ein Stück seines Spiegeleies im Halse stecken. Er spülte mit einem Schluck Kaffee nach und zog die Zeitung näher an sich ran. Auf der Baustelle des Kindergartens also. Hartung hörte auf zu kauen und las mit halb offenem Mund weiter. Die Baustelle lag am anderen Ufer des Harlesbaches. Vom unteren Ende seines Firmengrundstückes, wo sich bis zu dem schlimmen Hochwasser der Lagerplatz befunden hatte, konnte er rüber zum Kindergarten sehen. Er hatte seinem Freund Hentzschel sogar noch beim Finden des passenden Grundstückes geholfen, er kam nämlich ganz gut mit dem Vorbesitzer aus, der einen kleinen Getränkehandel betrieb und sich ein paar Jahre erfolglos in der Schafzucht versucht hatte.

»Bei dem Opfer handelt es sich um Thomas H. (48), den Vorsitzenden eines sozialen Vereins …«. Eine Alarmglocke in seinem Inneren schrillte. Steffen Hartung fing noch einmal mit dem Satz an. »Bei dem Opfer handelt es sich um Thomas H. (48), den Vorsitzenden eines sozialen Vereins, der in Riedburg und in der Region …« Die Alarmglocke wurde lauter.

»Verdammte Scheiße«, rief Steffen Hartung und spuckte ein paar Bröckchen Spiegelei auf die Zeitung. Thomas. Sein Kumpel. Die wollten ihn allemachen.

Fiebrig las er weiter und fegte mit der Hand die Ei-Reste vom Blatt. Das Rückgrat gebrochen, das Rückgrat! Sein Herz schlug schneller, und ihm wurde übel, als er sich die Szene vorstellte. Er schielte zum Küchenschrank, wo er eine Flasche Kräuterschnaps wusste. Nein, nicht zum Frühstück. Er las den Beitrag noch einmal, und eine neue Welle der Übelkeit ging durch seinen Körper. Er fühlte sich elend, er litt mit Thomas.

Er stand auf, stemmte die Fäuste auf die Spüle und starrte aus seinem Küchenfenster in den kleinen Vorgarten. Diese Schweine! Das Rückgrat gebrochen. Ein Vorarbeiter hatte ihn gefunden, sonst wäre Thomas jetzt tot. Und vergangenen Donnerstag hatte er mit ihm noch Skat gespielt.

Mit einem Ruck riss er sich los, stürmte in den Flur und griff sich das Telefon. Neben dem Spiegel an der Flurgarderobe steckte ein Werbezettel mit lauter Notrufnummern – derselbe, den er auch in seiner Firma überall angebracht hatte. Er wählte das Krankenhaus an, und es dauerte ewig, bis sich jemand meldete. Doch weder wollte man ihn zu Thomas durchstellen noch irgendeine Auskunft über seinen Gesundheitszustand geben. Mensch, am Freitag war das passiert, da musste man doch schon was sagen können. Aber freilich, er war kein Familienangehöriger, da hätte er sich das auch denken können.

Hentzschels Frau. Nein, die würde er nicht anrufen. Wer weiß, in welcher Verfassung die gerade war. Außerdem … Frauen blieben außen vor. Das war ein ehernes Gesetz am Stammtisch.

Nur Volker laberte gern über seine Ex, aber der hatte sie ja auch ständig vor der Nase.

Die Küche blieb heute ausnahmsweise unaufgeräumt, als Steffen Hartung in seinen schweren Pick-up kletterte, um in seine Firma zu fahren.

Der Zeitungsartikel ging ihm nicht aus dem Kopf. Dann, er war schon hinter Reichstädt, klackte in seinem Gehirn ein zweites Mal ein Relais, und er brachte den Namen des Autors, der über dem Beitrag stand, mit einem Gesicht zusammen. Peter Hartmann, der lange Schnösel, den sie zum Quellenfest verwamst hatten.

Bei diesem Gedanken umspielte ein schwaches Lächeln Hartungs Mundwinkel. Das war ein Spaß gewesen! Dieser aufgeblasene Schreiberling. Hartung sah dessen verdutztes Gesicht vor sich, als er voll einen Haken in die Magengrube bekommen hatte.

Doch dann klackte ein weiteres Relais, und er hörte Hartmanns Stimme in seinem Kopf, als würde er neben ihm sitzen: »Als ich Sie das erste Mal auf einem Foto gesehen habe, hätte ich schwören können, Sie sind der Kahn. Jetzt stellen Sie sich mal vor, Sie sollten eigentlich an seiner Stelle sein.«

Fast schlagartig kam die Übelkeit zurück. Hartung anstelle von Kahn. Thomas das Rückgrat gebrochen. Mensch, hier ging es vielleicht um den Kindergarten. Oder um das Grundstück. Ihm drehte sich alles vor Augen.

Steffen Hartung steuerte den Pick-up an den Straßenrand und stieg aus. Er atmete ein paarmal tief durch. Er musste unbedingt Thorwart anrufen, dachte er, dann presste er die Hand auf den Magen und kotzte das Spiegelei an den Straßenrand, direkt neben den schon trockenen Kadaver eines überfahrenen Igels.

»Sie wären wohl am liebsten gleich hier reingefahren?« Der Diensthabende an der Pforte machte keinen Hehl aus seinem Unmut und wies mit dem Finger auf den Geländewagen. »Ist Ihnen unser Parkplatz nicht groß genug?«

Steffen Hartung blickte fast verlegen auf den Boden.

»Das ist ein Dodge Ram, der ist sechs Meter lang, den kriege ich nicht in Ihre Parklücken.«

»Hmm.« Der Pförtner brummte, noch immer unwillig. »Und Sie wünschen?«

»Ich möchte Polizeischutz beantragen«, sagte Hartung und sah sich fast instinktiv um.

»Weswegen?«

»Ich glaube, ich bin in großer Gefahr.«

Der Beamte sah Hartung an, als hätte dieser nicht mehr alle Tassen im Schrank. Er lehnte sich bequem ins Schalterfenster.

»Das müssen Sie schon ein bisschen erklären.«

»Das hängt mit dem Anschlag auf Herrn Hentzschel zusammen, am Wochenende. Ich glaube, da geht es um mehr.«

Der Polizist war plötzlich hellwach. »Bitte warten Sie dort«, sagte er und wies auf die kleine Reihe fest an der Wand verschraubter Stühle mit blauem Polsterbezug. Er klappte das Sprechfenster zu und griff zum Telefonhörer.

Wenig später wurde Steffen Hartung von einem Uniformierten abgeholt und in ein Vernehmungszimmer der Kriminalpolizei gebracht.

»So, so, Polizeischutz also«, wiederholte Frank Hölbing und musterte aufmerksam seinen Besucher.

»Ja, also das ist so«, fing Hartung an und leckte sich die Lippen. »Der Herr Hentzschel – das ist der, der jetzt im Krankenhaus liegt – ist mit mir befreundet. Ich habe ihm unter anderem das Grundstück vermittelt, wo gerade der Kindergarten gebaut wird und wo, na ja, wo es halt passiert ist. Ich kann mir gut vorstellen, dass der Täter es auch auf mich abgesehen hat.«

Hölbing runzelte die Stirn.

»Verzeihung«, sagte er, »aber das habe ich jetzt immer noch nicht verstanden. Warum fühlen Sie sich bedroht? Warum haben Sie Grund zu dieser Annahme? Haben Sie einen Brief bekommen? Anrufe?«

»Nichts dergleichen«, antwortete Hartung wahrheitsgemäß. Er rutschte unruhig auf seinem Stuhl hin und her.

»War an dem Grundstücksdeal irgendetwas faul?«

Hartung schüttelte heftig den Kopf. »Ich habe nur vermittelt, und ich habe auch kein Geld dafür bekommen.«

»Herr Hartung, die Sache ist ernster, als Sie glauben …«

»Nicht wahr«, pflichtete er schnell bei.

»... aber damit meine ich die Sache, in der ich ermittele, nicht Ihren gewünschten Polizeischutz.«

»Aber irgendetwas müssen Sie doch tun.«

»Wenn Sie mir nicht erklären können, wer oder was Sie bedroht ...« Hölbing schüttelte den Kopf. »Nur auf ein Gefühl hin kann ich gar nichts machen.«

Hartung ließ nicht locker. »Das ist doch eine ganze Kette von Ereignissen. Erst Kahn, dann Hentzschel ...«

Hölbing blickte auf. »Kahn?«

»Na der Mord in Auendorf, in meiner Straße.«

»Und was haben Kahn und Hentzschel miteinander zu tun?«

»Nicht Kahn. Ich und Hentzschel. Da gibt es so eine Theorie. Also. Ich sehe dem Kahn so ähnlich, dass man uns lange Zeit für Brüder gehalten hat. Jetzt ist der Kahn tot, und keiner weiß so richtig, warum. Es könnte doch sein, dass ich mit ihm verwechselt wurde, verdammt noch mal. Und jetzt ist mein Freund Thomas Hentzschel dran. Vielleicht kommt der Täter ja nun auch wieder zu mir, verstehen Sie denn nicht?« Er blickte den Kriminalisten fast flehentlich an.

Der überlegte. »Lillehammer«, sagte er dann leise und wie für sich.

»Bitte?«

»Lillehammer«, wiederholte Hölbing. »Kennen Sie die Lillehammer-Affäre?«

»Nein, weiß ich nichts von«, antwortete Hartung wahrheitsgemäß.

»Aber Sie kennen den Journalisten Peter Hartmann.«

Hartung zuckte kurz zusammen. Eine Reaktion, die Hölbing nicht verborgen blieb.

»Ja«, sagte Hartung.

»Und Hartmann hat Ihnen erzählt, dass Sie möglicherweise verwechselt wurden.«

»Ja.« Hartung staunte. »Woher wissen Sie das?«

»Tja«, machte Hölbing nur. Nach einer Weile beugte er sich ein wenig vor und sprach eindringlich auf Hartung ein: »Herr Hartung. Versuchen Sie bitte, sich zu erinnern. Vor dem Tod von Hartmut Kahn … gab es da eine bedrohliche Situation. Gibt es etwas in Ihrem Leben, weswegen man Sie bedrohen könnte? Haben Sie Feinde? Vielleicht im Arbeitsumfeld, in der Nachbarschaft, aus der Jugendzeit. Haben Sie mal jemandem Schaden oder Leid zugefügt … das kann jetzt alles wichtig sein.«

Hartung schwieg, und Hölbing konnte sehen, wie es hinter seiner Stirn arbeitete. Dann lief er plötzlich rot an und schluckte hörbar. Hölbing hatte die Hände über seinem Notizblock gefaltet und beobachtete ihn. Hartung wurde nervös.

»Ob ich bitte ein Glas Wasser haben kann?«, fragte er schließlich.

Hölbing stand auf, ging auf den Flur zum Wasserspender und kam mit einem Becher zurück. Er stellte ihn wortlos auf den Tisch.

Hartung nahm einen tiefen Zug und bedankte sich.

»Und, ist Ihnen etwas eingefallen?«

»Nichts«, sagte Hartung. »Tut mir leid. Aber da ist nichts.«

»Tja.« Hölbing machte eine Geste des Bedauerns. »Dann kann ich auch in Sachen Schutz im Moment nichts für Sie tun. Wenn Ihnen etwas einfällt …« Er reichte ihm eine Visitenkarte und stand auf. »Wir werden Sie ohnehin möglicherweise noch einmal vorladen müssen, als Zeugen in dieser Sache. Wegen dem Grundstückskauf und so, falls sich da noch irgendwas ergibt.«

»Natürlich«, sagte Hartung, der seine doch etwas fragile Selbstsicherheit wiedergewonnen zu haben schien.

»Du Lügner«, knurrte Frank Hölbing, als Hartung, den er bis zur Pforte begleitet hatte, außer Hörweite war. Er hasste das Bauchgefühl, auf das sich seine Chefin bisweilen berief. Aber in Momenten wie diesem wusste er genau, was sie meinte. An der Sache mit der Verwechslung konnte durchaus etwas dran sein. Und mal ganz abgesehen von einem angeordneten Polizeischutz – hätte das Dezernat nicht mit den Fällen Kahn und Hentzschel bis über die Ohren zu tun, er würde jetzt glatt einen Kollegen abstellen, um Hartung zu observieren. Um zu erfahren, wen er jetzt wohl aufsuchte und wen er mied. Vielleicht sollte er eine sporadische Zivilstreife einrichten. Er würde mit Steffi reden müssen.

Mit einem bärigen Brummen sprang der riesige Pick-up-Laster draußen an und fuhr davon.

»Verdammter Lügner«, sagte er, lauter jetzt, sodass ihn der Beamte am Schalter irritiert ansah.

30

Die Seeluft und die Sonne hatten ihrer Haut eine wunderschöne Farbe gegeben, fand Peter Hartmann. Mit den zwei großen Gläsern gekühltem Rosé in der Hand – eigentlich waren es Rotweingläser, aber er hatte einfach Durst, und da nahm er es nicht so genau – verharrte er einen Moment in der Terrassentür, um seine Frau anzuschauen, mit jener aufwallenden Zärtlichkeit, über die er sich nach so vielen Jahren Ehe immer wieder wunderte. Ja, er hatte sie vermisst. Und ja, sie hatten ein wunderbares Wochenende hinter sich. Mit gemeinsamem Kochen, mit Gesprächen bis in die Nacht und mit wildem, hemmungslosem Sex.

Heute würde ein ruhiger Abend werden. Anette wollte ihren Laptop mit ihren Unmengen von Bildern füttern, die sie im Urlaub geschossen hatte. Fotos vom Strand, Fotos vom Meer, Fotos von sich, Fotos von Karin, Fotos von ihnen beiden, Fotos auch vom Meeresaquarium in Stralsund, das sie besucht hatten, und von der Rundfahrt mit einem sogenannten Fischkutter um die Kreidefelsen der Stubbenkammer.

Peter hingegen hatte vor, sich über den neuesten Dan Brown herzumachen. Wieder ein Siebenhundert-Seiten-Wälzer über den brillanten Symbologen Robert Langdon – und er hoffte erneut auf eine atemlose Hatz durch halb Europa auf der Suche nach der Lösung eines kniffligen Rätsels. So ein bisschen ein moderner James Bond, unrealistisch, aber nicht so antiquiert auf Kalter Krieg gebürstet.

»Du siehst zauberhaft aus, wie du so daliegst«, schmachtete er.

Anette blickte über den Rand ihrer Sonnenbrille und lachte ihn aus. »Und du siehst noch immer aus wie ein Säufer nach einer Kneipenschlägerei.«

Er schmollte. »Den Säufer nimmst du jetzt aber zurück«, beharrte er wider besseres Wissen. »Und ja, es *war* gewissermaßen auch eine Kneipenschlägerei, da habe ich mir das redlich verdient.« Er reichte ihr das Weinglas und prostete ihr zu.

»Mir beweist das nur«, sagte sie mit spitzen Lippen, nachdem sie ihr Glas wieder abgesetzt hatte, »dass du wie ein kleiner Junge bist. Man kann dich eben nicht allein lassen. Du wirfst dich fremden Frauen an den Hals, du trinkst unkontrolliert und zettelst Massenschlägereien an. Apropos Schlägerei: Gibt es eigentlich was Neues zu diesem brutalen Überfall, von dem du heut geschrieben hast?«

Peter schüttelte den Kopf. »Gar nichts. Polizei und Staatsanwaltschaft haben eine Nachrichtensperre verhängt, um das Opfer zu schützen. Im Krankenhaus, du hast es ja gelesen, steht der Mann unter Polizeischutz.«

»Aber du legst deswegen doch das Thema nicht in die Ecke.«

Peter grinste breit. »I wo«, sagte er. »Böhnke hat mich zwar heute schon wieder mit anderen Sachen überschüttet, aber Grieshaber will unbedingt weiter Schlagzeilen. Am liebsten wäre dem ja, ich würde Hentzschels Familie in die Öffentlichkeit zerren. Aber das habe ich abgelehnt. Ich bin kein Witwenschüttler. Ich habe ihn dann gewarnt, wir würden zu boulevardesk werden. Das zieht immer. Morgen bringe ich erst mal eine Geschichte zu dem Verein von dem Hentzschel. Natürlich werfe ich dabei mehr Fragen auf, als ich beantworte, aber das Thema bleibt weit vorn. Außerdem kann die Tat ja durchaus mit irgendwelchen kriminellen Machenschaften auf dem Bau zu tun haben. Und vergiss nicht, da ist diese Stammtischrunde, von der ich dir erzählt habe. Auch da ging es mal um einen Kindergarten …« Er blickte sie an, prüfte, ob er noch ihre Aufmerksamkeit hatte.

Sie lächelte. »Du und Professor Langdon, ihr würdet auch ein gutes Team abgeben.«

»Professor wer? … Ach so«, er klopfte auf sein Buch. »Na ja, die Realität ist meist weit weniger spektakulär.«

Anette lachte auf. »Du, deine Abenteuer reichen mir vollkommen«, sagte sie und angelte sich den Laptop vom Gartentisch.

Das Telefon schrillte. Sein Diensthandy. Sie verleierte die Augen, aber er scherte sich nicht darum. Das machte sie immer so. Aber inzwischen hatte er sich sogar angewöhnt, das Ding bisweilen abzuschalten. An freien Wochenenden beispielsweise. Er stand auf und ging ins Wohnzimmer.

Eberwein, verkündete das Display.

»Hallo, Gerald«, begrüßte er seine wichtigste Auendorfer Quelle. »Was verschafft mir die Ehre?«

Zwei Minuten später saß er wieder beim Wein auf der Veranda. Aber er ließ das Buch zugeklappt.

Anette blinzelte über den Rand des Monitors.

»Und? Was willst du morgen bei ihm?« Es ließ ihr halt doch keine Ruhe.

»Er will mich mit jemandem bekannt machen, der mir möglicherweise das Ende des Wollknäuels zeigen kann.«

»Ich sag ja, du und Professor Langdon.« Damit wandte sie sich wieder ihrem Laptop zu. Er lächelte. Jetzt schlug er doch das Buch auf.

»Ich bin der Schatten. Ich fliehe durch die trauernde Stadt.«

Sie trafen sich wieder auf der Außenanlage des »Güldenen Ankers« in Auendorf. Bei der drallen Birgit bestellte Hartmann ein Bier, essen mochte er nichts. Wenn Gerald Eberwein gewusst hätte, was für eine Macht er inzwischen über Hartmann hatte, er wäre geplatzt vor Stolz.

Er hatte ihm am Vorabend nur erzählt, dass er ihn mit einem Mann bekannt machen wollte, der ihm eine spannende Geschichte über »den Herrn Rechtsanwalt Raupach« erzählen konnte, für den er, Hartmann, sich so sehr interessierte. Daraufhin hatte Hartmann eine unruhige Nacht gehabt und einen Arbeitstag, an dem er so zerstreut war, dass es sogar seinen Kollegen auffiel. Unangenehm auffiel. Böhnke hatte gleich wieder mit freien Tagen gedroht, auf die er ihn zwangsverpflichten wollte. Leere Drohungen. Es war Saure-Gurken-Zeit, und die Ausgaben mit Beiträgen über Kahn und Hentzschel ließen den Anteil an Freiverkäufen der Zeitung spürbar in die Höhe schnellen.

»Das ist der Becker Mario«, hatte Eberwein einen jungen Mann vorgestellt.

Hochgewachsen, kräftig, aber mit seinem Jungengesicht würde er wohl gerade die dreißig überschritten haben, schätzte Hartmann. Der »Becker Mario« entpuppte sich als Stadtbrandmeister von Harleshausen, dessen Eltern in Auendorf wohnten und die – natürlich – Gerald Eberwein gut kannten.

Erst nachdem ihm Peter Hartmann seine ganz persönlichen Grundsätze des Quellenschutzes erläutert hatte, rückte Becker mit der Sprache heraus.

»Ich weiß ja nicht, ob es überhaupt wichtig ist, aber auf Herrn Raupach ist vor zwei Jahren ein Brandanschlag verübt worden.«

Hartmann riss die Augen auf.

»Tatsächlich?«, fragte er.

Becker nickte.

»Und warum haben wir dann in der Rundschau nicht drüber berichtet?« Hartmann blieb zunächst misstrauisch.

»Haben Sie, Herr Hartmann, es stand im Polizeibericht, es war sogar ein kleines Foto drunter.«

Hartmann wurde unsicher. »Das kann aber nur gewesen sein, als ich in Urlaub war. Normalerweise bearbeite ich solche Beiträge«, erklärte er, noch immer unsicher.

Mario Becker schüttelte energisch den Kopf. »In diesem Falle bestimmt nicht. Das Ding wurde von der Polizei nur als Feuerwehreinsatz gemeldet.«

»Und da hat keiner nachgefragt? Woher wissen Sie das überhaupt?«

»Eigentlich darf ich Ihnen das gar nicht sagen«, druckste Becker herum. »Es ist so: Mein Schwager ist bei der Polizei in Riedburg. Und der könnte da mächtig Ärger bekommen.«

»Ja, aber nur wenn er es erfährt beziehungsweise seine Vorgesetzten. Schauen Sie, Herr Becker: Sie müssen mir natürlich gar nichts sagen. Aber die meisten Quellen verraten sich selbst. Für mich ist es ganz einfach: Ich sage *niemandem*, mit wem ich worüber geredet habe. Wenn Sie das genauso machen, kann eigentlich nichts schiefgehen, oder? Und für unseren Freund Gerald, ich glaube, da kann ich die Hand ins Feuer legen.«

Becker musterte Eberwein mit einem Blick, der das eben Gesagte doch ein wenig in Zweifel zog.

»Na schön«, sagte er schließlich, »ist ja auch schon zwei Jahre her. Also, das war so, dass die Polizei damals alle Beteiligten aufgefordert hat, darüber zu schweigen. Da hatte wohl auch Raupach damit zu tun. Zum einen wollten die wohl nicht so viel Wirbel, zum anderen hat auch der Anwalt schwere Geschütze aufgefahren.

Dass der Brand überhaupt in die Presse kam, hängt mit dem Feuerwehreinsatz zusammen, den haben ja alle mitbekommen.«

»Okay, Herr Becker, aber was ist denn nun eigentlich passiert?«

»Das ist schnell erklärt: Als der Anwalt sich zum Büroschluss in sein Auto setzen wollte, ist es beinahe in die Luft geflogen.«

»Und dem ist nichts passiert?«

»Der kam gerade noch raus.«

»Waren Sie dabei?«

Becker lachte. Es war ein sympathisches, ein ehrliches Lachen. »Natürlich nicht, als das Auto in Brand geriet. Aber ich war der Wehrführer vor Ort.«

»Aber Sie wissen auch Näheres darüber, wie das passiert ist.«

»Das war noch alles gut zu erkennen. Irgendjemand – das Ding ist ja bis heute nicht aufgeklärt – hat so eine alte Radkappe voll Benzin zwischen Motor und Tank platziert. Darauf lag vermutlich ein benzingetränkter Lappen und auf diesem eine Zündkerze, die mit dem Zündkabel verbunden war. Die haben wir zwar beim Löschen runtergefegt, aber es kann gar nicht anders gewesen sein. Außerdem war der Tankdeckel offen. Der Täter hat ganz einfach kalkuliert: Raupach setzt sich rein, dreht den Zündschlüssel, und der Tank explodiert. Das hätte böse ausgehen können.«

»Langsam, langsam«, unterbrach ihn Hartmann. »Da komme ich nicht mit. Eine alte Radkappe zwischen Motor und Tank? Wo soll das sein? Bei mir ist der Tank unter dem Rücksitz.«

Mario Becker blickte verdutzt, dann lachte er wieder.

»Entschuldigung«, sagte er, »das hätte ich natürlich zuerst sagen sollen: Raupach fährt in den Sommermonaten einen Oldtimer, einen DKW F8. Und bei dem ist es tatsächlich so, dass sich der Tank wie ein rundes Fässchen sozusagen direkt vor dem Lenkrad befindet. Zwischen dem Fahrer und dem Tank ist nur eine dünne Blechwand. Und zwischen Tank und Motor ist auch noch der Vergaser. Kennen Sie sich mit Oldtimern aus?«

Hartmann winkte ab. »Ich sehe sie mir gern an, gehe auch immer in Apolda zum Oldtimer-Schlosstreffen. Deswegen bin ich aber noch kein Technik-Experte. Aber ich kann mir vorstellen, was Sie meinen – ich weiß noch, wie ein Trabant von innen aussieht.«

Becker lachte auf. »Sehen Sie, das kenne ich nur noch als Kind.« Er nahm einen Schluck von seinem Radler. »Tja, viel mehr gibt es da auch nicht zu erzählen. Wir sind hin und haben das brennende Wrack gelöscht.«

»Und wieso ist der Plan des Täters nicht aufgegangen? Wieso ist der Tank nicht explodiert und hat den Raupach … mitgenommen?«

»Auch das ist relativ leicht zu erklären: Der Tank war randvoll, da war gar nicht so eine hohe Explosionsgefahr. Benzin brennt nur an der Oberfläche. Je weniger Luft im Tank ist, also je voller er ist, desto geringer ist das Explosionsrisiko. Das wusste der Täter nicht. Deswegen hat er auch den Tankdeckel entfernt in der Hoffnung, so käme es leichter zur Explosion.«

»Sie haben mit der Kripo zusammengearbeitet, ich meine, bei der Aufklärung?«

»Was heißt zusammengearbeitet? Das war wie immer. Der Raupach war unter Schock, den haben sie mit dem RTW weggebracht, wir haben gelöscht, und die Polizei hat die Kripo gerufen. Ich habe dann auf die Brandursachenermittler gewartet und ihnen gezeigt, wo das Feuer vermutlich seinen Ausgang nahm. Das war ja wirklich nicht schwer zu erkennen, die Radkappe war richtig reingeklemmt, und es waren noch Stoffreste drin, der Tankdeckel hat eine Federsicherung, der kann nicht von allein abfallen – also das war alles ziemlich eindeutig.«

»Wann ist das passiert?«

»Na, sagte ich doch, vor ungefähr zwei Jahren. Ich kann in unseren Unterlagen nachsehen, da kann ich Ihnen das dann ganz genau sagen.«

»Nein, ich meine, um welche Tageszeit.«

»Später Nachmittag, so gegen vier oder fünf. Da müssen wir nur mal gucken, wann die Außenstelle von dieser Anwaltskanzlei Sprechzeiten hat. Da ist nur zwei Mal in der Woche einer für ein paar Stunden da.«

»Ja, ich verstehe schon. Aber Benzin verdunstet doch ziemlich schnell. Da muss doch der Täter am helllichten Tag das Auto manipuliert haben.«

Becker überlegte und nickte dann.

»Ja, so ist es wohl gewesen.«

»Und da haben die den Täter nicht ermittelt? Das muss doch einer gesehen haben, wenn da einer im Motorraum von so einem Oldtimer herumwirtschaftet.«

»Na ja, nicht unbedingt. Der DKW stand im Hinterhof. Da ist so eine Toreinfahrt, da muss man erst durch. Also ich denke schon, dass das nicht jeder von der Straße sehen konnte. Andererseits …«

»Ja?«, hakte Hartmann nach.

»Andererseits hätte man das vom Treppenhaus sehen können oder einfach, wenn mal jemand aus dem Fenster blickt. Also tagsüber – das ist schon ein ganz schönes Risiko.«

Gerald Eberwein hatte den beiden mit offenem Mund gelauscht.

»Na?«, fragte er nun fast triumphierend. »Hab ich dir nicht gesagt, dass das eine spannende Geschichte ist?«

»Das hast du klasse gemacht«, lobte Hartmann. »Du hattest mal wieder den richtigen Riecher.«

Eberwein wuchs ein Stück und prostete den beiden zu.

Mario Becker schien die Situation immer noch ein wenig unangenehm.

»Was werden Sie jetzt tun?«, fragte er, an Hartmann gewandt. »Werden Sie das jetzt veröffentlichen?«

Hartmann dachte nach. Lange. Er nahm den letzten Schluck von seinem Bier und schüttelte energisch den Kopf, als die Wirtin, die immer pünktlich in der Tür auftauchte, wenn irgendwo ein Glas leer war, ihn fragend anschaute.

»Jetzt nach diesem Gespräch werde ich erst mal nichts veröffentlichen. Das sind ja wirklich alte Geschichten. Aber ich werde eine offizielle Anfrage an die Polizeiinspektion und die Staatsanwaltschaft richten. Dann kann ich mich auf zwei weitere Quellen berufen, und Sie bleiben außen vor. Aber vorher will ich noch ein bisschen recherchieren. Ich denke nämlich, aber das muss jetzt wirklich *entre nous* bleiben …« Er blickte die beiden eindringlich an.

»Ongdre was?«, fragte Eberwein erschrocken.

»Unter uns, Gerald, unter drei, unter vier Augen, was immer du willst. Es darf niemand erfahren.«

Eberwein nickte eifrig und rutschte näher an den Tisch. Becker lächelte.

»Ich denke, dass der Brandanschlag auf Raupach und der Mord an Kahn und der Anschlag auf Hentzschel alle miteinander zu tun haben.«

Mario Becker verzog anerkennend das Gesicht. »Donnerwetter«, sagte er nur.

»Das ist ein richtiges Abenteuer«, pflichtete Eberwein bei.

»Ja, Gerald, aber es ist nicht ungefährlich. Ich denke auch, dass es besser ist, wenn du in der Angelegenheit keine Fragen stellst.«

»Ich? Ich werde mich hüten. Ich bin einfach so wie immer. Sage wenig und höre viel zu.«

»Siehst du«, lachte Hartmann und klopfte ihm auf die Schulter. »Auch das macht dich zu einem ganz besonderen Menschen.«

Eigentlich hatte er Eberwein noch nach dem Wohnort von Volker Waldhaus fragen wollen. Doch er konnte die beiden nicht trennen, und vor Becker wollte er nicht so viele Karten aufdecken. Hartmann wusste noch nicht, inwieweit er dem Feuerwehrmann trauen durfte. So fuhr er bis auf die Anhöhe zwischen Reichstädt und Harleshausen, rumpelte behutsam auf den Feldweg, stieg aus und ging ein paar Schritte die Pappelallee entlang, die hier einst gegen den Wind gepflanzt worden war und die seltsamerweise noch nicht vom großen Pappelsterben betroffen war, das seit Jahren in Thüringen grassierte.

Also – wenn es einen Zusammenhang zwischen dem Mord an Kahn und den Anschlägen auf Hentzschel und Raupach gab, dann bestätigte das nur Hartmanns Verwechslungstheorie. Eigentlich sollte Hartung sterben. Nur so hatte er eine Schnittmenge für alle drei Taten: Hartung, Raupach und Hentzschel saßen am Stammtisch, am Kindergarten-Stammtisch, wie ihn einige Auendorfer nannten. Ein Motiv für die Taten indes hätte Hartmann noch nicht benennen können. Aber auch darauf würde er wohl noch kommen. Aller Wahrscheinlichkeit nach konnte es nur in der Vergangenheit liegen, in dieser vertrackten Kindesmisshandlung, die ein ganzes Dorf gespalten hatte.

Und noch ein zweiter Gedanke kam ihm in den Sinn: Wenn

die Anschläge tatsächlich den Männern am Stammtisch galten, dann war wahrscheinlich neben Steffen Hartung auch noch Volker Waldhaus, der Exmann der Kneiperin, in akuter Gefahr. Diesmal würde er darüber mit Steffi Schmaerse reden. Eine schöne Schlagzeile hin oder her, aber er würde keine Menschen in Gefahr bringen. Und irgendwie hatte er das Gefühl, dass noch niemand außer ihm diese Zusammenhänge herstellte. Also musste er Wissen teilen.

Vielleicht konnte er doch relativ schnell Waldhaus' Adresse herausbekommen und mit ihm reden, dachte er, während er am Waldrand wieder kehrtmachte und zu seinem Auto zurücklief. Möglicherweise war ja Waldhaus der Schlüssel, konnte ihm sofort ein Motiv präsentieren. Es sei denn …

Ja. Es sei denn, Waldhaus selbst wäre der Täter. Was wusste er denn über diesen Mann? Hatte die rothaarige Wirtin überhaupt die Wahrheit über ihn erzählt? Vielleicht war es gar nicht das tumbe Arschloch, als das sie ihn immer darstellte. Vielleicht hatten die vier gemeinsam ein ganz krummes Ding durchgezogen, und Waldhaus wollte jetzt die drei beseitigen.

Das probate Bild von dem Wollknäuel und dem Ende des Fadens, das er gestern Anette präsentiert hatte, stimmte nach dem Gespräch nicht mehr. Er hatte vielmehr das Gefühl, Eberwein habe ihm einen Riss in der dünnen Hülle der Realität gezeigt, hinter der eine ganz andere Wahrheit aufblitzte. Aber er sah noch nicht genug davon, als dass es ein Bild ergeben hätte.

31

Rosie Dörnfeld band sich den Mundschutz ab und warf ihn in den Müll. Sie war erleichtert, dass ihr Dienst beendet war. Sie wollte das nicht immer so wahrhaben, und ihr Mann zog sie auch immer damit auf, aber mit jedem Lebensjahr fielen ihr die Schichtdienste schwerer. Die Nachtschichten waren am schlimmsten. Als sie jung war, hatte sie sich um Nachtschichten gerissen, weil es die ruhigsten Dienste waren. Aber da waren sie auch fast doppelt so viele Schwestern auf Station gewesen, und da war sie auch nach drei, vier Stunden Schlaf wieder fit gewesen. Heute fühlte sie sich nach einer Nachtschicht den ganzen Tag wie gerädert.

Ein Ritual jedoch hatten die Schwestern die ganzen Jahre beibehalten: Das gemeinsame Frühstück nach dem Dienst war sozusagen der gesellschaftliche Höhepunkt für alle. Rosie zog die Tür leise hinter sich zu und schlurfte den Gang entlang. Sie hatte ihre Schicht übergeben, und dennoch schickte sie ganz mechanisch Kontrollblicke durch die großen Glasfenster in die einzelnen Patientenzimmer der Intensivstation. Doch alles war so, wie es sein musste. Die Monitore zeigten keine beunruhigenden Kurven, die Warnlampen waren alle aus.

Im Moment waren es nur deprimierende Fälle, über die man während der Pflege gar nicht nachdenken durfte. Der junge Motorradfahrer, Chefarzt Voigt nannte ihn immer seinen »potenziellen Nierenspender«, würde wohl nicht durchkommen. Und die alte Frau aus Idenstedt – was heißt alt, die Frau war gerade mal achtundsechzig –, die man in der vergangenen Woche mit einem Schlaganfall eingeliefert hatte, würde auch ein Pflegefall bleiben, falls sie das hier überlebte.

Hoffentlich nicht, dachte Rosie. Sterben war manchmal die bessere Alternative. Das Gleiche galt sicher auch für Herrn Hentzschel, wegen dem extra ein Polizist am Eingang zur ITS saß. Die Ärzte und das Pflegepersonal wurden dem jeweiligen Polizisten vor jeder Schicht vom Verwaltungschef vorgestellt.

Den Uniformierten, der heute sichtlich gelangweilt auf seinem Stuhl saß, kannte Rosie, er wohnte in ihrer Straße. Sie nickte ihm müde zu und ging in Richtung Cafeteria.

»Na, Rosie, haben sie dich heute Nacht wieder gut bewacht?«, frotzelte Daria, als sie in die Cafeteria kam. Die schöne Daria mit dem exotischen Namen. Daria war Rosies Freundin, gut zehn Jahre jünger. Aber der Lack ist auch schon ab, dachte Rosie, als sie das Lachen erwiderte.

»Wie war es bei dir?«, erkundigte sie sich.

Daria winkte ab. Auch sie sah müde aus.

»Das Übliche halt. Zwei Spontane und ein schweres Gespräch.«

Rosie machte ein fragendes Gesicht und schüttete sich zu viel Zucker in den Kaffee.

»Ach, wir haben gestern einen Abbruch reinbekommen. Wieder so ein junges Ding. Du weißt ja.«

Rosie wusste. Darias Tochter war vor drei Jahren selbst schwanger gewesen. Und obwohl sich Daria ein Enkelkind wünschte, hatte sie ihr zu einem Abort zugeraten, weil sie damals erst neunzehn und mitten in der Ausbildung war. Doch der Eingriff – hier in der Klinik und von Darias Chef vorgenommen – verlief nicht ganz komplikationslos, und nun war es offen, ob ihre Tochter überhaupt noch Kinder bekommen konnte. Seitdem fiel Daria immer wieder in Depressionen mit heftigen Selbstvorwürfen.

»Sie lernen es nie«, sagte Daria in das Schweigen hinein.

»Hast du versucht, sie von ihrem Entschluss abzubringen?«

»Natürlich habe ich das. Aber sie reagierte gereizt, und sie hat ihre Gründe.« Daria lachte auf. »Aber das haben sie ja alle, nicht wahr?«

»Du darfst das nicht so an dich ranlassen«, empfahl Rosie, »davon wirst du nur selbst wieder krank.«

Doch Daria überhörte den Rat. »In diesem Falle ist das Kind von einem Angestellten ihres Vaters«, sagte sie. »Und der Kerl ist so alt, dass er selbst ihr Vater sein könnte.« Sie rührte ewig in ihrer Kaffeetasse. »Ich sag es ja: Sie lernen es nie. Weder das eine noch das andere.«

»Hat er sie zur Abtreibung gedrängt?«, fragte Rosie.

Daria zuckte mit den Schultern und machte ein verächtliches Gesicht. »Angeblich nicht«, sagte sie. »Aber wer weiß das schon.«

***

Mairin schwang lustlos die Beine aus dem Bett. Aus der Sitzposition heraus berührten ihre Füße noch nicht einmal den Boden. Aber damit hatte sie mit ihren ein Meter vierundfünfzig ohnehin Probleme. Sie gab sich einen Schubs und ging ins Bad. Wenigstens ein bisschen frisch machen. Der Blick in den Spiegel zeigte ihr nichts Ungewöhnliches. Blöde Schwester. Fragte, ob *irgendetwas* mit ihr sei. Dabei hatte sie schon immer extrem blasse Haut. Sie war eben genau so ein Typ. Eine Krankenschwester müsste das doch aber sehen. Genau wie die Alte von gestern Abend. Hatte mit ihr geredet, als sei sie ihre Mutter. Ob sie sich das alles gut überlegt habe. Die bekannte Leier eben.

Mairin frühstückte ohne Appetit. Dabei müsste sie doch reinhauen wie ein Scheunendrescher. So hieß es doch von Schwangeren. Saure Gurken und Schokolade, immerfort Essen in sich hineinstopfen und dann wieder auskotzen. Einer der Gründe für sie, nicht schwanger zu werden. Aber nun war es passiert. Übel war ihr zwar ständig, aber das war wahrscheinlich psychisch bedingt. Denn übel war ihr von der Stunde an, als sich der Streifen auf ihrem Schwangerschaftstest verfärbt hatte. Ihr Appetit indessen, der war eben gleich null.

Sieben Uhr dreißig. So früh stand sie zu Hause nie auf, wenn sie nicht unbedingt musste. Aber hier wurde man ja mitten in der Nacht geweckt. Außerdem sollte sie um zehn Uhr in den OP. Angst hatte sie. Ihr Frauenarzt hatte ihr erklärt, dass man die Gebärmutter heute nicht mehr ausschaben würde, sondern den Embryo mitsamt der Fruchtblase mit einem Instrument absaugt. Sie stellte sich das furchtbar vor. Sie empfand es ohnehin immer als furchtbar, wenn jemand mit Instrumenten in ihrer Pussy rumfuhrwerkte. Schon vor den Frauenarztterminen hatte sie immer mächtig Bammel. Lokale Betäubung, lokaler Eingriff, hatte ihr Frauenarzt gesagt, aber das kam überhaupt nicht in Frage. Sie bestand auf Vollnarkose und Krankenhaus. Mit einer Empfehlung des Arztes und einer entsprechenden Zuzahlung ging es dann schließlich doch.

Morgen früh würde sie wieder nach Hause dürfen. Ohne die *Leibesfrucht*, wie ihre Mutter so theatralisch gesagt hatte. Ohne das Kind, ohne diesen Fremdkörper, der nicht sein durfte, nicht sein sollte. Sie war achtzehn. Kinder konnte sie später noch genug bekommen. Jetzt wollte sie leben.

Und wie? Und mit wem?

Sie wusste es nicht. Ihre Mutter glaubte noch immer, das Kind sei von einer Zufallsbekanntschaft am Himmelfahrtstag, und hatte sie deswegen als Schlampe bezeichnet. Doch sie konnte ihr schlecht die Wahrheit sagen, dazu war Mutter Vater gegenüber viel zu loyal. Dem Herrn Unternehmer, dem Erfolgsmenschen, dem alles gelang. Der zumindest so tat. Und der alles ausblendete, was nicht in sein Weltbild passte. Aber Mutter unterstützte das ja noch. Mairin müsse wegen einer *harmlosen Frauensache* für zwei Tage in die Klinik.

Der Alte hatte genickt und weiter von seiner Firma erzählt. So einer war das. Dennoch musste Mairin ein wenig lächeln, wenn sie sich vorstellte, ihrem Vater zu sagen, sie sei schwanger gewesen. Schwanger von Andreas Kröger, seinem Produktionsleiter. Andreas Kröger, selbst ein Jahr älter als ihr Vater, hatte dem zarten kleinen Töchterchen ein Kind in den Bauch gefickt. Und er würde sie immer wieder nehmen, wenn sie wollte. Vielleicht auch, wenn sie nicht wollte – das hatten sie bisher noch nicht ausprobiert.

Aber ein Leben mit Andreas? Ach, wenn die Antwort auf diese Frage nur auch so einfach wäre wie die nach der Schwangerschaft: einfach auf einen Streifen pissen und sehen, wie er sich verfärbt. Sie sprachen selten über ihre Zukunftspläne. Wahrscheinlich hatten sie beide Angst davor. Wenn sie dreißig sein würde, könnte er in Rente gehen. Und wenn er auch heute noch eine ganze Nacht lang durchtanzen konnte, so konnte er am nächsten Tag dann kaum auf Arbeit gehen.

Wie würde das in fünf Jahren sein? In zehn? Trotzdem wollte sie nicht von ihm lassen. Sie lebten jetzt, und dieses Jetzt war so schön. Wenn sie sich mit ihm so wenig wie möglich in der

Öffentlichkeit zeigte, dann nicht, weil ihr der erheblich ältere Mann an der Seite unangenehm war – im Gegenteil, sie hätte gern richtig mit ihm angegeben –, sondern weil sie ihn vor dem Gerede schützen wollte. Na ja, und halt wegen ihres Vaters.

»Na, Frau Groß, Sie haben wohl mein Klopfen nicht gehört?«

Mairin schreckte zusammen. Hinter ihr stand eine Schwester, dieselbe, die sie heute Morgen geweckt hatte. Die *blöde*.

»Wir werden Sie jetzt schön machen«, sagte sie. »In einer halben Stunde kommt die Anästhesistin.«

Die Schwester war höchstens zwei Jahre älter als sie. Mairin hätte heulen können. Sie wünschte sich, dass alles vorbei wäre.

Als Mairin Groß wieder zu sich kam, war alles vorbei. Sie lag benommen in ihrem Bett, und ihr war wieder hundeübel. Neben sich auf dem Nachtschrank sah sie den Umriss einer Kotzschale aus Pappe. Diesmal jedoch kam die Übelkeit nicht von dem Kind in ihrem Bauch, sondern von der Narkose; sie ahnte es mehr, als sie es wusste. Es sollte nur ein leichtes Narkosemittel sein, hatte ihr die Anästhesistin am Vormittag versichert.

Vorsichtig schob sie die Hand unter die Decke. Sie trug noch ein OP-Hemd. Sie tastete auf ihrem Bauch herum, auf einer Stelle direkt über dem Schambein, dort, wo man sonst die Blase spüren konnte. War da ein leichtes Ziehen? Ihre Hand wanderte tiefer, zwischen ihre Beine, wo sie etwas feucht war. Blut oder ein Gleitmittel noch von der OP. Sie zog die Hand wieder vor und betrachtete sie. Nichts.

Eine Stunde später, sie war inzwischen pinkeln gewesen, es hatte nicht gekrampft, aber gebrannt wie Feuer, klopfte es an der Tür.

»Ja«, rief sie, noch immer etwas matt.

Vorsichtig wurde die Klinke heruntergedrückt, und ein Blumenstrauß schob sich ins Zimmer. Mairin war starr vor Schreck, als Andreas dahinter zum Vorschein kam. Andreas. Ihre große Liebe und ihr großes Unglück. Andreas, der Vater ihres Kindes, das es nun nicht mehr gab.

»Bist du irrsinnig?«, zischte sie. »Meine Mom kann hier jeden Moment auftauchen.«

Andreas Kröger grinste.

»Deine Mom kann jetzt nicht kommen, die ist beschäftigt«, sagte er. »Alles gut überstanden, Kleines?« Er trat an das Bett, beugte sich über sie und küsste sie sanft auf die Stirn.

Wie der Flügelschlag eines Schmetterlings, dachte sie in einer plötzlichen poetischen Aufwallung und atmete sein Parfüm tief ein; sie kostete seinen Duft, als sei er ein wertvoller Zaubertrank. So war es immer. Wann immer sie auch nur den Hauch eines Zweifels hatte, war er verflogen, wenn sie in seiner Nähe war. Wenn sie seine Stimme hörte, tief und beruhigend und so ganz anders als das aufgeregt balzende Geschnatter der gleichaltrigen Jungs, die immer dachten, sie seien schon Männer; wenn sie seine Stimme hörte, dann ging ihr Herzschlag ruhig und gleichmäßig, dann fühlte sie sich sicher und beschützt.

Auch die Entscheidungen, die Andreas traf. Er musste ein Problem nicht lange zerreden, er wog das Für und Wider ab, suchte Alternativen und sagte dann Soundso. Und so war es dann. Ruhig und souverän. Wenn sie sich an Andreas kuscheln konnte, dann spürte sie eine Geborgenheit wie als Dreijährige, als sie zwischen ihren Eltern im großen Ehebett schlafen durfte. Wie ein Kind im Schoß der Mutter.

Womit wir wieder beim Thema wären, dachte sie mit einem leichten Anflug von Bitterkeit.

Er saß auf der Bettkante und hielt ihre kleine, zarte Hand in seiner großen. Er schwieg. Er drängte sie nicht.

Sie drehte den Kopf weg aus Angst, weinen zu müssen.

»Ja«, sagte sie leise. »Ich hab es überstanden.«

»Soll ich gehen?«, fragte er behutsam.

Sie drückte seine Hand und drehte sich abrupt um.

»Bleib!«, forderte sie.

»Es ist alles gut, Kleines«, sagte er. »Es ist deine Entscheidung, und ich akzeptiere sie nach wie vor.« Er streichelte ihre Hand. »Sieh mal, du hast es dir doch gut überlegt.«

»Ja.« Sie richtete sich im Bett etwas auf. »Aber du …«

»Das ist nicht wichtig. Wir haben alle Zeit der Welt. Wir können immer noch Kinder haben, wenn du willst.«

Ich will keine Kinder, dachte sie trotzig. Aber sie war sich in dieser Frage ihrer selbst nicht sicher. Was würde in zehn Jahren sein? Vielleicht wollte sie ja dann unbedingt Mutter werden. Und welchen Platz würde dann Andreas in ihrem Leben einnehmen? Und sie in seinem? Könnte Andreas dann noch? Bekäme sie in zehn Jahren ein Kind, dann wäre Andreas bei dessen Volljährigkeit achtzig. Also praktisch tot. Zu viele Fragen, zu wenige Antworten.

Plötzlich lachte sie auf.

»Was ist mit Mom?«, fragte sie. »Wieso ist sie beschäftigt? Was hast du nur wieder angestellt?«

Er grinste sie an wie ein Lausbub nach einem gelungenen Streich. Dann strich er sich mit Daumen und Zeigefinger über die Enden seines Schnauzbartes – eine Geste, die ihr schon so vertraut war, als lebten sie seit Jahren zusammen.

»Ich kann ja nichts dafür, dass deine Mom bei einem Schlüsseldienst arbeitet«, begann er vorsichtig.

Sie schlug erschrocken die Hand vor den Mund. »Du hast doch nicht etwa …«

»Doooch«, sagte er und zwinkerte ihr verschwörerisch zu. »Ich habe sie in dringender Angelegenheit ans andere Ende der Stadt geschickt. Ich hab sogar hinter dem Laden gewartet, bis sie fortgefahren ist. Wenn sie schnell war, dann könnte sie inzwischen auf dem Weg hierher sein.«

Mairin schüttelte den Kopf. »Manchmal bist du wie ein kleines Kind«, sagte sie.

Er lächelte und streichelte wieder seinen Bart.

Andreas Kröger hatte die Tür zum Patientenzimmer ebenso behutsam zugezogen, wie er sie geöffnet hatte. Ein Hit von Billy Idol kam ihm in den Sinn. *I'll do anything for my sweet sixteen* … Wenn Mairin ihn so schmachtend ansah, würde auch er alles für sie tun. Und er hatte nicht die geringste Ahnung, ob das, was er tat, korrekt war.

Aber wen kratzte das schon. Er liebte diese Kleine, und so war es gut. Hoffentlich blieb sie ihm lange erhalten, hoffentlich merkte sie erst spät oder nie, dass er eigentlich viel zu alt für sie war. Er hatte dieses Verhältnis nicht provoziert, nicht herbeigeführt, es war einfach über sie gekommen. Mairin tat ihm gut, weil sie ihn nicht verbiegen wollte, weil sie selbst dann noch präsent war, wenn sie kilometerweit weg in ihrem Elternhaus saß. Manchmal konnte das Leben so einfach sein.

***

Steffi Schmaerse war tief in Gedanken, als sie an der Ecke zu den Fahrstuhlschächten buchstäblich mit Kröger zusammenprallte. Sie entschuldigte sich beinahe instinktiv, ebenso wie er, dann erkannte sie ihn.

»Sie?«, fragte Schmaerse, und in ihrer Stimme zitterte ein wenig Empörung.

»Ja, und?«, fragte er zurück, etwas patzig.

»Was machen Sie denn hier?«

»Ich wüsste nicht, was Sie das angeht. Und Sie, wollen Sie mich wieder verhaften?«

»Geben Sie mir einen Grund, Herr Kröger!«

»Das könnte Ihnen so passen«, knurrte er und wollte an ihr vorbeigehen. Doch sie ging einen Schritt beiseite und stellte sich ihm in den Weg.

»Bitte«, sagte er fordernd.

»Im Ernst, Herr Kröger, ich würde gern wissen, was Sie hier tun.«

»Bevor Sie mich wieder vorladen … Na schön, ich habe jemanden besucht.«

»Wo?«

»In der Chirurgischen Abteilung«, sagte er.

»Und wen?«

Kröger lachte auf, kurz und verächtlich. »Finden Sie's raus. Kann ich jetzt bitte vorbei?«

Sie machte ihm den Weg frei, und er stürmte in den Fahrstuhl.

Zumindest kam er nicht aus Richtung Intensivstation, dachte sie und zückte ihr Handy. Kein Empfang. Sie erinnerte sich, einmal gelesen zu haben, dass es in Krankenhäusern schon lange keinen medizintechnischen Grund mehr gibt, Handys zu verbieten. Man wollte lediglich den üppigen Profit der kostspieligen Kartentelefone erhalten. Vielleicht sollte sie mal Hartmann einen

Tipp geben, der freute sich doch sicher immer über eine heiße Story.

Sie entschloss sich, die Ärzte noch ein paar Minuten warten zu lassen, und begab sich zunächst zur Intensivstation, um den Polizisten wegen Kröger zu befragen. Vielleicht machte sie sich ja unnötig Sorgen.

32

»Schön, dass Sie sich wieder so bei Kräften fühlen nach der Operation, aber vielleicht ist es besser, wenn Sie sich noch ein wenig schonen.« Die Schwester klang freundlich besorgt, dennoch erntete sie einen finsteren Blick.

»Nett von Ihnen«, sagte Sebastian Kämpfer, aber ihm war anzusehen, dass er es nicht so meinte.

Er würdigte sie keines Blickes, als er am Tresen der Station vorbeilief. Frauen, noch dazu in niederen Berufen, da hatte er Mühe, Respekt zu zeigen. Wozu auch? Schließlich hatten Schwestern seit jeher die Aufgabe, die Krieger zu pflegen, wenn sie verletzt aus der Schlacht kamen. Gute Ratschläge würde er nur von einem Arzt entgegennehmen. Gott sei Dank war er in diesem Krankenhaus bislang nur auf Ärzte getroffen. Eine Frau als Arzt – er wusste nicht, wie er reagieren würde.

Sein Arm schmerzte noch immer. Bei der Visite hatte er sich mächtig zusammenreißen müssen. Hoffentlich hatte ihn der Arzt nicht für einen Weichling gehalten. Der konnte ja nicht wissen, dass er die Schmerztabletten in seinen Nachtschrank legte. Da musste er schon allein durchkommen. Es war nicht leicht, in einer neuen Welt nach den alten Regeln zu leben.

In der Cafeteria wollte er sich einen Kaffee holen und akzeptierte, als sich die Bedienung hinter dem Tresen anbot, ihm die Tasse an den Platz zu bringen, wo er doch seinen Arm nicht benutzen konnte. Mit dem anderen hatte er sich eine Riedburger Rundschau vom Haken geangelt und begann, desinteressiert darin herumzublättern. Bis er auf einen Bericht stieß, der mit Auendorf zu tun hatte. Dort las er sich fest. Darin war die Rede von Thorwart Raupach, dem Anwalt, der immer am Stammtisch im Sportlerheim rumhing. Vor gut zwei Jahren hatte man auf ihn einen Brandanschlag verübt. Jetzt erst hatten die Zeitungsleute das rausgefunden. Drüber geredet jedenfalls hatte er nie, überlegte Kämpfer und fragte sich, warum das wohl so war. Jedenfalls, so die Zeitung weiter, könnte das im Zusammenhang mit dem Mordanschlag auf Hentzschel stehen, von dem seit einer guten Woche die Zeitungen voll waren. Und in der Tat, so abwegig war das nicht. Raupach war der Anwalt von Hentzschel, der wiederum ebenfalls am Stammtisch saß. Sogar Hartung hatte der Reporter befragt.

»Natürlich habe auch ich Angst«, wurde der in dem Artikel zitiert, »schließlich habe ich mit beiden Opfern dienstlich zu tun gehabt.« Dienstlich zu tun gehabt, echote es in Kämpfer. Der kleine Holzverkäufer. Heulte, bevor jemand die Hand gegen ihn erhob. Er konnte sich die weinerliche Wurst gut vorstellen.

Und jetzt, jetzt kam es ja erst: »Nach unserer Zeitung vorliegenden Informationen hat Steffen Hartung sogar Polizeischutz beantragt, der ihm jedoch nicht gewährt wurde.« Klar, dass *der* gleich nach den Bütteln gerufen hatte. Als ob die einen beschützen konnten. Das sah man doch immer wieder. Die konnten Knöllchen zustellen und einem mit dem Knast drohen, aber jemanden beschützen – niemals. Beschützen musste ein Mann sich schon selbst.

Da ging ja richtig die Post ab in Auendorf. Und ausgerechnet er lag verletzt im Krankenhaus. Warum hatte er aber auch nicht sein schweres Armzeug angezogen, wenn er gegen so einen Tölpel wie den Barthel kämpfen musste? Der war ja nicht mal in der Lage, sein Schwert festzuhalten, wenn es ihm beim Streich abgewehrt wurde. Mit Armschützern wären das bei Kämpfer nur ein paar blaue Flecke geworden. Aber so. Eine böse Fleischwunde war das – und sogar ein paar Sehnen hatten sie ihm zusammenflicken müssen. Diese Saison dürfte gelaufen sein, dachte er verbittert.

Obwohl – gemessen an anderen hier im Krankenhaus war er ja noch relativ glimpflich davongekommen. Hentzschel zum Beispiel. *Dem* hatten sie übel mitgespielt, wenn das stimmte, was die in der Zeitung geschrieben hatten.

Vielleicht sollte er ihn mal besuchen, den Hentzschel. Er dürfte ihn zwar nur vom Sehen kennen, aber vielleicht brauchte der ein bisschen Zuspruch, jetzt, wo es ihm so beschissen ging.

»Darf ich?«

Ein junges Mädchen war an den Tisch getreten. Kämpfer nickte. Sie stellte einen kleinen Teller mit einem Stück Kuchen und eine Kaffeetasse auf den Tisch. Bevor sie sich setzte, zog sie eine Zigarettenpackung aus der Tasche ihrer Jogginghose und legte sie auf den Tisch.

Darfst du überhaupt schon rauchen?, fragte sich Kämpfer, schaute die Kleine aber nur unverwandt an. Die schien das als Aufforderung zum Plappern zu verstehen.

»Hoffentlich kühlt es heute Abend ein wenig ab«, sagte sie.

Er sagte nichts.

»Sie sind auf der chirurgischen Station?«, fragte sie und wies auf seinen eingewickelten Arm.

Er nickte. »Du auch?«

Sie schüttelte rasch den Kopf. »Frauenstation«, sagte sie.

»Und«, sagte er, mit dem Kopf nach der Zigarettenpackung auf dem Tisch nickend, »kaum Mutti geworden und willst schon wieder rauchen?« Es sollte freundlich klingen.

»Ich hab kein Kind gekriegt«, sagte sie. Und setzte dann hinzu: »Im Gegenteil.«

Er verzog den Mund. »Hast dir ein Balg wegmachen lassen, so, so.«

Sie kicherte. »So kann man es auch sagen.«

Ihre Heiterkeit steckte nicht an. Kämpfer wurde ärgerlich. »Frauen sollten Kinder bekommen und sie nicht wegmachen lassen«, sagte er aufgebracht. »Aber, na ja, bist ja selbst noch ein halbes Kind.«

»Bist wohl einer von den ganz Katholischen?«, fragte sie bissig. »Außerdem bin ich schon erwachsen.«

Er lachte laut auf. »Katholisch«, wiederholte er. »Ich und katholisch.« Dann wurde er plötzlich wieder ernst. »Pass auf, Kindchen, ich bin so katholisch wie eine Straßenhure. Aber ich kenne den Platz der Frauen.«

»Katholisch oder nicht. Altmodisch sind Sie auf jeden Fall«, beharrte sie, wieder zum Sie übergehend. Sie wandte sich schnippisch ab und sah ins Freie.

Er verzog verächtlich den Mund und nahm seine Zeitung wieder in die Hand. Er merkte gar nicht, als sie ging.

Beim Wirtschaftsteil blieb er erneut hängen. Dort gab es einen interessanten Bericht zur Entwicklung der Situation auf dem Flughafen Erfurt-Weimar. Das verfolgte er schon seit den Betrugsvorwürfen von vor ein paar Monaten – oder waren es inzwischen schon Jahre –, weil Bertram, der Marktvogt in ihrem Mittelalterverein, auf dem Flughafen arbeitete. Sogar in verantwortungsvoller Position. Der hielt sie immer auf dem Laufenden, was die Vorgänge auf dem Flughafen betraf.

Da war die Rundschau gar nicht so weit weg von der Realität, staunte Kämpfer. Mit »Frank Sternberger« war der Artikel gekennzeichnet. Der hieß genauso wie Kämpfers Bettnachbar.

Den hatte er auch zunächst für einen Weichling gehalten. Hatte sich beim Line-Dance die Sehne angerissen. Ein Tänzer. Fehlte nur noch, dass er schwul war. Gestern Abend dann hatten sich die beiden dann beinahe befreundet. Sebastian Kämpfer hatte ihn nämlich ein bisschen ausgehorcht und festgestellt: Der Mann war keiner, der in Lackschuhen und im rosa Tüll über den Tanzboden schwebte. Der Mann war ein astreiner Western-Fan.

Und damit war nicht nur der Film gemeint. Damit war die ganze Lebensweise gemeint: Die Entdeckerfreude, die echten Männer, die harte Arbeit mit dem Vieh, der Treck nach Westen, das Bauen und das Verteidigen des eigenen Zuhauses, der Pioniergeist und die Solidarität und, ja, verdammt noch mal, das Recht des Stärkeren. Respekt davor. Sehr beeindruckend und sehr dicht an dem Leben und den Einstellungen, die er selbst so mochte.

Warum eigentlich sollte der Sternberger, der da so klug vom Flughafen berichtete, nicht derselbe sein, der in einen knöchellangen, staubigen Mantel gehüllt auf einer einsamen Straße mitten in der Stadt den Showdown suchte. War er nicht selbst ein exzellenter Spitzendreher in einer Fabrik, die hochpräzise Kugellager herstellte, und nach Feierabend Ritter Linhart von der Hohenburg? Er würde ihn fragen.

Aber jetzt hatte er erst einmal einen Besuch vor. Er hängte die Rundschau wieder an den Haken, nickte der freundlichen Bedienung zu und entschied sich für die Treppe anstelle des Fahrstuhls. Er brauchte Bewegung.

***

Polizeihauptmeister Göring liebte vor allem Innendienste. Es war nicht etwa so, dass er nicht auch im Streifendienst oder bei Sondereinsätzen seinen Mann gestanden hätte. Aber er stand kurz vor seinem neunundfünfzigsten Geburtstag, sein Bauchumfang wuchs trotz des leidenschaftlich betriebenen Volleyballspiels in der Freizeit und, nun ja, er wurde auch ein wenig bequemer. Da hatte man schon gern einen festen Halt. Und neben der in Aussicht stehenden Pensionierung gehörte auch ein stabiler Schreibtisch dazu.

Dennoch hatte er in den letzten Tagen auch den Wachdienst in der Klinik lieb gewonnen. Hier hatte er es wirklich absolut ruhig. Seine Aufgabe war die Bewachung eines Schwerverletzten. Sich nähernde Personen wurden auf ihre Zutrittsberechtigung in Augenschein genommen. Neben seinem Funkgerät hatte er auch ein hausinternes Telefon der Klinik, um Unstimmigkeiten sofort mit dem Sicherheitschef der Verwaltung klären zu können, und er hatte massenhaft Zeit, sich mit seinem neuen Spielzeug, einem Smartphone, zu beschäftigen. So konnte er gegen sich selbst Karten spielen, konnte diverse Apps ausprobieren, von denen die meisten auch noch gänzlich kostenlos waren. Eine gute Gelegenheit, das relativ neue Gerät kennenzulernen.

Den Typen, der da den Flur entlanggeschlendert kam, kannte er. Er hatte schon mal Ärger mit ihm, bei einem Volksfest. Kämpfer hieß der Mann, sehr bezeichnend. Er hatte sich damals einer simplen Personenkontrolle entziehen wollen, und die Anwendung *einfacher körperlicher Gewalt*, wie es so schön im Polizeigesetz hieß, war gar nicht so einfach gewesen – Kämpfer war bärenstark. Auch jetzt verriet seine Haltung, dass er vor Selbstbewusstsein fast platzte, obwohl er mit seiner Rechten sicherlich nicht viel anfangen konnte, sie war mit einem dicken Wundverband versehen.

Göring beäugte Kämpfer, der ihn gar nicht zu beachten schien. Mit Sicherheit gehörte der nicht zum Kreis der autorisierten Personen, die derzeit Zutritt zur Intensivstation hatten. Er näherte sich mit langsamen, aber sicheren Schritten.

Göring stand auf. Erst jetzt schien Kämpfer den Polizisten wahrzunehmen. Er setzte ein leicht spöttisches Lächeln auf, sagte »Guten Tag« und wollte weiterlaufen. Göring stellte sich ihm in den Weg.

»Ähm«, sagte er. »Sie dürfen hier nicht weiter.«

Kämpfers Lächeln wurde breiter. »Als freier Bürger in einem freien Land?«

»Hier ist der Zutritt nur autorisierten Personen gestattet.«

»Ich will nur jemanden besuchen«, sagte Kämpfer sanft wie ein Lamm. »Ich nehme Ihnen schon nichts weg.« Er lächelte immer noch.

»Sie können hier auch niemanden besuchen, Herr Kämpfer, das ist eine Intensivstation.«

Kämpfers Augen verengten sich.

»Sie kennen mich?«, fragte er, und in seiner Stimme schwang ehrliches Erstaunen mit.

»Wir … wir hatten mal miteinander zu tun.«

Das Lächeln um Kämpfers Mundwinkel wurde leicht überheblich.

»Na ja«, sagte er, »in euren Uniformen seht ihr Büttel ja alle gleich aus.«

»Den Büttel überhöre ich jetzt mal«, sagte Göring gelassen. Er hatte sich in seiner Dienstzeit schon viele Beleidigungen um die Ohren schlagen lassen müssen. Die hier war noch keine Anzeige wert.

»Ist auch nur eine Feststellung gewesen«, sagte Kämpfer mit einem gutmütigen Unterton.

»Wie dem auch sei, hier ist das Betreten verboten.«

»Und warum wird diese Station nicht von einer Schwester bewacht, sondern von einem … Polizisten?« Kämpfer betonte die Pause vor dem »Polizisten« so, dass eine Absicht erkennbar war.

»Auch das geht Sie nichts an, Herr Kämpfer«, sagte Göring.

Kämpfer machte eine angesäuerte Miene.

»Also gut«, sagte er schließlich. »Ich würde gern Thomas Hentzschel besuchen. Ich bin nicht mit ihm verwandt, aber wir kennen uns gut, wir sitzen sozusagen zusammen an einem Stammtisch in Auendorf.«

»Genau. Und Schweine können bellen. Verkaufen Sie mich doch nicht für dumm, Herr Kämpfer. Sie wissen doch genau, dass ich wegen Hentzschel hier sitze.«

Kämpfer grinste.

»Auf welche Station gehören Sie denn eigentlich?«, fragte Göring.

Kämpfer hob den Arm, gerade so, als sei das Antwort genug.

»Dann schlage ich vor, Sie begeben sich wieder nach oben«, sagte Göring. »Und zwar umgehend. Sonst muss ich den Sicherheitsdienst rufen.« Er griff nach dem Kliniktelefon.

»Sonst muss ich den Sicherheitsdienst rufen«, äffte Kämpfer ihn nach. »Ich geh ja schon, Büttel.«

Als er außer Sichtweite war, rief Göring in der Inspektion an und verlangte direkt nach Kriminalhauptkommissarin Schmaerse. Er war zwar nur ein einfacher Polizist, aber er war nicht auf den Kopf gefallen. Und dass die Schmaerse unter anderem gegen Kämpfer ermittelt hatte, wusste er.

»Hier ist Göring aus dem Krankenhaus. Gerade hat einer versucht, Herrn Hentzschel zu besuchen. Das wird Sie interessieren, Frau Schmaerse, Sie kennen den Mann nämlich schon.«

»Na sagen Sie schon«, forderte Schmaerse ungeduldig.

»Es ist der Kämpfer aus Auendorf.«

»Sebastian Kämpfer?«

»An den Vornamen kann ich mich nicht erinnern, aber es ist der junge, der mit dem Pferdeschwanz.«

»Alles klar. Und wo ist er jetzt?«

»Der ist wohl als Patient hier.«

»Und was hat er?«

»Keine Ahnung, der hat einen eingebundenen Arm. Sieht schon echt aus. Aber ich meine, eine Verletzung kann man sich schließlich auch selbst beibringen, nicht wahr?«

»Gut gefolgert, Herr Göring. Versuchen Sie mal, über die Verwaltung rauszukriegen, wo der Kämpfer liegt. Ich war zwar gerade erst im Krankenhaus, aber ich komme noch mal rein.«

»Alles klar, Frau Schmaerse. Ich halt die Augen offen.«

Er beendete das Gespräch, stand auf und ging ein paar Schritte den Flur entlang. Das gefiel ihm nicht, mit dem Kämpfer, das gefiel ihm ganz und gar nicht.

***

Nachdem Steffi Schmaerse aufgelegt hatte, ging sie sofort rüber ins Büro ihres Stellvertreters.

»Wir müssen sofort ins Krankenhaus«, eröffnete sie ihm.

Er schaute von einer Akte auf, und ein breites Grinsen stahl sich in sein Gesicht. »Lass mich raten. Deine Augen sind schlechter geworden?«

Sie runzelte die Stirn.

»Ich habe keine Zeit für dumme Witze. Sebastian Kämpfer hat im Krankenhaus versucht, Zutritt zur Intensivstation zu bekommen. Vermutlich hat er sich als Patient einliefern lassen.«

Hölbing griff nach seinem Jackett, das er immer trug, um das Waffenholster an der Hüfte zu verbergen.

»Ist etwas passiert?«, fragte er nervös.

»Was soll passiert sein, da sitzt ein Polizist vor der Tür.«

»Na du hast Nerven«, sagte er. »Wenn ich überlege, wie Hentzschel aussieht, frage ich mich, was ein einzelner Polizist Kämpfer entgegensetzen soll.«

Sie hasteten über den Flur.

»Also doch Kämpfer, wer hätte das gedacht«, sagte er kopfschüttelnd.

»Soll ich nicht doch noch die Kavallerie verständigen, damit die uns Schützenhilfe gibt?«, fragte Schmaerse, als sie ins Auto stieg.

»Steffi, ich bitte dich – im Krankenhaus. Du und ich und ein Uniformierter. Kämpfer dürfte unbewaffnet sein. Und wir sollten ohnehin erst mal die Lage sondieren. Wenn der einfach wieder abgezogen ist, kann das auch ganz harmlos sein.«

»Und er kann es wieder versuchen. Nun fahr schon!« Sie verdrehte die Augen.

Hölbing rollte vom Hof und stellte das Magnetblaulicht auf das Dach.

33

Peter Hartmann war bepackt wie ein Maultier. Nachdem ihm Redaktions-Sonnenscheinchen Isabell noch einen zweiten Blumenstrauß in die Hand gedrückt hatte, wusste er kaum noch, wie er die ganzen Geschenke transportieren sollte. Die im Krankenhaus mussten doch denken, Sternberger habe Geburtstag.

Glücklicherweise hatte die Klinik Automatiktüren. Er wandte sich zunächst nach rechts, lugte durch die Blumen hindurch und fragte die nette Dame an der Rezeption, wo Sternberger lag. Die tippte etwas in die Tastatur und schickte ihn in die Unfallchirurgie.

Frank Sternberger empfing ihn im Bett. Sein Fuß war in einem Gestell hochgelagert.

»Na, du Held«, sagte Hartmann.

»Das ist aber schön, dass du kommst.«

Hartmann musterte die drei Sträuße, die schon auf dem Tisch und dem Nachtschrank seines Kollegen standen.

»Wollte man deine Beliebtheit an der Zahl der Krankenbesuche messen, dann müsstest du kurz vor der Auszeichnung als Mitarbeiter des Monats stehen«, feixte er Sternberger an.

Der winkte ab. »Ach, das ist von den Kollegen und von meiner Frau«, sagte er.

»Ja, und das hier ist von deinem Kollegen Hartmann und von Isabell – bei der scheinst du auch einen Stein im Brett zu haben. Wehe, wenn du sie der Landesredaktion abspenstig machst.« Er drohte scherzhaft mit dem Finger. »Wie geht es dir denn?«

Sternberger zuckte mit den Schultern. »Also Schmerzen habe ich zurzeit überhaupt keine. Es wird halt ewig dauern, so eine Sehnengeschichte. Und dann muss ich ja auch noch zur Reha.« Er klopfte auf sein Bein.

»Musst halt ein bisschen Ausdauer mitbringen. Patient kommt von ›*patiens*‹, das ist lateinisch für ›geduldig‹.«

Sternberger fletschte die Zähne.

»Der Herr Lateiner. Da merkt man doch, was sich in der Landesredaktion für ein Bildungsbürgertum breitgemacht hat.«

»Sicher«, pflichtete ihm Hartmann bei. »Ein richtiges bürgerliches Bildertum.«

Beide lachten.

»Weißt du«, sagte dann Sternberger mit Blick auf seinen kaputten Fuß, »wenn ich nur bis zur Funkausstellung in Berlin wieder einigermaßen laufen könnte, dann würde ich schon genug Geduld mitbringen. Stell dir vor, Grieshaber will mir drei Tage geben.«

»Toll. Und wann ist die?«

»Am 6. September geht es los.«

»Ich drück dir die Daumen«, sagte Hartmann. Ich lass dir deine Illusionen, aber das schaffst du nie, dachte er.

»Ach sag mal«, fing Hartmann wieder an. »An der Tür steht, dass dein Bettnachbar Sebastian Kämpfer heißt.«

»Ja«, sagte Sternberger knapp.

»Ist das so ein Typ mit einem Pferdeschwanz?«

»Genau. Und lange Haare hat er außerdem«, flachste Sternberger, und nach einer Gedenksekunde lachten beide.

»Ich kenn den Kämpfer – bist du so nett und horchst den ein bisschen über sein Dorf aus?«

»Auendorf, stimmt's?«

»Es ist immer wieder ein Genuss, mit Profis zusammenzuarbeiten«, sagte Hartmann. »Der ist mir nicht ganz geheuer. Anfangs stand er sogar auf der Verdächtigenliste im Mordfall Kahn. Warum ist der eigentlich hier?«

»Hat einen Schwerthieb in den rechten Unterarm bekommen. Ziemlich üble Fleischwunde, und auch Sehnen mussten genäht werden.«

»Ja, okay, das ist ja so ein Mittelalter-Fetischist.«

»Nichts gegen das Mittelalter«, rückte Sternberger klar. »Da galten Männer noch etwas.«

Hartmann lächelte nachsichtig. »Du meinst, so wie im Wilden Westen?«

»Na jaaa, so ähnlich schon.«

»Ich werde dir dein Hobby nicht madigmachen«, beschwichtigte ihn Hartmann, »schließlich habe ich dank deiner Hilfe die schicksten Motorradstiefel östlich von Erfurt.«

Sie flachsten noch eine Weile herum, bis Kämpfer wieder zur Tür hereinschlich. Hartmann und Kämpfer begrüßten sich distanziert, nicht lange danach verabschiedete sich Hartmann von seinem Kollegen.

Der lange Gang im Zwischenbau, der die beiden Haupthäuser der Klinik verband, war lichtdurchflutet, aber ausreichend belüftet. Peter Hartmann hatte gute Laune. Er war wegen des Krankenbesuches früher aus der Redaktion verschwunden, sogar mit dem Segen seines Chefs, und nun lag noch der ganze schöne Sommerabend vor ihm.

Vielleicht, so überlegte er, sollte er noch einmal seinen Chopper aus der Garage holen und über den Höhenrücken bei Idenstedt cruisen. Oder er machte es sich mit seinem neuen Dan Brown auf der Terrasse bequem. Der Tag bot noch so viele Möglichkeiten.

Er grüßte freundlich eine junge kleine Frau in Jogginghosen, die ihm auf dem Gang entgegenkam und eine Packung Zigaretten und ein Feuerzeug in der Hand hielt.

In Haus I nahm er den Fahrstuhl nach unten und steuerte auf die Rezeption zu, als ihm eine Ärztin begegnete, die er schon irgendwo gesehen zu haben glaubte. Sie war auffallend groß, hatte rote Haare und drehte sich weg, als sie seiner gewahr wurde. Sie sah aus wie …

Ja zum Teufel, war das nicht …?

Sie ging mit abgewendetem Gesicht rasch an ihm vorbei, gerade so, als wolle sie ihn nicht anblicken. Er blieb stehen und sah ihr entgeistert nach.

Dann rief er ihr hinterher, ganz spontan. »Kathy?«

Die Frau beschleunigte ihren Schritt.

»Hey, Kathy, was machst *du* denn hier?«

Die Frau fing an zu laufen. Hartmann hätte später nicht mehr sagen können, warum, aber er lief ihr hinterher.

Sie fing an zu rennen.

Als aus dem Fahrstuhl eine Gruppe Ärzte kam, stoppte sie abrupt, wendete und kam geradewegs auf Hartmann zu.

»Kathy!«, sagte er, »Kathy Waldhaus. Was zum Teufel …«

»Schnauze«, herrschte sie ihn an, »sag jetzt keinen Ton.«

»OÄ Reinertz«, stand auf dem kleinen Namensschild über der Brusttasche ihres Kittels. Oberärztin? Was lief hier?

Dass Kathy Waldhaus keine Zwillingsschwester hatte, die Oberärztin am Riedburger Klinikum war, wurde Hartmann spätestens in dem Augenblick klar, als er die Klangfarbe verarbeitete, mit der sie »Schnauze« gesagt hatte. Ein leicht kratziges, aber angenehmes und tiefes Timbre, leicht rauchig wie Whisky und Leder.

Unverkennbar Kathy Waldhaus. Sie gab vor, Oberärztin in der Klinik zu sein. Warum? Er musste etwas tun, irgendwas. Sie rauschte wieder an ihm vorbei, doch er drehte sich instinktiv um und packte sie am Oberarm.

»So nicht«, herrschte er sie an.

»He, spinnst du?«, fauchte sie zurück. Dann drehte sie sich kurz um und blickte zu der kleinen Gruppe Ärzte, die nun offenbar auf die beiden aufmerksam geworden war. »Mach jetzt keine Szene«, flüsterte sie scharf. »Ich komm ja mit, wenn du jetzt keine Szene machst.«

»Na schön«, sagte er, lockerte den Griff und steuerte auf den Ausgang zu. »Du kommst jetzt mit an die frische Luft, und du wirst mir eine Menge zu erklären haben.«

Als sie an der Rezeption vorbeigingen, nickte er der Frau wieder freundlich zu. Kathy Waldhaus lächelte gequält.

Kaum im Freien, riss sie sich mit einem Ruck los. »Lass mich in Frieden«, raunzte sie ihn an.

»So einfach ist das nicht. Ich will jetzt wissen, was du da drin für einen Mummenschanz machst. Du und Ärztin, dass ich nicht lache.«

Kathy Waldhaus blickte ihn verächtlich an.

»Halt dich da raus«, forderte sie ihn auf. »Was willst du denn tun? Mit mir ringen? Ich geh da jetzt wieder rein und du besser nach Hause.«

»Wenn du jetzt türmst, rufe ich sofort die Bullen, das versprech ich dir.«

Er zog sein Handy aus der Tasche.

Sie wurde plötzlich unsicher und kniff die Augen leicht zusammen.

»Du bist so bescheuert«, sagte sie. »Du hast doch gar keine Ahnung.«

Er antwortete nicht, blickte an ihr vorbei und fixierte einen entfernten Punkt. Sie drehte sich um und folgte seinem Blick. Von der Ausfallstraße aus der Stadt her, schon auf der Krankenhauszufahrt, näherten sich in rascher Fahrt zwei Autos. Ein großer dunkler Wagen und ein Streifenwagen der Polizei. Auf beiden blitzten Blaulichter.

Plötzlich blickte sie sich hektisch in alle Richtungen um.

»Kommen die deinetwegen?«, fragte er gelassen. Dann kam ihm eine Idee.

»Da drüben steht mein Auto«, grinste er. »Ich bring dich nach Hause, wenn du mir dafür deine Geschichte erzählst.«

Ihre Augen wurden groß.

»Ja«, sagte sie hastig. »Schnell.«

Sie passierten mit seinem Chrysler in Seelenruhe die Schranke am Parkplatz, als die Polizisten mit ihren Autos vor dem Haupteingang zum Stehen kamen.

»Ich warte noch auf eine Erklärung«, sagte er überraschend ruhig, während er vom Parkplatz fuhr und sich wieder in den Verkehr auf die Ausfallstraße in Richtung Stadtmitte einfädelte.

Sie sagte nichts, verharrte in einer Art katatonischer Starre mit der Mimik einer Schaufensterpuppe, die Augen einfach geradeaus ins Leere gerichtet.

»Mach jetzt deinen Mund auf«, brüllte er plötzlich los. »Ich hab dich was gefragt!«

Nur langsam drehte sie ihren Kopf wie in Zeitlupe in seine Richtung und sagte leise: »Ich wollte, es wäre irgendwann mal zu Ende.«

Er hob erstaunt die Augenbrauen.

»Was soll zu Ende sein?«

»Das ganze Theater, die ganze Scheiße.«

»Kathy! Du hast dich nicht als ...«, er beugte sich noch mal vor, »als *Oberärztin Reinertz* verkleidet, um hier Fasching zu spielen, stimmt's? Sogar ein Stethoskop hast du dir besorgt. Verdammt, was hast du in diesem Krankenhaus zu suchen?«

»Ich wollte die Sache mit Hentzschel beenden.«

»Beenden? Du meinst …? Du hast sie doch nicht mehr alle! Was hättest du tun wollen? Ihm die Schläuche ziehen, ihm die Maschinen ausschalten? Wie wolltest du an dem Polizisten vorbeikommen?«

Statt einer Antwort griff sie in die rechte Kitteltasche und holte etwas heraus.

»Weißt du, wie leicht das durch die Kehle geht?« Direkt vor seinem Gesicht ließ sie ein langes altmodisches Rasiermesser aufklappen. Mit einem »Ffschsch« sprang die blitzende Klinge auf.

Hartmann presste sich ruckartig in den Sitz. Der schwere Wagen wäre beinahe ins Schleudern gekommen.

»Bist du wahnsinnig?«, rief er. Er war plötzlich leichenblass.

Sie klappte mit einer geradezu beunruhigend lässigen Bewegung das Messer wieder zu und ließ es in ihre Kitteltasche gleiten.

Er blickte zu ihr hinüber und erkannte in ihrem ruhigen Gesicht und den glasigen Augen die ganze Wahrheit. Sie meinte das todernst. Für eine Sekunde sah er vor seinem geistigen Auge einen uniformierten Polizisten mit schreckensstarrem Blick und den Händen am Hals, unter denen in Fontänen das Blut hervorschoss.

»Du hättest das wahr gemacht. Du hättest den beiden einfach die Kehle durchgeschnitten. Du machst keinen Spaß«, sagte er entgeistert.

Sie nickte nur. »Klar«, sagte sie.

»Du bist wahnsinnig, du bist einfach nur wahnsinnig.«

Sie blickte wieder starr aus dem Fenster.

Er versuchte, sich auf die Straße zu konzentrieren. Einen Moment lang dachte er daran, direkt bis vor die Polizeiinspektion zu fahren. Und dann? Sie konnte ihm jederzeit das Rasiermesser an die Kehle setzen und ihn zum Umkehren zwingen. Oder ihn als Geisel nehmen. Ihm mit einem kräftigen Zug einfach die Luftröhre und die Halsschlagader durchtrennen. Er war sicher nicht feige, aber er war auch nicht der Typ, der um den Preis des eigenen Lebens zum Helden werden wollte.

Hartmann setzte den Blinker und bog in Richtung Norden ab. Dort würde er die Bundesstraße kreuzen. Sie schwieg weiter, er fuhr konzentriert.

»Warum bedrohst du *mich* nicht auch mit dem Messer?«, fragte er nach einer Weile.

Sie schien wieder erst einen Moment zu benötigen, um aus ihrer seltsamen Starre zu erwachen. Als sie antwortete, klang ihre Stimme fast wieder normal, etwas rau und mit einem überheblichen Unterton.

»Dich?«, fragte sie, fast verwundert. »Du hast doch mit der ganzen Sache nichts zu tun.« Sie lachte kurz auf, es klang wie ein Meckern.

»Mit was für einer Sache?«

Sie schwieg wieder, und er ließ ihr Zeit. Allmählich fand sein Puls wieder zu einer normalen Geschwindigkeit zurück.

»Ach, das ist eine lange Geschichte.«

Er wartete wieder, doch da kam nichts mehr. Inzwischen hatten sie die Bundesstraße erreicht und nahmen Kurs nach Nordost.

»Ich bringe dich jetzt erst einmal nach Hause. Dann holen wir einen richtigen Arzt, okay?«

Sie drehte ihm den Kopf zu und musterte ihn eine Weile.

»Du bist so ein dummer Spinner«, sagte sie schließlich. »So klug und doch so naiv. Du glaubst wirklich noch an das Gute im Menschen. Was denkst du wirklich, was ich im Krankenhaus wollte?«

»Du wolltest Hentzschel umbringen. Und du bist krank. Du musst krank sein. Gesunde Menschen werden nicht zu solchen Monstern.«

Sie lachte auf, als hätte er einen guten Scherz gemacht.

»Ich sag ja, ein Spinner.« Dann sagte sie nichts mehr.

34

Steffi Schmaerse stürmte mit wehendem Blazer und in einem Tempo in die Klinik, dass Frank Hölbing, der zunächst wenigstens das Auto verriegeln wollte, Mühe hatte, mit ihr Schritt zu halten. Sie lief zur Rezeption, schon von Weitem ihren Dienstausweis wie ein Schild vor sich her haltend.

»Rufen Sie alle Kräfte des Sicherheitsdienstes zur Intensivstation«, wies sie die Rezeptionistin an. »Und sagen Sie dem Verwaltungschef Bescheid.«

Bevor die verdutzte Frau etwas entgegnen konnte, war Schmaerse auch schon fast auf der Treppe. Hölbing zuckte entschuldigend mit den Schultern und setzte ihr nach.

Polizeihauptmeister Göring sprang erschrocken auf, als er die beiden Kriminalisten über den Flur rennen sah.

»Ist etwas passiert?«, fragte er erschrocken.

»Das frage ich Sie«, fuhr Schmaerse ihn an. »Wo ist Kämpfer?«

Göring blickte sie verwundert an.

»Was weiß ich. Ich habe ihn wieder auf seine Station geschickt.«

»Er ist nicht noch einmal aufgetaucht?« Schmaerses Körperhaltung verriet ihre grenzenlose Anspannung. Es fehlte nicht viel, und sie hätte ihre Hand auf den Griff der Waffe gelegt.

»Nein«, sagte der Polizist.

»Chefin!« Frank Hölbing klang ungeduldig.

»Ja?« Sie schaute zerstreut zu ihm.

»Komm wieder runter, das war vermutlich nur ein blinder Alarm. Lass uns Kämpfer suchen, aber knall ihn nicht über den Haufen.«

»Bitte!« Ihr Blick war vernichtend.

Drei Leute vom Wachdienst huschten über den Flur.

»Können wir Ihnen helfen?«, fragte ein junger Kerl mit Stiernacken und Tattoos.

Auch nicht erste Wahl, dachte Schmaerse. Laut aber sagte sie: »Ja. Sie bleiben vorläufig hier auf dem Flur. Niemand betritt die Station.«

»Dürfte ich mal wissen, was hier vorgeht?« Der zuständige Chefarzt kam den Gang hinunter.

»Selbstverständlich«, sagte Schmaerse und zog ihn ein Stück mit sich. Nicht jeder in der kleinen Gruppe musste hören, was sie jetzt gerade in die Klinik trieb. Flüsternd setzte sie den Arzt ins Bild.

Das plötzliche Auftauchen der Polizisten hatte für Aufruhr in der Klinik gesorgt. Auch der Verwaltungsdirektor kam hinzu, er befand sich in Gesellschaft eines weiteren Arztes, der sich als Oberarzt auf der Unfallchirurgie entpuppte.

»Also«, sagte der Oberarzt mit beruhigender Stimme. »Sebastian Kämpfer ist Patient auf meiner Station. Er hat eine sehr tiefe und breite Schnittwunde im rechten Unterarm. Sie geht fast bis auf den Knochen. Nach seinen eigenen Angaben hat er sie sich bei einem Sportunfall zugezogen. Er muss Schwertkämpfer sein, so einer, der in Schaukämpfen bei Mittelalter-Spektakeln auftritt.«

»Das ist mir bekannt.« Schmaerse nickte. »Könnte er sich die Wunde auch selbst beigebracht haben?«

»Unter diesem Aspekt habe ich sie noch nicht betrachtet«, räumte der Oberarzt ein, der für seine Funktion noch recht jung zu sein schien. »Aber unabhängig von der Schnittrichtung – ich glaube eher nicht. Sich ein Messer über die Haut ziehen, auch ein bisschen tiefer, das schafft man auch mal allein. Wir sehen das ja oft bei Autoaggressiven.«

Schmaerse hängte mit ihrem Blick ein Fragezeichen in die kleine Runde.

»Autoaggressives Verhalten – das sind Menschen, die sich selbst verletzen. Ein vielschichtiges Krankheitsbild. Das gibt es bei Borderlinern, bei Depressiven, nach Traumata, in der Pubertät oder bei bestimmten Zwangsstörungen. Aber ein Schnitt, der so tief geht … ich glaube nicht. Das habe ich noch nicht gesehen.«

»Und bei Leuten, die unbedingt ins Krankenhaus wollen?«

Der Oberarzt dachte nach. Er sah aus dem Fenster und rieb sich das Kinn.

»Eher unwahrscheinlich«, sagte er dann.

»Da gibt es ganz andere Möglichkeiten«, sprang ihm der Verwaltungsdirektor bei. »Ich kann mich entsinnen, dass wir einen in der Klasse hatten, der wollte auf gar keinen Fall zur Armee …«

»Können wir mit Kämpfer reden?«, unterbrach Schmaerse seinen Redefluss.

Der Oberarzt nickte. »Der Patient ist nicht bettlägerig und durchaus, wie sagen Sie immer, vernehmungsfähig. Allerdings steht er derzeit noch unter starken Schmerzmitteln, kann sein, dass er sehr müde ist und unkonzentriert.«

»Das macht nichts«, sagte Schmaerse. »Wo liegt er denn?«

Sie klopfte nur kurz, bevor sie die Tür zum Patientenzimmer aufdrückte. Und diesmal hatte sie die Hand am Griff ihrer Waffe.

Zwei Betten standen in dem Raum, im hinteren lag ein ihr Unbekannter. Er sah sie verblüfft an, dann weiteten sich seine Augen, als er ihr Pistolenholster erblickte. Den Mann im vorderen Bett konnte sie erst sehen, nachdem sie einen Schritt in das Zimmer gemacht hatte – die Wand zum Bad verdeckte das Kopfende des Bettes. Der Patient in diesem Bett ließ langsam ein Buch sinken, bevor er sie müde anschaute. Sebastian Kämpfer. Und sie konnte seine Hände sehen. Sie nahm die Hand von der Pistole.

»Herr Kämpfer«, sagte sie, und es klang wie eine Frage.

»Das wissen Sie doch.« Der Mann in dem Bett stützte sich auf. Er hatte nur noch wenig Ähnlichkeit mit dem kraftstrotzenden Kerl, den sie im Vernehmungszimmer kennengelernt hatte. Dieser hier hatte eingefallene Wangen und sah blass und erschöpft aus.

»Darf ich Sie fragen, was Sie hier machen?«

Kämpfer runzelte irritiert die Stirn.

»Dasselbe könnte ich Sie fragen. Also ich liege hier und warte darauf, wieder gesund zu werden.«

Steffi Schmaerse war noch immer angespannt.

»Und was hatten Sie auf der Intensivstation zu suchen?«

Jetzt lachte Kämpfer.

»Das glaube ich jetzt nicht. Weil ich mir mal die Füße vertreten habe, kommt ihr gleich im Doppelpack. Der Typ da unten muss euch verdammt wichtig sein.«

»Was wissen *Sie* von dem Typen da unten?«

Kämpfer schüttelte verständnislos den Kopf.

»Bevor ich wieder falschen Verdächtigungen ausgesetzt bin: Der Typ da unten heißt Thomas Hentzschel und ist Betreiber des Kindergartens in Auendorf. Ich kenne ihn vom Stammtisch im Sportlerheim und wollte mal nach ihm sehen, nachdem ich erfahren habe, wie er zugerichtet wurde. Noch Fragen?« Er hatte sich in Rage geredet, und es schien ihn anzustrengen.

Steffi Schmaerse biss die Zähne zusammen, dass ihre Kaumuskeln mahlten.

»Nein, vorerst nicht.«

»Dann lassen Sie mich gefälligst in Ruhe.« Kämpfer legte sich wieder hin, nahm seinen Krimi auf und würdigte die Kriminalisten keines weiteren Blickes. Eins musste man ihm lassen – abgeklärt war er wirklich. Sein Bettnachbar beobachtete die Szenerie mit staunend offenem Mund.

Schmaerse und Hölbing schauten sich an. Die Kommissarin wies mit dem Blick auf die Tür. Komm, wir reden draußen, sollte das heißen. Hölbing nickte.

Doch dazu kam es gar nicht mehr. Der Verwaltungsdirektor der Klinik kam über den Flur. Er hatte einen Arzt im Schlepptau und schien ganz aufgeregt. Auf seinem Gesicht hatten sich hektische Flecken gebildet.

»Hier sind Sie, Gott sei Dank«, sprudelte es aus ihm heraus. »Ich hab Sie schon überall gesucht. Hier ist Dr. Schmidt, er hat eine wichtige Beobachtung gemacht, glaube ich. Wären Sie nicht schon im Hause, ich hätte jetzt die Polizei gerufen.«

Schmaerse und Hölbing wechselten wieder einen Blick.

»Erzählen Sie«, forderte Schmaerse den Arzt auf. Der nahm umständlich seine Brille ab und putzte sie an seinem Kittel.

»Also«, fing er an. »Ich war vor einer knappen halben Stunde mit drei Kollegen auf dem Weg in die Verwaltung. Dort war eine Beratung anberaumt. Wissen Sie, wir gründen nämlich gerade eine interdisziplinäre Arbeitsgruppe um die Diabetologie herum. Aber das ist für Sie vielleicht weniger von Interesse.«

Er wartete einen Moment und schickte einen forschenden Blick zu den beiden Kriminalisten. Schmaerse nickte, um ihn zum Weiterreden aufzufordern.

»Ja also. Wir sind also aus dem Fahrstuhl gestiegen, und da konnten wir ein seltsames Paar beobachten. Eine Ärztin rannte auf uns zu, ein Mann hinter ihr her. Dann stoppte die Ärztin abrupt und machte kehrt. Auch der Mann stoppte, passte die Kollegin ab und packte sie am Oberarm. Sie sagte was, er entgegnete was, und dann schleppte er sie förmlich in Richtung Ausgang. Ich fand das sehr seltsam, das sah aus wie eine Entführung oder so etwas.«

Wieder ließ er eine kleine Pause.

»Ja?«, fragte Schmaerse. »Und weiter?«

»Meine Kollegen hatten die Szene auch beobachtet und bestärkten mich in meinem Entschluss, die Sache umgehend dem Herrn Verwaltungsdirektor zu melden. Nun, und hier sind wir also.«

Schmaerse runzelte die Stirn.

»Eine Entführung, sagen Sie.«

»Nun ja, es sah aus *wie* eine Entführung.«

Der Verwaltungsdirektor mischte sich ein.

»Nun sagen Sie schon, was Ihnen daran so merkwürdig vorkam, Herr Dr. Schmidt.«

»Ach ja, nun also: Eine Entführung ist ja schon an sich etwas Merkwürdiges. Aber in diesem Falle kommt noch etwas hinzu. Es war nämlich keine Kollegin aus dem Krankenhaus.«

Die Furchen auf der Stirn der Kommissarin wurden tiefer.

»Nicht?«, fragte sie.

»Nein, ich bin mir sicher, diese Kollegin noch nie gesehen zu haben.«

Schmaerse schaute den Verwaltungschef an. Der zuckte mit den Schultern.

»So wie Sie Herr Dr. Schmidt beschreibt, ist sie tatsächlich nicht von hier. Auch keine von den erst kürzlich Eingestellten.«

»Okay, okay, ich verstehe: Sie haben beobachtet, wie eine möglicherweise fremde Ärztin möglicherweise von einem Unbekannten entführt wird.«

Dr. Schmidt räusperte sich. »Nun, fremd war sie auf jeden Fall. Das haben wir ja inzwischen festgestellt.«

»Und Sie wissen nur, dass sie in Richtung Ausgang gelaufen sind. Haben Sie sie nicht weiter verfolgt?«

»Dazu waren wir alle viel zu perplex.«

Schmaerse blickte zu Hölbing.

»Wir sollten zunächst am Empfang nachfragen – was meinst du? Vielleicht ist das seltsame Pärchen dort auch aufgefallen.«

Hölbing nickte.

»Wie sah sie denn aus, diese fremde Ärztin?«, fragte er an Dr. Schmidt gewandt.

»Sehr groß gewachsen, bestimmt einen Meter achtzig. Rotes Haar hatte sie und eine kräftige Figur.« Er dachte nach. »Nein, die Figur war eher athletisch als kräftig«, korrigierte er sich.

»So eine ist mir gestern erst begegnet«, murmelte Hölbing. Mehr für sich als für andere. Dann blickte er plötzlich auf.

»Mensch!«, rief er. Er fasste seine Chefin am Arm und bedeutete ihr mit den Augen, ein wenig abseits zu kommen.

»Waldhaus«, flüsterte er ihr dann zu. »Frau Waldhaus ist die Wirtin im Sportlerheim von Auendorf. Ich hab sie gestern erst befragt wegen diesem Stammtisch – Raupach, Hentzschel, du weißt schon.«

Schmaerse nickte verständnislos.

»Der Arzt hat gerade eine perfekte Personenbeschreibung von Frau Waldhaus abgegeben. Kathy. Kathy heißt sie mit Vornamen.«

»Was macht die in einer Klinik? Meinst du, die jobbt im Hauptberuf als Ärztin?«

»Du verstehst nicht. Wir haben uns zu sehr auf Kröger konzentriert. Und Kämpfer ist hier nur durch Zufall, weil er verletzt ist. Aber die Waldhaus könnte sich hier absichtlich eingeschlichen haben. Perfekt getarnt als Ärztin.«

»Ja, aber die würde nie da oben an dem Polizisten vorbeikommen.«

»Das weißt du, und das weiß ich, das weiß aber nicht die Waldhaus.«

»Da ist was dran.«

»Überleg doch mal: Lass die mal den Hentzschel auf dem Gewissen haben …«

»Der ist noch am Leben.«

Hölbing winkte nervös ab.

»Ja doch. Lass die mal dem Hentzschel ans Leder wollen, lass die den Brand an Raupachs Auto gelegt haben und lass die mal nachts den Kahn mit dem Hartung verwechselt haben. Alle drei vom Stammtisch, alle drei ihr bestens bekannt – einschließlich ihrer Lebensgewohnheiten.«

Steffi Schmaerses Augen fingen an zu leuchten.

»Du könntest recht haben.«

»Klar«, sagte er.

»Aber der Kerl passt nicht ins Bild.«

»Lass das einen Komplizen gewesen sein. Der kriegt kalte Füße und will sie davon abhalten, wenn nötig, mit sanfter Gewalt. Vielleicht haben sie das nur verschoben.«

»Wir müssen nach Auendorf in diese Kneipe. Und wir müssen Hentzschel besser schützen. Die Sache stinkt mir.«

Hölbing nickte.

»Auf jeden Fall«, sagte er. »Wenn wir in der Kneipe aufschlagen, und die halten sich noch auf dem Klinikgelände auf …«

»Pass auf: Du forderst jetzt Verstärkung für die Klinik an. Die sollen mit zwei oder drei Beamten hier aufkreuzen. Einer soll gleich unten am Eingang warten.« Sie zog ihr Handy aus der Tasche ihres Blazers. »Ich bestelle jetzt die Kavallerie nach Auendorf. Und zwar das ganz große Programm. Hoffentlich kriegen wir sofort ein Einsatzkommando. Sonst muss es die Bereitschaft richten.«

Hölbing nickte.

»So machen wir es«, sagte er, während er schon eine Nummer in sein Handy tippte.

Sie liefen zum Ausgang und ließen einen Verwaltungsdirektor und einen Arzt verständnislos kopfschüttelnd auf dem Flur zurück.

35

Er stützte sich auf das Fensterbrett und sah hinüber zum Sportplatz. Irgendeine Jugendmannschaft absolvierte gerade ihr Training. Durch das Fensterglas gedämpft drangen die Kommandos des Trainers bis in die Gaststube. Die Jungs mussten von einer Linie aus einen kleinen Sprint hinlegen und dann einen Slalomlauf um dünne Fahnenstangen, die jemand in den Rasen gesteckt hatte. In lockerem Trab ging es dann zurück zur Ausgangslinie.

Kathy Waldhaus hatte sich ein großes Bierglas voll Wasser gegossen und saß apathisch an einem kleinen Vierertisch unweit des Tresens. Sie brauchte einen Arzt. Ganz sicher. Am besten würde er gleich die kräftigen Jungs mitbringen, die ihr in eine weiße Trainingsjacke helfen konnten. So eine, die man auf dem Rücken festschnürte.

Hartmann drehte sich um und verschränkte die Arme. Sein Blick fiel auf den Kittel mit dem Rasiermesser in der Tasche, den sie gleich am Eingang ausgezogen hatte und der ihr aus den Händen geglitten war.

»Und«, sagte er. »Erzähl!«

Sie ließ den hängenden Kopf hin und her pendeln.

»Was hat dir Hentzschel getan? Warum wolltest du ihn umbringen?«

»Ach«, sagte sie und blickte langsam auf. »Man soll seine Arbeit zu Ende bringen. Hätte ich es schon auf der Baustelle richtig gemacht, dann wäre ich nicht in so eine Scheißsituation gekommen.«

Hartmanns Augen wurden groß.

»*Du* warst das auch schon im Kindergarten? Du wolltest ihn da schon umbringen?«

Sie lachte kurz auf und blickte ihm direkt in die Augen.

»Wonach sah es denn aus, hä?«, fragte sie.

Hartmann kam zu ihrem Tisch, schnappte sich einen Stuhl, drehte ihn herum und setzte sich rittlings darauf.

»Sag mir, warum! Warum hast du das getan?«

Ihre Augen glänzten leicht. Aber es war nicht die Feuchtigkeit von Tränen, es war der Wahnsinn, den man da schimmern sah. Die Frau war eindeutig geisteskrank. Hartmann griff nach seinem Handy und schaltete das Tastenfeld ein.

»Soll ich einen Arzt rufen oder die Polizei?«

»Warte«, sagte sie. »Ich erzähl dir alles. Aber ich will eine rauchen.«

Sie stand auf, und Hartmann zuckte zusammen. Sie lachte wieder.

»Ich tu dir schon nix, kleiner Schisser.« Sie ging zum Tresen, was eher wie ein Schlurfen aussah, und holte sich eine angerissene Packung Pall Mall von dem altmodischen Büfettschrank. Als sie wieder saß, zündete sie sich umständlich eine Zigarette an. Nach dem ersten Zug stieg ihr Rauch in die Augen, und jetzt füllten sie sich tatsächlich mit Tränen.

***

Der Rauch brannte in den Augen. Durch den Tränenschleier sah sie die Szenerie an jenem Abend wieder vor sich, als wäre es keine Erinnerung, sondern würde hier und jetzt geschehen. So wie sie es in unzähligen Alpträumen gesehen hatte.

Die Kneipe war stickig, obwohl sie schon zwei Fenster geöffnet hatte. Die meisten Gäste waren bereits gegangen, und eine fette Mischung aus saurem Bierdunst, Essensgeruch und dem Rauch unzähliger Zigaretten hing in der Luft. Die vier am Stammtisch hatten ihr letztes Spiel beendet. Sie hätten ohnehin nicht mehr richtig zählen können.

Volker Waldhaus, ihr Ex, konnte nur noch lallen, so viel hatte er bereits intus. Und er wurde umso lauter, je schwerer es ihm fiel, die Zunge im Mund zu bewegen. Thorwart Raupach, der feine Anwalt, hatte seine Krawatte gelockert, um den Hemdknopf öffnen zu können. Jetzt hing der Knoten seines weinroten Schlipses ganz auf der rechten Seite, schon unterhalb seines Schlüsselbeins. Steffen Hartung, der elende Speichellecker, hatte seine Hand auf Raupachs Schulter gelegt und laberte in einem fort, was für einen guten Freund er doch da gefunden hatte.

Nur der immer etwas großspurige Thomas Hentzschel machte noch einen einigermaßen nüchternen Eindruck. Er vertrug von den vier Suffköppen auch am meisten, so viel stand mal fest. Doch der Eindruck täuschte. Wenn Hentzschel an die Luft kam und der erste Atemzug frischen Sauerstoffs in seine Lunge fuhr, würde das für ihn wie ein Schlag in die Magengrube sein. Mit einem Mal würde ihm speiübel, und die Welt würde sich drehen.

Kathy Waldhaus musste man nichts über betrunkene Männer erzählen – sie kannte sie alle, hatte sie tausendfach erlebt. Sie wusste bei annähernd jedem ihrer Gäste nicht nur, was er am liebsten trank, sondern auch, wie viel er vertragen würde. Und Hentzschel war heute Abend ebenfalls satt. Morgen früh beim Aufwachen würde er sich fühlen, als hätte er die ganze Nacht auf einer alten Socke gekaut.

»Soll ich euer Taxi bestellen?«, rief Kathy hinüber zum Stammtisch.

Raupach und Hentzschel fuhren nach ihren Saufgelagen immer mit dem Taxi zurück nach Riedburg. Sie bezahlten abwechselnd, was allerdings nicht für die Zeche galt, bei der Kathy vier Mal kassieren musste. Vor allem ihr Ex zeigte sich dabei so penibel, wie Geizhälse nun mal sind.

»Meinetwegen«, antwortete Raupach und unterdrückte elegant einen kleinen Rülpser, worauf die anderen zu kichern anfingen.

Kathy griff zum Telefon und rief die Riedburger Taxigenossenschaft. Dort kannte man die Fuhre schon. Es würde keine halbe Stunde mehr dauern, dann konnte sie Durchzug machen. Sie bekam in letzter Zeit immer öfter leichte Kopfschmerzen, wenn die Bude zu verräuchert war.

Während ihr Ex die letzte Neige aus seinem Bierglas in seinen Hals kippte, fing sie an der Straßenseite damit an, die Tische abzuwischen und die Stühle draufzustellen.

»He da, du hast noch Gäste«, lallte ihr Ex. »Jawohl, Gäste.«

»Da kann man noch nicht aufräumen«, pflichtete ihm Hartung bei. »Wir sind doch nicht mehr in der Mitropa.«

Hentzschel fing wiehernd an zu lachen, und Raupach glotzte blöde vor sich hin. Wahrscheinlich kannte der das Wort gar nicht.

Kathy ließ sich nicht provozieren.

»Es ist Feierabend, meine Herren«, sagte sie energisch. »Trinkt noch aus, und dann ist es gut.«

Waldhaus schwenkte fröhlich seinen Bierkrug.

»Ich habeschon ausetrunken«, lallte er. »Ich will noch was.«

Kathy reagierte nicht darauf.

»He«, wurde ihr Ex laut. »Bring mir noch'n Korn und ein Pils. So einen aufen Weg.«

»*Du* kriegst überhaupt nichts mehr«, rief sie ihm zu. »Du hast schon lange genug.«

»He, ich will aber nocheinen.« Er ließ nicht locker.

Jetzt mischte sich auch noch Hartung ein.

»So geht das aber nicht, Frau Wirtin«, sprang er seinem Freund bei. »Wenn der Gast noch was bestellt, dann musst du ihm auch noch was bringen.«

Kathy knallte einen Stuhl auf den Tisch und stemmte die Fäuste in die Hüften.

»Feierabend, habe ich gesagt. Ihr habt noch, und der kriegt nichts mehr.«

»Der kriegt nichts mehr«, äffte Hentzschel sie nach. »Hast du das gehört, Volker, du kriegst nichts mehr.«

Volker Waldhaus hickste und blickte betroffen in sein Glas.

»Und das lässt du dir einfach so gefallen«, stichelte Hentzschel weiter. »Das dürfte aber nicht meine sein.«

Waldhaus brauchte eine Gedenksekunde, bevor er das realisierte.

»Dasissja auch nich mehr meine«, lallte er dann.

»Na ja, du scheinst auch in der Ehe nicht grad die Hosen angehabt zu haben, wenn du dich so behandeln lässt.« Hentzschel ließ nicht locker. Hartung nickte eifrig, und Raupachs Augen verengten sich ein wenig. Er blieb in der Rolle des Beobachters.

»Ja eben«, fiel es da auch Waldhaus ein. »Wie behandelsu mich eigentlich?« Er stierte seine Geschiedene an.

Die hatte sich vor ihm aufgebaut.

»Wie ich jeden Betrunkenen hier behandele«, sagte sie.

Waldhaus legte eine Hand auf ihre Hüfte und wollte sie wegschieben. Sie schlug blitzschnell danach.

»Pfoten weg«, sagte sie scharf.

»Jetzt hast du schon Pfoten«, grölte Hentzschel und erntete dafür von der Wirtin einen giftigen Blick.

»Hör auf, ihn anzustacheln«, warnte sie ihn.

Waldhaus stand auf. Er schwankte, musste sich am Stuhl festhalten und stürzte beinahe.

»Ich hae keine Foten, merkir das«, schrie er lauthals und fuchtelte mit dem rechten Arm.

Er wollte ihr einen Schubs geben, doch Kathys Reflexe waren noch in Ordnung. Sie hatte einen langen Arbeitstag hinter sich, aber sie war noch stocknüchtern. Sie wollte einen raschen Ausfallschritt nach hinten machen, aber dort stand Hartungs Bein. Sie strauchelte, Waldhaus erwischte sie dennoch, stieß sie vor die Brust, und sie stürzte rücklings auf den Boden.

Das war entschieden zu viel. In ihrer Kneipe konnte jeder zu Boden gehen – aber nicht Kathy Waldhaus. Nicht die Wirtin. Jetzt zahlte sich ihr jahrelanges Fußballspiel aus, die Reflexe, die sie sich in unzähligen schweißgetränkten Trainingsstunden angeeignet hatte. Blitzschnell war sie wieder auf den Beinen, was vor allem Waldhaus Respekt einflößte – er machte einen Schritt nach hinten.

Sie wollte auf Hartung los, doch da stellte sich ihr plötzlich Hentzschel in den Weg. Reglos wie ein Fels. Schon wollte sie ausholen, um ihm einen Faustschlag in den Magen zu verpassen, da besann sie sich noch rechtzeitig auf ihre Rolle als Wirtin. Sie blieb stehen, ballte die Fäuste und holte tief Luft.

»Raus hier«, brüllte sie schließlich. »Die ganze Bande!« Ihr Arm flog nach oben und zeigte unmissverständlich auf die Ausgangstür. »Raus mit euch!«

Während Waldhaus mit einem kleinlauten »Hee« protestieren wollte, fing Hentzschel an breit zu grinsen.

»Halt's Maul und verpiss dich, du rote Thekenschlampe«, sagte er mit einem gefährlich drohenden Unterton in der Stimme.

Waldhaus kicherte. »Thekenschlampe, dassisgut«, lallte er.

Kathy schenkte ihrem Ex einen Blick, der zehn Zentimeter aus dem Rücken rausragen müsste, und er machte mit einem leisen Schmatzen den Mund wieder zu. Sie sprach leise und scharf.

»Ich habe gesagt: Raus jetzt!«

»Und ich habe gesagt: Verpiss dich!« Hentzschel sog die Luft ein und rotzte auf den Boden, zwischen ihre Turnschuhe.

»Ist gut jetzt«, mischte sich der Anwalt ein. Doch da war nichts mehr zu schlichten.

Kathy Waldhaus packte Hentzschel am Hemd, er schlug ihre Hand weg, holte mit der Rechten kurz aus und verpasste ihr einen harten Faustschlag ins Gesicht, vor ihren linken Unterkiefer. Ihr Kopf flog zur Seite, sie drehte sich und stürzte bäuchlings auf einen hinter ihr stehenden Stuhl. Voller Verblüffung über die Heftigkeit des plötzlichen Schlages schob sie sich mit dem Arm hoch und auf die linke Hüfte. Die betrunkenen Männer wieherten vor Vergnügen.

»Los«, feuerte Waldhaus mit fiebrig glänzenden Augen Hentzschel an. Von seinen Lippen sprühte der Speichel. »Los, mach die Schlampe alle!«

»Ja«, rief Hentzschel voller Freude, sprang hoch und landete mit voller Wucht und beiden Füßen auf ihrem Knöchel.

Da waren plötzlich diese Geräusche, die sie in ihrem ganzen Leben nicht vergessen würde. Das Bersten der Knochen, als würde jemand mit einem schweren Stiefel eine Kiste zertreten. Das trockene Knacken und der höllische Stich, als eines ihrer Bänder zerfetzte. Mit dem Knöchel explodierte der Schmerz in ihrer ganzen linken Seite, bis hinauf ins Gehirn. Sie brüllte auf wie ein Tier. Den markerschütternden, lang gezogenen Schrei hätte man bis tief ins Dorf hören müssen.

»Jaaaaa«, ließ Hentzschel eine Art Triumphgeheul erklingen.

»Jawoll, der saß aber«, schrie auch Waldhaus und drosch seine Faust auf den Tisch, als gälte es, einen besonders sauberen Elfmeter der Heimmannschaft zu bejubeln.

Sie stürzte vom Stuhl, rollte auf die rechte Seite und zog instinktiv die Beine an. Der Schmerz raste durch ihren Körper, ihre Augen standen voller Tränen, der Schrei war einem erbarmungswürdigen Winseln gewichen. Die Jeans und die Socken in ihren Sneakers färbten sich dunkel von ihrem Blut.

Mit halber Kraft trat ihr Hentzschel ins Gesäß.

»Soll ich die Schlampe noch abficken?«, fragte er Waldhaus herausfordernd.

»Hähä«, lachte dieser. »Geschieht ihr bloß recht. Hab keine Foten.«

Hartung saß da mit offenem Mund. »Ja, mach«, sagte er, von dem Gemetzel offensichtlich fasziniert.

Raupach hieb mit der flachen Hand auf den Tisch.

»Schluss jetzt«, sagte er etwas leise, aber bestimmt. »Lasst uns gehen.«

»Ach komm, mit der Heidi hier hab ich jetzt ein bisschen Spaß«, prahlte Hentzschel und nestelte an seiner Hose.

»Schluss jetzt«, wiederholte Raupach. »Mach es nicht noch schlimmer.«

»Ach komm, du Spielverderber«, sagte Hentzschel. »Du haust uns doch raus, wenn es dicke kommt, oder?«

»Wir gehen jetzt, sonst kann ich gar nichts für euch tun.«

»Für *euch*?« Hentzschel funkelte den Anwalt böse an. »Du bist doch mit dabei gewesen, das können alle hier bezeugen.« Er blickte die anderen beiden herausfordernd an.

»Dabei«, echote Waldhaus, und Hartung blickte unschlüssig von Hentzschel zu Raupach und wieder zu Hentzschel.

Der knöpfte sich den Hosenbund wieder zu. Er war enttäuscht. Die anderen machten sich zum Aufbruch bereit.

»Klar hau ich euch raus«, bekräftigte Raupach. »Dafür sind Freunde doch da. Aber jetzt ist Schluss.«

»Die ist bestimmt nur unglücklich gestürzt, ihr habt das doch alle gesehen«, versuchte Hentzschel sich abzusichern.

Kathy stöhnte.

»Klar«, murmelte Waldhaus.

Hartung nickte eifrig.

Sie gingen zur Tür.

Nur Hentzschel drehte sich noch mal um und trat ihr mit dem Fuß in den Bauch. »Ein andermal, du Schlampe«, sagte er.

Kathy Waldhaus stöhnte lauter.

»Dafür bring ich euch um«, flüsterte sie. Dann verlor sie das Bewusstsein.

***

Sie wischte sich die Tränen aus den Augen und griff erneut zur Zigarettenschachtel. Hartmann saß mit offenem Mund auf seinem Stuhl.

»Oh Gott«, sagte er leise. »Ich hatte ja keine Ahnung. Ich dachte, das... das mit deinem Fuß... Ich dachte, das sei ein Trainingsunfall gewesen.«

Kathy Waldhaus schaute ihn spöttisch an.

»Das dachten alle, weil *ich* es allen so erzählt habe.«

»Ich hatte ja keine Ahnung«, wiederholte Hartmann.

»Verstehst du, ich habe das nicht nur so dahingesagt. Ich habe das so gemeint. Das war ein heiliger Schwur.«

»Und das war ...?«

»2004. Das war am 12. Juni 2004. Am 13. morgens bin ich aufgewacht. Am 13., weißt du. Ein ganz schlechtes Omen. Ich hatte mich eingepisst, die Socken klebten mit dem getrockneten Blut an der Wunde, und ich war halb wahnsinnig vor Schmerzen. Von da an hatte ich nur noch einen Gedanken. Und der hieß Rache. Rache für die Schmerzen, Rache für diese Demütigung. Rache an diesen Schweinen nehmen, an diesen Tieren, an diesen aufrecht gehenden Fress-, Sauf- und Kackmaschinen.«

»Hans von Oettingen.«

»Was?«, fragte sie genervt.

»Aufrecht gehende Fress-, Sauf- und Kackmaschine. Den Ausdruck hat Hans von Oettingen geprägt über einen Unteroffizier der Wehrmacht.«

»Ist mir scheißegal, dein Oettinger. Ich wollte Rache. Und ich habe sie fast gekriegt.«

Hartmann musterte sie mit einer Mischung aus Faszination und Entsetzen.

»Aber, das ist jetzt neun Jahre her«, sagte er verzweifelt.

Sie drehte sich auf ihrem Stuhl, machte das Bein lang, zog die Hose ein Stück hoch. »Sieben Operationen, zwei Jahre Schmerzen, Laufen neu lernen. Und dann wollte ich wieder fit sein, bevor ich mich mit diesen Tieren anlege.«

»Was ist mit Kahn?«, fragte er.

Sie schnippte sich eine weitere Zigarette aus der Schachtel.

»Pah«, machte sie und winkte ab. »Ein Kollateralschaden.«

»Was?«, fragte er ungläubig.

»Ein Kollateralschaden. Etwas, das …«

»Ich *weiß*, was ein Kollateralschaden ist«, fuhr er ihr dazwischen. »Aber wie kannst du das so einfach abtun? Du hast einen Menschen getötet.«

Sie nahm einen tiefen Zug und schaute vor sich hin. War da ein Anflug von Reue?

»Ich wollte mit dem Hartung anfangen«, sagte sie schließlich leise. »Aber irgendwas ist dabei schiefgegangen. Eigentlich sollte der Hartung um diese Zeit auf der Straße sein. Der kam gerade von seiner Freundin.« Sie zuckte mit den Schultern. »Das heißt, er kam eben nicht, er war schon längst zu Hause. Ich hatte keine Ahnung, dass der Kahn in der Nacht auch unterwegs war. Er war eben der falsche Mann zur falschen Zeit am falschen Ort.«

»Und musste deswegen sterben?«

»Du hast doch mitgekriegt, was das für einer war. Den hätte ebenso gut eins von seinen Opfern umlegen können. Die Kripo glaubt das bis heute.«

Hartmann legte den Kopf schief. Ihm war, als höre er wie aus weiter Ferne ein Sondersignal.

»Sei dir da mal nicht so sicher«, sagte er.

Sie stand auf und ging wieder hinter den Tresen. Hartmann überfiel ein leises Gefühl von Angst. Sie bückte sich und zog etwas unter dem Schrank hervor.

»Hier, wolltest du bestimmt sehen«, sagte sie und lachte leise. Es klang ein wenig wie irrsinnig. Mit der rechten Hand hielt sie den Stiel einer Axt, die vor ihrem Körper hin und her pendelte.

Hartmann wurde blass. Er war kurz vor der Panik.

Sie lachte wieder.

»Keine Angst«, sagte sie. »Du hast mir nichts getan.«

Er schüttelte fassungslos den Kopf. Sie bleckte die Zähne. Hatte er sie früher als herbe Schönheit angesehen, so sah er allmählich – bei aller Empathie – das Monster in dieser Frau. Sie hatte mit diesen Händen, mit kräftigen Händen, einem wehrlosen Mann mit der Axt den Schädel gespalten. Und jetzt stand sie in ihrer Kneipe und präsentierte die Mordwaffe, als wäre sie nicht mehr als ein originelles Souvenir aus einem Urlaub. Einem Urlaub in Absurdistan.

»Und Raupach?«, fragte er.

Sie nickte. »Das war ich auch. Und verdammt, es hätte doch funktionieren *müssen*, der Raupach hätte doch brennen *sollen*.«

Hartmann wusste es besser, doch er schwieg. Ihn überzog eine Gänsehaut. War das wirklich ein Sondersignal, das er gehört hatte? Er musste eine Möglichkeit finden, einen Notruf abzusetzen. Am besten, *bevor* sie auf die Idee kam, die Axt zu heben, um den nunmehrigen Mitwisser aus dem Weg zu räumen. Viele Skrupel, so hatte er an diesem Nachmittag gelernt, schien sie ja ohnehin nicht zu haben.

»Hartung, Raupach, Hentzschel ... scheint eine logische Kette«, faselte er vor sich hin. Insgeheim dachte er: Sehr erfolgreich bist du nicht gerade gewesen. War das allein schon ein Grund zur Hoffnung?

»Was ist mit deinem Ex?«, fragte er.

Sie blickte böse herüber und lehnte dann die Axt mit einer müden Bewegung an die Wand. Er atmete auf und hoffte, sie würde ihm die Erleichterung nicht anmerken.

»Waldhaus. Tja, Waldhaus«, sagte sie resigniert, kam zum Tisch geschlendert und nahm sich eine weitere Zigarette. »Den Waldhaus habe ich mir bis zum Schluss aufgespart. Er ist mit Sicherheit das schwächste von diesen Schweinen. Ich hätte ihm vor seinem Tod die Wahrheit aufgetischt. Hätte ihm genüsslich erzählt, was ich mit seinen sogenannten Freunden getan habe. Ich hätte es genossen, seinen Angstschweiß zu riechen.« Sie nahm einen Zug aus der Zigarette und blickte verträumt zur Decke. »Aber dazu wird es ja nun nicht mehr kommen.«

Ein Knarren auf der Treppe. Hartmann und Waldhaus blickten sich an. Sie ließ plötzlich die Zigarette fallen, war mit einem Satz an der Wand und hatte die Axt in der Hand. Mit dem Finger auf dem Mund bedeutete sie ihm zu schweigen. Dann ging sie langsam in Richtung Tür, die Axt mit beiden Händen umfasst, vor den Körper gehalten wie eine Gitarre, ein groteskes Instrument des Todes, sofort bereit zum Zuschlagen. Ihre Augen glänzten irre.

Hartmann wurde schlecht.

Da polterte es an der Pendeltür hinter dem Tresen. Kathy Waldhaus fuhr herum und hob die Axt. Im selben Augenblick flog die Eingangstür auf. Holz splitterte. Schwarz Uniformierte mit automatischen Waffen sprangen in die Gaststube.

Aus allen Richtungen rief es: »Waffe weg!« »Auf den Boden!«

Hartmann wurde plötzlich zur Seite gerissen, noch ehe er die Reaktion der Wirtin auf die Bewaffneten wahrnehmen konnte. Immer mehr Einsatzkräfte stürmten in den Raum. Zwei der Männer packten ihn mit kräftiger Hand bei den Armen, einer drückte ihm den Rumpf nach unten, und dann schoben und zerrten sie ihn blitzschnell aus dem Raum. Mit dumpfem Poltern, das hörte er noch, schlug die Axt auf dem Boden auf. Es fiel kein einziger Schuss.

Im Freien tasteten ihn die Polizisten mit ihren gespenstisch aussehenden Masken nach Waffen ab.

»Schon gut«, hörte er hinter sich eine vertraute Stimme. Steffi Schmaerse lehnte mit dem Rücken an einem Zivilfahrzeug mit aufgesetztem Blaulicht.

Die Polizisten lockerten den Griff, wirkten verunsichert.

»Sie können den Mann loslassen«, befahl schließlich ein anderer Maskierter, offensichtlich der Leiter des Einsatzkommandos.

Hartmann schüttelte die Arme aus. Das würde blaue Flecke geben, dessen war er sich sicher. Die linke Schulter hatten sie ihm beinahe ausgekugelt.

Der Leiter nickte Schmaerse zu.

»Die Lage ist unter Kontrolle, die Person gefasst.«

Hartmann rieb sich die linke Schulter, als er hinüber zu der Kommissarin ging.

»Sie können sich wohl nirgends raushalten?«, fragte sie. Sie sah wütend aus, aber ihre Stimme klang eher belustigt als empört.

»Ich kann Ihnen das jetzt gar nicht so erklären«, fing er an, doch sie winkte ab.

»Sie werden mir eine Menge zu erklären haben«, sagte sie. Dann wanderte ihr Blick hinüber zur Eingangstür der Kneipe.

Zwei der Einsatzkräfte führten Kathy Waldhaus aus dem Gebäude. Sie hatte eine Schramme auf dem rechten Backenknochen, schien aber sonst unversehrt. Ihre rote Mähne hing wirr um den Kopf, ihre Hände waren auf dem Rücken gefesselt. Die Männer hatten sie fest am Oberarm gepackt. Sie ging aufrecht, aber von ihr schien keine Gefahr mehr auszugehen. Das sah man weniger an ihrer Haltung, sondern mehr in ihrem Blick.

Mit einer Handbewegung bedeutete Schmaerse den Polizisten, die Festgenommene noch nicht in den Mannschaftswagen zu bringen. Die Männer hielten an. Schmaerse trat näher, Hartmann folgte ihr zwei, drei Schritte, hielt aber respektvollen Abstand, als ein Polizist einen Schritt auf ihn zu machte.

»Ich nehme Sie fest, weil Sie unter dem dringenden Verdacht stehen, einen Menschen getötet und einen schwer verletzt zu haben«, sagte Schmaerse.

»Sparen Sie sich den Sermon«, antwortete Kathy Waldhaus ruhig, fast teilnahmslos. Ihre Stimme hatte noch immer etwas Angenehmes. »Ich bin in allen Punkten schuldig.« Dann blickte sie über die Schulter der Polizistin und sah Hartmann an.

»Ich bin froh, dass es endlich vorbei ist«, sagte sie, »so oder so.«

Schmaerse nickte, und die Polizisten zogen sie weiter. Da warf sie den Kopf noch mal über die Schulter und rief Hartmann zu: »Danke, dass du die Bullen nicht gerufen hast.«

Er schaute konsterniert zu, wie sie in den Mannschaftswagen verfrachtet wurde.

Schmaerse musterte Hartmann mit leicht zusammengekniffenen Augen. »Ja«, sagte sie, »Sie werden mir eine Menge zu erklären haben. Zum Beispiel, warum *Sie* die *Bullen* nicht gerufen haben. Ich kann Sie nicht jedes Mal raushauen.«

Hartmann blickte sie lange an und überlegte an einer Antwort. Dann lächelte er sanft.

»Rufen Sie mal die Polizei, wenn Sie ein Rasiermesser am Hals haben«, sagte er schließlich.

Schmaerse erwiderte seinen Blick. Sie schien in seinen Augen nach dem Wahrheitsgehalt der Aussage zu forschen.

Der graue Transporter der Spurensicherung traf ein, und Schmaerse ließ Hartmann einfach stehen.

36

Kurz bevor die Landstraße nach Harleshausen auf die Bundesstraße trifft, muss man auf schnurgerader Piste eine tiefe Senke hinunterfahren. Peter Hartmann, der in seinem Wagen fröhlich Madonnas *»Bye-bye, Miss American Pie«* vor sich hin sang – zumindest die Stellen, bei denen er sich einigermaßen textsicher vorkam, sonst summte er –, schloss die Seitenscheiben und stellte die Klimaautomatik auf Umluft. Vor ihm trieb eine goldene Wolke Getreidestaub von links nach rechts über die Fahrbahn.

Die Ernte war in vollem Gange, der Sommer, der sich noch in Hochform zeigte, würde allmählich in den Herbst übergehen. Noch im Mai hatte Hartmann damit geliebäugelt, den großen und schweren Chrysler gegen ein wesentlich unauffälligeres Cabrio einzutauschen. Als er fast im Blindflug durch den Getreidestaub raste, fand er die Idee plötzlich töricht. Aber Anette wollte ohnehin kein Cabrio. Bei denen mit festem Verdeck, so ihr nicht ganz von der Hand zu weisendes Argument, war der Kofferraum meist so winzig, dass es sich für eine Fahrt in den Süden als gänzlich unbrauchbar erweisen würde. Und die mit Stoffverdeck boten keine ausreichende Sicht nach hinten, von der Wintertauglichkeit ganz zu schweigen.

Anette wollte ihn heute eigentlich gar nicht nach Auendorf lassen. Der Ort, sie bekannte es frei heraus, war ihr verhasst geworden. Zu viel Schreckliches hatte sich dort ereignet. Damit meinte sie gar nicht so sehr den Mord an Kahn und die im Nachgang wirklich abscheuerregende Wirtin des Sportlerheims, sondern mehr die Schlägerei, in die Peter verwickelt gewesen war. Es brauchte schon eine Menge Argumente, ihr klarzumachen, dass die Gefahr vorbei war. »Bist du dir da sicher?«, hatte sie mehrmals gefragt.

Doch er hatte noch einen Besuch bei Gerald Eberwein vor sich. Er mochte den großen Mann, der scheinbar so einfältig daherkam und doch so loyal in seiner Freundschaft war, wie es Hartmann im Leben selten erlebt hatte. Auf dem Beifahrersitz lag ein sorgsam in Geschenkpapier eingeschlagenes Buch. Hartmann war sicher, dass sich Eberwein darüber freuen würde. Ein großformatiger Band über die faszinierende Welt der Schmetterlinge. Ein Buch, das für die Einkommensverhältnisse eines Zeitungszustellers ein kleines Vermögen kostete.

Irgendwie kam ihm die Stimmung in Auendorf entspannter vor, seit Kathy Waldhaus in Untersuchungshaft steckte. Kurz bevor er seinen Wagen vor dem Haus der Eberweins stoppte, wurde er von einem ihm vollkommen Unbekannten gegrüßt, als sei er ein alter Freund. Und auch Mutter Eberwein verschwand nicht gleich als stummer Vorwurf im Haus, als sie seiner ansichtig wurde.

Sie lächelte zwar noch immer nicht – hatte er sie eigentlich jemals lächeln sehen? –, aber sie sprach mit ihm. »Gerald ist hinten beim Gemüse, gehen Sie ruhig durch«, begrüßte sie ihn, nachdem er das Gartentor geschlossen hatte.

Hartmann blieb hinter der Hausecke stehen und beobachtete fast voller Rührung seinen Freund. Gerald Eberwein stand wieder vor seinem Schmetterlingsbaum und hatte ihm den Rücken zugewandt. Die Hände tief in den Taschen seiner Latzhose vergraben, das mächtige Kreuz in dem verschwitzten T-Shirt leicht gebeugt, blickte er aufmerksam ins Geäst. Ohne sich auch nur einen Millimeter zu rühren, sagte er: »Komm ruhig näher, musst da vorne nicht warten.«

Hartmann lachte.

»Menschenskind, hast du Augen im Hinterkopf?«

»Vielleicht«, blieb ihm Eberwein eine Antwort schuldig, drehte sich um und hielt ihm seine Pranke hin. »Auf jeden Fall habe ich gute Ohren. Ich habe gehört, wie Mutti mit dir gesprochen hat. Und dann waren da keine Schritte mehr auf dem Weg.«

»Dass du ein aufmerksamer Beobachter bist, habe ich schon früher mitbekommen.« Hartmann holte hinter seinem Rücken den eingepackten Bildband hervor.

»Hab ich auch längst gesehen«, sagte Eberwein lässig. Als Hartmann ihm das Buch hinhielt, bekam er große Augen.

»Ein Geschenk? Für mich?«

»Ja klar«, sagte Hartmann.

Eberwein wischte sich die Hände am Hosenboden ab und griff begierig zu. Freudig erregt wie ein kleines Kind ging er an Hartmann vorbei, legte das Buch auf den Tisch und fetzte ungeduldig das Papier ab. Eine Ecke davon hing noch dran, als er das Buch in einer Art Triumphgeheul in die Luft stieß wie einen Pokal.

»Herrlich«, rief er. »Ein Schmetterlingsband. Mutti, das musst du sehen!«

Er legte den Bildband wieder auf den Tisch und wischte sorgfältig mit der Handkante darüber, als wäre das Buch bereits staubig geworden. Mit einer Behutsamkeit, die man seinen groben Händen nicht zugetraut hätte, blätterte er es auf und lugte hinein. Dann klappte er es wieder zu und stand auf.

»Peter«, sagte er feierlich, »dafür danke ich dir.«

Er ging einen Schritt auf ihn zu, nahm ihn in die Arme und drückte ihn an sich.

»Ich hol dir eine Limonade.«

Und ehe Hartmann protestieren konnte, eilte er ins Haus und kam wenig später zurück, auf einem Tablett Krug und Gläser balancierend.

»Was passiert denn nun mit der Waldhaus Kathy?«, wollte er schließlich wissen. Offensichtlich hatte er gespürt, dass Hartmanns Interesse für die Schmetterlinge nur oberflächlich war. Hartmann war das ein wenig peinlich.

»Der wird der Prozess gemacht. Sie sitzt in der Justizvollzugsanstalt und wird dort auch kaum wieder rauskommen. Das hat mir zumindest der Sprecher der Staatsanwaltschaft im Vertrauen gesagt. Du erzählst das auch nicht weiter!«

»Ehrenwort«, sagte Eberwein sofort, und Hartmann wusste, dass er sich darauf verlassen konnte.

»Die Waldhaus ist, soviel ich weiß, vom ersten Tag an geständig gewesen, und ich denke, damit ist der Fall auch beendet. Ich habe sowieso den Eindruck, dass die Auendorfer viel freundlicher sind, seit eure Wirtin im Knast sitzt.«

»Vielleicht liegt das auch nur am schönen Wetter«, wandte Eberwein listig ein.

Hartmann schüttelte den Kopf.

»Es ist vorbei, Gerald. Der Alptraum hat ein Ende.«

»Tja, das sagst du als Außenstehender.«

Hartmann drehte sich um und musterte Eberwein.

»Was meinst du damit?«

Eberwein wiegte bedächtig den Kopf hin und her.

»Zehn Jahre Hass und Missgunst, Verdächtigungen und Lügen, Scheidungen und Intrigen. Das ist doch nicht alles vergessen, nur weil man die Waldhaus Kathy abgeholt hat?«

Hartmann hatte die Unterarme auf den Oberschenkeln abgelegt und ließ den Kopf baumeln.

»Hm«, machte er. »Das ist natürlich auch wahr.«

»Gerade die jungen Leute, die damals betroffen waren, weil denen ihre Kinder gerade im Kindergarten waren, da haben sich im Dorf richtig zwei Lager gebildet. Verfeindete Lager. Nach wie vor. Komm mal mit, ich zeig dir mal was.«

Eberwein ging voraus bis in die Gartenecke, in der der Komposthaufen stand. Am Zaun reckte sich ein großer einsamer Laubbaum mit einer hellgrauen, glatten Rinde. Eberwein hob den Arm und zeigte auf eine Wulst in etwa zwei Meter Höhe.

»Da habe ich mal reingehackt, als ich noch ein Junge war. Da lebte mein Vati noch, so lang ist das her.«

»Ja?«

»Ich bin nicht besonders klug, das weißt du, aber ich glaube, Verletzungen in der Jugend sind wie so ein Axthieb in die junge Esche: Die Wunde schließt sich ganz schnell, aber die Narbe bleibt ein Leben lang. Und bei Menschen juckt sie wohl immer wieder.«

Hartmann starrte verblüfft auf die aufgeworfene Rinde und dann auf Eberwein, der in stoischer Ruhe seine Lebenserfahrungen zum Besten gab. Er schlug ihm auf die Schulter.

»Mensch, Gerald, von wegen nicht klug! Das ist ein sehr schöner Vergleich.«

Als sie wieder zum Tisch gingen, war es Hartmann, der den Faden wieder aufnahm.

»Ich hoffe aber, dass ich nicht so schnell wieder wegen eines Mordes nach Auendorf kommen muss. Man kann sich ja auch zivilisierter hassen.«

»Kann man das?«, fragte Eberwein und wiegte wieder den Kopf.

»Du wirst mich aber trotzdem wieder besuchen«, fragte er beim nächsten Glas Limonade.

Wieder kam sich Hartmann ertappt vor. Seit er diesen Burschen kannte, fühlte er sich, als müsse er diese Freundschaft gegen den Vorwurf rechtfertigen, er würde Eberwein nur ausnutzen.

»Klar komme ich wieder«, sagte er, und wusste, dass er nicht log. Er würde mit Gerald Eberwein wohl nie an einem Stammtisch sitzen oder ihn seinen anderen Freunden und Kollegen vorstellen, dafür trennten sie Welten. Aber ihm war die bedächtige und einfache Art von Eberwein im Moment tausend Mal lieber als die scheinheilige Kumpelhaftigkeit von oberflächlichen Bekanntschaften.

»Weißt du was«, fuhr er nach einer Weile fort, »du musst mich auch einmal besuchen. Ich hab nicht so einen schönen Garten wie du, vor allem nicht so einen nützlichen, aber ich werd mal versuchen, deine Limonade zu machen. Und wir pflanzen zusammen einen Schmetterlingsbaum. Was meinst du?«

»Ehrlich?«, fragte Eberwein. Und er strahlte.

Als Hartmann wieder im Auto saß, ließ er als Erstes die Scheiben hinunter. Die Sonne hatte für eine enorme Hitze im Innenraum gesorgt. Er wollte gerade losfahren, da legte sich ein Unterarm ins offene Autofenster, sonnengebräunt und mit einem zarten blonden Flaum. Petra Grass beugte sich herab, und zwei kugelige Brüste purzelten beinahe aus dem runden Ausschnitt ihres blau und weiß geringelten Shirts.

»Ich hab dein Auto gesehen und dachte, ich sag mal Hallo«, sagte sie.

Er schaltete den Motor wieder ab und blickte sie an, wobei er wegen der Sonne blinzeln musste.

»Das ist nett«, sagte er vorsichtig.

»Ich wollte mich auch noch bei dir entschuldigen, wegen damals, auf dem Quellenfest.« Ihre Stimme wurde eine Nuance dunkler, und sie kam mit ihrem Gesicht etwas näher an seines. »Du musst verstehen, das Bier … und außerdem war ich ziemlich spitz.« Sie strich ihm mit den Fingerkuppen sanft über den Rücken seiner Hand, die auf dem Lenkrad lag. Ihm schlug das Herz schneller, aber er beschloss, sich nichts anmerken zu lassen.

»Falls du mich mal wieder besuchen willst«, sagte sie, und jetzt lag ein Gurren in ihrer Stimme, »meine Tür steht dir offen. Du bist mir immer willkommen. Vielleicht kann ich es ja wiedergutmachen.«

Er nickte.

»Wenn es sich einrichten lässt ...«, sagte er ausweichend und drehte wieder den Zündschlüssel.

»Ach übrigens«, sagte sie, »der Babsi Stücklein haben sie schon wieder eine Katze gestohlen.«

Er legte den Gang ein.

Nein, die Gefahr war noch nicht vorbei.

Auch diese nicht.

Nachwort des Autors

Auch dieses Buch mit dem dritten Fall des ungleichen Gespanns Schmaerse und Hartmann ist eine Fiktion. Der Bevölkerung der Stadt Riedburg, die es ebenso wenig gibt wie Harleshausen oder Auendorf, habe ich noch ein paar Figuren hinzuerfunden. Eventuelle Ähnlichkeiten mit existierenden Menschen, Institutionen oder Unternehmen sind rein zufällig und nicht beabsichtigt. Doch wer weiß – wer sich wiedererkennt, der ist möglicherweise auch gemeint.

Auch die genannten Straftaten habe ich mir ausgedacht. Dennoch gibt es einen Fall, der mich zum Schreiben dieses Buches angeregt hat. In Mittelthüringen hat es tatsächlich ein Dorf gegeben, dessen Bewohner in Windeseile in zwei Lager gespalten wurden, nachdem eine Kindergartenleiterin ein Kind geschlagen hatte. Das ist viele Jahre her. In erschreckender Parallelität zu damals gab es während der Arbeit an diesem Kriminalroman immer wieder Medienberichte über eine Kindereinrichtung in Ostthüringen, in der ebenfalls »unwillige« Kinder misshandelt wurden. Nur gut, dass die Reaktionen der Betroffenen nicht so eskalierten wie in diesem Krimi.

Für kritische Bemerkungen und Hilfe bei der Arbeit bin ich vielen Menschen zu Dank verpflichtet. Nennen möchte ich an dieser Stelle meine Frau Beate als erste Leserin und Kritikerin. Nennen möchte ich auch Dr. Marion Heister, die sich als Lektorin erneut geduldig der Mühe unterzog, mir alle Unzulänglichkeiten an meinem Manuskript aufzuzeigen und anzustreichen. Und nicht zuletzt die vielen fleißigen Mitarbeiter im Emons Verlag Köln, ohne die so ein Buch gar nicht denkbar wäre.

Geschrieben jedoch wurde dieses Buch für Sie, lieber Leser. Vielen Dank, dass Sie es zur Hand genommen haben.

Klaus Jäger